清らかな背徳

アン・スチュアート
小林町子 訳

HIDDEN HONOR
by Anne Stuart
Translation by Machiko Kobayashi

HIDDEN HONOR

by Anne Stuart

Published by K.K. HarperCollins Japan, 2023

清らかな背徳

おもな登場人物

エリザベス・オブ・ブリーダン――男爵令嬢
ウィリアム・フィッツロイ――イングランド国王の非嫡出子
ピーター・ドゥ・モンセルム――修道士
オズバート・オブ・ブリーダン――エリザベスの父
トマス・オブ・ウェイクブライト――エリザベスの元婚約者
マージョリー・オブ・チェスター――トマスの妻
イザベル・オブ・ウェイクブライト――トマスの母
オーエン・オブ・ウェイクブライト――トマスの叔父
ジョアンナ・キンブロー――オーエンの愛人
エイドリアン・オブ・ロンゲーカー――ピーターのいとこ
ジャーヴェス、ルーファサウ、ウィンストン――ウィリアム公の家臣
アリソン――セント・アン聖堂の修道女

1

エリザベス・オブ・ブリーダンは胸を張り、決然とした足取りで父の城の大広間を通り抜けた。どっしりしたスカートは長い脚のまわりでひるがえり、細い金の髪留めでとめてあった赤い髪はすでにほつれかけている。髪が赤いのは喜ばしいことではなく、客を迎えた今の心境は歓迎気分にほど遠い。一般的に男性というのは野蛮なものだが、ウィリアム公の家臣たちは普通の男性よりさらにひどい。エリザベスはすでに使用人の女性ふたりと皿洗いの下男ひとりを貞操の危機から救った。悪名高きウィリアム公本人とはまだ顔を合わせていないのに。彼が現れたら、おそらく父が雇っている乳搾り娘を奪っていく。あるいは、雌牛そのものを奪い去るだろう。

あとひと晩よ。エリザベスは自分に言い聞かせた。あとひと晩過ぎれば、召使いの身に何があろうとわたしの責任ではなくなるわ。セント・アン聖堂までの道のりは幸い長くはなく、ふた晩程度で着くはずだ。向こうへ着けば、もう一生男性にも、その恥ずべき欲望にも悩まされずにすむ。

でも、もしかしたらそうはいかないわね。エリザベスは片隅に集まっている修道士たちを見て思い直した。聖なる修道士たちも、浮かれ騒ぐウィリアム公の騎士たちと大して違わないようだ。今までのところ、給仕係の召使いや家畜に手を出していないけれど。修道士は六人おり、まだひげが生えない若さの者から、きわめて動きの鈍い年寄りまでいる。あまりに動作が遅いので、エリザベスは自分が調合した薬を彼に使ってみたくてうずうずした。年配の洗濯女であるガートルードにあれほど効いたのだから、老修道士の体を楽にするのは間違いないだろう。とはいえ、わたしが何かしてあげようとしても、彼は拒むに決まっている。それもまた間違いないことだった。今までの経験からすると、男性はわたしの言うことを聞こうとはしない。

ほかは目立たない修道士ばかりだった。ふたりは顔色が悪く、おとなしくてあまり特徴がない。ひとりは若く強そうで、聖職者の道にも規則にも慣れていないように見える。六人目だけが、どこから見ても物静かで慎み深い典型的な修道士だった。穏やかな青い目は伏目がちで、つややかなブロンドの髪はカールし、口元は柔和で女性的と言ってもいい。さきほど会ったとき、エリザベスにほほ笑みかけてくれたが、それは最高にやさしい笑みだった。彼のような人が身近にいて、婚約もせず聖職につくつもりでもなかったなら、長年胸に抱いていた人生設計を考え直したかもしれない。

ああ、でもそれも間違いだっただろう。いくら穏やかでも、いくら笑顔がきれいでも、いくら目つきがやさしくても、ひとたび夫になったら男は女性を所持品とみなす。それが世の習わしであり、昔から変わっていない。すでに決まっている運命に逆らうのは、無駄骨というものだ。エリザベスはそれがわからないほど愚かではない。心してその間違いを避けようとしている。母と同じく、子供を産んで苦労するだけの短い生涯にこの身をゆだねるつもりはない。ひとりで、強く、しっかりと生きていきたい。修道院は、結婚生活に適さない女性にそうした生活をさせてくれる。

それにしても、マシュー修道士の笑顔は美しい。修道院に入るという決意が揺らいでしまう。夫がほしいとは思わないが、子供となると話は別だ。マシュー修道士のやさしい表情を受け継いだ子供なんて、すばらしいではないか。

「エリザベス！」大広間の向こうから男爵が怒鳴ったので、エリザベスはいつもどおり歩をゆるめた。薬草を使った調合薬を父のワインにそっと入れておいたので、肉欲は鈍っただろう。けれど、怒りっぽい性格は変わらない。唯一の防御法は、ぐずぐずして時間をかけること。そうすれば、父は仕方がないとあきらめる。女性は一般的に愚鈍であり、とりわけ自分の一人娘は無能だと納得するからだ。

いびきをかいて寝ている人をまたぎ、蚤(のみ)のたかった犬をよけ、床に敷いたいぐさを踏みつけながら、エリザベスは大広間を横切った。彼女の足は人一倍大きいと誰もが言ったが、背が高いので足が大きくて当然なのだ。そもそも蹴飛(けと)ばすのに都合がいい。この点については、弟五人とその友人たちがすぐに気づいたものだった。

父はテーブルの前に座っていたが、場所はいつもの上席ではない。端のほうに座っており、やや不満そうな顔をしている。「おまえのような大女は、体中に知恵がまわらないとみえる」彼は父親の威厳を見せつけて言った。「どこへ行っていた？」

「お父様の大事なお客様が満足なさっているかどうか見に行っておりました」エリザベスはいらだちを抑えて穏やかに答えた。父の前では、こうしたとっておきの声を出すことにしていた。今のところ彼女に手を上げる人物は父しかなく、肉づきのいいその手に懐かしい思い出はない。そのためできるだけ父と顔を合わせないようにし、話をするはめになったときは頭の弱い単純な女性を演じることにしている。父は娘を愚か者だと思っているし、利口そうに振る舞うより無能に見えるように振る舞うほうがやさしい。

ときおり自分の策略を面白いと思う。父は娘もほかの女性もすべてうすのろだと固く信じている。エリザベスの考えはもちろん違う。その反対こそ真実だと思っている。自分の家族から判断して、男性は鈍くて礼儀知らずで愚かしい。

「満足かどうかだと？　おまえのようなやせっぽちがそばへ来たら、さぞかし気分がいいだろうな」父はあざけった。

「もっと個人的に楽しませてあげればいいとお思いなの、お父様？」エリザベスは無邪気な口調で尋ねた。

「おまえをほしがる者などいるものか。それに、おまえは修道院に入ることが決まっている。おまえには修道院が最もふさわしい。わたしには無理なくらいの持参金が必要だとしてもだ。わたしの最大の間違いは、おまえの母親と結婚したことだ。がりがりにやせたふしだら女で、頭がよすぎて損をしていた。女が利口だとろくなことはない。その点、おまえは恵まれているな」

エリザベスはやさしくほほ笑み、そっとつぶやいた。「まあ、うれしい。その点だけはお父様に似たのだわ」

男爵は、ばかにされたことに全然気づいていない。だが、右にいる男性の喉から抑えた笑い声がもれた。その男性がいる場所は上席であり、普段は城主が座る場所だ。エリザベスはできる限り彼を無視していたが、今となってはそうしてもいられない。仕方なくわずかに向きを変え、初めて悪名高きウィリアム公をはっきりと見た。

もちろん噂はいろいろ聞いている。ウィリアム・フィッツロイはジョン王の長子だが、正式に結婚した女性とのあいだに生まれた息子ではない。ジョン王と最初の結婚相手とのあいだには子供がなく、ふたりは離婚。彼はフランスから十二歳の新しい妃を迎えた。それから三年たつがいまだに嫡出子はなく、巷の人々はウィリアム公が王位継承者となるのではないかと言いだしている。

もし指名されたら、それはイングランドにとって不運な日となるだろう。ウィリアム・

フィッツロイにまつわる不穏な話はあまりにも有名だった。彼はなんでもしたい放題の好色漢で、このたびも若い女性を死に至らしめたため、悔悛の旅に出ることになったのだ。そもそも彼女がウィリアム公のベッドに入ったのが間違いなのであり、エリザベスがその場に居合わせたら、そんなことをしてはいけないと諭しただろう。といっても、エリザベスがウィリアム公の寝室のそばにいるわけではないが。それでも、なんと言うべきかはわかっている。

いずれにせよ、ウィリアム公の不愉快な習性も含め、不運な出来事はこれが最初ではない。しかし、今回はその女性というのが小貴族の娘であり、彼女の父親はジョン王支持者のひとりだった。父親の怒りはそう簡単に治まりはしない。そこで、ウィリアム公は罪をあがなうべくセント・アン聖堂目指して旅に出たのだ。この旅には、国王の子息であるウィリアム公を守るために武装した護衛がつき、彼に確実に罪を清めさせるために聖職者の一団が同行している。そこでエリザベスはこの一行に加わり、安全に修道院長の手に引き渡されることになったのだ。

彼女がウィリアム公を避けてきたのは賢明だった。ひと目見ただけで、これは危ないとわかったのだ。彼が田舎にいてうまく色欲を満足させてきたのは、驚くにあたらない。彼を拒絶できる女性などいるだろうか？　だが、問題はかなり多くの女性がそういう行為におよび、その結果ひどい苦痛を味わったところにある。

ものうげに父の椅子に体をのばしているウィリアム公は生まれこそ不確かだが、どこから見ても高貴な身分の人間だった。手脚が長いのは間違いない。黒い髪は短めで、人目を引く顔のまわりで波打って甘くやさしく揺れ動く。目はくすんだ色で黒に近く、肌は長時間太陽にさらされている人と同じ小麦色。たぶん、陽光のもとで複数の乙女の純潔を奪ったからだろう。エリザベスは厳しい判断を下した。

ウィリアム公の服装はかなり派手で、けばけばしいと言ってもいい。胴着と革のブーツには金の打ちだし模様がついており、左手には大きなルビーの指輪をつけ、首には何連もの金の鎖をつけている。小柄な男性だったら、金の重みに負けて前かがみになってしまうだろう。だが、ウィリアム公は、そんなことにはならない。

彼は好色家らしからぬ口元をしている。厚ぼったいピンクの唇をしているわけでもなく、挑発的な笑みを浮かべるわけでもない。唇は大きくてきりりとしており、きれいにひげを剃った顔はむしろ厳格な感じがする。この甘やかされた貴公子は、笑うことがあるのだろうか？　年より老けて見えるが、それはおそらく実年齢以上に罪を重ねてきたからだろう。笑顔を見せるのは、純真な乙女をもてあそぶときだけなのではあるまいか。

「こちらがわたしの娘です」男爵がうやうやしくエリザベスを引き合わせた。「器量はよくありませんが、無口で従順です。なんでも素直に言うことを聞きます。旅のお邪魔になることもありますまい。エリザベス、修道院まで殿下のご保護を賜るのは大変な光栄だ。

殿下にそう申しあげなさい」

「大変光栄に存じます、殿下」エリザベスは忠実に父の言葉を繰り返した。

ところが、ウィリアム公はいやに興味ありげに彼女を見ている。「無口で従順か」彼が小声で言うと、エリザベスの背筋を不快な震えが駆け抜けた。彼の声は太くてかすかにかすれ、それが妙に肌をくすぐる。「わたしの好みにぴったりだ」彼は言い足した。

男爵は大声で笑っている。「この子がお好みに合うはずはないと存じます。殿下のお時間とお心をちょうだいするほどの価値はございません」

「女性はすべてわたしの時間と心をかけるだけの価値がある」ウィリアム公はゆっくり、引きのばすような口調で言った。「名前はなんといわれる?」

やめて! エリザベスは心の中で叫んだ。あの黒い目で見られると心が騒ぐ。わたしは殿下の気ままな生活になどかかわりたくないというのに。

「エリザベスです」父が代わって答えた。「何をぼんやりしているのだ。殿下のおそばへまいってご挨拶(あいさつ)しなさい」

エリザベスとしては言われたとおりにするしかなかった。彼女は頭を垂れたまま膝を折り、体を少しかがめてお辞儀をした。頭を下げていたのにはいろいろな理由がある。背を低く見せるのがそのひとつ。それに、人に目を見られなければ、感情を読み取られずにすむ。何を考えているかわかったら、いちばん鈍い弟でもきまり悪そうにするだろう。

「修道女になるつもりなのだな、エリザベス？」ウィリアム公は彼特有の美声で尋ねた。「本気でそれが自分の使命だとお思いか？」

エリザベスは驚いて目を上げ、期せずして彼と目を合わせてしまった。慈悲深いセント・アンに助けを求めたい。そこにあるのは、このうえなく邪悪な目だった。心を動かされやすい人だったら、その目に溺れてしまうだろう。でも、エリザベスは明らかにそうではない。彼女は驚いて口もきけずにウィリアム公を見つめていた。彼の目には喜びもなく、悪意もない。ただし、亡霊が宿っている。

「その点ですが、娘としては仕方がないのです」再び父がエリザベスに代わって答えた。「背が高すぎますし、どなたかの奥方にしていただくには知恵がなさすぎます」

「知恵が女性の長所だという話は聞いたことがない」ウィリアム公は小声で言いながら、エリザベスを見つめている。

男爵は大きな笑い声をたてた。「おっしゃるとおりです。しかし、このようなやせた娘にベッドを温めてもらいたいなどと誰が思うでしょう？　ぽっちゃりした女性なら、わたしもいつでも大歓迎ですがね。曲線美で、腕を巻きつけるに値する体をしているのなら」

「そこへいくと、わたしはずっと気持ちが大きい。なんの期待もしていなかったところには、人にわからない楽しみがある。男のほうに、そういう楽しみを見つける知恵があればだが」

もうたくさん。エリザベスは頭をのけぞらせ、思いきってウィリアム公の視線を受けとめた。心を乱す目ではあっても、避けてはいられない。「失礼してよろしいかしら、お父様？　まだ、しなくてはならないことがありますので。弟たちにお別れも言いたいし。今度いつ会えるかわからないのですもの。あの子たち、そうすぐにはセント・アン聖堂へ訪ねてきてくれないでしょう」

「行かざるを得ない状況にならない限り、行かないだろうな。しかも、みな利口だから悪いことをしてもつかまりはしない」男爵は、かたわらの権力者がつかまって償いをしに行くのだという事実を考えもしなかった。「あの子たちには会えないかもしれないぞ。それぞれ健康な若者だし、今夜はめでたい晩だ。勝手に遊びに行っているだろう。姉に見つかりたくはあるまい。別れ際に何か言いたいのなら、わたしから伝えておく」

「めでたい？」ウィリアム公が小声で言った。

「殿下が我々の城にお見えくださったからです」男爵は意外にもよどみなく答えた。「娘の門出を祝う意味もあります」

「あなたはよほど厄介者なのだな？」彼の太い声は笑いを含んでいる。エリザベスははじかれたように立ちあがった。男性が笑うと女性は心を惹(ひ)かれるものだが、自分が笑い物にされた場合はその限りではない。

彼女はきっぱりと言った。「子供を教会に差しだすのは、親にとってとてもうれしいことです」

「特にその娘がほかになんの役にも立たないときは」愛情深い父親がつけ足した。

「そうかな。わたしには納得できない」ウィリアム公が言うと、またしてもエリザベスの背筋を不快な震えが駆けおりた。じっと相手を見つめる黒い目もいやだが、あの声はもっと悪い。後ずさりし、逃げだしたくなる。とにかく、彼の前から消えてしまいたい。逃げだすのがいちばん現実的な解決方法だ。「それでは、あの人たちに会って、それから休みます……」

「あの人たちとは、弟たちかね？　それとも、修道士たちか？」

「まあ、お父様ったら。弟たちはここにいないと、今おっしゃったばかりではありませんか」エリザベスは言った。「神にお仕えする身の修道士の方々に失礼があってはなりませんから、不備がないかどうか見に行きたいと思います」

「修道士に近寄ってはならぬ」

ウィリアム公の低い声には、強要するような調子がなかった。それは、強要せずとも人はみな自分に従うと思っている王室の人間の声なのだ。うすのろだとしても利口だとしても、エリザベスはこのような命令に逆らうつもりはない。

彼女はもう一度膝を曲げ、身をかがめてお辞儀をした。「殿下のお望みどおりにいたしめている。

ます」つつましやかに答えてちらりと振り返ると、大広間の片隅にいる一団の修道士たちが目に映った。すでに、いぐさの上に体をのばして眠りこんでいる者もいる。だが、やさしい笑みと青い目を備えたマシュー修道士はまだ起きていた。その目はエリザベスを見つめている。

「きみは、おそらく父上が言われるほど修道院に向いてはいないのだろう」ウィリアム公はゆったりと言った。「そこにいる男たちの中に、大いに気を惹く者がいるらしい」

エリザベスは驚き、あわててまた前を向いた。ウィリアム公の声は、わずかながら不快感を漂わせている。エリザベスがやさしそうな修道士を見ていたと知って不愉快になったかのように。ウィリアム公のような男性は、あらゆる女性にちやほやされないと気がすまないのだろうか？

どうやらそうらしい。「わたしの部屋へ一緒に来てくれ、エリザベス」彼は唐突に言った。「思いのほか疲れた。そのうえ父上の上等なワインをいただいたので、自分の部屋にたどりつけないのではないかと思う」

「わかりました。美しい召使いをお供させましょう、殿下」エリザベスは答えた。本当のところ、そんなことはしたくない。ウィリアム公のベッドに入るのは危険なことなのだ。彼の欲望をそそりそうな女性を差し向ければ、わたしは助かる。けれど、いくら我が身を救いたくても、ほかの女性を犠牲にしたくない。それに、実際自分の身に危険が迫るとは思えなかった。ウィリアム公は悪名高き好色漢で、女性に関しては目が高い。美人でもないわたしに、彼が興味を持つはずはないのだ。

　ウィリアム公に父の調合薬を使ってみたくても、時間がない。効果が表れるまでに数日はかかる。王の息子が、わたしを遊び相手にしようなどという気まぐれを起こさなければいいのだけれど。

「王家の者は、訪問先の家の娘につき添ってもらうのが普通だ。ほかの女に案内させるのは失礼ではないか」ウィリアム公は立ちあがった。

　思ったとおり、彼はとても背が高い。といっても、父が擁している最高の戦士たちほどには長身でもなくたくましくもない。やせてはいるが強そうで、身のこなしに気品がある。その彼がテーブルの向こうから近づいてきて手を取った。エリザベスは彼のなすがままにさせておくしかない。

「行こう、エリザベス」ウィリアム公の声には、有無を言わせぬ響きがある。「わたしのそばにいてくれ。文明を離れたこの遠隔地ではどんな楽しみがあるか、きみなら話してくれるだろう」

　父はまだ椅子に座っている。驚いてものも言えないらしい。敬意を払うべき客が立ちあがったというのに立ちあがろうともせず、ぽかんと口を開けたまま じっとしている。

　ウィリアム公の手は意外にざらざらしていて、エリザベスは驚いた。王家の人は、赤ん坊のように柔らかな肌をしていると思っていたのだ。でも、噂によればウィリアム公は女好きであると同時に戦闘好きだという。長期間武器を携えて訓練してきたのでそうなったのだろう。

間違いなく、力は十分にある。父はやめなさいと言おうとしたが――もっと的確に言えば、客を〝喜ばせようと〟したらどうなるか娘に警告しようとしたが、ウィリアム公はその前にエリザベスを大広間から連れだしてしまった。煙と熱気と光に満ちた部屋に対し、廊下は暗い。ふたりの姿はたちまちみなの視界から消えた。

「どちらへ行けばいい?」ウィリアム公の声は落ちつき払っている。

「どこへお連れすればよろしいのですか?」エリザベスの声も落ちついていた。本当は、今までになくパニックに陥りそうになっている。それを考えれば、ちょっとした奇跡と言ってもいいだろう。隣にいる男性は自分より大きく強く、予期せぬ残虐行為におよぶ人物として知られている。やさしく弱い男性とベッドをともにする気はないが、怪物が相手となればもっとその気になれない。

「わたしの部屋だ。きみはわたしを部屋に残し、父上の城でもうひと晩、けがれのない夜を過ごすがよい。今宵を最後に、聖なる修道女たちの中に身を投じるのだからな。わたしはきみを犯しはしない、エリザベス」ウィリアム公の言い方には、本心ではないと思わせるものがある。それがなかったら、エリザベスは彼の言葉を信じただろう。

暗い廊下には松明がちかちかする光を投げかけている。エリザベスはウィリアム公の表情を読み取ろうとして彼の顔を見あげた。ちょうど顔に影がかかり、彼は噂どおりの危険な人物に見える。エリザベスは不安になった。

今、わたしにできることは何もない。痛くはないものの、ウィリアム公がしっかり手を握っているのだから。こうなったら、ウィリアム公をお泊めする主賓室まで上がっていくしかない。途中に彼の気をそらすようなものがあればいいけれど。

「わかっております、殿下」エリザベスは柔順なところを見せ、歩きだした。女性は歩幅を狭くするのがいいと言われている。しかし、気もそぞろなために歩き方などすっかり忘れ、すたすたと歩いてしまった。彼はゆったりと気品を漂わせてついてくる。

ウィリアム公はいちばんいい部屋を使いたがるだろう。つまり、上等な家具調度が置いてある南塔の主賓室を。そこまで行くには長い廊下がいくつもあるが、あっというまに通り過ぎてしまった。途中で出会った人もいない。魅力的な召使いも、いたずら好きな弟も、虫の好かない修道士もいなかった。廊下を渡るふたりを見かけた人はなく、誰もふたりがここにいることを知らない。助けに来てくれる人はいないのだから、逃げたければ自分の知恵に頼るしかないだろう。とはいえ、それは危険が身に迫った場合のことで、そんなことはまずありそうもなかった。

主賓室に続く扉は、暖かい空気が逃げないように閉められている。エリザベスは立ちどまった。頭の中でいろいろな考えが渦を巻いている。気を失ったふりをして床に倒れてしまおうか？ いくらウィリアム公が長身でも、ぐったりしたわたしを引きずって部屋に入るのはそう簡単ではないはずだ。けれど、人の手を借りることができる。なんといっても彼は王家の人なのだから。とはいえ、それは慣習的に認められているだけで、法的に王子とは言えない。

向こうずねを蹴ったらどうだろう？ 彼が驚いて手を放したすきに逃げだすのだ。ウィリアム公はわたしより足が速いだろうが、わたしには家の中をよく知っているという利点がある。それに、城には隠れる場所が無数にあり、一生そこを転々として暮らせるだろう。

あるいは、素直にさだめに従えばいい。ほとんどの女性たちが何世紀も耐えてきた人生に比べ、さほど悪いとは思えない。ひどい扱いを受けて殺された犠牲者だって、数限りなくいるではないか。わたしも暗黒の王子がもてあそぶ犠牲者のひとりとなり、修道院に入らず一足飛びに聖徒の仲間に入るのかもしれない。

だが、なぜかそう思うと気が滅入る。やはり彼から逃げなくては。何かいい方法はないものだろうかと思っているうちに、彼はあっさり手を放した。

「何も怖がる必要はない。さっきそう言ったはずだぞ、エリザベス」ウィリアム公の太い声が彼女の背筋をすべりおりた。「きみを手籠めにする気はまったくない」

エリザベスは顔を赤らめた。しかし、それはうれしいからではない。ほっとするはずなのに、そういう心境にはならなかった。ウィリアム公のような人が、やせすぎで育ちすぎの、しかも毒舌ばかりがさえている赤毛娘を犯すわけがない。どうしてそんなばかなことを考えたのだろう？　わたしには女性としての魅力がなく、父の使用人のうち、とりわけつまらない男性でさえもわたしに惹かれはしない。それなのに、いくらでもいい相手をつかまえられる好色家が、どうしてわたしをほしがるだろうか？　わたしもどうかしている。ウィリアム公からようやく逃れられたのはうれしいことなのに、なぜ傷つけられたような気になるのだろう？

おそらく、それほど危険が身に迫っていたわけではないからだ。いつもはお得意のうつろな表情を見せて男性をいらいらさせるのだが、その気力もなくうなずいた。「何かお望みでしたら、召使いにお命じくださいませ」言い終えると、彼女は急いでウィリアム公から離れた。彼の気が変わらないうちに引き取ったほうがいい。といっても、彼の気は変わりそうもないが。

ところが驚いたことに、ウィリアム公はエリザベスの肩に手をかけた。逃がすものか、と言いたげに。奇妙にも、さきほど手と手が触れ合ったときは彼の素肌の感触が伝わり、不思議なくらい心が乱れた。けれど、何枚もの布を通して感じる彼の手の重みは、もっと心を動揺させる。昼間は絶えず人と手が触れ合うが、ほかの部分に誰かが手を触れることはほとんどない。とりわけ長身のハンサムな男性が触れることは。そして、ウィリアム公は危険なほど魅力的だ。

「ほしいものは何もないと思う。もう聞いているだろうが、これは悔悛の旅なのだ」ウィリアム公の笑みにはかすかに不快感が表れている。だが、何に対する不快感なのかは定かでない。彼自身への不快感なのか、償いを命じた権力者への不快感なのか。「きみも床につくがいい、エリザベス。明日は早朝に出発する。しかも、わたしの護衛の者たちは気が短い」

「わかりました、殿下」

「修道士たちは、何があろうと自分でなんとかする。彼らは清貧の誓いを立てたのだ。知っているね？　どんなときにも、与えられたもので満足できる。きみが近くをうろうろする必要はない」

「わたしはうろうろなどいたしません」

「そうしたそうな顔をしているぞ」ウィリアム公はまだ肩から手を放さない。その手の重みとぬくもりが体中に広がり、ひどく心をかき乱す。

「わたしはこの城の女主(おんなあるじ)です」エリザベスは言った。「父のお客様に十分なおもてなしができているかどうかを見届けるのが、以前からわたしの仕事でした」

「それなら、きみの才能をもっと有益なことに使うのがよかろう。わたしに約束してくれないか？」

エリザベスはぐいと顔を上げて彼を見つめた。ひどく驚いたので、ほかのことは何も考えられない。「約束とおっしゃいますと？」

「大広間に近づかないと約束してもらいたいのだ」ウィリアム公は辛抱強く言った。「きみの居室に戻り、夜が明けるまでそこにいてくれるか？　わたしが連れてきた男たちは、女性に関することとなると信用できない」

殿下はどうなのですか？　そうエリザベスは尋ねたかったが、黙っていたほうがいいと判断した。すでに危険を冒しすぎている。それなのに、彼は手も触れずに部屋へ返してくれようとしているのだ。なんとありがたいことか。その思いやりには感謝しなくてはいけない。

彼の言葉に従うのはたやすい。もとよりそのつもりなのだから。「お約束いたします。でも、ウィリアム公はわたしを買いかぶっておいでです。わたしは血の気の多い男性を刺激などいたしません。その点はまったく心配ないとわかっています」

ウィリアム公の顔がゆっくり笑み崩れた。そのいたずらっぽい笑顔はマシュー修道士の神々しい笑みと対照的で、そのうえはるかに危険でもある。「きみは血の気の多い男たちをみくびっている。罪をあがないに出てきたのでなければ、わたしはきみを部屋に引き入れてもっと大きな罪を犯そうとするだろう」彼はエリザベスの肩に手をかけて自分のほうへ引き寄せ、エリザベスはなんら抵抗もせず彼の黒い目を見つめていた。殿下はわたしにキスするつもりなのかしら？　修道院で誓いを立てる前に、最後のキスをしておきたかったのに。けれど、それならマシュー修道士にキスしてもらいたかった。王国一の危険な好色男よりも、マシュー修道士のほうがいいではないか。

いいえ、ほかにわたしにキスしたがる人はいないわ。だから殿下でもいいのよ。エリザベスは動くこともできず、ただ目を閉じた。彼の腕に力が入り、唇が近づく。そして、しっかり……額に触れた。別れに際しての、つかのまの祝福とでも言ったらいいだろう。彼はすぐに手を放した。

誰でもいいから相手をさせたいと思っている女好きでさえ、わたしを相手にしたくはないのだわ。これも天のお恵みだから、感謝しなくては。エリザベスはひそかに独り言を言い、後ろへ下がった。もう少し分別がない女性なら、殿下は仕方なく手を放したのだと思っただろう。

「ゆっくりお休みください、殿下」エリザベスはきびすを返した。表に出さないようにしてはいたが、まったく理屈に合わない激しい憤りが胸に渦巻いている。「何時でも、お望みの時間に出発できるようにしておきます。いい夢を見られますように」

「それはどうかな」ウィリアム公はつぶやき、まもなく主賓室の扉を閉めた。ひとり廊下を行くエリザベスの額には、まだ彼の唇の感触が残っている。その感触は、ひどく心をかき乱した。

一時間後、主賓室でゆったり椅子に座って火を見つめていた彼は、扉をこするかすかな音と革の蝶番のきしみを耳にしてとんでもない期待を抱いてしまった。ことによると、長身でやせている赤毛の娘ではないだろうか、と。彼女はみなに意気地なしか愚か者だと思われているようだが、決してそんなことはない。そのとき修道士のひとりが主賓室に入ってきて音もなく扉を閉めたので、彼はほっとして緊張を解いた。

「誰かに見られなかったか？」

エイドリアン修道士はうなずいた。「誰にも。口実は用意しておいた――ウィリアム公には精神的支えがなくてはなりません。修道士としてのわたしの務めは、その彼を支えることですと言えばいい」

「ぼくは随行団員中いちばん若い修道士に救いを求めようとしたわけか？　あまり自然ではないな」

エイドリアンは顔を赤らめた。「そうではなく……」

「いいよ、エイドリアン。気にすることはない。世間の人は、単純にぼくが同性を遊び相手にしていると思うだけだろう。そういうことは初めてではあるまい」

エイドリアン修道士は眉をひそめた。「でも、きみはそんなことをしないだろう。明らかに――」

「明らかにそんなことはしない」彼は言った。「しかし、ウィリアム公ならするだろう。殿下はもう床につかれたか？」

「ああ、もうお休みだ」

「近くに女はいないだろうな？」

「ああ、いない」

彼はため息をついた。「これは思ったよりも大変だ。殿下から目を離さないでくれ、エイドリアン。彼は罪の償いには関心がない」

「そして、きみは関心がありすぎる」エイドリアンは言った。

2

エリザベスは朝早く目を覚ました。普段から何かすることがあると寝ていられない性質だが、新しい生活を始めるというこの日には夜明けが待ちきれなかった。前の晩にわずかな荷物をつめ終わり、別れの挨拶(あいさつ)をすませたというのに、体中がわくわくしてまだ暗いうちに目が覚めてしまう。今朝は質素なドレスの上にゆったりした地味な茶色の外衣をつけて自分で紐(ひも)を締め、窓際に座って東の丘からのぼる太陽を眺めた。この窓から太陽を見るのはこれが最後だろう。不思議にも、大きな悲しみは襲ってこない。別の場所に行けば、別の日の出が見られる。この日の出はもう十分見た。

城で働く人々が徐々に動きだしている。エリザベスは、ひんやりした石壁に頭をあずけてそれを見守った。最初に目に映ったのは乳搾り女たちで、遠くから見ていても客人たちにいい印象を与えたのがわかる。彼女たちに続いて馬丁や召使いがひとりひとり現れ、それぞれの仕事につき始めた。城全体に陽光が降り注いでも、騎士にせよ修道士にせよ客人の姿は見あたらない。

父が不精なのに、城は整然として見事に管理されている。エリザベスは城の秩序が保たれるよう、ずっと最善を尽くしてきた。今度城を目にするときには――目にするときがあればだが――どんな状態になっているやら。ブリーダン城のような小さな城でも、大勢の使用人を使いこなす強い城主がいなくてはならない。不器量とはいえ娘にも使い道があると父が気づいて以来、エリザベスは使用人の監督をしてきた。最も小さなことについても、使用人をうまく動かすには多大な労力が必要だ。そのため、自分のしたいことをする時間はほとんどなかった。星の勉強も、植物の根や薬草の効果の研究も。それでも、城にいる五十人以上の人たちに薬草を処方できるくらいの知識と技術を身につけた。

明日からは誰が彼らの面倒を見るのだろう？　管理する女性がいなくなれば、城は手入れが行き届かず、荒廃していくだろう。

もちろん、女性がいないまま終わるとは限らない。エリザベスが薬草を与えなくなれば、父はきっと再婚する。弟たちもそれにならって結婚するに違いない。実際は、女性がいなくなるどころか多くなりすぎてしまうだろう。エリザベスが出ていく理由のひとつはそこにある。つまり彼女は、自分が持っているささやかな権力を和やかに他人に譲れるタイプではないからだ。

それももう、今となってはどうでもいい。二度とここへは戻らず、家族に会う機会もないのだから。腕白な弟たちに会いたくなることはあっても、悲しくはないだろう。セント・アン聖堂に着いたら、新しい家族の中で生活するのだ。新しい家族、新しい名前、新しい使命。悔いはいっさいない。

客人のひとりが大股で中庭に歩いてきた。驚いたことに、ウィリアム公がひとりで馬屋に向かっていく。例によって気品ある装いに身を固め、金の打ちだし模様が朝日にきらきら輝いている。だが、帽子をかぶっていない。そのため、まだ若いのに頭頂部が薄くなっているのがわかり、エリザベスは少しおかしくなった。ウィリアム公の黒い髪は丁寧にとかしつけてあるが、頭のてっぺんをやっと覆っているにすぎない。修道士のような髪型だ。彼にすれば、背が高くて幸いだった。ほとんどの人は、こうして上から彼を見おろすことはあるまい。

けれど、髪型だけでなく、おそらく太っていようが醜かろうが大した問題ではないだろう。彼は王の一人息子で力と特権に恵まれており、誰も彼には逆らわないのだから。どうして彼が女性を殺したのか、エリザベスには想像もできなかった。噂が事実だとすれば、殺した相手は複数にのぼる。たとえ高貴な生まれの女性だとしても、彼に逆らうことはできないのだろう。

今なら城の厚い壁に隠れ、なんの心配もなく彼を見ていられる。それに、何かするとしても今はこれ以上有意義なことはない。大男にしては彼の動きは驚くほど優雅で、長い脚がぐんぐん中庭の距離を縮めていく。道楽にふけって一睡もしなかったか、同行の人々と違い、主賓室で禁欲に徹してゆっくり眠ったか、どちらとも考えられる。彼が品行方正に過ごしたとは思えない。あの目は悦楽を知っている目だ。しかし、夜のあいだ叫び声が聞こえなかったからには、みな安全な一夜を過ごしたのだろう。

ウィリアム公さえも。彼は馬屋を通り過ぎ、まっすぐ礼拝堂に向かってその中に姿を消した。

まあ、こんなことってあるのかしら？　エリザベスは驚いて石の壁に体をあずけた。ウィリアム公は好んでこの贖罪（しょくざい）の旅に出たのではない。それに、世間でささやかれている話が半分でも本当なら、彼は思慮に欠けた残忍な男性で、人にも神にも敬意を払わないはずだ。

でも、昨夜は残忍な男性には見えなかった。冷酷な男性というのは、不器量な娘の額にキスなどしないのではないだろうか？

あのキスには意味などなかったのだ。エリザベスはそう自分に言い聞かせた。使用人たちはすでにきびきびと働きだしており、ウィリアム公に比べて元気のない随行員たちも姿を現した。出発の時間がやってきたのだ。

エリザベスが家を出るというのに、家族は見送りに出てこない。出ているのは使用人ばかりだった。年配の洗濯女ガートルードはおいおい泣いており、馬丁のワットでさえ声をあげて泣いている。エリザベスは涙を抑えてひとりひとりを抱き締め、父が出し渋りながらもくれた老いぼれ馬のメランジュに近づいた。不安はほとんど感じない。

男性たちはすでに馬にまたがっている。修道士たちがとりわけ立派な馬に乗っているのには驚いた。修道士の多くは、神経質な馬ではなく驢馬に乗るものだ。年老いたメランジュは、気の毒だがいちばん遅い驢馬についていくのさえ大変だろう。でも、彼らの馬についていってくれるのを期待するしかない。馬丁のワットが石の踏み台を引き寄せたので、エリザベスはそれにのぼって馬にまたがろうとしたが、行動を起こす前に暗黒の王子に話しかけられた。いつのまにそばへ来たのだろう？　まったく気づいていなかった彼女はひどく驚いた。

「この老いぼれ馬に乗るのはやめたほうがいい」ウィリアム公はきっぱりと言った。

こんな声だっただろうか？　エリザベスはウィリアム公を見あげて思いだそうとした。いくら魅力的な目をしていても、彼の実体はおぞましい悪意に満ちた獣だということを。

「使っていい馬はこれだけなのです」

「今、父上の馬屋を見てきた。父上は、ご自分の娘よりも馬を大事にしているらしい」

「男の方はたいていそうではないでしょうか？」エリザベスは答えてから唇をかんだ。率直に言いたいことを言うといつも失敗する。彼に長々とその黒い目で見られ、彼女は居心地の悪さを覚えた。

「エイドリアン修道士！」ウィリアム公は後ろにいる男性に呼びかけたが、目はじっとエリザベスの目を見つめている。意外にも、馬からするりと降りて走ってきたのはいちばん若い童顔の修道士だった。

「はい、殿下」

「こちらのご婦人にもっといい馬を探してきてくれ。こんな馬でついてこようとしても、すぐにひとりで取り残されてしまう」

「男爵がいいとおっしゃるかどうか――」

「この件について男爵は何も言うまい。殿下に不都合があってはならないと思うに決まっている。そうだろう？　男爵は明らかに知恵がない。しかし、権力者を怒らせるほど目がきかないわけではないだろう」

「そのとおりです」エイドリアン修道士は言い、ワットのほうに足を運んだ。ワットは飼料で汚れたブーツをはいて震えている。

「ほかの馬をお渡しできるかどうかわかりません」彼は震え声で言った。「男爵様はエリザベス様を馬に乗せたくないのです。どんな乗り方をされるかわからないので、大事な馬をだめにされるのではないかとお思いでして」

ウィリアム公はまだエリザベスを見つめている。「どうやらきみは、父上の面汚しらしいな」彼はそっと言った。

「よくそう言われます」エリザベスに弁解する気はなかった。新しい人生が始められるのなら、なんであろうと人が与えてくれるものに乗っていく。

「アンソニーに鞍をつけて連れてきてくれ。男爵にあの馬は不要だろう」

エリザベスはアンソニーの行く末に不安を感じて口を開いた。「わたしはメランジュで結構です。はっきりそう申しあげられます」

「わたしもはっきり言える。メランジュではだめだ。わたしに逆らうつもりか？」

エリザベスはまさに逆らいたかった。けれど、その気持ちを抑えるだけの分別はある。王の息子に逆らうものではない。とりわけその息子が気まぐれで知られている場合は。

「御意のままに、殿下」

彼はうなずいた。「良識ある決断だな。きみは父上より賢いと思っていた。さて、もう出発の時刻を過ぎている」すでに出発していなくてはいけない時間なのだ。大きな黒馬はそわそわして早朝の空気の中で荒い息づかいをしており、すぐにでも飛びだそうと身構えている。だが、ウィリアム公は見事な馬をしっかり抑え、しかもこの馬を御すのに苦労している様子はない。そうこうしているうちに、エイドリアンが新しい鞍をつけた栗毛の雌馬を連れてきた。

エリザベスは不安顔で雌馬に視線を注いだ。メランジュより大きく、ずっと元気がいい。けれど、どうせ選択の余地はないのだから、ほかの方法を考えるつもりはない。人生は何を選ぶかによって決まるのではなく、押しつけられたものを最大限に生かすかどうかによって決まる。

慣れない馬に乗るだけでもいやなのに、不器用に乗るところをウィリアム公の黒い目が見ているとあっては、逆らいたくさえなる。しかし、ちらりと彼を見てわかった。彼に考えを変える気はない。従うほかはないのだ。

エリザベスが鞍に落ちつくまで、雌馬は意外に辛抱強くじっとしていた。これはいい兆候だ。メランジュはいくら元気がないときでも、これほどおとなしくはない。エリザベスはひそかに天に感謝した。うまく乗れなかったら、ウィリアム公が再び体に手をかけて乗せようとしただろう。みなが見ている前で。それは最悪の事態と言っていい。

こうして一行は出発した。騎馬隊は堂々と、気品を漂わせて朝靄(あさもや)の中を進んでいく。エリザベスは、集まっている使用人たちと十七年過ごしたブリーダン城を振り返った。これがすべての見納めとなる。そこで彼女は前方に目を向け、新たな人生と向き合った。

一度も泣かなかったのは、プライドが高いからにほかならない。父に耳を殴られたときも、弟たちにうどの大木と言われたときも、城で働く女性ふたりが〝エリザベス様ときたら、全然女らしいところがないわね〟と話しているのを偶然耳にしたときも泣かなかった。それればかりか、ただ一度の結婚のチャンスを逃したときでさえ。あのときは、婚約していた男性がほかの女性に走ったため、結婚に至らなかったのだ。鏡を見ると、涙に揺らいではいても自分の姿がはっきり見えた。悪魔の象徴とされる赤い髪。日焼けしてそばかすができた白い肌。大方の男性を見おろしてしまう高すぎる背丈。腰が細く、子供を産むのに適していないやせた体。こんな女性を誰が好むだろう？　胸は豊かだが、これはありがたいというより迷惑だった。動いているときは邪魔になり、時として間抜けな男性の興味をそそる。修道院に入ってしまえば、誰も気づきはしなくなるだろう。

決して泣かなかったという事実は強さの証で、その点はエリザベスの自慢でもあった。けれど、太陽が高くのぼるころには、痛みと不満とで泣きそうになっていた。

生まれてから十七年のあいだ、城から半日以内で行けるところへしか出かけたことがない。たった一度、結婚を目的に出かけただけであり、しかもそれは破談になった。母には訪ねていくような間柄の身内はなく、男爵はときおり遠出するものの、娘をともなっていこうとはしない。だが、今日はこれまで馬に乗った時間をすべて合わせたよりも長く乗っている。馬が一歩進むごとに体が悲鳴をあげるのも無理はなかった。

「どうなさいました、エリザベス様？」低い声が、自己憐憫に陥っているエリザベスの胸に染み渡った。顔を上げると、マシュー修道士の淡いブルーの目が見つめている。「具合が悪いのですか？」

エリザベスはそわそわして前方に視線を投げた。しかし、ウィリアム公は騎馬隊の先頭を進んでおり、ほとんど姿が見えない。彼女はやさしい修道士にちらりと笑顔を見せた。

「ただの旅疲れです」少なくともそれは嘘ではない。本当はつらくて叫び声をあげたいが、ずっと我慢している。叫んでも何もいいことはないからだ。「心配してくださるなんて、おやさしいのですね。でも、大丈夫。とまって少し休めばよくなります」

マシュー修道士はほほ笑み返した。こんなきれいな顔が修道院に埋もれているなんてもったいないわ。エリザベスは彼の顔を見てぼんやり考えていた。彼のようなやさしい男性がもう何人か俗世にいたら、人々の生活はずっとよくなるに違いない。実際のところ、夫たちの多くは弱いものいじめの獣で、思いやりのある男性は独身を通している。わたしもそう。独身を通すのよ。エリザベスは素早く自分に語りかけた。

「殿下は夜にならなければ馬をとめないでしょう。それまでとめる気はないと思いますよ」マシュー修道士は苦笑を含んだ声で言った。

まあ、なんてこと。エリザベスは思わず小さな声をもらした。

「しかし、なんとかとめてもらえるようにしましょう」マシュー修道士は気の毒そうにエリザベスを見た。「ひと言耳打ちすれば、きっと馬をとめる気になります。殿下にしても、か弱い女性がこの速度についてこられるとは思っておられないはずです」

「わたしはか弱い女性ではありません」エリザベスはけんか腰で言った。か弱く、頼りない女性に生まれたかった、と思っていた時期もある。けれど、神は違うものをお与えくださった。体力と忍耐力には誇りを持たなければ――たとえ、ここぞというときには消えてしまう長所であっても。「わたしのことはご心配なく。長い距離を乗るのに慣れていないだけですから」

「旅はまだ始まったばかりですよ。殿下はこの速度で進まなくてもいいのです」

「でも、早く罪の償いをすませたいのではありませんか？」エリザベスは体を楽にしようとして何度も座り直した。そうした落ちつかない態度を、この馬はかなり好意的に受け入れている。メランジュだったら大暴れするだろう。

「その可能性はあります」マシュー修道士は言った。「禁欲はウィリアム公のような方にとっては大変なことです。殿下にお気をつけください、エリザベス様。わたしは心配しているのです。父上が調理場の下働きをする召使いさえお供につけてくださらないとは、なんということでしょう。男性ばかりの一団の中に女性ひとりというのは、大変危うい状況です」

「わたしは、どなたもきちんと自制できる方だと思っています」エリザベスは答え、落ちてきた赤い髪を肩の後ろへ払った。

「あなたはたやすく人を信じすぎます。危険を感じたら、すぐにわたしのところへおいでください。約束してくださいますね？　わたしは力を尽くしてエリザベス様をお守りいたします」

エリザベスは彼の心配そうな目を見てすっかり穏やかな気持ちになった。どうして身近に彼のような男性がいないのだろう？　穏やかで、親切で、ハンサム。声は明るく静かで心を和ませ、うるさくて迷惑するようなことはない。こういう模範的な男性が、なぜ修道院で一生を費やすのだろうか？

　こんなことを考えるのは冒涜に等しいけれど、声に出して言わないだけまだいいだろう。神に一生を捧げるのに、セント・アン聖堂ほどふさわしい場所があろうか？　わたしは生涯に一度のチャンスをつかまえたのだ。神に仕えるのは、真に名誉なことではないか。

　マシュー修道士は体を乗りだし、エリザベスの手に手を重ねた。柔らかい、きれいな手で、指にはずっしりした金の指輪が光っている。「わたしのところへ来ると約束してください」彼は差し迫った口調で言った。

　彼の手は冷たい。陽光が降り注いでいるというのに、どうしてこんなに冷たいのかしら。エリザベスの体はほてっていた。暖房が不十分なうえにすきま風が入る城にいるときだったら、とても都合がよかっただろう。だが、この温度差は尋常ではない。修道士というのは肌が冷たいものなのだとでも考えなければ、納得できそうになかった。おそらく、今熱に冒されている血液が冷めて平静になるのは、修道院に入ったときだろう。

　マシュー修道士はエリザベスの手を握り、ふたりの馬を近づけて進みだした。彼の馬はかなり神経が張りつめており、その馬がそばへ来たためエリザベスの馬もぴりぴりしてきた。わたしの不安を映しだしているのだわ、と彼女は思ったが、なぜそう思ったかはわからない。隣にいる修道士は、力になろうとしてくれている。それはわかっていても、手を引き抜きたい。けれど、いい方法が思い浮かばず、結局身じろぎしながら鞍に身を置いたままでいるしかなかった。

「マシュー修道士！」少年のように見える修道士が追いついてきて、緊迫した声で呼びかけた。

マシュー修道士はエリザベスの手を放して若者を振り返ったが、その動きはいかにも気が進まなそうで、横柄に見えるほど緩慢だった。「なんだ、エイドリアン修道士？」

「ウィリアム公がマシュー修道士とお話しなさりたいそうです」

「馬をとめたら、十分すぎるくらい時間があるだろう」マシュー修道士はまだエリザベスと並んだまま、同じ速さで馬を進めている。「贖罪と罪の話は、食事をしながらでもできる」

「今すぐ話したいとおっしゃっています、マシュー修道士」

マシュー修道士はにっこりした。その笑顔はことのほか魅力的だった。「これは贖罪の旅だ。遊びに来たのではない。殿下には、それをよくわかってもらわなくてはいけないな。殿下の希望が最優先ではないのだ。わたしはあとで話しに行く」

エイドリアン修道士は馬の向きを変えたが、むっとしたのは間違いない。マシュー修道士はそれを察して低い声で笑った。

「あんなことをおっしゃって大丈夫なのですか？」エリザベスは尋ねた。彼のやさしい笑顔にはわけもなく魅了されるが、だからといって分別を失ってはいない。「ウィリアム公には逆らわないほうがいいのではありません？　いくら我慢すべきときでも、そうそう辛抱強くはなれない方のように見えますけど。そもそも、それだから巡礼の旅に出られたのでしょう？」

「そのとおり。殿下の償いの中には、人にノーと言われたらそれを受け入れること、という項目があります。毎日それに耐えなくてはなりません」

「あなたはそういう苦行をさせる係なのですか？」エリザベスは尋ねた。妙に好奇心がわいてくる。

「驚きましたか？　わたしも驚いています。国王のご子息は、少なくとも大司教に霊魂のお導きをまかせるものです。それが、小さな修道院の単なる修道士にまかされたのですから」彼の声には思いがけなく憤りが感じられた。

「だとしたら、とても名誉に思っていらっしゃるのではありませんか？」

マシュー修道士のくすんだ青い目が、さっとエリザベスを眺めまわした。彼の笑顔は相変わらずとてもやさしい。「ほしくない名誉です」彼は言って、再びエリザベスの手を取ろうとした。

エリザベスは他人が思うよりずっと馬術に長けており、わざとゆっくり馬を進めることができた。こうすると、慣れない人が不器用に馬を扱っているように見える。マシュー修道士の冷たくやさしい手はもうここまで届かず、心を溶かすような笑顔もさきほどのような力をおよぼさない。

そのとき、ほかの馬は全部足をとめ、人々は馬を降りかけていることに気がついた。横暴なウィリアム公もついに自分が人間であることを知り、休息が必要だと考えたのだろう。

今は石の踏み台がない。普通なら踏み台がなくてもたやすく背からすべりおりることができる。しかし、この馬はメランジュより大きく、スカートが鞍のまわりに広がっているうえ、降りようと思うだけで体が痛む。おそらく、鞍の上でじっとしていたほうがいいだろう。もし降りたら、もう一度拷問台のようなこの鞍にのぼらなければならないときがやってくる。果たしてそのときにのぼれるだろうか？

でも、たぶんマシュー修道士が助けてくれる。エリザベスは振り返ったが、彼は音もなく馬を降りてしまっていた。しかも、こちらへ馬を向けて近づいてくる人がいる。誰であるかは改めて考えるまでもない。長身、黒髪、奇妙に人を威圧する姿。

いいえ、彼が威圧的に見えても不思議ではないわ。エリザベスは心の中で言い直した。ウィリアム公はあらゆる女性にとって危険な人物なのだ。夜明け前に礼拝堂へ行っても、悔悛（かいしゅん）の旅に出ても、それは変わらないだろう。彼の目をよく見れば、たちまち危険が迫ってくる。

そばについているのはエイドリアン修道士だった。優雅な身のこなしで苦もなく馬を降りたウィリアム公は、若い修道士に手綱を渡してエリザベスのほうへ向かってきた。どうしたらいいの？　エリザベスが不安になると、馬は素早く後ろへ下がった。乗り手の気持ちを感じ取ったのだ。

ウィリアム公は手綱を取り、馬の首に手を置いた。すると、それだけで馬はおとなしくなってしまった。エリザベスはますます不安になった。ウィリアム公は本当に悪魔の手先であるに違いない。動物は人間より直感力がすぐれている。エリザベスは固く信じている。それなのに、この馬は彼を信用した。動物をぺてんにかけられる人なら、どんな人間でもだませるだろう。

「そろそろ降りたほうがいい、エリザベス」ウィリアム公は言った。「あまり長いあいだ鞍に座っていると、体がこわばってしまう」

今ごろ言ってくださってももう遅いわ。エリザベスはひそかに惨めな思いを訴えた。「ありがとうございます。でも、わたしは大丈夫です」言い終わってから、彼女は急いで言い足した。「殿下」

スカートが彼の上等なウールの外衣に触れ、何枚もの衣服を隔てているのに彼の体のぬくもりが感じ取れるようだ。もっと気丈になって堂々と高所から彼を見おろさなくてはいけない。けれど、そうはできなかった。

「降りなさい、エリザベス」今度の言葉は命令だった。周囲にはエイドリアン修道士しかいない。彼は精いっぱい、何も聞いていないふりをしている。

今降りようとしたら、ウィリアム公の足元に転げ落ちてしまう。相手が誰であろうと、そんな姿は見せたくない。いやだと言ったら、どうにかなるかしら？　エリザベスは考えながら彼を見おろした。やはり、言ってもだめそうな気がする。

「降りたくありません」

「降りなさい」

「降りられないのです！」とうとうエリザベスは言った。「この憎らしい馬から降りようとしたら、頭から転落してしまいます。そうしたら、もう二度と乗れなくなるでしょう。宿泊場所に着くまでは、こうしているほうがいいかと……」言葉はひゅっと尾を引いて消えた。ウィリアム公が彼女のウエストに手をかけ、馬の背から降ろしたからだ。

思ったとおり、脚に全然力が入らない。だが、ウィリアム公が強い手で支えてくれているので座りこまずにすみ、徐々に膝の震えも消えて自分の脚で立っていられるようになった。これで体の震えがとまれば言うことはないのだけれど。

「これは憎らしい馬ではない。実に立派な馬だ。きみはわたしに負けず劣らずよく知っているではないか」ウィリアム公の穏やかな声は、普通ならエリザベスの気持ちを安らかにしただろう。しかし、今はそうはいかない。

「もう手を放してくださっても大丈夫です」

「わたしは放したくない」そう言いながら彼は手を放して一歩下がった。聞き間違いかしら？　エリザベスはいぶかった。立ってはいられるものの、つかまるものがほしい。そこで手綱をつかみ、おわびのしるしに馬の首に手をすべらせた。ふと気がつくと、ウィリアム公とちょうど同じ仕草をしている。思わずあわてて手を引っこめた。

「ええ、憎らしい馬ではありません」エリザベスは同意した。「あのう……わたし、こんなに長いあいだ馬に乗ったことがないものですから……」

「そうだろう」ウィリアム公は広い森のほうを顎で示した。「あそこへ行くがいい」

「なぜです？」

「あそこならくつろげる」彼はそっけなく言った。「きみは父上の使用人を思いどおりに動かせるようだが、自分の体は今それほど簡単に動かせないだろう。とすれば、休む必要がある。ただし男性と一緒では休めないかと思ってね」

顔がほてる。きっと赤くなっているだろう。言われてみれば、確かにひとりになりたい。

「もう少し言い方に気をつけてくださるべきでしたわ」ぴしゃりと言ってから思いだした。これで終わってはいけないのだ。「殿下」彼女はおどおどとつけ加えた。

「わたしはそんな細かいことを気にする人間ではない。覚えておいてくれ、エリザベス」ウィリアム公はエリザベスの手から手綱を取りあげた。「さあ、行きなさい」

わたしは体力に自信を持ちすぎていたのだわ。エリザベスは歩こうとしてすぐに気がついた。じっと立っているのならいいが、一歩足を踏みだすともう膝がガくがくする。すかさず彼の手がわきの下にのび、体を支えた。そうでなかったら、倒れていたかもしれない。

彼はさきほどより近くに来ている。というより、そばに来すぎている。昨夜もこうだった。「申し訳ありません」エリザベスは息を切らして言った。「すぐ歩けるようになると思います」

「抱きあげて連れていこうか？」

「とんでもない！」暗黒の王子にひとけのない森へ連れていってもらうなんて、もってのほかだ。「わたしは大丈夫です」それを証明するために、エリザベスは彼から離れて足を踏みだした。

体は脳の命ずるままについてくる。エリザベスはとりすました笑みを浮かべ、精いっぱい気品を保ちながら森に向かった。

とはいえ、人の目が届かなくなればもう無理をしてはいられない。エリザベスは泣きそうになり、よろめきながら茂みに入りこんだ。

今は何よりも体を丸めてじっとしていたい。でも、そんなことはできないとわかっている。出ていくまいとしたら、彼は家臣を森に送りこんで連れ戻そうとするだろう。悪くしたら、彼本人が捜しに来るかもしれない。

つまり、ずっとここにいるわけにはいかないのだ。城を出てから半日以上過ぎたのだからいいではないか。あの馬の背にもう一度納まることさえできれば、今日一日はなんとかしのげる。たとえ危なっかしくても。

森を出ると、男性たちはすでに馬に乗っていた。のろのろと草地に入っていくエリザベスを、全員が馬上から見守っている。

彼女は背筋をのばし、自分の馬に近づいた。馬に乗るための踏み台はなく、ウィリアム公が手綱を握って見つめている。

エリザベスはこれまで人前で泣いたことがない。今も泣くまいと思っている。あぶみに足をかけられれば、馬の背の高さまで体を浮かせられるのでは……。

「手を出してごらん」冷ややかで高慢なウィリアム公の声が耳に飛びこんだ。彼はすぐそばに来ている。あの高さからどうやってわたしを馬の背まで引っ張りあげるつもりだろう？　いぶかりながらも、エリザベスは言われたとおりに手を差しだした。

それが大きな間違いだった。彼は苦もなくエリザベスを引きあげ、自分の前に座らせたのだ。

重みが加わったため、彼の馬は驚いたようだが、暗黒の王子はなんといっても馬の扱いがうまい。いとも簡単に馬を御した。

あの調子でわたしを御すつもりなの？　そんなのいやだわ。もがいて、抵抗して、馬から降りてしまおう。しかし、その前に彼は馬を走らせてしまった。馬は彼に操られて飛ぶように走っていく。全員が彼に続き、乾いた道を蹴るひづめの音が辺りに響き渡った。エリザベスが抵抗して声をあげたところで、誰にも聞こえはしないだろう。

当然、大きな音をたてている彼女の心臓の音も。

3

まずいな。エイドリアンは思ったが、その気持ちを人に知られないよう頭を下げていた。この混沌(こんとん)とした世に、信用できるものはほとんどない。だが、ピーター修道士の使命感は信用できる。彼は本当に強く純粋な使命感を持っているのだ。詳しくは知らないが、彼は過去の出来事のために贖罪(しょくざい)を求めている。なぜこのような危険を冒すのかはわからない。

論理上、ピーターの計画は際立って現実に即していた。ウィリアム公には敵が多い。中でも手ごわいのは、有力な男爵ネヴィル・オブ・ハーコートと、彼の鍛え抜かれた従者たちだ。ハーコート卿(きょう)の一人娘は、ウィリアム公の手にかかって命を落とした。王は息子の残虐性を隠すべく懸命に手を尽くしたが、最終的にウィリアム公は自分の行動について責任を取らされた。責任を取るといってもそれほど大変なことではない。悔悛(かいしゅん)のための旅とセント・アン聖堂への十分の一税だけで、あとは道楽生活に戻れる。その事実はハーコート卿を満足させなかった。ウィリアム公が遠隔地の聖堂に生きてたどりつくためには、武装した護衛がひとりつくくらいでは足りない。なんらかの戦略も必要になる。いい具合に、セント・アンドルーズの修道士たちの中には、すばらしい戦略家がひとりいた。ひとたび目的地に着けば、全員の安全が確保できるだろう。ウィリアム公が免罪を言い渡されるからだ。誰も、執念深いハーコート卿でさえも、聖寵を受けた彼を殺害して天国に送るほど愚かではない。

そう、確かに安全だ。ハーコート卿はウィリアム公が再び罪を犯すまで待つだろう。それが遠い将来ではないとわかっているのだから。けれど、そのころセント・アンドルーズの修道士たちはもうウィリアム公の言動に対して責めを負う必要はなくなっている。そして、ウィリアム公がむごいさだめに翻弄されても、それは当然の報いにほかならない。

エイドリアンは考えを巡らした。ピーター修道士は、慈悲心がないとぼくを諭すだろう。ちっとも悔い改めない罪人でも救われるのだと言い張るに違いない。ピーターも心の中では、ウィリアム公がはるか昔に悪魔にさらわれ、いくら悔悛しても祈っても連れ戻されないとわかっている。それでもきっと救われると言う。

エイドリアンは前方で一行を導いている長身の男性を見やり、まっすぐにのばしたその背を見つめた。ピーター修道士は前に女性を乗せている。ほかの人はそれをなんとも思わないだろう。しかし、ピーター修道士のことを誰よりもよく知っているエイドリアンは、彼の心の中でどんな葛藤が起こっているかわかっている。

エイドリアンはほかの修道士たちを振り返った。マシュー修道士を除いては、みなすぐ後ろに続いている。ふと厳しい査定をしたくなった。マシュー修道士は立派に自分の役を演じている。あの慎み深い伏目がちな目と、やさしい笑みには誰でもだまされるだろう。これほど長いあいだ彼が悪いことをうまくやりおおせたのは、そのせいに違いない。イングランド王である父親に頼り、例の甘いほほ笑みを見せれば、すべては許される。

しかし、今度ばかりはわけが違う。生きて多くの罪をあがなうためには、名を変えて旅に出なくてはならない。そこで単なる一修道士の服をつけ、イングランド中でいちばん厳しい修道会の修道士たちに囲まれて旅をすることになったのだ。

前では長身で猛々しいピーター修道士が堂々と馬を進めており、ウィリアム公の命を狙う者にとって絶好の標的となっている。

これはピーター修道士の計略で、修道院長は実利的であるゆえに賛成した。とはいえ、彼としてもこんなことをしたくなかったのは言うまでもない。修道会に入る前のピーターは騎士で戦士としての訓練を受け、十字軍に加わっていた。身長でも力でも、彼はたいていの人に優る。まともに戦って彼を負かす人はまずいないだろう。

ピーター修道士が一行を率いている以上、狡猾で魅力的なイングランドの落胤王子は生きのびてまた罪を犯す。おそらく、無垢な娘をもうひとり。それがわかっているのだから、ピーター修道士の心は重いに決まっている。

だが、その無垢な娘がブリーダン男爵の娘であってはならない。すべての乙女を守ると誓ったとおり、ピーターは彼女の安全を絶えず確認している。エイドリアンは何も気にしないはずだった。しかし、長身でやせたあの娘を見つめるピーター修道士の目つきに気づいたからには、無関心ではいられない。

赤い髪は悪魔のしるしだと世間では言われている。エイドリアンはそんなばかげた話を信じてはいないが、エリザベスを見ているとどうしてこのような不器量な娘がピーター修道士の心を惹くのかと驚かずにいられない。ピーターは志高い修道士であり、エリザベスよりずっと美しい女性たちが誘惑しても全然興味を示さない。

というより、たぶんピーター修道士とはそういう人物であり、昔から謎めいた人間だったのだ。

いずれにせよ、彼は決して誓いをやぶらない。エリザベスが見ていないとき、ピーターは特別な目でじっと彼女を見ているが、何も起こりはしないだろう。エリザベスは修道院に送りこまれ、神に嫁ぐ。ウィリアム公は免罪を言い渡され、修道服を脱ぎ捨てて罪だらけの生活に戻っていく。そして、ピーターおよびその他の修道士たちは、偉大な広い世界の誘惑を絶ってセント・アンドルーズに帰る。

一行が今いるところは、トマス・オブ・ウェイクブライト卿の城から五キロの場所だ。セント・アン聖堂まで、一日分の道のりを進んだことになる。どうか何事もなく旅が終わりますようにと祈りたい。

エリザベスの姿は見えないが、ときおりくすんだ色の服や魔性の赤い髪が見える。何もかもうまくいくさ。エイドリアンはひそかに独り言を言った。

しかし、彼女に関してはとてもいやな予感がし始めていた。

エリザベスはまどろんでいた。こんなことができるとは、今の今まで考えられなかった。馬の足並みはなめらかだだが、田舎道を駆けるあいだに眠れるとは思えない。そのうえ、後ろにはウィリアム公のがっしりした体があり、彼の温かい息が軽く髪を乱す。脚には彼の脚の感触が伝わり、上体には上下する彼の胸と、しっかり体を抱き寄せている彼の腕の感触が……。

これ以上、そんなことを考えてはいられない。最後に男性に触れられたのは三年前のことで、その男性はわたしを幻滅の底に突き落とした。今大きな馬の背でわたしを抱いているのは、危険と言うだけではすまないほどに危険な男性だ。心を許したりしたら命を失うかもしれない。

それなのにエリザベスは眠った。目覚めたときには宵闇(よいやみ)が迫り、全身がこわばっていた。はっとして体を起こすと馬が驚き、その動きで体の痛みがいちだんと増した。

馬はウィリアム公が小声で何か言うと、たちまち落ちついて静かになった。それはそうだろう。堕天使の唇を備えた悪魔の化身、暗黒の王子が操っているのだから。

「じっとして」ウィリアム公に言われ、エリザベスは身じろぎするのをやめた。今は後ろにいる人物より、この大きな馬の背から落ちるのが怖い。はっきりそうとは言いきれないが。

「ここはどこですか？」ぐっすり眠っていたというのにエリザベスの息は切れていた。

「〝ここはどこですか、殿下？〟だ」背後の男性がものうげに彼女の言葉を正した。

「殿下」女好き、色事好きのウィリアム公。彼女は胸の内でつけ加えた。

「今夜泊まるところだ。これから先は森で野営をしなくてはならない。しかし、今夜は暖かいベッドで疲れた体を休められる」

「わたしが疲れていると誰が言ったのです？」自分の声がとげとげしいのに気づき、エリザベスは急いで言い足した。「殿下」これを忘れてはいけない。彼は短気で知られており、すでに女性を何人か殺しているのだ。

「疲れて立ってもいられないくらいだろう。誰かがきみをベッドに運ばなくてはならないのではないかな」ウィリアム公の声にはわずかながら面白そうな響きがある。エリザベスはいっそういらいらした。

「殿下には運んでいただきません！」考えもしないうちに言葉が飛びだした。

彼はきっと笑っている。けれど、鞍の上にいる今、振り返って彼の顔を見るわけにはいかない。それに暗くなってきているので、振り返ったところで何も見えないだろう。

「そうとも。わたしは運ばない。わたしには召使いがいて、厄介な仕事をしてくれるのでね。文句ばかりつけている女性を運ぶような仕事は、彼らがする」

エリザベスは体をこわばらせた。「それでは、なぜわたしを殿下の前に乗せていらっしゃるのです？　わたしは、使用人の馬に乗るべきではないのですか？」

「きみは小さな花ではない、エリザベス。きみと男性ひとりを乗せられる馬は、わたしの馬しかいないのだ。それに、わたしはすべてに寛大でありたい。それも償いのうちだからな」

思わず鼻で笑いそうになったが、エリザベスはそれを抑えた。彼を怒らせてもかまわないが、馬をびっくりさせてはいけない。後ろの男性は不可解な人物なのだ。危険であるのは疑いようがなく、暴力を振るう恐れもある。肉欲が強いという点もまた、疑いをはさむ余地がない。だから、わたしのような不器量な娘にまで手を出そうとする。

けれど、彼に会っても冷血な殺人鬼という印象は受けなかった。怒りや残虐性にまかせて暴力を振るう人には見えない。だが、明白な醜い事実がある以上、そうした直感は間違っているのだろう。無事セント・アン聖堂に着きたいなら、勝手気ままなこの舌をしっかり抑えなくてはいけない。

牢獄（ろうごく）のような父の城を離れたため、現実以上に自由を謳歌（おうか）できると思ってしまった。愚か者という衣を再びまとったほうがよさそうだ。

「はい、殿下」エリザベスは多少息苦しそうな声で言った。父と話をするときはこういう声を出す。「そうして殿下は聖母から罪の赦しをお受けになり、心安らかに正しい人生を歩まれるのでしょう」

鼻で笑ったのはウィリアム公のほうだった。「本当にそう思うのか？」

「ほかに何が考えられますか、殿下？　わたしは、父にそう言われたのです。いい娘というのは、親の知恵を信じているものですわ」

思いがけないことに、顎に彼の手が触れた。ウィリアム公は手綱を一方の手にあずけ、エリザベスの顎に手をかけて彼のほうを向かせたのだ。だが、暗くてエリザベスに彼の顔は見えず、ウィリアム公には彼女の甘い眼差しの中にふくらむ怒りが見えなかった。「きみはこのうえなくいい娘だというのだな、エリザベス？」彼はさりげなく言った。「立派に家事をこなし、薬草の知識と治療の才能がある忠実な娘。きみはまことに修道院にふさわしい。口を慎むよう肝に銘じ、聖母に仕えるがいい」

「口を慎むよう肝に銘じる？」エリザベスは彼を見あげたまま神経質に尋ねた。

「知らないのか？　セント・アン聖堂の会則には沈黙の遵守が含まれている。通常、ラテン語以外の言葉を話すのは許されない。文句があるなら早めに言ったほうがいいぞ」

エリザベスは顔をそむけ、彼は手を下ろした。実を言えば、彼が伝えた情報と同じくらい彼の長い指の感触に気持ちを乱されていた。沈黙の遵守？　会話はラテン語でしかできない？　そんなところにいたら気が狂ってしまう。

ブリーダン卿は、例によって娘に大事な事実を告げなかったのだ。彼がほんのわずかでも機知を備えた人物なら、故意にそうしたとも考えられる。しかし、エリザベスの父にはそのようなはかりごとをするだけの頭脳はない。エリザベスも父の前では最小限の会話しかしないので、彼は沈黙の行が苦痛だと思わなかったのだろう。大げさに言えば、父は自分以外の人間はすべて口を閉ざしているべきだと考えている。

家を出る前に、父に毒を盛ればよかった。それが父のたどるべき道だったのだ。そうすれば、娘を厄介払いして問題を解決しようとした彼の誤算が、まことに結構な結果を招くところだったのに。

でも、もちろん父に毒を盛るようなことはしない。いくらその誘惑が大きくても、薬草療法の才は善をなすために使ってこそ生きる。悪をなすために使ってはならない。父の肉欲をそいだのも善をなすためだった。そのおかげで、使用人たちが救われたのだから。とはいえ、救ってもらいたくなかった使用人もいたらしいが。それに比べ、父の命を損なうのは赦されざる罪にあたる。贖罪の旅に出ても、魂のけがれは清められないだろう。

この世を生きるにあたっては、与えられた人生を素直に受け入れようと思っている。なんとかして、短期間のうちに小さな修道会の修道院長になりたい。これだけの頭脳と知識とやる気があれば、たいていのことはできるに違いない。どうすれば修道会の厳しい規則をゆるめられるか、その方法を見つけよう。あるいは、自分の部屋に入ってひとりでしゃべることにしてもいい。

「わたしには文句などありません、殿下」エリザベスは父をなだめるときによく使っていた精いっぱいのやさしい声を出した。

ウィリアム公は小さな声で何やら言った。嘘をつけ、と言ったように聞こえたが、聞き間違いだったに違いない。風が強まって春の日のぬくもりを追いやり、前方に小さい城の城壁が見えてきた。この城には見覚えがある。どうもいやな予感がするけれど……。

そんなはずはない。ウェイクブライト城はセント・アン聖堂とは反対の方角にある。そこに着くには、一日かけて目的地と逆方向に進まなくてはならない。そんなまわり道はまったくの無意味だ。

そう、これは彼の城ではない。エリザベスは自分に言い聞かせた。襲撃者を食いとめようとすると、城はだいたい同じような造りになるのだ。そのうえ影が長くなり、いろいろなものがはっきり見えない。ウェイクブライトを訪れたのも一度だけだった。それは婚約式の日、つまり屈辱のきわみを味わった日だ。あのとき、もう二度とここへは来るまいと心に誓った。

「きみもここを知っているかもしれないな」ウィリアム公はエリザベスが何を考えているか気にもせずに続けた。「父上の隣人、ウェイクブライトの城だ」

「まさか！」抑える間もなく、鋭い言葉が口から飛びだした。

背後の男性は驚いた様子もない。「〝まさか〟だと？」彼は言い返した。「はっきり言っておこう。わたしが言ったことに間違いはない」

「ウェイクブライト城はセント・アン聖堂と反対の方角にあります」

「そのとおり。ここへ来たのは、悪い連中を少々欺くためだ。国王の大事な息子に危害を加えようと、狙っている人間がいるのでね」彼の声はいつもと違う。「我々がまたこの道を戻るとは誰も思うまい。騒ぎ立てるほどのことはないのだ、エリザベス。一日余分に使ったとしても、これからのきみの人生になんら変わりはないだろう。今後きみは長きにわたり、神と善行に身を捧げる。それから沈黙にも」

「わたしはまいりません」

きっぱり断ったのに、ウィリアム公は動揺した様子もない。「わたしはむしろきみに使命感があるのかどうか疑っている。だが、父親の判断に疑問を投げかけるのはわたしの役目ではない。きみは役に立つ以上に、セント・アン聖堂の修道院長に迷惑をかけるだろう」

「わたしが申しあげたのは、ウェイクブライトへ行かないという意味です」エリザベスはきっぱり言った。「あそこへ行くくらいなら、死んだほうがましです」

「エリザベス、きみに選択権はない。わたしたちはもう城に来ているのだ」

すでに城門は目の前にあり、客を迎えようと待っている人々が見える。その中にはトマスの母親、意地の悪いイザベル・オブ・ウェイクブライトの姿もあった。それがわかったとたん、エリザベスはとっさに愚かな行動に出た。馬の背から飛びおりたのだ。

気づかれないと思ったのだが、ウィリアム公は相変わらず目ざとかった。地面がものすごい速さで近づいてきたかと思うと、次の瞬間には引きあげられていた。彼の固い胸が再び背に触れ、力強い腕がきつく体に巻きついてほとんど息もできない。「愚かなことを」彼はエリザベスの耳元に唇を寄せ、小声で言った。「自殺は大罪だ。ここの城主が嫌いだとしても、心配はいらない。昨日わたしたちが出発したとき、城主の妻は出産間際だった。今ごろ彼は妻につき添っているか、跡取りの誕生を祝っているかのどちらかだろう。あの男はすっかり夢中になっている」

それは言われるまでもなくよくわかっている。「どうかわたしをお連れにならないで」エリザベスはささやいた。「お城に泊めていただくより、森で寝るほうがいいのです。護衛をつけていただく必要もありません。ご存じのとおり、わたしは男性を危険な行動に駆り立てるような女ではありませんから」

ウィリアム公は笑いだした。何がおかしいのか、エリザベスにはわからない。「そんなことを言わず、ウェイクブライト卿の城で休みなさい、エリザベス。このうえ、まだ逆らうなら、わたしのベッドに縛りつけるからそのつもりでいてくれ」

うれしくない提案だ。でも、そうすればトマスはわたしがウィリアム公の情婦になったと思うかもしれない。国王の落胤の情婦に。そうしたら、わたしをはねつけるべきではなかったと思い直すのではないだろうか。

いや、トマスが思い直すはずはない。ごく幼いときに婚約して子供のころは一緒に遊び、ともに草の中を転げまわるいい友達だった。しかし、それが続いたわけではない。状況が変わったのは十四歳のときだった。トマスの城へ連れていかれていざ結婚の段になったとき、彼はエリザベスの緑色の目をのぞきこみながらきっぱりと断ったのだ。

嫁入り道具の品々とともに、エリザベスはブリーダン城に戻った。そのときの馬車の居心地悪さといったら！　恥ずかしくて人に顔を見せられず、終始ベールをかぶっていた。一方のトマスはといえば、彼のいとこにあたる小柄で豊満な体つきのブロンド、マージョリー・オブ・チェスターと結婚した。

今エリザベスはその場所にいるのだ。「怪物の餌食(えじき)にでもなったほうがましだわ」彼女はこっそりつぶやいた。

「あいにくこの辺りには誰もいない。ウェイクブライト卿と何があったのだ？　失恋でもしたのか？」

エリザベスは表情をこわばらせて黙りこんだ。何も言わなくても、それだけで十分答えになるだろう。暗黒の王子は異常に目ざといということを、彼女は今さらながら思いだした。

「そうか」彼は言った。「まあ、心配にはおよばない。彼はきみがいることにさえ気づかないだろう。奥方が大変な難産で、まだ床についている。想像するに、ウェイクブライト卿は祝うにせよ悲しむにせよ、そちらに気を取られていて、きみにまで頭がまわるまい」

「そうならいいけれど」エリザベスはつぶやいた。

「もしウェイクブライト卿が悲しむような事態が起こった場合は、きみに運が向いてくる。跡取りが誕生するまで体がもたなければ、おそらく奥方は産褥で息絶えるだろう。きみはその後釜に座れるというわけだ。めでたし、めでたしではないか」

エリザベスはウィリアム公を見あげた。けれど日はとっぷり暮れ、彼の表情は読み取れない。夜空を背に、彼の影だけが浮かんでいる。「そんな考えは間違っています」彼女は強い口調で言った。「罪のない人を不幸に陥れたいなどと思ってはいけません」

ウィリアム公は無言のまま、明かりに照らされた中庭に馬を進めた。

彼の言うとおりだった。どこにもトマスの姿はない。迎えに出てきたのはトマスの母のイザベルと伯父のオーエンだけだった。気難しいイザベルは、作り笑いを浮かべている。だが、ウィリアム公の腕に抱かれているエリザベスに、このふたりが気づかないはずはない。だが、ふたりの視線は彼女を素通りし、高貴な訪問客にとまった。

「よくこの城にお戻りくださいました。わたしどもにとりましては、大変な名誉でございます、殿下」イザベルはとりすました声で言った。「これほどすぐにおいでいただけるとは思いませんでした。息子がご挨拶に出てまいらず、申し訳ございません。嫁が難産でまだ苦しんでおりますので。でも、さきほど殿下がお見えになると伝えましたから、夕食にはご一緒すると思います」

「その必要はない。子供の誕生を待つ父親は、みな待ちくたびれている」ウィリアム公は驚くほど軽々と馬を降り、エリザベスに手をのばした。エリザベスはためらった。ここで手綱を握って馬のわき腹を膝で小突けば、馬はわたしを乗せたまま、このいまいましい場所から走り去る。わたしを押さえこみ、あざけってきたいまいましい男からも。

けれど、それには馬の向きを変えなくてはならない。後ろを向かせようとしたら、馬はパニックに陥るだろう。向きを変えない場合、馬はこのまま中庭の奥に駆けこみ、状況はひとつもよくならない……。

考え終わらないうちに、ウィリアム公が力強い手をエリザベスの腰にかけた。体は浮きあがり、手は鞍から引き離され、スカートがまくれる。なんてあられもない格好だろう！そう思ったところで地面に降ろされた。彼は手を放さない。でも、そのほうがよかった。立っていられるかどうかわからないからだ。

「ブリーダン家のエリザベス嬢をご存じだと思うが」ウィリアム公は穏やかに尋ねた。

イザベルは蛇にでくわしたような顔をしている。「もちろんですわ。ウェイクブライトへよくお越しくださいました」彼女は小声で言うと、すぐウィリアム公に視線を戻した。「あいにく城はお祭り気分ではございませんで――お発ちになるころにはみな悲しみに沈んでいると思います。嫁のマージョリーは明日の朝までもつまいと言われていますの」

「お子様はどうなのですか？」エリザベスが尋ねた。

今度はイザベルは蛇ではなく、なめくじにでくわしたような顔になった。「子供はマージョリーと一緒に死ぬでしょう。手のほどこしようがありません」

マージョリーとおなかの子は死ぬ。エリザベスはこの城にいてトマスを慰め、イザベルに何かと手を貸す。イザベルは不本意だろうが、この際、仕方がない。そしてエリザベスの人生はかつての設計どおりになる。そのためには、ただ口を閉ざしていればいいのだ。

ウィリアム公の視線を感じる。心の内をすべて見抜かれているような気がして居心地が悪い。エリザベスは顔を上げ、イザベルの色の濃い非情な目を見おろした。

「わたし、子供を取りあげるのには自信があります」エリザベスは堂々と言った。「何回もブリーダン家の人たちの出産を手伝いました。大変な難産もたくさん経験しています。マージョリーのところへご案内いただければ、お役に立てるかどうかわかるのですが」

彼女に会わせてくれと要求したわけではない。だが、イザベルは断ろうと思っているようだ。そこへウィリアム公が口をはさんだ。

「この女性をかわいそうな奥方のところへお連れいただきたい。中庭で話をするのはもうたくさんだ」彼はそう言ってエリザベスをぐいと押しやった。

ピーターはウェイクブライト城の奥に消えていくエリザベスを見送った。彼女は小さな肩をいからせ、派手な色の髪がその肩から背に流れている。彼女の姿は冷静に見えるが、あれは勝つ見込みのない戦に向かう人間の歩き方だ。勝つと思っていなくても、彼女は戦う以外に道がない。

それがわかるのは、ピーター自身、何度もそういう立場に立たされたからだ。すでに人間の苦しみに満ちた土地を巡って血みどろの戦が起こり、彼はなんのために戦うのかもわからずその渦に巻きこまれていた。灼熱(しゃくねつ)の太陽に焼かれた砂漠は、人を寄せつけまいとする。蓄積された富は、罪なき人々の命に比べればなんの価値もない。

あそこは確かに聖地だが、あらゆる信仰の聖地でもある。ぼくの神は、異教徒から聖地を奪還するために人を殺(あや)めたり、金品を強奪したりするのをお望みなのだろうか？　ピーターはいぶかった。彼らはたまたま別の神に従っているだけであり、その神も結局は我々の神と違わないのに。もはや自分のしていることに確信が持てない。

彼女はマージョリーとまだ生まれていない赤子のために奮戦するだろう。ぼくが聖地のために戦うのと同様に。彼女の剣は、生かされてしかるべき人間の血で赤く染まるようなことはあるまい。

本物のウィリアム公は、整った口元にかすかな笑みを浮かべてピーターを見ている。例の賢そうな笑いは、きみの考えていることはちゃんと読み取っているぞ、と告げているようだ。彼は危険な男であり、長年好き勝手に放浪し、ほしいものを奪い取ってきた。ピーターが出会ってからこの方、ウィリアム・フィッツロイが品行方正な安心できる男だった時期はない。十字軍は彼に合っている。虐殺が大きな楽しみだからだ。イングランドでの生活は、殺戮（さつりく）すべき不信心者がいなくてつまらなかったに違いない。そこで、イングランドでは罪のない者を残虐行為の対象とせざるを得なかった。それでも長いあいだ罰せられなかったわけは、改めて考えるまでもない。彼の魅力ある笑顔を見ると、女性たちはむごい仕打ちを忘れてしまうのだ。また、彼は人間の行動原理をよく知っており、その知識を使って望むものを手に入れてしまう。ウィリアム公は自分を悩ませるものが何か知っている。そのうえで、それを武器として利用するだろう。

だからピーターはエリザベスを彼に近づけないよう、二倍の努力をしなくてはならない。今まで、ウィリアム公は最高の美人にしか手を出さなかった。しかし、だからといってエリザベス・オブ・ブリーダンが安全だとは言いきれない。ピーターにもそれくらいはわかっている。エリザベスはか弱い美女ではないが、気の強いところがウィリアム公のような男性を刺激するかもしれない。

エイドリアンは不安そうな表情を浮かべてピーターを見つめていた。彼は彼なりに人の心を見抜いている。その点は、ウィリアム公に優るとも劣らない。つまり、ピーターには意外に弱いところがあるのを感じ取っていた。

弱いところがあろうとなんであろうと、結果的には何も変わらない。ピーターはエリザベスを守るしかないからだ。彼女のそばにいたために、長年眠っていた情欲が思いがけなく目を覚ましたとしても、それは自分が犯した罪に対する罰でしかない。エリザベスを求めれば求めるほど、彼女の存在が苦痛になってくる。しかし、苦痛は救いに至る手段であり、ピーターは喜んで苦痛を受けるだろう。エリザベスの毒舌にも耐えるに違いない。その舌を味わう機会はないとわかっていても。

結局、何も問題はない。結局、ピーター修道士は最大の犠牲を払い、結果を神の裁きにゆだねるだろう。彼が犯そうとしている罪は、彼が避けている罪よりはるかに重い。

そのうちウィリアム公を殺害するはめに陥るのではないだろうか。ピーターは不安を覚えた。ウィリアム公を生かしておけば、また罪のない人が殺されるかもしれない。それならば、彼の喉をかき切って殺したほうがいい。心に重くのしかかっている女性や子供の数は驚くほど多い。たとえ、その中のひとりでも救えるのなら、この身を犠牲にして罪を犯そう。

悔悛の時間は十分取りたい。ウィリアム公には、常に聖寵を受ける機会が与えられる。とはいえ、すぐにまた聖寵を失ってしまうだろうが。ピーターも以前人を殺した経験がある。しかも、何度も。足元に横たわった死体は数えきれない。その中には罪のない人も悪人も、女性も男性も、老人も子供もいた。戦時下では、死は誰の上にも等しく訪れる。誓いをやぶってあの男の命を絶とう。彼を守るのが役目だが、この際、仕方がない。もう二度と人を殺しませんと、あの男が祈っているときに殺すのだ。罪のない人をこれ以上死なせてはならない。そのために、なすべきことをしよう。

そうすれば、神は我が魂に慈悲を垂れたもうに違いない。

4

この三年間、エリザベスはマージョリー・オブ・チェスターを思いだしてはいつも苦々しい気持ちになっていた。トマスが妻に選んだマージョリーは、何ひとつ取ってもエリザベスとは違う。小柄で豊満なブロンドの美人。おとなしくて従順で、鈴を転がすような笑い声をたて、笑顔がかわいく、乳製品作りの知識がある。そんなマージョリーをひと目見るなり、トマスは義務も約束も道義心も忘れてしまった。

トマスに背を向けられてもなお、彼を夫にしたかったわけではないけれど、いまだに胸がうずいている。それでも今、エリザベスはマージョリーを出産の苦しみや危険から守り、キリスト教徒の義務を果たそうと決めたのだ。人助けが好きかどうか、マージョリーが好きかどうかは問題ではない。

マージョリーが寝ている部屋まで、召使いは先に立って小さな城の曲がりくねった廊下を進んだ。叫び声は聞こえない。それはいいしるしとも、悪いしるしとも考えられる。城中がひっそりしているのは、産婦の痛みが和らぎ、いろいろなことが正常に進み始めたからかもしれない。

だがそれより、マージョリーが声も出せないほど弱ってしまった可能性のほうが高い。召使いが扉を押し開けたので、エリザベスは黙って入口に立ち、中にいる人々を見つめた。火が赤々と燃えて暑すぎる部屋の中、大勢の人がベッドを囲んでいるので産婦の姿は見えない。十人以上の人がいるようだ。中にはトマス・オブ・ウェイクブライトもおり、何やら大声でみなと言い合っている。この血のにおいは不吉な前触れではないだろうか？　おそらくもう手遅れで、母子ともに助からないのだ。

そのとき人垣が崩れ、大きなベッドの中央に横たわっているマージョリーが見えた。彼女はもはやトマスの心をとらえたたぐいまれな美人ではない。腹は大きくふくらみ、顔は涙に汚れてむくみ、血の気が失せている。寝間着から出ている足首もむくみ、ブロンドの髪はもつれて明るい輝きもない。

寝間着にもベッドにも血がついていないのは幸いだった。医師とおぼしき男性がマージョリーの血を取っているが、それがかえって事態を悪くしている。夜のあいだに産婦はさらに血を失うだろう。これ以上の出血が危険だということは、彼女の顔色に表れている。

「出ていってください！」エリザベスはきっぱりと言った。「かわいそうに、産婦は息が苦しそうではありませんか。それに、こう騒々しくては頭がおかしくなってしまいます。女の方ひとりだけ残って、あとは出ていってください」

トマスはエリザベスを見た。彼の目は寝不足で曇っており、彼女がエリザベスだとわかるまでにしばらく時間がかかった。「ぼくは妻のそばを離れない」彼はそれだけ言うと、マージョリーを振り返った。

トマスは妻の手を握って青ざめた顔と惨めな姿を見おろしたが、その顔には深い愛と大きな恐怖が表れている。妻が手の届かないところへ行ってしまうとわかっているのだ。そう、きっともう手遅れなのだろう。

だからといって、エリザベスは何もしないわけにはいかなかった。「これは女性の仕事よ、トマス」彼女は乳母のような口調で話しかけた。「奥様はこんなところを夫に見られたくない――」

「かまうものか！　何があろうと、ぼくから見れば妻は美しいんだ」トマスは声を張りあげた。

うっとりするほど美しかったマージョリーは、出産の床で惨めな姿をさらし、ふくれあがって雌豚のように見える。彼女に対する引け目や苦々しい思いは、エリザベスの心からすっかり消え去った。

「もちろん奥様はおきれいよ」エリザベスはさきほどよりもやさしい声で言った。「でも、ご主人がここにいては出産の妨げになるわ。みなさんを連れて、ほかのお部屋で何か食べていらして。何か……用があればお呼びするから。約束するわ」人に衝撃を与えないような話し方をするのは得意ではないが、出産につきまとう恐ろしい可能性をはっきりと言うわけにはいかない。

最初、トマスは動こうとしなかった。やがて彼が妻の青白い手を取って口づけしたとき、その手を飾っている見事なルビーの指輪がエリザベスの目をとらえた。かつて、わずか数時間ではあるが、エリザベスのものだった指輪だ。そこで、トマスは妻の手をベッドの上に戻した。

「ぼくのために、妻を助けてくれるね、ベシー」彼は頼みこむように言った。この呼び方をする人は彼しかいない。ひどくいやな気持ちになったが、エリザベスはただうなずいた。

「できることは全部するわ、トマス。この人たちを連れて出てちょうだい。そうすれば、落ちついて仕事ができるのよ」

「わたしが残ります」エプロンをつけた頑丈そうな女性が居丈高に言った。「わたしはマージョリー様がお生まれになったときからお世話しております。今、おそばを離れるわけにはまいりません」

「子供を取りあげた経験は？」

女性は笑った。「わたし自身十一人の子持ちで、全員元気に生きております。子供を産んで悪くなったところはひとつもありません。他人の出産にも数えきれないくらい立ち会いました。奥様のお世話をする人間は、わたししかいません」

「バータは確かな腕の持ち主ですよ」居合わせた女性のひとりがしっかりした口調で言った。「ここにお仕えしている女性は大勢いますが、全員の知恵と力を合わせても彼女にはかなわないでしょう」

エリザベスは今発言した女性をじっと見つめた。彼女に会ったことはない。わたしの結婚話が破談になったあとにこの城に入ったのだろう。シルクの上等な服をつけているところから判断して、身内だと思われる。若くはないがとても美しく、娘盛りのころはマージョリーの影が薄くなるほどの美人だったに違いない。

「わかりました。彼女に残ってもらいましょう」エリザベスは答えた。「奥様も、冷静で分別のおありになる方とお見受けしますが」

女性の整った口元にかすかな笑みが浮かんだ。「そうおっしゃってくださったのは、あなたが初めてです」

「母上がきっといやな顔を――」エリザベスはトマスの言葉をさえぎった。彼に命令できると思うと、ひそかな喜びを感じた。

「母上様のお望みは、今はなんの関係もないわ。奥様とお子様の命は、バータとこの方とわたしとで助けるから大丈夫です。そのためには、ほかの方に出ていってもらわなくては。今すぐに出ていってください！」

一同はねずみのようにこそこそと出ていった。明らかにほっとしている者もいれば、重要な見世物を見損なって残念がっている者もいる。トマスは最後に出ていき、出口で足をとめた。立ち去りたくないのだろう。

エリザベスはそばへ行き、彼の腕に手をかけてそっと外へ押しやった。「最善を尽くすわ、トマス。向こうへ行って祈っていて」

「マージョリーを助けてくれ、ベシー」彼はか細い声で言った。「彼女を救うか子供を救うかの問題になったら、彼女を救ってもらいたい。マージョリーがいなかったら、ぼくは生きていけないんだ」

エリザベスはまばたきもしなかった。「どちらかを取るなんてことはできないわ、トマス。さあ、出ていって」彼女は重い扉を閉め、振り返って部屋の中を改めて見つめた。

人がいなくなってみると部屋は思いのほか広い。マージョリーは青ざめてじっとベッドに横たわっている。疲れきってしまい、痛みが襲っても叫び声もあげない。

「バータ、窓を少し開けて」エリザベスは外衣を脱ぎ、ゆったりした上着の袖をまくりあげた。「新鮮な空気を入れなくてはね。マージョリーが寒いようなら、もっと毛布をかけましょう」

乳母は反対するのではないだろうか？　けれど、エリザベスがベッドに近づいてもバータは何も言わなかった。

「この状態になってからどのくらいたつの？」

「陣痛が始まってからですか?」身なりのいい女性が尋ねた。「二日です。今朝から声をあげなくなりました。子供は死んだのかもしれません」

エリザベスはマージョリーのふくらんだ腹に手をあてた。中でかすかに動くものがある。「死んではいません。わたしはこれより重い出産に立ち会いましたが、母子ともに無事でした」そういう例は多くないが、悲観的になりたくない。戦に臨むにあたり、ごく小さな軍団には勇気が必要だ。

「それでは、今度もあなたの魔術が功を奏するように祈りましょう」

「わたしの魔術ではありません。神の御心(みこころ)です」エリザベスは言った。

「そうですね。あなたはこれから尼僧になられるのですから」相手の女性は冷ややかな声で答えた。「わたしはジョアンナと申します。トマス公の伯父、オーエン・オブ・ウェイクブライトのもとにおります」

「あの方が結婚なさるなんて……」エリザベスは驚いて口走った。オーエンは粗野で好色な五十代の男性で、若いころからまったく結婚する意思を示さなかった。

「わたしは妾(めかけ)です」ジョアンナは静かに言った。「オーエンの愛人ですわ。おいやなら、ほかの人に手伝わせましょうか?」

エリザベスはしげしげと彼女を見た。ドレスは体の線にぴったり沿うように仕立てられており、首や手には宝石が輝いている。ジョアンナはとても美しく、その魅力的な青い目からは心の中を読み取れない。だが、今は緊急事態だ。彼女が心の中で何を考えているかについて考えている場合ではない。

「指輪をはずしてください」エリザベスはそう言いながら自分も質素な指輪をはずした。

「邪魔になるといけませんから」怒って顔色を変えるかと思ったが、ジョアンナは素直に指輪をはずした。いくつもの重い指輪を、まるでそれらが錫でできているかのように軽々とはずしていき、腰にくくりつけている小さな布袋へ無造作に放りこんだ。

「何をすればいいかおっしゃってください」ジョアンナの声はさきほどより冷ややかではない。「マージョリー様をお助けしたいのです」

エリザベスはぴくりとも動かない哀れな体を見おろした。マージョリーは、エリザベスのものとなってしかるべきものをすべて手に入れた。しかし、彼女の意思で手に入れたのではなく、トマスが好んで与えただけなのだ。エリザベスが彼の行為を非道だと非難したら、今のような結果にはなっていなかったかもしれない。けれど、彼女は自分の城に逃げ帰り、父の怒りに耐えることにした。

エリザベスはひそかに考えた。確かにわたしは、背が高くて小ざかしくてうっかり者で、悪魔のような髪をしているかもしれない。でも、人の命を救うことができる。かつて継母五人が自分の命をあきらめて息子をこの世に送りだすのを見て、命を救う技を身につけようと決心した。今はこの人の命を救おう。おなかの中の子供も一緒に。たとえわたしの命を失おうとも。

長い夜だ。すでに一日つらい思いをしたあとなので、永遠にこの夜が続くような気さえしてくる。そのとき、ぐったりして動かなかったマージョリーが、激しい痛みに突然叫び声をあげた。どうするのがいちばんいいか、女性三人のあいだで真剣な議論が交わされた。

「子供を切り離さないといけないのではありませんか?」バータが言った。彼女の目は絶望感に曇っている。「このままでは、子供も奥様も助からないでしょう。切り離せば、とにかく子供は助かります。それだけの試練に耐えられる母親もいますしね」

「耐えられる人はそうそういないわ」エリザベスは言った。「わたしはふたりとも助けたいの」

「さっき、これは神の御心だとおっしゃったのではありませんか? あなた様のご意思ではなくて」バータは諭すように言った。

「わたしたちが力を尽くしてふたりを救う、というのが神の御心よ。あきらめるのではなくて」エリザベスはぴしゃりと言い返した。「ほかに方法がないと言うのなら、出ていってちょうだい」

バータは黙りこみ、マージョリーの向こう側にいるジョアンナが目を上げた。彼女はわずかながら面白そうな顔をしている。「神はあなたにそうお告げになったのですね?」

疲れ果てたエリザベスは、言葉に気をつける余裕がなかった。「神様は分別のあるお方だと思います。ですから、この件に関してはわたしと同じお考えのはずです」

エリザベスの罰あたりな言葉を聞いて、バータが息をのんだ。しかし、ジョアンナはただにっこりしただけだった。「そのとおりであるようお祈りしましょう。わたしの目に映る神様は、気まぐれで残酷なところがおありです。大して気にもとめずに、わたしの知る唯一の幸せな結婚を壊されるのではないかと思います」

我ながら驚いたことに、その言葉を聞いてもエリザベスの胸は痛まなかった。マージョリーとトマスが幸せな結婚生活を送っていても、うらやましくも悔しくもない。むしろ、なんとしても処置を誤ってはならないという気持ちが強まった。

事態は予断を許さない。もうだめかと思うこともあった。明け方、一条の光が部屋に差しこんできたとき、エリザベスは疲れて動くことさえままならなかった。新しい命が誕生しようとしている。逆児（さかご）だが、位置を逆にすることはできない。マージョリーの生命力は尽きかけているとみえ、動きがしだいに弱っていく。だが、とにかく頑張らせるしかない。

「きばって、マージョリー」エリザベスが命じたが、マージョリーは首を振るだけだった。痛みと疲労とで頭がぼんやりし、人の言葉は耳に入らないらしい。

ジョアンナは彼女の手を、バータは彼女の足を握り、赤子の誕生を促そうとしているが、マージョリーにはすでに力がない。このままでは、彼女も子供も助からないだろう。

エリザベスは枕元（まくら）に歩み寄り、身をかがめてマージョリーの耳元にささやきかけた。

「あなたがこの子を産めずに死んだら、わたしがトマスを取り返すわよ。それで思いきり彼を苦しめてやるわ。わたしは執念深いの。あなたと結婚したのを彼に後悔させてやる」

マージョリーはぱっと目を開け、エリザベスの断固とした顔を見つめた。消耗しきっていても、エリザベスの言ったことを信じたらしい。最後の力を振り絞って彼女はジョアンナの手を握り、おなかに力を入れて体を起こした。

そのとき彼女が発した叫び声は、耳をつんざくような恐ろしい声だった。続いて聞こえてきた赤ん坊の泣き声も、その声に劣らず力強い。マージョリーは元気な男の子を出産したのだ。

エリザベスはちらりと赤ん坊に視線を投げた。これほど時間のかかる難産だったのに、子供は小さな足をばたばたさせている。こんなに元気な赤ん坊は見たことがない。神の思し召し次第で、マージョリーは一命を取りとめ回復するだろう。けれど、子供が彼女の胎内に傷をつけていないとは言いきれない。治ることのない傷を残している可能性もある。あるいは、彼女も子供と同様、奇跡的に助かるか……。それはなんとも言えない。ただ幸運を祈るのみだ。

ジョアンナは黙々とマージョリーの体をふいており、その手際のよさは彼女の美しさにそぐわなかった。これから子供の世話係となるバータは、子供をあやしながら体についた血液を洗い流している。母親となったマージョリーを振り返ると、彼女の青ざめた顔にかすかな赤みが差していた。閉じたまぶたのあいだからは、涙が流れ落ちている。これもまたいい兆候だ。唇が動いているのは祈りをとなえているからだろう。

エリザベスは顔を近づけ、マージョリーが何を祈っているのか確かめた。最後の告白の祈りをとなえていたり、神に魂を差しだそうとしていたり、とにかくその種の愚かしいことをしているといけない。そのとき、エリザベスの豊かな髪がマージョリーの顔をなでた。

彼女は涙にぬれた目を大きく見開いた。その目の奥に死の影はない。「ふたりともあなたには渡さないわ！」小さな声だが、言葉には力がこもっている。

疲労のあまり感情を隠すゆとりもなく、エリザベスは笑い声をあげた。「ええ、坊やもトマスもあなたのものよ。誰が取りあげるものですか。ふたりがどこにも行かないように、せいぜい気をつけていらしてね」言い終わると部屋を出て扉を閉め、石壁にぐったり寄りかかって目を閉じた。疲労がどっと押し寄せ、寄りかかっていないと倒れてしまう。

二時間もすれば、また馬に乗せられる。開いている窓を見つけ、そこから飛びおりようか？　眠りもせず、休みもせずにもう一日馬に乗るくらいなら、けがをするか死んだほうがましだ。

大広間には人影がなかった。わたしがどこにいるかは誰も知らない。エリザベスは床に倒れこんで寝てしまいたかった。いずれ誰かが捜しに来る。今はおそらく、悲惨な知らせを聞きたくないので、誰も出てこないのだろう。

彼女は冷たく固い石壁にもたれて目を閉じた。誰も来ないなら、馬のように立ったまま眠ってしまおう。ほんの二、三分でいい……。

横の扉が開き、エリザベスは急いで身を起こした。ジョアンナの穏やかな美しい顔が目の前にある。「あちらへ行きましょう。ご案内します」彼女はエリザベスの体を見まわした。「体を洗って、ゆっくり眠らなくてはいけません。みなに邪魔しないよう言っておきます」

「ウィリアム公にも？　聞いてくださるとお思いですか？」

ジョアンナはにっこりした。「わたし、殿方にはたいてい願いを聞き入れていただいておりますのよ。良識の範囲内のことなら、断られることはまずありません。よろしければ、エリザベス様がお休みになるあいだ、殿下のお相手をしていましょう。オーエンはいやな顔をしないと思います。もっとつまらない方のお相手をさせられたこともありますから」

「とんでもない！」エリザベスはぞっとした。「そんなことをしてくださる必要はありませんわ」

「わたしは毎晩そういう役目をしておりますのよ、エリザベス様。それに、あなたの殿下は並外れてすてきな方。彼ならたとえ馬丁だったとしても魅力的だわ」

「〝わたしの殿下〟ではありません！」エリザベスはむきになって反論してから、ここでむきになるのはばかげていることに気づいた。「まさか、ベッドをともになさりたいわけではないでしょうね。ご存じないかもしれませんが、殿下は面白半分に何人も女性を殺害しているんですよ。その行為の最中に」

「まあ、彼はそんなことはなさらないわ」

「なんですって？」

「あのご一行は、ブリーダン城を訪れる前にこの城に宿泊なさいました。そのときに殿下とお話ししましたの。世の中には苦痛の中に快楽を感じる人がいます。人を苦しめるのも、自分が苦しむのも好きな人が。でも、殿下はそういう方ではありません」

「殿下の言葉を信じてらっしゃるの？」

「殿下はそんなことをおっしゃいません。高貴な方が、わたしのような娼婦に個人的なお話をなさるとお思いですか？　でも、わたしは男性についてよく知っておりますの――これほど知りたくはなかったのですけれど。ウィリアム公は、世間で言われているような方ではありませんわ」

エリザベスはうなずいた。「そういう可能性もあるでしょうね。わたしは別に殿下がどういう方か知りたいとは思いません」

「あら、そうですか？」ジョアンナの声はわずかながら疑わしげだった。「わたしは女性のこともよくわかっておりますよ。そんな目でご覧にならないで。もっとうれしいことだけをお考えなさい。たとえば、マージョリー様と子供を死に神の手から救ったことなどを。

ご自分にどれほど大きな力があるかは、おわかりでしょう?」

「すべては神の――」

「あれはあなたのお手柄です。エリザベス様ご自身にもわたしにもわかっているとおり。それに、ご自身がお認めになろうがなるまいが、あなたは達成感に満ちておいでです。修道会はあなたにとってきっといいところですわ。あなたをだましたり利用したりしたがる殿方の策略は、修道院にまでは届きません。ですから、そのお力を十分発揮できるでしょう」

「でも、わたしは何も――」

「わたしと言い合いをなさらないほうがよろしいですよ、エリザベス様。何しろお疲れですから。あなたは賢いお方ですから、なんでもすぐに学び取るでしょう。でも、わたしには的確な判断ができます。ここはわたしにおまかせください。一緒に向こうへいらして、ゆっくりなさいませ。そうしたら、わたしはトマス様のところへ行って、赤ん坊が無事に生まれたことをお伝えします。それとも、ご自分でその役をなさりたいですか? エリザベス様とあのおふた方のあいだには、以前厄介な出来事があったようですね。といっても、ウェイクブライト城ではいつもほど大々的に噂話が流れませんでした。いつもどおりでしたら、わたしは何があったか全部知っていましたわ」

「噂話にしても、大して面白くなかったのでしょう」エリザベスは言った。「申しあげておきますが、わたしは二度とトマス・オブ・ウェイクブライトに会いたくありません」

「そうでしょうね」ジョアンナはよくわかると言いたげだった。「トマス様は礼儀作法をわきまえていて魅力のある方ですが、あなたの殿下とは比べものになりません。危険でも殿下のほうをお選びになったのは当然です」

「選んだのではありません。それに、〝わたしの殿下〟でもありませんわ！」エリザベスは今にも泣きだしそうになりながら、大きな声で繰り返した。

「でも、あなたのものにしたいとお思いなのでしょう？　わたしは殿方のこともご婦人のこともよくわかっております。エリザベス様もあの方のためなら喜んで修道服を投げ捨てておしまいになると思いますわ」

エリザベスはどうにかひび割れた笑い声をたてた。「気は確かですか？　殿下とわたしが一緒にいるところさえ、ご覧になったことはないのに」

ジョアンナは壁に深く埋めこまれた扉を押し開け、先に入るようエリザベスを促した。

「一緒にいるところを見る必要などありません。殿下にお目にかかりましたし、殿下のお名前が出るたびにあなたがどう反応なさるかもわかりました。折りがあれば、喜んで殿下とベッドをともになさるでしょう」

「本当に？」ウィリアム公が尋ねた。その声は明らかに好奇心を示している。

扉の向こうの部屋は、ぜいたくにしつらえられていた。ウィリアム公は火のそばに腰を下ろし、オーエンは窓辺に立っている。オーエンがどっしりした体にはおっている胴着は飾りすぎの感じがする。そのうえ、食べ物の染みがついているのでなお悪い。彼は入口にいるふたりに視線を向けた。ジョアンナを眺めまわす彼の小さな目には、明らかに独占欲が浮かんでいる。

「ひどいものだ！」オーエンは声をあげた。「ふたりとも豚を屠殺しに行ってきたみたいではないか。わたしの姪は、もうあの世へ行ったのだろう。姪の後釜に座るつもりかな、エリザベス？　かねてからの念願がかなうというわけだ」

　ウィリアム公がエリザベスとこの家との因縁を知っていたかどうかはわからない。初めて聞いたとしても、彼は驚いた様子を見せなかった。「ジョアンナの言ったことが聞こえなかったのですか、オーエン？」ウィリアム公は長い脚をのばしてものうげに尋ねた。

「エリザベスが求めているのは、どうやらわたしのようですよ」

　エリザベスは冗談につき合える心境ではなかった。「マージョリー様は元気な男の子を出産されました」

「すばらしい。神の思し召しだ」オーエンは殊勝に言った。「この城も、もとどおりになるだろう。殿下がお許しくださるなら、よい知らせを家族に伝えにまいりたいのですが」

　ウィリアム公は行ってきなさいと言うように軽く手を振り、オーエンは追従のしるしに後ずさりしながら出口へ向かった。戸口で彼は立ちどまり、自分の情婦をじっと見つめた。

「部屋へ行って身づくろいをしたらどうだ？」それは依頼ではなく命令だった。「産褥の血を浴びた女など見たいとは思わない。客人が発たれたら、すぐに会いに行くからな」

ジョアンナは優雅にお辞儀をした。「おおせのとおりにいたします、旦那様」続いて彼女はウィリアム公とエリザベスに深々とお辞儀をした。「エリザベス様、殿下、神のご加護がありますように」その声にはわずかながらいたずらっぽい響きがあり、完璧なまでに美しい顔に再び浮かんでいた冷ややかさをほとんど打ち消していた。

そして彼女は、ふたりを狭い部屋に残して去っていった。

5

「だいぶ乱れた格好をしているな」暗黒の王子はものうげに言った。「さんざん戦って血まみれになった兵士みたいだぞ」

「わたしもそんな気がします」ひどく疲れて、ふらふらする。ウィリアム公はゆったり椅子に座ったが、エリザベスに座れとは言わない。そう言われるまで座るべきではないのだろうが、礼儀を気にしてはいられなかった。エリザベスは彼の向かい側にある木の長椅子に腰を下ろし、だめだと言いたいなら言ってごらんなさい、とひそかにつぶやいた。

憎らしいことに、ウィリアム公はほほ笑んだ。「危険を感じているのだな、エリザベス。それはマージョリーの血か？　きみには、お幸せにと言うべきかな」

「えっ？」思わずばかみたいな口をきいてしまった。まるで機知も才覚もどこかへ消え失せてしまったかのように。

「噂によれば、マージョリーはきみの場所を奪った。この城で、きみに約束された地位を横取りしてしまったのだ。その結果、きみは父上のもとに帰って、おやさしい庇護を受けなくてはならなくなった。今までこの城の者はその出来事を忘れていたようだが、きみが来たので大いに話題にし始めた。彼女が死ねば、きみはトマスと結婚し、納まるべき場所に納まれるというわけだ」

「城の人たちは、さぞかしせっせと殿下にわたしの過去をお知らせしたのでしょうね」彼女の声は落ちついていた。「殿下は、そんな噂話を聞くよりもっと楽しいことをなさっていると思っていました」

「楽しいことなどひとつもない。ジョアンナは別として、この城に魅力ある女性がこうも少ないとは驚いた。それに、きみも知っているとおり、わたしは今、贖罪（しょくざい）の旅の最中だ。このようなときに、色事に溺（おぼ）れるべきではない」

「まあ、驚いた。色事ならどんなときでも大歓迎の方がそんなことをおっしゃるなんて」手に負えない舌がまたしても主（あるじ）を裏切った。「失礼いたしました」エリザベスは急いで謝った。

「いや、謝ることはない」彼は平然としている。「きみは正直で大変気持ちがいい。残りの道中で、きみが一緒だったらよかったのにとたびたび思うことだろう」

「なぜ、わたしがここにとどまるとお思いになるのです？　マージョリーは元気な男の子を出産しました。彼女自身の体力も、ぐんぐん回復しています。このぶんだと、トマスに大勢の子供の顔を見せてあげることができるでしょう。間違いありませんわ」

「きみにはうれしい話ではないな」

「なぜです？」エリザベスは血液の染みがついたドレスを見おろした。ひどい姿なのはわかっているが、ほかに着るものを持っていない。〝セント・アン聖堂に着けば、修道女の衣服を身につける。どうせいらなくなるのだから、上等な服を余分に持っていくことはない〟そう父は言った。残してきたドレスは召使いたちが使うだろう。「みなが何を言ったか知りませんが……特にトマスのお母様はずいぶんひどいことをおっしゃったでしょうね。あの方は以前からわたしを嫌っておいでで、トマスの心変わりを幸いにわたしを厄介払いなさったのです。でも、それでよかったのです。わたしには結婚より、修道院に行くほうが合っていますもの」

彼は鼻で笑った。「おかしなことを言うのだな。わたしは、修道院にふさわしくない女性になど会ったことがない――きみがここで知り合ったジョアンナだけは別として。だがともかく、きみの選択は正しかったのだ。トマスのようなつまらない男と暮らしたら、二カ月もたたないうちに退屈しきってしまうだろう」

エリザベスはあえて反対しなかった。正妻の子でないとしても、イングランド王の息子には誰も逆らわない。「わたしは修道院で幸せに暮らせますし、役にも立てると思います。わたしにはジョアンナのような……」なんと言ったらいいのだろう？そばであれほど一生懸命に働いた女性を悪く言いたくはなかった。「わたしはあの人のようにはなれません。

彼女はとても……」

「ジョアンナは情婦だ」彼ははっきりと言った。「体を使って世を渡ってきたのだ。また、頭を使って世を渡ってもきた。きみは愚かなふりをしているが、実は大変賢い。わたしはそれを確信している。危険なくらい利口な女性だ」

エリザベスは石壁に背をあずけた。石の冷たさが薄いドレスを通して体にしみるけれど、疲れていて動けない。

「今は利口だと思えません。頭が回転しないのです」彼女は言った。「いつここを発つのですか？」

「きみはいつになったら発てる？」

エリザベスはちらりと彼に視線を投げた。「それはわたしが決めることではないと思います。でも、もしわたし次第だとおっしゃるなら、少しでも早く出発するに越したことはありません」

ウィリアム公はうなずいた。「入浴して、そのぼろを着替えたいだろう」

「着替えのぼろは持っておりません、殿下」エリザベスは言った。

「それなら、何か探してこよう。血のにおいがする女性と旅をしたくはない。猪がにおいをかぎつけて寄ってくる恐れがある。もとより危険なことがたくさんあるのに、動物にまで襲撃されてはかなわない」

「それでは、もしわたしが……」自分が言おうとしたことにぞっとし、エリザベスは途中で口をつぐんだ。これもひどく疲れているせいだ。そうでなかったら、無遠慮にこんな話題を持ちだしはしないだろう。

「もし月のものにあたっていたらどうするのか？」彼は平然とエリザベスの言葉を引き継いだ。「何か切り抜ける方法を見つけるのだ。赤くなっているな、エリザベス。きみは冷静で現実的に見えるが、生理現象を話題にするくらいで言葉につまるとは驚いたな」

「殿方と話し合うような話題ではないからです」エリザベスはぴしゃりと言った。「それから、わたしは言葉につまったのではありません。今話すべきではないと――」

「思ったとおり、きみは怒りっぽいな。わたしは、きみが考えている以上に女性の体をよく知っている。薬学に興味があるのでね」

エリザベスは目を閉じ、冷たい石に寄りかかった。「そうでしょう。殿下が女性の体をよくご存じだということには、なんの疑いも持っておりません。でも、薬学にはあまり興味がなさそうだとお見受けします」

「〝きみの殿下〟が嘘をついていると言うのか？」

彼の声があまりに穏やかなので、エリザベスは不安になって目を開けた。言いすぎたのではないだろうか？　イングランド王の息子であるこの人に、かなり思いきったことを言ってしまった。この半分でも父に言ったら、きっと鞭で打たれていただろう。

しかし、ウィリアム公は少しも怒っていないらしい。「わたしには、きみを驚かせるところがたくさんあるんだ」

どうなろうと、始めてしまったことは終わらせなくてはならない。「できればそういうところを知りたくはありません」

彼は笑みを浮かべたが、それはほんのわずかだった。「言っておくが、言葉に気をつけたほうがいいぞ、エリザベス。世の男性はたいていわたしほど寛大ではない。残虐性のある男と悶着を起こしたらどうなる？　わたしは、きみのそのような姿を見たくない」

「殿下に逆らったときのような姿ですか？」

とめる暇もなく言葉が口から飛びだしたが、エリザベスにはすぐに謝るだけの良識があった。

「申し訳ありません、殿下。疲れきっていまして、何を言っているのか自分でもよくわからないのです」

「疲れきっているので、思っていることがそのまま口に出てしまうのだ。何を言っているかは十分承知しているだろう。トマス公の母君に面倒を見てもらうか？　彼女のドレスを一着持ってきてもらえばいい」

「だめです！　イザベル様はわたしより十五センチは小さく、ずっと丸みがおありです。第一、あの方はわたしがお嫌いですから……入浴しているあいだにわたしをお湯の中に沈めておしまいになるかもしれません。背の高い召使いの服があれば十分です。その人には、わたしのドレスを置いていきます。血を洗い流せば着ることができるでしょう。着古したものですが、いい生地を使ってあります。わたしが指示して織らせましたから」

「きみはあらゆる分野に隠れた才能を持っているのだな。しかし、わたしは卑しい召使いのような身なりをした娘とは旅をしたくない。わたしの評判を落とすことになる。いや、言わなくていい――わたしの評判は落ちに落ちて、もう救いようがないと言いたいのだろうが。ジョアンナはかなり背が高い。きみほどやせておらず、腰まわりもだいぶ肉づきがいいが、胸はきみもジョアンナも同じくらい豊かだ。ジョアンナの服なら大きさが合うだろう。それに、きみにふさわしい」

断るべきなのに、エリザベスにはそれができなかった。ウィリアム公にさりげなく体つきをほめられ、すっかりうれしくなってしまったのだ。そのため、ひと呼吸置いてわずかにそれらしいことを言うのがやっとだった。「オーエン様が、待っているようにと彼女におっしゃっていたではありませんか」

「ジョアンナは、オーエン・オブ・ウェイクブライトから逃げられればうれしいのではないだろうか。ジョアンナは、オーエン公が何を考えているにせよ、わたしにはそう見える」ウィリアム公は立ちあがり、エリザベスを見おろした。

遅れをとりながらも、彼女は弱々しく立ちあがった。

どうやらむだなことだったらしい。ウィリアム公は大きな力強い手をエリザベスの肩に置き、長椅子に座らせた。彼ほどエリザベスの体に手を触れた男性はいない。しかも、わずか二日のあいだに。ウィリアム公は彼女の肩に置いた手にそっと力を入れた。エリザベスにはそれが人目を忍ぶ抱擁のように思えたが、すべては想像の産物だったのかもしれない。

「礼儀をわきまえるのだ、エリザベス。わたしは我慢強い人間ではない。ほかの人が周囲にいるときは、言葉に気をつけることだ。さもないと、わたしはしたくないことをすることになる」

それはどんなことですか？　エリザベスは思ったが、口には出さなかった。ここで言いすぎてはいけない。

「いい子だ」ウィリアム公は満足そうにつぶやいた。そして驚いたことに、身をかがめてそっとエリザベスの唇にキスをした。とはいえ、それはつかのまの出来事にすぎず、彼女がキスを返そうとしたときは、もうウィリアム公の唇はそこになかった。

エリザベスは自分の唇に手をあてた。昔トマスがキスして以来、誰もこの唇にキスしていない。それに、トマスは熱っぽくキスしたけれど、こんなに胸が躍りはしなかった。一方、ウィリアム公のキスは控えめだったのに……。

いいえ、ウィリアム公のキスは決して控え目ではなかった。短く、やさしいキスではあったけれど。そう、あっというまの無造作なキスにしては、とても熱いものをほのめかしていた。キスをした瞬間、胸の辺りに妙な感覚を覚えた。空腹のせいよ、とエリザベスは自分に言い聞かせた。ウィリアム公がウェイクブライト城の女性たちに興味を感じないとしたら、もったいなくも口の悪い未来の修道女になど労力を費やすはずがない。

それでも、せめてひとりの女性がセント・アン聖堂まで一緒に旅をしてくれたら、ずっと安心できるのに。そばにいてくれて、ウィリアム公の手から守ってくれるような人がいるといい。それにしても、殿下がわたしに興味を持つなんてばかげている。ほかに心を傾けるものがないからだろう。本当はおのれの過ちを深く反省しなくてはならない身だが、実際そうはいかないらしい。もしかしたら、トマスの母は孫ができたうえにわたしがこの城に永遠の別れを告げるとあって大喜びし、機嫌よく召使いのひとりくらいつけてくれるのではないだろうか。

エリザベスは再び石壁にもたれ、目を閉じた。まだ肩に彼の手を感じる。まだ唇にそっと触れる彼の唇を感じる。だめ！　早く修道院に入りたい。そうすれば、安心して慎み深い生活を送れる。早ければ早いほどいい。

いつのまにか眠りに落ちたらしく、気がつくと陽光が降り注いでいた。全身が冷たくてこわばり、かたわらには入浴して髪を整えたジョアンナが高価そうな服をたくさんかかえて立っている。「お風呂の用意をさせましたよ、エリザベス様。殿下から、何か着るものをお持ちしろと言われましたの。わたしの服はあなた様のような純真なご令嬢には合わないのではと思いますが。馬に乗って長旅をするのにもふさわしくありませんけど、とにかくできるだけのことはしました」彼女は腕いっぱいの衣服をテーブルの上に置き、エリザベスのほうに向き直った。

なんてきれいなのかしら。エリザベスは改めてジョアンナの美しさに目をみはった。エリザベスより十は年上だろうが、女性らしい気品のある体つきと、悲しげで世事に通じているような笑みが人目を引く。けれど、その笑みは青い目までは届かない。金色の髪は簡素なかぶりものの下から波打って背に流れ、白く染みひとつない肌と対照的に頬と唇には赤みがある。彼女はにっこりした。笑えば唇のあいだからのぞく歯まで申し分ない。「まだ目が覚めていらっしゃらないようですね。殿下は昼前に発ちたいとおっしゃってますし、修道士たちは出発が遅れたと不平をもらしています。昼までにはあと一時間しかありません。支度が間に合わないようなら、お加減がよくないと言ってきますが」

「そうしたら、みな待たずに出発してしまいます。わたしをイザベル様のいらっしゃるお城に残して」とめようもなく体が震える。「あの方はわたしを嫌っておいでです」

「わたしのこともお気に召さないようですわ。わたしがセント・アン聖堂まであなた様のお供をしたら、イザベル様はさぞかしお喜びでしょう」

驚いてぐいと顔を上げると、固い石壁に頭がぶつかった。エリザベスは頭をさすりながら立ちあがった。「セント・アン聖堂まで一緒に来てくださるのですか？」

「ウィリアム公が、誰か女性にあなた様のお供をさせなくてはいけないとおっしゃったんです。わたしは二週間のあいだ修道院で罪を悔い改め、そのあとは戻ってきてまた罪を犯しますの」ジョアンナは肩をすくめた。いかにも悔悛（かいしゅん）などばからしいと言いたげな様子だが、実際の考えは違うのだろう。「オーエンとしばらく離れていられるなんて、本当にうれしいわ。あの人は手が早くて気性が荒くて、そのうえあれこれ要求が多いのです。短い期間にせよ、男性の要求に応じる必要がなくなるなんて、こんなにありがたいことはありませんわ」

しばらくのあいだ、エリザベスは何を言うべきかわからなかった。女性の同伴者ができるのは願ってもないことであり、ジョアンナには初めて会ったときから不思議と親しみを感じている。それでも、誰かを危険にさらすことはできない。何しろ、一緒に旅をするのは悪名高い暗黒の王子なのだ。少なくとも、オーエン・オブ・ウェイクブライトは女性を殺害したことなどない。「わたしたちの同行者からは、何も……いえ、何か新たに要求されることはないのでしょうか？」

エリザベスが血に汚れたドレスを脱ぎ始めると、ジョアンナは彼女の背後にまわって手を貸した。「正直に言いますと、最初わたしは要求されると思いました。でも、ウィリアム公のベッドを暖めるのは、危険だとしてもほかの仕事ほどつまらなくありません。あの方はとてもハンサムですもの」

「彼は女性をふたり殺したんですよ。もっとかもしれません」

ジョアンナは肩をすくめた。「それより悪い死に方もあります」達観しているような言い方だ。「でも本当のところ、ウィリアム公はわたしを愛人にしたいとは思っていらっしゃいません。かといって、わたしをほかの殿方に世話しようというわけでもないのです。殿下のお言葉を信じればの話ですけれど。おかしいとお思いになるかもしれませんが、わたしは信じていますの。わたしはあなた様のためだけに、セント・アン聖堂へお供するのです」

「わたしにはそう簡単に信じられないわ」エリザベスは小声で言い、簡素なウールのドレスを取りあげた。これなら召使いの服よりいい。「わたしは、わたしの気持ちを考えてくれる人でなくてはおつき合いできないと思っています。でも、わたしができるだけ顔を合わせないようにしているというのに、あの方はなぜかわたしの前に現れるのです」

ジョアンナはそっと笑い声をたてた。「それが何を意味するか、わたしにはよくわかります。あなた様はまだお若いのです。大人になれば、おわかりになるわ。もっとも修道院に閉じこもってしまわれるのなら、その意味を知る必要はないかもしれませんが」

ジョアンナがエリザベスの肩からドレスを取り去ったので、質素なシュミーズが現れた。

「お父上は、あなた様に小間使いのような格好をさせていらしたのですね」ジョアンナが言った。「わたしのシュミーズはもっとお気に召すと思いますよ。とてもいい生地でできていますから」

「あなたの服をいただくわけにはいきません」エリザベスは断ったが、ジョアンナは彼女を次の間へ促した。そこには浴槽があり、いい香りのする湯が張ってあった。

「わたしは必要以上に服を持っておりますし、ほしいものはなんでも買えます。実際、わたしの職業に衣服はいりませんのよ。まあ、こんな話で赤面なさらないで、お嬢さん」ジョアンナがおかしそうに言いながらシュミーズを頭から脱がせ、エリザベスは裸で浴槽のかたわらに立った。「世の中とはそんなものですわ」

男ばかりの家庭で育ったエリザベスは、人の前で裸になるのに慣れていない。だから文字どおり浴槽に飛びこみ、湯をはねあげて床とジョアンナのドレスの裾をぬらした。だが、肩まで温かい湯につかるのは実に気持ちがいい。

「お嬢さんなんて呼ばないでください」ややあってエリザベスは言った。「わたしはあなたより背が高いんですよ」

「エリザベス様は誰よりも背が高くていらっしゃいます」ジョアンナの言葉に軽蔑はこもっていない。「でも、いろいろな意味でまだ大人ではありません」

言い返したい衝動に駆られたが、エリザベスは我慢した。温かい湯は痛む筋肉に快いし、ジョアンナのことは好きだった。「あなたが考えているよりは大人で物事がわかっていまで渦を巻く。

す」そう言うなりエリザベスは湯の中にもぐった。たちまち長い豊かな髪が、顔のまわりで渦を巻く。

「ええ、立派な大人で賢くていらっしゃいます」ジョアンナは水面から顔を出したエリザベスにやさしく言った。「幸い、もうすぐ害のおよばないところへいらっしゃるので、わたしが殿方の本性をお教えする必要はないでしょう。それに、ウィリアム公は最善を尽くしてエリザベス様を守ると、はっきりおっしゃっています」

「ウィリアム公はわたしを守ろうなどと思っていらっしゃいません。わたしには全然興味がないのです」エリザベスは否定した。湯には乾燥したばらの花びらが浮いていて、辺りにはいい香りが漂っている。

「できればいつまでもそう思っていただけるようにしたいものです」ジョアンナは言った。「小間使いを呼んで髪を整えさせましょうか？」

ウェイクブライト城の小間使いたちはかつてさげすむような態度をとった。あの様子はいまだに忘れられない。彼女たちは、明らかにエリザベスは領主の妻になるだけの価値がないと判断した。そして、最終的にトマスもその意見に賛成したのだ。誰が来るにせよ、ここの小間使いは呼びたくない。彼女たちに軽蔑されるのはもうたくさんだ。

「わたしはいつも自分で髪を結います」エリザベスは言った。「ですから、ひとりのほうがいいんです」

「それなら、わたしは向こうの部屋でお待ちしています。助かりますわ。小間使いたちは今わたしの旅の支度に大忙しですから。帰ってきたら、わたしの好きな服が何着かなくなっているかもしれない。そうしたら、オーエンは喜んでわたしに新しい服を買ってくれるでしょう」

「あの方は、あなたのためにお金を使うのがお好きなのですか？」エリザベスは尋ねた。父はいずれの妻にも愛人にも、まったく金を出したがらなかった。

「わたしのためにお金を使えば、その見返りがあるのを彼は知っているのです。わたしは彼に感謝しますし、オーエンはそれを利用するというわけです」

「わたしにはよくわからないのだけれど、何もしていただけなくても、あなたはオーエン様に従うのでしょう？」

エリザベスは好奇心に駆られ、尋ねずにいられなかった。悪い癖だわ。修道院に入ったら、この種の罪も赦されなくなるだろう。

「ある程度はね。でも、オーエン・オブ・ウェイクブライトのような殿方の楽しみの中には、わたしが断れることもあるのです。わたしは王侯貴族の愛人であって、普通の娼婦ではありません。オーエンが苦痛なことや下劣なことを望む場合は、お金を使わなくてはならないのです」

「でも、金品を受け取ったら娼婦になってしまうのではありませんか？」エリザベスは混乱して尋ねてから、ひどいことを言ってしまったことに気がついた。「ごめんなさい。こんなことを言うつもりでは……」

「お嬢さんにしては鋭いことをおっしゃるわね」ジョアンナはささやいた。「そのとおり。結局わたしは娼婦なのです。ただ、ベッドに入る相手を選んだり、そこで何をするか決めたりする権限があるだけ。それから、わたしがそういうことをするのはリネンのシーツの上です。汚らしい安物のシーツではなくて」

わたしの口はどうしてこう勝手に動いてしまうのかしら。エリザベスはさらに謝った。

「本当にごめんなさい」

「お気になさらないで。あなた様はそんな生活とは無縁なんですから。でも、それなりにいいこともありますのよ。ひとりのときには好きな服を着て、よく食べてよく眠ります。修道院に閉じこめられるよりずっといいわ」

「わたしなら、オーエン・オブ・ウェイクブライトのベッドに入るよりは牢屋(ろうや)に閉じこめられるほうを選びます」

「それでは、オーエンにつかまらなかったことを大いにお喜びなさい。あなた様には、石壁の中の安全な生活が待っています。あと二、三日のご辛抱です。それまで、殿下の手が届かないようにわたしがお守りすれば、何もかもうまく収まります」

「殿下に下心などありません！」エリザベスは普段の百倍も力を入れて否定した。「殿下はただ贖罪の旅を終えたいと思っていらっしゃるだけ。わたしも修道士も厄介払いして、早く放蕩生活に戻りたいのです」

「あなた様がそうおっしゃるのなら、そういうことにしておきましょうか」ジョアンナはやさしく言い、部屋を出て扉を閉めた。

6

慣れないドレスを着るには時間がかかる。エリザベスはこれまでになく手間取り、それを寝不足と疲労のせいにした。前日は馬の背で揺られどおしで、夜はマージョリーの命を救おうと奮闘し、今は再び苦痛に満ちた旅を始めようとしている。彼女は鏡の中の揺らめく影を見つめ、途方にくれて立ち尽くした。頭がさえず、ジョアンナのドレスをどうすればいいのかわからない。

ドレスの鮮やかなグリーンが、緑色の目を引き立てている。炎にも似た赤い髪は、ぬれるとありがたいことに黒っぽくなる。その髪をふたつに分けてしっかりと編んだが、頭痛がひどくてほどかざるを得なかった。結局ぬれた髪をゆるく一本に編んで、背中に垂らすことにした。髪は長く、腰の辺りまでのびている。修道院では髪を切られるのではなかっただろうか？　思えば、この長い髪がずっと嫌いだった。切ってしまったら、さぞかしせいせいするだろう。

しかし、赤い髪がぬれて黒っぽくなっても、無事背中にまとまっても、ジョアンナのドレスにかかわる問題は解決しない。何しろ胸がぴったりしすぎている。ジョアンナの豊かな胸に注目が集まるようにデザインされていて、どうも不安で落ちつかない。たとえわたしがもっと恵まれた体つきをしていても、よからぬ注目を集めるだけだろう。

薄い生地は長い脚のまわりで渦巻き、柔らかなリネンのシュミーズはやさしく肌をなでる。つかのま、鏡の中の自分を見つめ、美人の自分を思い描いた。わたしを敬愛してくれる男性と夜ごとベッドに入ったら、どんな気持ちがするだろう？

いいえ、そんなことを考えてはいけない。首を振ると長い三つ編みが背中のあちこちにあたり、その痛みのおかげで分別が戻ってきた。いくらすてきな服を着ても、わたしはわたしなのだ。世間に受け入れられない不器量な小娘で、世の男性に気に入ってもらうには頭の回転がよすぎて、言いたいことを言いすぎて、気が短すぎて背が高すぎる。

胸が露出過剰なのに対し、スカートは長い脚をすっぽり隠している。腰が細くて生地が横に取られないからだ。もちろん、それも欠点である。父は繰り返し言っていた。女は腰が大きくなくてはいけない。子供を産むためにはそれが必要なのだと。でも、わたしは子供を産む気はない。特に、喉が張り裂けそうなマージョリーの叫び声を聞いたばかりの今は。とはいえ、ウェイクブライト城の跡継ぎである真っ赤な顔をした赤ん坊が産声をあげたときには、思いがけず目に涙がにじんだ。子供の誕生に接すると、いつもそうした感動に——何よりも強烈なほろ苦い喜びに包まれる。

ブリーダン城で赤ん坊の取りあげ方を産婆から学び、手際よく出産を手伝えるようになった理由のひとつはそこにある。子供を産む気がないのに子供が大好きだというのは理屈に合わないが、せめて出産の手伝いくらいしたい。それに、出産は病気とは違う。病気に関して言えば、人の苦しみを和らげてあげようとはあまり思わない。病気になるのは、たいてい病気になるようなことを本人がしているからだ。けれど、女性にはできる限りの援助をしてあげなくてはいけない。

要するに、子供は男性だけが楽しんだ結果できるのだ。母親は子供を愛することに喜びを見いだす一方、汗くさい大きな男に体をうがたれても耐えなくてはならない。続いておなかがだんだん大きくなり、何カ月もの不快感に耐えることを余儀なくされる。そのあげく激しい苦しみが訪れ、たいてい無惨な死に至るのだ。これはすべて、男性の快楽のためにほかならない。

もちろん、避妊法はいくつかある。ほかのことと同様、産婆たちに教えてもらったのだが、これは女性だけのあいだに伝わる秘密だった。避妊法のひそかな流布がもし教会に知られてしまったら、永遠に赦(ゆる)されることはないだろう。

だが、教会の運営にあたっているのは男性だ。加えてセント・アン聖堂の善良な修道女たちがその種の予防策を知らないとしたら、なんら問題は起こらない。

修道女の仲間に加わったら、いい方法を見つけて治療の力を発揮しよう。ほとんどの修道会は生活時間を黙想と奉仕とに分けており、セント・アン聖堂では治療をそれに加えようとしている。運がよければ、これまでと同じように出産の世話を続けられる。父にせよ誰にせよ、横柄な男の要求に応じる必要はない。また、結婚という名のもとに、あるいはほかの口実のもとに、公然とわたしに迫る男性もいないだろう。

トマス・オブ・ウェイクブライトとベッドをともにするのは悪くはないと思われる。彼はハンサムで、やさしくおとなしいし、雰囲気作りをする能力に欠けているので行為は早く終わるだろう。そうしているうちに何人もの子供が生まれる。けれど、それはもうわたしの生き方ではない。多少なりとも分別があれば、そのような肉体的義務から解放されてうれしいはずだ。家や子供に縁がなくなったことを嘆くより、喜ぶのが本当ではないか。

でも、この緑色のドレスを着ているところをトマスが見たら、急いで結婚したのを悔やむかもしれない。マージョリーはまぶたが腫(は)れ、顔色が悪く、今のところ美しくない。だが、トマスは昔からきれいな女性に目がなかった。

エリザベスは、胸を騒がせる自分の想像から目をそらした。寝不足にもかかわらず、今の自分がかつてなく美しいのは間違いない。わたしにいい身なりをさせるべきだと父が気づいていたら、わたしは夫を見つけていたのではないだろうか？　きっと相手は無作法な男爵で、わたしの体に情欲をぶつけ、あとは知らん顔だっただろう。

それは決してわたしの望む人生ではない。わたしはきたるべき未来に満足している。この旅だって悪くない。ジョアンナが同行することになったので、不安はだいぶ和らいだ。ジョアンナというすばらしい美人がそばにいれば、わたしを振り返る人などいるはずがない。好色で名高い暗黒の王子といえども、わたしの存在など気にもとめなくなるだろう。

外衣を着ようとして部屋の中を素早く見まわしたが見つからない。そうだ。マージョリーの部屋に置いてきたのだ。召使いに取りに行かせるより、自分で行くほうがいい。最後にもう一度マージョリーの様子を確認し、赤ん坊の元気な姿を見れば安心できる。そこでトマスと顔を合わせたらもっといい。柄にもなくきれいなドレスを着たわたしを見て、彼が三年前の決断を後悔したら、どれほどうれしいだろう。

部屋を出る前に、エリザベスはちらりと窓の外に目をやった。中庭に集まっているのは、この旅に同行している男性たちだ。天使のようなマシュー修道士もその中におり、ほかの人から少し離れて立派な馬にまたがっている。うつむいているのでどんな表情をしているのかは見えない。けれど、容易に想像がつく。ウィリアム公の軽いからかいに応えるやさしい笑み。手綱を握る柔らかな手。そこには思いやりがあふれている。

何を考えているの！　エリザベスは自分を叱りつけて窓に背を向けた。父の城を出たせいで、頭が混乱をきたしたのに違いない。わたしは本来、楽しく生きるにはどうすればいいかわかっているはずなのに、トマスにまつわる思い出や高潔なマシュー修道士に心を奪われるとはどうかしている。このようなことは、彼女の人生設計には入っていなかった。

でも、ウィリアム公の唇がこの唇に触れたときの記憶をたぐり寄せるより、あのふたりを思いだしているほうがまだましだ。

ウィリアム公は二日で二度キスをした。最初は額に、二度目は唇に。このまま続いたらどうなるか考えると恐ろしい。次はどこにキスをするのだろう？　初めの二回のように、清らかなキスですむだろうか？

いいえ、あれはなんでもないことだったのだ。ウィリアム公は悪い男で、わたしの心をかき乱すためにキスしたにすぎない。彼は見事にその目的を果たした。けれど、今後は間違いなくジョアンナに心を惹(ひ)かれる。いくら快楽を捨てて悔悛(かいしゅん)の旅をまっとうしようと思っていても。今朝からは、もうエリザベス・オブ・ブリーダンなど眼中にないだろう。そしてわたしは安堵(あんど)のため息をつくことになるに違いない。

マージョリーの部屋へ行くにはどこを通ればいいのかわからず、人に教えてもらってやっとたどりついた。昨夜ジョアンナに連れてきてもらったときは疲れていたので、どんなところを通ったか覚えていなかったのだ。部屋の扉は閉まっていた。暖かい空気が逃げるといけないからだろう。ノックの必要はないと考え、いきなり扉を開けた。ついさきほどまで産婆をしていた者にマージョリーが何かを隠したがるとは思えなかった。

だが、部屋に入ったところで衝撃を受け、足がとまった。トマス・オブ・ウェイクブライトが、マージョリーの隣で横たわっていたのだ。彼はマージョリーの手を握り、青白いむくんだ顔を見つめている。その目には深い愛情が浮かんでいて、それを見ているだけでエリザベスの胸は痛んだ。乳母が部屋の片隅で生まれたばかりの跡継ぎに乳を飲ませようとしている。しかし、トマスは妻以外何も見ようとしない。今のマージョリーはどう見てもきれいとは言えないのに。エリザベスはただ呆然として彼を見つめていた。

トマスはエリザベスの視線を感じたらしく、ハンサムな顔を上げてちらりと幸せそうな笑みを浮かべた。その顔に、かつてはどれほど恋い焦がれたか。けれど、今見れば顎は少し気弱そうな印象を与え、鼻の形は整いすぎて額にはりりしいところがない。たまたまエリザベスは彼が捨てた女性であるとはいえ、よその女性が入ってきたら、何をされるかと心配してうろたえるのが普通だろう。

彼はベッドから飛びおり、エリザベスに駆け寄ってきた。エリザベスはとっさに身構えたが、何を予想して身構えたのかはわからない。しかし、トマスに抱き締められると思ったのでないことだけは確かだった。

「ベシー、きみは救いの神だ」彼はエリザベスの耳元に唇を寄せ、うれし涙にむせぶ声で言った。「おかげでぼくは生きていける」

エリザベスはそっと彼を押しやった。美しいドレスを通して体の曲線がはっきり見えるが、トマスがそれに気づいた様子はない。彼はすでに後ろを向き、安らかに眠っているマージョリーを見ている。いくら見ても彼女は眠っているわ、お気の毒様。エリザベスは暗い胸の内でひそかにつぶやいた。

「あなたは運のいい人ね、トマス」エリザベスは静かに言った。「彼女はあなたと子供のために精いっぱい頑張ったわ。彼女を妻に選んだのは正解だったということよ」

トマスは何を言われたのかわからないらしい。心ここにあらずという様子でただエリザベスに笑いかけ、再びベッドに戻った。「ぼくの家族はみんなきみに感謝している」彼は言った。

「お母様も?」向こう見ずにもエリザベスは尋ねた。

「母もだ」トマスは妻を起こさないようにきわめて慎重に高いベッドに上がった。「母は別に悪気があったわけではない。ただ、きみをしつけるのは大変だと思っただけなんだ。マージョリーはきみよりずっとおとなしくて扱いやすい。ぼくは母の好きなようにさせたというわけだ」

「誰もわたしがおとなしいとは言わないでしょうね」エリザベスは引きさがった。仲むつまじい夫婦を見たら胸が痛んでしかるべきだが、逆にあきらめがついてさっぱりしたような気がする。そのとき、赤ん坊が泣きだした。エリザベスはそばへ行って小さな赤い顔を見つめ、その小さな手に指で触れてみた。

「セント・アン聖堂でうまくやっていけるといいね」トマスは疑わしげに言った。「修道会に入ってしまえば、きみも口を慎むようになるだろう」

それは死の宣告のように聞こえた。「わたしもそう思ってるの」エリザベスはうわの空で答え、本当なら自分の子供になるはずだった赤ん坊にも、ベッドの上で身を寄せ合っている夫婦にも背を向けた。そして窓際のテーブルの上に置いてあった外衣を取りあげて肩からはおり、初めて男性の目にさらした体の線を隠した。そのほうが自分らしくなれる。つまり、新たな人生に向かって旅をしている、不器量なエリザベスに。「みな様に神のご加護がありますように」彼女の声は落ちついていた。

「きみにも」トマスは言ったが、心はすでにエリザベスから離れている。エリザベスは部屋を出ると、静かに扉を閉めた。


ジョアンナは明るい朝の日が降り注ぐ中庭に出て、新鮮な空気を吸いこんだ。子供のころは外にいるのが大好きで、彼女を夜寝かしつけるのに乳母が苦労したものだ。といっても、ジョアンナ・キンブローが強情でわがままな子供だったというわけではない。人なつっこい従順な娘で、よい姉であり、なんら抵抗もなく将来はよき妻よき母になるつもりでいた。

しかし、森は四六時中誘いかけ、どうしてもその無言の誘惑には勝てなかった。乳母にお尻を叩(たた)かれ、母に泣かれ、魅惑の呼び声を無視しようといくら心に決めても、ジョアンナは外に出るたびに平和で静かな暗い森の中へと姿をくらましてしまうのだった。

家族は結婚が可能な年齢になったと見るや、ジョアンナを結婚させた。男性のことなど、万病を治す方法ほども知らない十三歳の子供だったのに。最初の夫はかなり年配で、幼妻にはやさしかった。肉体的な触れ合いよりも心の触れ合いに興味を持つ人で、彼が世を去ったとき、ジョアンナは本当に悲嘆にくれた。先々もっとつらいことが待っているのも知らないで。

第二の夫は残酷な人でなしだった。彼に比べれば、あのオーエン・オブ・ウェイクブライトでさえ思いやりあふれる愛人に見える。非情なハラルドは人を苦しめるのが大好きで、子供をもうけることには興味がなかった。というのは、数えきれないくらい息子がいたからであり、十字軍遠征のあいだに身についた習慣のほうがはるかに興味をそそったからだ。ジョアンナは、彼ほどキリスト教徒にふさわしくない人物に会ったことがない。彼は人を苦しめて喜びに浸った。さらに妻をほかの男と共有し、彼らが妻の体をむさぼるのを見て楽しんだ。

ハラルドがずっと生きていたら、わたしが彼を殺していたかもしれない。ジョアンナはときどきそう思う。

再婚者と二回結婚した経験を持つ彼女だったが子供はなく、そのため結婚によって得たものは何もなかった。生活の保証さえも得ていない。両親はずっと前に他界し、ふたりの遺産は遠縁の親族が相続した。それ以降、ジョアンナは複数の男性を渡り歩いたが、もう結婚はしなかった。いずれの結婚相手にも子供の顔を見せることができなかったので、妻としての役割を果たしていない。しかし、情婦としては従順で情があり、見た目にも美しい。少なくとも男性たちはみなそう言っていた。生きていくには、もっとつらいことをしなくてはならない人もいるわ。彼女はいつもそう自分に言い聞かせた。住む家もなくて道端で寝ているよりはいいじゃないの。

でも、これからの二週間は他人に私生活をのぞかれることもなく、ひとりで過ごせる。なんてすてきなのだろう！　セント・アン聖堂の修道女がいい人たちなら、修道女になる決心をするかもしれない。隠しておいた金がかなりあるので、持参金を納めるのには困らないし、エリザベス・オブ・ブリーダンのことを本当に好きになってしまった。ウェイクブライト城と違い、セント・アン聖堂には少なくとも話し相手がいる。ウェイクブライトの人々では相手にならない。トマスでさえ、うすのろにすぎず、オーエンは最近ますます勝手な要求をするようになった。

つかのまの休息は、驚くほど心の平和をもたらすだろう。もしオーエンが一人暮らしを嫌ってわたしの代わりを置こうとするなら、そうすればいい。男性にまつわりつかれない人生は、考えただけですばらしいものに思える。

城の使用人たちは誰も見送る気がなかったらしい。ジョアンナは裸でいびきをかいているオーエンを残して寝室を出た。とにかく今のところ、オーエンは幸せな男だ。最後の最後に、彼女は数少ない宝石を全部リネンの布に包んで刺繍入りの小さな布袋につめこんだ。袋は外衣の腰から下げてある。これで、帰りたくないなら帰らなくてもいい。わずかばかりの宝石を処分しても、つかのまの助けにしかならないのはわかっている。愛人たちはいずれもさほど気前よくはなかった。けれど、セント・アン聖堂の修道院長は、地に落ちた女にきっとやさしくしてくれるはずだ。

中庭の向こう側にエリザベスの姿がある。いつもどおり、連れはいない。美しくない茶色の外衣を体に巻きつけているが、裾から濃い緑色のドレスがのぞいている。ジョアンナにはそれが自分のドレスだとわかった。いいドレスを着たらエリザベスはどう見えるだろう、と思ってわざとあのドレスを選んだのだ。エリザベスの目は美しく、髪はみだらなほど派手に輝き、唇は男性に罪の意識を抱かせる。これまでのところ、彼女はなんとかその種の注目を浴びずに生きてきた。ジョアンナとしても、彼女に男の目を集めるために美しいドレスを貸したり罪な髪の結い方を教えたりするつもりはない。エリザベスは修道院に向かっているのであり、それに代わって心をとらえそうなものは女性を物色するようなウィリアム公の目だけだろう。

ウィリアム公が危険な人物であることは、疑う余地もない。前に人を殺めている彼は、きっとまた人を殺める。

けれど、どんな話を聞かされていようと、どういうわけかジョアンナにはウィリアム公が罪のない人を傷つけるようには見えなかった。若い女性を殺害するようにも。噂に反し、彼は女性を愛する人に見える。女性を喜ばせるためではない行為をしながら、相手を喜ばせるこつを心得ているように見えるのだ。もしそんなことができるとしたらの話だが。

エリザベスを守りたい。そのためにできることがあればしよう。わたしは知恵と体に頼って生きてきた。これからの数日は、イングランドで絶大な力を持つ男性のそばにいることになる。彼はわたしに興味がない。それは自信を持って言えるが、彼がひそかにエリザベス・オブ・ブリーダンに惹かれているのも同じくらいはっきりわかっている。思慮のある人間なら、どんな犠牲を払ってもあのふたりの取り持ちをするだろう。好ましい無垢な娘をイングランド王の一人息子のベッドに導けば、感謝されるに決まっている。富と権力をほしいままにする男性に感謝されるのは、当然願ってもないことだ。好意を寄せてくれる人が宮廷内にいれば、どんなにか有利なことだろう。

しかし、エリザベスを飢えた野獣に差しだすようなことは、どうしてもしたくない。性行為なしの人生は悪いものではないし、エリザベスと過ごした数時間のあいだに好ましい点や敬うべき点を彼女の中にたくさん見いだした。彼女は自分に取って代わった女性、勝利を得た女性の人生のために懸命に戦ったのだ。

しかし、世の中のありようを変える方法はない。わたしはそれに耐えてきた。男爵の愛娘（むすめ）だって、それから逃れられないのが普通ではないか。性行為は男性の楽しみだが、女性には重荷であり、それを避けられるのはごくわずかな運のいい女性だけだ。エリザベスを彼に渡して得られる見返りはあまりに大きく、あっさりあきらめられるものではない。ウィリアム公が用済みにしてからでも、修道院はエリザベスを受け入れるだろう。傷物に対しては賠償金を要求するかもしれないが、問題はあるまい。聞くところによると、ウィリアム公は明らかに色好みの結果、絶えず責めを負っているが、彼に甘い父親と国庫のおかげで罰をまぬがれている。長期にわたりつらい思いをして償いをさせられるのは、人を殺めるといった極端な行為におよんだときだけでしかない。

おそらく誰かが修道女に金を渡し、エリザベス・オブ・ブリーダンに対して非難の声があがらないようにするだろう。

　そしてわたしはある種の権力を得るのだ。

　必要なことはなんでもするつもりでいる。少なくとも、そのための努力をしよう。世間の人はウィリアム公が残虐な愛の行為を好むと思っているが、それが事実だとはどうしても思えない。それに、おそらく人生は誰にとってもさほどわびしいものではないのだ。

　しばらく様子を見ればどうなるかわかる。自分の利益ばかり考える無情なところがあるにもかかわらず、実際その段になったらわたしはむごい計画を最後まで実行できないだろう。というより、自分の利益のために無垢な乙女を犠牲にすることなどできない。自分がもう一度乙女に戻るのは不可能だが、それ以上に不可能なことだ。そう、わたしの本当の望みとは、エリザベス・オブ・ブリーダンを、出発したときと同じ純潔の乙女のまま聖堂に到着させてやることだ。

風は涼しく湿気を帯び、重い外衣のまわりで渦を巻く。エリザベスはさらにしっかりと外衣を体に巻きつけた。外衣の下に着ているドレスがいまいましい。ほかに着るものがなかったため仕方がないのだが、もっと大騒ぎしておけばよかったと悔やまれる。マージョリーなら、もっと未来の尼僧にふさわしい服を持っていたに違いない。そう、マージョリーは小柄だが、胸を人目にさらすよりは脚をさらすほうがましだ。不器量な自分を多少よく見せてくれるものといえばこの長い脚だけなのだから。

中庭は活気に満ちていた。ウィリアム公の勇ましく忠実な馬にはすでに鞍がつけられ、マシュー修道士以外の修道士はその場に集まって一団となっている。穏やかなマシュー修道士はみなから離れ、うつむいて声を出さずに祈っているらしい。エリザベスは彼の唇の動きを見て、彼に近づくのをやめた。なぜ彼がウィリアム公から守ってくれると思ったのかはわからない。そもそも、誰かが助けてくれるなどとどうして思うのだろう？　中庭の向こう側にはジョアンナの姿がある。派手な色の服を着ているが、胸を張って豊かなブロンドの髪を背に流しているからには、まったく気後れしていないらしい。冷静な目で見ると、ジョアンナと一緒にいるのがいいことかどうか疑わしくなってくる。信心深いマシュー修道士は別だが、彼女はここにいる男性全員の視線を集めている。彼女のそばにいたら、彼らの目がわきにそれて、わたしにもとまるかもしれない。

わたしの馬はどこだろう？　エリザベスは周囲を見まわした。またウィリアム公と一緒に乗るのはお断りだ。疲れたと認める前に死んでしまいたい。彼の手を肌に感じるくらいなら、崖から身を投げたほうがいい。彼の手が無慈悲だったからではない。押しつけがましくさえなかった。それなのにひどく心が乱れ、再び彼の手が触れるのではないかと思うだけで耐えられなかった。

そのときエイドリアン修道士がやってきた。よかった。泣きたいほどうれしい。彼と一緒に、幌をかけた馬車が強い馬四頭に引かれてくる。馬車は揺れて乗り心地が悪いだろうが、骨がばらばらになってもいいから馬車で行きたい。少なくとも、また馬の背によじのぼらなくてすむ。ウィリアム公のたくましい腕に抱きかかえられることもなく。

エイドリアン修道士がそばに来たとき、ジョアンナがかたわらに立っていた。「これはいちばん乗り心地の悪い馬車ですよ」彼女は静かに言った。「前に乗ったことがあるんです。トマスが手放したがっているとしても、わたしは驚きません。二、三時間も乗ったら、拷問器具になってしまいますもの。馬に乗っていくほうがよろしいですよ」

エリザベスはいやだと言おうとしたが、その前にエイドリアン修道士が口を開いた。

て目を上げない。

「殿下はおふたりを馬車にお乗せするようにおっしゃっています」彼は地面を見つめてい

「なぜ？」ジョアンナが尋ねた。「馬車を使うと進みが遅くなるでしょう？」

エリザベスもそれと同じことを尋ねたかったが、切りだせずにいた。彼らが考え直し、その結果、馬の背に乗せられたら大変だからだ。

「殿下は悔悛の旅をしておられます。女性の姿が目に映ると、不滅の魂が危険にさらされます」エイドリアン修道士は自分の足に視線を落として答えた。「おふたりがカーテンの陰に座っていてくださったほうがいいのです」

「殿下の不滅の魂はもう危険にさらされていると思います」エリザベスは小声で言った。

「殿下がわたしを馬車に乗せたいのなら、わたしはそれに対して文句など言えませんわ。体が痛くても気をまぎらせることはできるわよね、ジョアンナ。お互いに身の上話をしていればいいんですもの」

エイドリアン修道士は喉を絞められたような声をたて、ぐいと顔を上げてジョアンナを見つめた。

「ご心配なく、修道士様」エリザベスはそっと笑った。「ジョアンナは差し障りのある部分を飛ばしてお話しなさるでしょうから」

エイドリアン修道士は身動きもせず、話を聞いているようにも見えなかった。ただじっりながら。

とジョアンナの涼しげな青い瞳を見つめている。そこで彼は急にきびすを返し、何も言わずに立ち去った。あまりに急いで歩いていくので、ときおり長い服に足を取られそうになりながら。

「彼女はここにいるべきではない」エイドリアンは断固とした口調で言った。

ピーターは振り返って彼を見た。ふたりは一行よりずっと前を進んでいる。馬車を加えたため、一行は今ひどくのろのろと前進しており、ふたりの話を盗み聞きできる者はいない。「なぜだ?」彼は言ったが、エイドリアンの言うとおりだということは十分承知していた。エイドリアンは人一倍物事をはっきり見ているので、ピーターは真摯(しんし)に彼の話を聞くことにしていた。

「危険すぎる。彼女の存在そのものが誘惑なのだ。きみにもそれは否定できないだろう。男は彼女を見ただけで肉体の喜びを思い起こしてしまう。それだけ我々の仕事は困難になるわけだ」

ピーターはため息をついた。「もちろん、きみの言うとおりだ。きみが彼女に誘惑を感じるとは驚きだがね。高徳なエイドリアン修道士は、誘惑など超越しているのだと思っていたよ」

「ぼくが高徳なエイドリアン修道士なのは聖堂に着くまでだ。着いたら単なる一騎士に戻沈んでいる。「きみにそんな免疫があるとは驚いたよ。彼女の唇は……うっとりするほど魅力があるじゃないか。きみもわかっているはずだ」

あの唇の味を思いだし、ピーターは目を閉じた。あれほど純真な唇を味わったことはない。あれほど温かい唇も。「本当だな」彼は若い仲間にちらりと視線を投げた。何やら不思議な感情がわいてくる。人はこの感情を嫉妬と呼ぶのではないだろうか？　もちろん、ばかげている。エイドリアンが若い女性に惹かれるのは当然だ。独身の誓いは、まったくの見せかけにすぎないのだから。「我々は今週中に彼女と別れるんだぞ、エイドリアン。彼女はとても美しく、その美しさを隠そうとする気はないらしい」

「それはきみの解釈だ」声の調子から察するに、エイドリアンは不愉快らしい。嫉妬の火花が散り始めた。「想像をたくましくしすぎじゃないか？　彼女はきみにも、ほかの修道士にも興味がない」

「わかっている。だから余計にばかげているんだ。いつ彼女に事実を話してもかまわないのに……」

「誓いを立てたのを忘れたのか、エイドリアン？　我々三人の正体は誰も知らない。人に知られたら、この偽装工作はむだに終わってしまう。誓いをやぶるつもりじゃないだろうな？　緑色の目がどんなにきれいでも、危険を冒すほどの値打ちはない」

「彼女の目は青だ」エイドリアンは無愛想に言った。「エリザベス嬢の目は緑色だが」

ピーターはくるりと振り向いてエイドリアンを見た。「きみはジョアンナのことを言ってるのか？」

「もちろんだ。ほかに誰がいる？　エリザベス嬢は、男を惑わせて神への誓いを放棄させるような女性ではない。まさに修道院向きだ」

「そう思うか？」ピーターは小声で言い、のろのろと森の中を進む馬車を振り返った。馬車のカーテンは揺れているが、女性の姿は見えない。エイドリアンの心をとらえた妖婦はうまく姿を隠している。ピーターの心をとらえた妖婦らしからぬ女性も同様だった。

しかし、姿が見えなければいいというものではない。唇にキスされたときの彼女の表情は、いまだにピーターの目に焼きついている。彼女は青白い顔にひどく驚いた表情を浮かべていた。彼女をこの胸に抱き寄せないようにするには、どれほど意志の力が必要だったことか！　実際はいまいましいドレスも何もかも一緒に抱き締めて、本当のキスとはどんなものか教えてやりたかった。

彼女はそんなことを知らなくていい。ぼくもそんなことを覚えていなくていい。覚えているべきことは自分の義務と、最後に何が待っているかということだけだ。それは罪のない人々に対して犯した赦されざる罪。そして、ぼくのような人間が払うにふさわしい代償。しかし、代償を払ったところで何も変わらない。この世でいくら悔悛しても、地獄の火から守ってもらえはしないだろう。その火は、現世にいるぼくのあとを追ってきさえした。

殺人の罪は、ぼくの運命を変えはしない。

だが、密通の罪は地獄の炎をもっと熱くするのだろうか？　予定よりももっと早く、ぼくを火の中に送るのだろうか？

あるいは、この世の日々をもっと耐えがたくするのだろうか？　もうひとり、罪なき人の人生を破壊したと知ったときに。

未来に横たわっているものは死だ。殺人だ。愛ではない。ぼくは自分のために敷かれた道を、ひたすら忠実に歩んでいく。エリザベスの姿を見て苦痛が増すなら、当然の報いにほかならない。彼女を守ろう。ウィリアム公を護衛する役を解かれたら、場合によっては殿下を殺すのもいとわない。

そのあとで、自分の人生を歩きだすのだ。また誰かの人生を破壊しないうちに。

7

エリザベスははっとして目を覚ました。恐ろしい夢を見ていたのだ。大地が割れ、裂け目ができ、自分が暗闇の中へ、深い夜の闇の中へ落ちていく。人の手がのびてきたが、上から安全なところへ引きあげようとしているのではない。下へ引きおろして破滅させようとしているのだ。逃げようとして蹴飛ばすと、くぐもった声が返ってきた。

辺りは暗くて暖かく、濃厚な香料のにおいがする。たちまち恐怖に駆られたが、ジョアンナの落ちついた声が心を静めてくれた。「大丈夫ですか、エリザベス様？」

「ごめんなさい、蹴飛ばしてしまいましたか？　わたし、どのくらい眠っていたんでしょう？」エリザベスは尋ねた。

「丸一日。幸い、わたしもだいたい同じくらい眠りました。何しろ、マージョリー様のためめにひと晩中、大変でしたからね。一度馬車をとめて食事をしましたが、起こすのはお気の毒だったので黙っていました。殿下も寝かせておくようにとおっしゃったので。殿下はあなたのお体をとても気づかっていらっしゃいます」

エリザベスは鼻で笑いたくなったが、ぐっとそれをこらえた。二度とウィリアム公の腕に抱かれたくない。彼女はそろそろと体を動かして長い脚をカーテンの外に出し、するりと地面に降り立った。ふらつかないようにしっかり馬車につかまるだけの用心も忘れてはいない。すでに黄昏（たそがれ）になっていたが、夜気は暖かく、一行はふたつに分かれていた。ひとつは武装した護衛の集団で、火をたき馬の世話をしている。修道士たちは別のところに集まり、特に何もしていない。ウィリアム公はどこだろうと見まわしたが、彼の姿はどこにもなかった。

ふとマシュー修道士の姿が目に映ったので、エリザベスは彼のほうへ歩きだした。彼はわたしを守り、心を和ませてくれるうえに危険を寄せつけない。それに、そのやさしい笑顔を見ているだけでうれしかった。彼女はゆっくり歩いた。ほっとしたことに、体はこわばっているものの脚はしっかりしている。

マシュー修道士は地面に座り、頭を垂れて祈りを捧（ささ）げていた。仕事を始めたほかの修道士たちからはだいぶ離れている。エリザベスはためらった。邪魔をしたくない。マシュー修道士が顔を上げ、まっすぐエリザベスのほうを見た。彼女が近づいてきたのを察したのだろうか？　続いて彼はかすかな、けれど温かい笑みを浮かべて立ちあがった。

「エリザベス様のほうからおいでくださるとは光栄です」マシュー修道士はそっと言い、エリザベスの手を取った。彼の手は柔らかくて冷たかった。

「お祈りの途中でしたら失礼します。お邪魔をしたくはありません」彼女は逃げ腰になった。男性と肌を接するのに慣れていないため、手を引き抜きたかった。ばかげているわ。これまでわたしに手を触れた男性は、ブリーダン家の儀式を執り行う司祭のベネット神父だけだった。彼に手を握られると、いつも心が安らかになったものだ。

でも、ベネット神父が高徳な年配の男性であるのに対し、マシュー修道士は若い男性だ。おそらく彼も高徳な人物だろうが、それでもやはりエリザベスは手を引っこめてしまった。マシュー修道士はわずかに残念そうに手を放した。

「ちっとも邪魔ではありません」彼は言った。「ちょうど祈祷を終えたところです。立派な椅子があるといいのですが……」

「まあ、いやだ。わたし、座りたくなんかないわ！」不服そうに言ったとたんに気がついた。感じのいい言葉づかいとは言えない。「一日中座っていたんですもの」彼女は言い足した。

「それでは、歩きますか？　お供しますよ。まだ明るいし、食事まで時間がある」

エリザベスはそわそわして後ろを振り返った。依然としてウィリアム公の姿はないが、ジョアンナがひとりで馬車のかたわらに立ち、眉をひそめてこちらを見ている。

「ジョアンナも一緒に歩きたいのではないかしら。きっとそう思っているはずよ」エリザベスは急にジョアンナを置き去りにするのが心苦しくなった。

「ジョアンナは、あなたのようなお嬢様のお供にはふさわしくありません」マシュー修道士は低い声で言った。「こんなことは言いたくありませんが、ジョアンナと歩くよりわたしと歩くほうが賢明ですよ。あの方はマグダラのマリア、生まれながらの罪人です」彼はもうエリザベスの手を取ろうとはしなかったが、彼女は手を引かれて人がいないほうへ連れていかれるような気分だった。

「でも、マグダラのマリアは罪を悔いて聖人になったのではありませんか？　イエス様は、収税吏よりも彼女に愛情を注がれたのでしょう？」エリザベスは言い返した。ベネット神父にもよくそうしたものだった。

　マシュー修道士はにっこりした。

「お若いのにいろいろなことをよくご存じですね。しかし、わたしたちと一緒に旅をしているあの娼婦(しょうふ)は、悔悛(かいしゅん)などしていません。したとしても、イエス様がここに現れて彼女の罪を赦(ゆる)してくださるわけではないでしょう。わたしは彼女の罪を赦すだけの度胸がありません。彼女のそばにいると危ないですよ、エリザベス様。わたしと一緒にいらっしゃるほうが安全です」

　彼が自分のことを無害だと主張したのはこれが二度目だ。エリザベスは彼にいぶかしげな視線を投げた。そんなことはわかりきっているではないか。なぜわざわざ主張しなければならないのだろう。おとなしい修道士が、どんな害を与えるというのか？

エリザベスは男性たちのそばで生活してきた。そして自分の直感を信じている。その直感は、目の前にいるおとなしい修道士よりも暗黒の王子のほうがはるかに心の平和をかき乱す、と告げている。いくらマシュー修道士がきれいな顔をしていても。

ふたりはみなから離れ、森の奥へ続く小道をそぞろ歩いた。男たちの声も馬のいななきも遠のき、かすかにしか聞こえない。エリザベスは振り返り、調理用の火から立ちのぼる細い煙の筋を見つめた。食事まで少なくとも一時間はかかるだろう。それまでのあいだ、マシュー修道士と一緒に過ごすのだ。エリザベスはかたわらの彼を見てほほ笑んだ。

「ええ、わたしは本当に安心しています」彼女は言った。「殿下が悔悛をすまされるまで、監視する人が大勢いてよかったですね」

「殿下はあなたを困らせるようなことをなさらなかったはずです。少なくとも、わたしはそう信じています。エイドリアン修道士を殿下につき添わせたのが賢明だったかどうかは疑わしいが。ウィリアム公はためらいもなく若い女性を口説きますが、それは男性に対しても同じことです。エイドリアン修道士は若いので、それに抵抗できないのではないかと思うのです」

マシュー修道士の言葉にエリザベスは衝撃を受けた。「わたしには、それらしいところは何も――」

「殿下は大変悪賢い方です」マシューは言った。「会う人会う人、片端からだましてしまいます。それでも、あの方の残虐性は飽くことを知りません。あなたを追いかけることさえあるでしょう」

　わたしが最後だというわけ？　彼がわたしを追いかけるのは、ほかの人を追いかけ尽くしたあとだというの？　エリザベスはわずかながら憤りを覚えた。「もう追いかけられました」彼女はむっとして言った。

　ふたりはだいぶ森の奥まで入っていた。かたわらを歩いていたマシュー修道士はつまずき、体勢を立て直した。「殿下は無理強いしたのですか？」彼は静かにきいた。

「いいえ、キスしただけです」これはまぎれもない事実だ。「二度」言葉が口をついた瞬間、しまったと思った。マシュー修道士に事実を語ってはいけないという理屈はない。彼は殿下の悔悛に責任を負っている者のひとりであり、すべてを知る権利がある。しかし、できるものなら今の言葉を取り消したい。エリザベスは首を振った。「でも、あなたのおっしゃるとおりです。わたしは男の方を惹きつける女性ではありません。わたしをほしがるとしたら、殿下は変わり者なのです」

「ウィリアム公が純真な人を堕落させる力は計り知れません。これは事実です」マシューは真剣な口調で言った。

　マシュー修道士は何もわかっていないのだわ、とエリザベスは思った。女性のそばで過ごすこともなかったのだろう。そうでなかったら、わたしが自分を卑下したときにあっさりそれを認めるはずがない。早く話題を変えなくては。ぐずぐずしていると、わたしはこのおとなしい修道士に毒舌を振るってしまう。

どこかで水の流れる音がする。エリザベスはたまらなく冷たいものが飲みたくなった。

「この先に川があるのではありませんか？」

「そうらしいですね。川のほとりに座って話しましょう」

しかし、エリザベスは不意にふさぎこみ、ひとり歩きだして彼から離れた。今が真夏なら、自分が十歳の子供なら、それから周囲に人がいなかったら、服を脱いで水に飛びこむのに。水が体をなでて流れるのは快い。昔から水が大好きだった。風呂に入ったばかりのときでさえ、冷たい澄んだ水には抗（あらが）いがたい誘惑を覚える。

エリザベスは走りだした。曲がりくねった小道は、獣道に違いない。マシュー修道士は後ろからゆっくりした足取りでついてくる。大きな川に行きついたときは、辺りに誰もいなかった。やっとひとりになれたのだ。水は気ままに岩のまわりを駆け巡っている。

マシュー修道士はずっと後ろにいて、当分ここまで来ないだろう。ほんの数分靴を脱ぎ、水に足を浸してみようか？　彼が来たら、ひとりで帰ってほしいと言えばいい。素直に帰るかもしれない。それとも、もっと突拍子もないことをしようか？　服を着たまま川に飛びこみ、足をすべらせたふりをするのだ。

ああ、でもジョアンナのドレスはきつく胸を締めつけている。ぬれたら、胸ばかりか全身にぴったり張りついてしまうだろう。ジョアンナが乾いた服を貸してくれるとしても、体の線がはっきり出るものばかりだ。この柔らかいウールのドレスのほうが、まだ体をゆったり包んでくれる。それでもエリザベスは、渦巻き、流れる水を見おろしているうちに、どうしても飛びこみたくなってきた。

「冷たいですよ」

男性の声に驚いて体をひねったため、エリザベスは川に落ちそうになった。危ういところで足を踏ん張って視線を上げると、雲隠れしていたウィリアム公の黒い瞳が見おろしていた。

彼がどこにいたのかは尋ねるまでもなかった。半ズボンをはいただけの姿で胴着もつけず、髪がぬれている。水浴びをしていたのだ。もう少し早くここへ来ていたら、彼はまだ服をつけていなかっただろう。そんなときに来なくて幸いだった。裸の彼に出会うなんて、考えただけでぞっとする。正直、興味はあるけれど。

「水の中に入るつもりなどありませんでした」エリザベスは嘘をついた。「殿下のように肌をさらしたら、具合が悪くなってしまいます」

「わたしは今のところ、誰の前にも肌をさらしてはいない。森以外にはね」ウィリアム公は例の冷淡な、かすかにばかにしたような口調で言った。「聖地にいるあいだに、わたしは日常的に入浴するのが好きになった。少し冷たいのを我慢して水浴びするのも、気分が変わっていいものだ」

「十字軍に加わっていらしたのですか？」エリザベスは驚いて尋ねた。したい放題の生活をしている殿下が、他人のためであれ、おのれの不滅の魂のためであれ、自分が犠牲になるような危険を冒すとは思えない。

「本当のところ、わたしは敬虔（けいけん）という衣の陰で冒険を探している」

「それで、何が見つかったのですか？」

彼の顔に暗い色が浮かんだかと思うとすぐに消えた。えも言われぬ悲しげな表情を見て、エリザベスの胸は鋭く痛んだ。

「そんな話を聞く必要はない。エリザベス、きみには男性がいかに邪悪なものか知らずにいてもらいたいのだ」

そのとき、木立の中からマシュー修道士が現れた。わずかだが息を切らしている。彼はウィリアム公の姿を見て急に立ちどまり、周囲には張りつめた空気が流れた。

「ここにいらっしゃるとは知りませんでした、殿下」マシュー修道士の声はわずかに不愉快そうだった。「お邪魔でしたか？」

「悪の話を始めたところだ。悪はどこにでも存在し、最も純潔に見えるものの中にもある、ということをエリザベスに説明しようとしていたのだ。だから団をなしている人々の中に入ってはいけない、と」

「わたしがそうしたものからエリザベス様をお守りいたします」マシュー修道士は氷のように冷たい声で言った。

「そうだろう。わかっているよ、マシュー修道士」ウィリアム公は答えた。「問題はきみだ。きみは危なくないのか？　きみが悪いことをした場合、誰がとめるのだ？」

彼らはわたしの話をしているのではない、とエリザベスは考えた。ふたりのあいだには何かほかのものがある。まったく異質の男性であるふたり。ひとりは穏やかな修道士で、もうひとりは模範的な父親にさえ背を向けられるほど堕落した王子。これは善と悪との戦いなのだ。不愉快なことに、その争いの種は、どうやらわたしであるらしい。

「いい質問ですね。わたしは単なる修道士ですから、なんら害はありません。人は……性的不能者と呼ぶでしょう。それに対し、イングランド王のご子息は怪物と呼ばれてきました。善悪の区別がつかず、人間らしい思いやりもない。なんでも奪い取り、残忍で、不道徳です。エリザベス様にとって危険なのは、その中のどれでしょうね？」

どちらもエリザベスのほうを見なかった。

「きみは王子のことをよく知っているだろう」ウィリアム公が言った。「しかし、すべての人間はそうした邪悪な部分を持っている。きわめて徳の高い人物でさえもだ。エリザベスはそのことをよく覚えておかなくてはいけない」

「エリザベス様は背徳の味を知りたいのでしょう。やがて俗世から永遠に隔離されるのですから」マシュー修道士が言った。

「きみの言う背徳の味は、エリザベスを窒息死させるのではないか?」

マシュー修道士はにっこりした。

「かの王のご子息にしてはすばらしく鋭いですね、ウィリアム殿下。今後は殿下を過小評価しないように気をつけます。それでは、我々ふたりでエリザベス様を見張ったらどうですか? そのうち、どちらが彼女の安全を確保できるかわかるでしょう」

「やめてください!」エリザベスは割って入った。もうたくさんだ。「おふたりとも何が気に入らないのです? 目の前にいるわたしのことで言い合いをするなんて、どうかしています。しかも、おふたりの望みは相手を攻撃することだけ。理由は知りませんが、わたしはそんな争いの種になどなりたくありません。まるで、犬が骨の取り合いをしているみたい。争う価値もない骨を。女性を争いたいなら、ジョアンナを争ったらいかが? おふたりとも、わたしのことは放(ほう)っておいてください」彼女はまくし立て、マシュー修道士をにらみつけた。「わたしは戻ります。ひどく空腹なので何かいただきたいわ。おふたりとも、わたしのそばへいらしたら火の中へ突き飛ばしますよ」

この言葉は、なんとかマシュー修道士にだけは効き目があったようだ。だが、ウィリアム公はただ笑っている。おそらく、エリザベスには何もできないとわかっているのだろう。

「きみは修道女たちの厄介者になるだろうな」ウィリアム公は言った。「修道院に入ったら、謙虚に、従順にならなくてはいけない。そういうことを知らないのかい？」

「修道女が守るべき規則は守ります。殿下がおっしゃることを聞く気がないだけですわ」

エリザベスはそれだけ言うと向きを変え、長い脚を生かして全速力で走りだした。ふたりの静かな声と、そらぞらしく礼儀正しい言葉が遠ざかり、春の空気の中に消えていった。

「彼女に触ったりしたら、殺してやる」ピーターはぬれた髪を顔から払って言った。心臓が激しく打っている。さきほどエリザベスとにせ修道士の声が遠くから聞こえてきたので、彼は驚くべき速さで服を着たのだった。剣はあまり遠くないところに置いてあり、短剣は足首にくくりつけてある。必要とあれば、すぐ手が届くように。「殿下が国王の子息だろうと肉屋だろうと、まったく関係ない」彼はウィリアム公の紋章を見つめて続けた。「彼女を傷つけたら、心臓を引き裂いてやる」

ウィリアム公の端整な顔がやさしく笑み崩れた。何年もの歳月をかけて作りあげた笑顔だ。「きみはああいう背の高い女が好きらしいな。だが、芝居の中の人物とは逆に、聖職についているのはきみだ。独身主義の修道士は彼女に手が届かない。わたしなら手が届く。わたしが初めて恋に落ち、今までの生き方は間違いだったと気づく、というのはあり得ることだ。ことによったらわたしはエリザベスと結婚し、善人になるだろう」

「そんなことは、万にひとつもあり得ません」ピーターの声は、まだぬれている肌と同様冷たかった。「とにかく、彼女には近寄らないでください」

「ピーター修道士、きみは彼女の安全を真におびやかす男だ。禁欲していたのは何年だったかな？　十字軍遠征から帰ってすぐに修道士になると決めてから七年のあいだ、きみは父の宮廷にいた。イングランドでも最高級の美人たちと一緒にいながら惑わされなかったのに、エリザベス・オブ・ブリーダンのような小娘にまいってしまうとはどういうわけだ？　わたしには理解できない。彼女はもう若くはないし、背が高くてやせている。それに強情で利口すぎる。そばかすだらけだし、髪は悪魔の色ではないか。エイドリアン修道士でさえ、彼女に惹かれるなんてどうかしていると言うだろう」

「それでは、わたしも申しあげます。殿下は彼女に興味をお持ちにならないと思っていました。いやがる子供に苦痛を与えるほうがお好きでしょう」

「わたしは尊敬する父上と好みが似ている。父の新しい妻に会ったかね？　結婚したとき、彼女は十二歳だった。わたしの母は、死んだとき十三歳にもならないくらいだったと思う」

「結果としては、母上の胸を痛めずにすんだわけですね。息子が怪物に成長するのを見たら、さぞかしご心痛だったでしょう」

ウィリアム公は小さく不気味な笑い声をあげた。「きみが言ったことは、深刻な問題を引き起こすかもしれないよ、ピーター修道士。セント・アン聖堂に着くまでは、きみがわたしを精神的にも身体的にも守ることになっている。しかし、わたしが悔悛をすませ免罪を言い渡されたら、我々はもとの身分に戻るのだ。きみは貞節、清貧、服従を誓ったのに罪を犯した修道士で、その罪は償おうとしても永遠に浄化されない。一方、わたしはイングランド国王の一人息子だ。我々には、すでに片をつけていて当然のことがある。きみと一緒にいればいるほど、わたしにはそれが忘れられなくなる」

「わたしは恐ろしくて震えています」ピーターが言った。「もう一度言います。彼女に手を触れたら、わたしは殿下を殺します」

ウィリアム公は悲しくもないのに悲しそうに首を振った。「気をつけろ。きみの不滅の魂は危機に瀕(ひん)している。彼女の赤い髪を利用してきみを誘惑しているのは、悪魔に違いない。ほかに誓いを捨てさせるようなものは何もないではないか」

「誓いを捨てるつもりはありません。殿下はご自分の不滅の魂を心配なさるほうがよろしいでしょう。わたしの魂ではなく。今は悔悛の旅の途中ですよ。このまま罪を犯さずにセント・アン聖堂に着かれたら、後ろめたい思いをなさらずに着かれたら、免罪を言い渡されて新しい生活ができるのです」

「わたしは後ろめたい思いなど抱いていない」ウィリアム公はよどみなく言った。「罪を犯しても、罪の意識はないのだ。きみは反対に、罪を犯してもいないのに罪の意識を感じている。さあ、狂っているのはどちらだ？」

「おわかりになりませんか?」

今ならウィリアム公を殺せる。彼の喉を切り、息の根をとめてしまえ。誰にもわかりはしない。ふたりでいるところを刺客が見つけ、殿下を殺害したと言えばいい。そして、つかまえようとしたが逃げられてしまった、と。

ずいぶん人を殺してきた。数えきれないほど何度も。記憶にある聖地は、血の海以外の何物でもない。七年間、その罪滅ぼしをしようと努めてきた。心や動機が純粋だったのも、聖職者の役割だと信じていたのも関係ない。夜になると、いまだに死にゆく人々の叫びが聞こえる。兵隊だけでなく、女性や子供も火の海の中で死んでいった。罪なき者を守るためでなかったら、決して人を殺すまい。あのときそう誓い、その誓いをずっと守ってきた。

目の前の男には、その誓いを守るだけの意志はない。悔悛の旅はまやかしにすぎず、怒り悲しむ父親の機嫌を取るためのものだ。これをすませれば、ウィリアム公は以前の生活に戻るだろう。それまでエリザベス・オブ・ブリーダンを傷つけなかったとしても、贖罪がすめば何者も彼をとめることはできなくなるだろう。

ピーターは自責の念に駆られた。これほどエリザベスを守ろうとしなければ、ウィリアム公は彼女など目にもとめなかっただろう。ウィリアム公はまた若い騎士を口説きたがり、すでにエイドリアンに手をのばして彼に衝撃を与えている。少なくとも男性たちはそれに応じるかどうか自分で決められるだけ有利だが、本当に有利かどうかは疑わしい。

また誓いをやぶることになるとしても、エリザベスに事実を話そうと思えばいつでも話せる。ウィリアム公の正体を隠しとおすことにしたのが悔やまれる。ウェイクブライト城の人々にさえ入れ替わりがばれなかったのだから、腹が立つ。知っているのは三人だけ――エイドリアンと殿下とぼくだ。これなら秘密がもれる恐れはない。

そのときウィリアム公が笑い声をたてた。人を安心させるような低い声だった。「心配のしすぎだよ、ピーター修道士。わたしは彼女に興味などない。きみも知っているだろう？　一緒にベッドに入るなら、わたしは肉感的でとびきりきれいな女がいい。彼女はまったく安全だ。我々は一糸乱れずセント・アン聖堂に着き、すべてはうまくいくだろう」

だまされるものか。ピーターはウィリアム公を見つめた。

「殿下のおっしゃるとおりでしょう。しかし、わたしがエリザベスを殿下に近づけないようにしても、反対なさらないでください。彼女が美人でないのは確かです。それでも、周囲に誰もいなければ、人は誘惑に駆られます。殿下の罪が赦されるかどうかは、ロンドンを発ったときの状態で悔悛をすませていることにかかっています。罪の赦しが得られなくてもいいとお思いではないでしょうね？」

「もちろん思っていない」ウィリアム公は断言した。「とにかくあと二、三日だ。何も変わりはしない。ただ、彼女は修道院でうまくやってはいけないだろう。はっきりものを言いすぎるからな」

ピーターは何も言わなかった。ぼくは大修道院長に、王に、神に誓ったのだ。放蕩(ほうとう)者のウィリアム公を守ります。殿下が聖寵(せいちょう)を受けた状態に戻れるよう力を貸します、と。この誓いをやぶり、ウィリアム公の心臓を切り裂くようなことはするまい。

そうせざるを得なくなるときまでは。

8

「まるで幽霊でもご覧になったようなご様子ですね」野営地に駆け戻ってきたエリザベスにジョアンナが言った。

「まあ、そうかしら?」とっさにエリザベスは乱れた髪を後ろへとかしつけ、穏やかな表情をとりつくろった。でも、きっと無駄骨だろう。いくら平静を装っても、ジョアンナの目をごまかすことなどできはしない。「いちばん危険なのは、死者ではなく生者です」

「そうね、おっしゃるとおりだと思いますわ。今までどこにいらしたんですか? 散歩なら、わたしがお供しようと思っていたんですよ。あんなつまらない理由で一日中窮屈な馬車に閉じこめられたら、誰でも体が痛くなりますもの」

エリザベスは生まれて初めて罪の意識を感じ、いやな気持ちになった。「最初にあなたを誘うべきでした。川のところまではマシュー修道士と一緒に散歩していたんです。川辺に着いたらウィリアム公がいて、ふたりで言い争いを始めたので、わたしだけ先に戻ってきたんです。あの方たちと一緒にいるより、あなたといるほうが楽しいに決まってますもの」

ジョアンナは驚いたようだった。「殿下とマシュー修道士が？　それは見ものだったでしょうね。言い争いの原因はエリザベス様ですか？」

「どんな理由でわたしが言い争いを引き起こすというの？」エリザベスはきき返した。

「あなたの言いたいことはわかっているわ。はっきり言っておきますけど、ふたりともわたしには全然関心がないんです」

「修道院に入るのは、エリザベス様にとって、とてもいいことだと思います。きっと嘘つきの癖が治るでしょうから」ジョアンナは静かに言った。

確かに、ふたりともわたしに全然関心がないというのは嘘だ。しかし、関心を持たれる理由がまったくわからない。危険な好色家として悪名高い権力者が、しかも、誰が見ても立派な風貌を備えている男性が、なぜわたしに目をとめるのだろう？　ほかにひとりも女性がいないならともかく。今はジョアンナが一緒で、彼女は息をのむほど美しい。それに、ウィリアム公のお楽しみの対象は異性ばかりではないという話だ。この一行は人数こそ少ないが美男子の割合が非常に高く、マシュー修道士がそのひとりであることは言うまでもない。彼の古典的な美しさは、ジョアンナの美しさととてもよく釣り合っている……。

そうだ。間違いない。わたしはあのふたりに利用されているのだ。父の城にいたときも、いつもみなに利用されていた。彼らがなぜわたしを利用しているのか見当もつかないけれど、これは疑いようもない事実だ。どちらもわたしがほしいわけではなく、単に相手に負けたくないだけなのだ。

すっかり気落ちしたエリザベスは、急に話を変えた。「おなかが空いたわ。お食事は何かしら？」

「うさぎのローストです。野営の経験はおありですか？　捕ったばかりの鳥獣肉を焚き火で焼いて食べるのは最高ですよ」

「きっとそうなんでしょうね」エリザベスは疑わしげに言った。「わたしは、父の城とウエイクブライト城しか知りません。野営は初めての経験なのです。どこに寝ればいいのですか？」

「地面に寝るのです、エリザベス様。ご自分の外衣と馬車から持ってきた毛布にくるまって」

エリザベスは不安になって彼女を見つめた。「まるで楽しみにしているみたいな言い方ね」

「本当に楽しみですもの。わたし、外が好きなんです。新鮮な空気と夜の空があれば、寝床が固くても全然平気です」

「では、温かいお湯につかるよりも、冷たい川で水浴びするのが好きだというの？」エリザベスの口調はまさかそんなことはないでしょうと言いたげだった。そのとき思いがけず、

ズボンは……。暗黒の王子の映像がよみがえった。長い髪はぬれ、シャツはぬれた胸にぴったり張りつき、

「ええ、とても清々(すがすが)しいものですよ」

エリザベスは身震いした。「びっくりさせないでください、ジョアンナ。あなたは温室育ちで、厳しい環境には慣れていないと思っていました。それなのに、野性的な生活を喜んでいらっしゃるなんて」

「わたしにとっては、それが唯一の自由なのです」ジョアンナはあっさりと言った。それからにっこりしたが、その笑みは目まで届いていない。「わたしのことはお気になさらないでください、エリザベス様。自然の中にいると、昔を思いだします。子供のころは、飛びまわっても許してもらえました。わたしたちはみな、子供時代ののどかで幸せな日々を懐かしむものです。そうではありませんか?」

エリザベスは考えこんだ。すぐに怒る癇癪(かんしゃく)持ちの父、怒声より早く飛んでくるげんこつ、いじめが好きな弟たち、次々に寂しく世を去っていった父の妻たち。そうしてわたしだけが残り、家でただひとりの女性としてわがままな男たちの要求に応じてきた。「わたしの場合は、新しい生活のほうが子供のころの生活よりずっと楽しいだろうと思います」

「そうかもしれませんね」

エリザベスは空き地の向こうに目をやった。人々はいくつかの集団に分かれている。幾

人か騎士たちがひとつの火を囲んでおり、そこからうさぎを焼くおいしそうなにおいが漂ってくる。遠くでは修道士が六人そろって静かに祈っているが、彼らの鍋から漂うにおいは食欲をそそるとはとても言いがたい。修道士というのはたくさん食べることで知られているが、肉を食べてはいけないらしい。その鍋からは、ゆでた草のようなにおいがした。

かたわらに立って見ているのはマシュー修道士だった。彼はこの小さな集団の中で力ある立場にいるらしい。労働は何もせず、ただ人が働くのを見ている。そのとき、エリザベスの視線を感じたのか彼は目を上げた。かなりの距離を隔てて、ふたりの視線がからみ合う。彼が見せたほほ笑みは、どんなに強い警戒心も解かせるほどやさしかった。

「わたしだったら用心しますわ、エリザベス様」ジョアンナが耳元でささやいた。

「修道士に用心するのですか？」エリザベスはびっくりして尋ねた。「修道士より安全な人はいないと思いますけど」

「男性は見た目とは違います。誰でも」彼女は確信に満ちた声で言った。「騎士であろうと、修道士であろうと、国王のご子息であろうと」

「女性は？　女性は見た目どおりなのですか？」

ジョアンナは聖母のように悲しげな笑みを浮かべた。「わたしをご覧になればわかります。娼婦に見えるでしょう？　実際、わたしは娼婦です。年をとって醜くなり、相手にされなくなるまで、男性から男性へ渡り歩くように運命づけられているのです。最後には、路上で物乞(ものご)いをして人生を終えるでしょう」

エリザベスは少しのあいだ何も言えなかったが、やがて首を振った。「そんなの、ばかげているわ。ご自分の人生がいやなら、変えればいいではありませんか。セント・アン聖堂の修道女たちは、間違いなくあなたを喜んで迎え入れてくれ――」

「そんなことに確信を持つのは間違っていますわ」

「それでは、十分な持参金を用意なされば」エリザベスは言い直した。「ジョアンナ、わたしだってまったく世間を知らないわけではありません。神様のお恵みをいただくには、お金を出さなくてはいけないことくらい知っています。父はわたしを厄介払いするためにどれだけお金を納めたか、長いあいだ愚痴を言っていました。それも人に聞こえるような声で。あなたは宝石類をお持ちでしょう？　それがあれば、修道院に入れます。もし、本当にお入りになりたいのなら」

ジョアンナは腰につけた小さな布袋に手を触れた。「わたしの魂は重い罪にけがれています。この袋の中にあるつまらない品物くらいでは、入れてもらえないと思います」

「修道女ではなく、手仕事をする助修女としてならいいのでは？」

「ご存じないのね、お嬢さん。助修女というのは、無給の召使いにすぎないのです。いちばんつまらない仕事をさせられて、何ももらえないのですよ」

「でも、修道女とはそもそもそういうものではないのですか？　無償で、身を粉にして働くのでしょう？」

「修道院にお入りになるのは、そういう聖人のような志に動かされたからですか、エリザベス修道女様？　あなたは頭脳明晰でやる気もおありになります。ひたすら自己犠牲に生きる人生をお望みになるとは思いませんでした」

「わたしは……自己犠牲に生きたいと思っています」エリザベスは言った。「でも、あなたのおっしゃるとおりです。わたしは自分勝手でうぬぼれ屋で、イエス様に代わって牛舎の汚物を取り除きたいとは思いません。でも、そういう仕事に自分の才能を使いたがらないのはよくないことだと思います。いちばんつまらない仕事でも、喜んでしなくてはなりません」

「なぜ？　人はそれぞれ違う才能を持っているのですよ。世間には、よくても牛舎の掃除しかできない人もたくさんいます。ほとんどの人は間違いなく、わたしもそのひとりだと思っているでしょう。でも、選ばせてもらえるなら、わたしは罪に生きるほうを選びます。ぼろの中で暮らして恩寵を受けるより、暖かく柔らかなベッドで罪を犯すほうが好きなのです」

「そのベッドの中に、オーエン・オブ・ウェイクブライトのような人が入っていても？」

ジョアンナの美しい唇が苦笑いを浮かべた。「そのくらいの代償は支払わなくてはならないでしょうね。もうわかっていらっしゃるでしょうが、ただで与えられるものなど何もありません。女性というのは頭を使い、自分なりに取り引きをして生きなければならないのです。権力を得る代わりに自由を犠牲にするとか、男がいなくなってほっとする代わりに子供をあきらめるとか」

「お子さんはいらっしゃらないの？」エリザベスは尋ねた。

「わたしの体は、子供を産むようにできていなかったのです」

「まあ、わたしの体もよ」

「どうしてそんなことをおっしゃるのです？　経験がおありにならないのに」

「もちろんありません。でも、わたしは何度も産婆として出産に立ち会ってきました。お世話した女性たちはみな、わたしの腰は細すぎて子供を産めないと言いました。ただし、わたしはスカートの中に男性の領域を作る気はないので、それが本当かどうかはわかりません。もちろん、誰もわたしに手を出すことはないでしょうけど」

ジョアンナは首を振った。「賢いあなた様にしては、あまりものが見えていらっしゃらないんですね」

「いいえ、わたしにははっきり見えています」

背後で声をかけかねているような咳払い（せきばらい）が聞こえた。エリザベスが振り返ると、彼女と同じくらいの背丈のエイドリアン修道士が立っていた。わずかに頭を下げているので、エリザベスともジョアンナともまっすぐ見つめ合う可能性はない。うれしいことに彼は食べ物を持っていた。うさぎのローストだ。

「エイドリアン修道士様、あなたは神様のお遣いだわ！」エリザベスは声をあげ、錫の大皿に手をのばした。

彼は皿をひっくり返しそうになっておかしな声をたてたが、ジョアンナが素早く彼の手から皿を取りあげてことなきを得た。そのとき彼女の手がエイドリアン修道士の手に軽く触れ、彼は熱いものにでも触ったかのように急いで手を引っこめた。それでもまだ顔を上げない。両手が自由になるや彼はフードをかぶり、ひと言も言わずに引き返していった。その歩き方はせかせかしていて、まるで悪魔に追われているように見える。途中、彼は長い外衣の裾を踏み、転びそうになった。

ジョアンナはエリザベスのそばに戻り、素早く視界から消えていく修道士を考え深げに見つめた。「あの人、何をびくびくしているのかしら？」彼女はつぶやいた。「きっと女性は悪魔の落とし子だと思っているのね」

「彼はわたしを怖がってはいません」

「そう？　それでは彼の清らかな感性をおびやかしたのは、自堕落女のほうですね。未来の修道女ではなくて」ジョアンナは陽気な口調で言った。「おそらく、自分が理想とするほどには聖職者として純潔を守れそうもないからでしょう」

「そんなことをおっしゃってはいけません！　あんなにやさしい青年に対して！」

「やさしい？　わたしは、これまでほとんどやさしい青年になど会ったことがありません。それに、修道服を着ていようと王冠をかぶっていようと、男性はひとつのことにしか興味がないのです。遅かれ早かれ、それに基づいて行動するんですよ。修道院に入るから安全だと思っても、それをお忘れにならないほうがいいですよ」

「わたしは男性を惹きつけません。誓いを忘れてわたしに夢中になる人などいないでしょう」

ジョアンナはしばらく品定めするようにエリザベスを見ていたが、やがてうさぎの腿肉にかぶりついた。「いずれ、あなたにもわかりますわ」それだけ言うと、彼女は高価なドレスが汚れるのも気にせず、地面に腰を下ろした。

うさぎのローストがたっぷりおなかに収まったころ、エリザベスはだいぶ元気が出てきた。あいにくジョアンナは同じ気分ではないらしく、自分の外衣にくるまって木の下に横たわった。

ほかの者たちもすでに寝支度を終えている。修道士たちの夕べの祈りが夜気を縫って流れ、エリザベスは木の幹にもたれて目を閉じた。夜風が穏やかに吹きつけ、髪をもてあそぶ。今、短剣を取ってこの髪をばっさり切ったら、もっと居心地よく生きられるだろうか。修道院に着けば髪を切られる。燃えるような色だけでもよくないのに、驚くほど豊かなため、いっそう人にいやがられるに違いない。毛を刈った羊みたいになってから修道院に着けば、修道院長にいくらかいい印象を与えられるだろう。

ジョアンナは飾りのついた小さな短剣を腰につけている。けれど、彼女はもう眠ってしまっていて起こしたくはない。それに、髪を切ると言ったらジョアンナは反対するだろう。彼女はエリザベスの容貌に対して風変わりな意見を持っている。エリザベスの外見を悪くないと思っているのだ。父が魅力のない娘だと執拗なまでに言っていたことを考えると、ジョアンナの見方は変わっている。それでもジョアンナのほめ言葉は好意から出たものと解釈できるが、ウィリアム公とマシュー修道士の言動はそう簡単に片づけられない。客観的に見たわたしは、今までわたしが自分で考えていたような不器量な娘とは異なるのだろうか？

修道士たちは夕べの祈りを終え、消えかけている火のまわりに静かに体を横たえている。夜になっても暖かく、暖を取る必要はないが、炎の明かりは闇の中で心を和ませてくれる。エリザベスはウィリアム公の一団を振り返った。彼らはまだ起きており、小声で話している。それぞれが影となって浮かびあがっているが、どれがウィリアム公だろう？　エリザベスはぼんやりと考えた。彼は旅をしている男性たちの中でいちばん長身で、すぐに見分けがつくはずだ。

エリザベスは小さく声をあげた。それほど簡単にわかり、間違いようもなかった。危険なウィリアム公に接すると、いつも不安に似た気持ちを覚える。ほかの女性がこういう気持ちになったときは、心を惹かれたと言うのだろう。だが、エリザベスにとっては数学と同じで、はっきり説明がつく単純なものにすぎない。年配のベネット神父を別にすれば、彼は今まで会った人の中で最も背が高い。要するに、男性を見あげるというめったにない状況に置かれるから特別な反応が起こるのだ。

そうとわかった以上、この自分らしくない感情はさっさと無視しなくてはいけない。というのも、危険で残酷で、すぐに縁が切れる男性に惹かれても、なんの意味もないからだ。末長くかかわりを持つ男性など、わたしにはひとりもいない。ありがたいことだわ。エリザベスは心の中でつぶやいた。

今は彼の姿が見える。マシュー修道士がほかの修道士から離れているのと同様、彼も騎士たちと距離を置いている。正室の子でないとはいえ国王の第一子である彼に、誰もテントや囲いを設置しようとしない。それも巡礼の旅の一部なのだろう。顔の角度から推察するに、彼は夜空を見あげているらしい。エリザベスは彼の視線を追った。空には半月がかかり、銀色の光を投げかけている。小さな雲がふたつ三つ、夜風に乗って行方も定めず飛んでいく。明日は晴れて春らしい絶好の旅行日和になるだろう。また狭い馬車の中に押しこめられるよりは、馬に乗りたい。

それより、ここにいればいいのだ。座って居眠りすることだってできる。ミサのあいだによく居眠りしたではないか。こぶしでしっかり顎を支えて。今はただ目を閉じ、心を穏やかにすればいい。夜も心をわずらわせる疑問も締めだし、修道院で暮らす心安らかな未来だけを考えるのだ。

だが、思いだしたくもなかったウィリアム公の姿が浮かびあがった。場所は森の中。ぬれた体、ぴったりと張りついている服、こちらを見おろす目。そこへマシュー修道士が駆け足でやってきて……。

こんな映像は消してしまわなくては。そう思って急いで目を開けると、ウィリアム公その人がエリザベスの視線をとらえた。月明かりの中で、こちらを見つめている。顔は陰になっているので確信はできないが、こちらを見ているのはわかった。彼の視線が放つ熱気を肌に感じて、火にあたるより熱くなる。その熱気は肌の内側を、体の中心を、胸の谷間をくすぐり、ひるみもしない彼の視線はエリザベスの体中をなめまわした。

わたしはどうかしているわ。エリザベスは自分に言い聞かせた。こんなに暗いのだから、彼にはわたしの顔さえ見えないはずよ。きっと考え事をしているのだわ。今度はどんな残虐行為をしようか、どの生娘を犯そうかと……。

ここにいる生娘はわたしだけだ。どうか、わたしのことは考えないでください。

ウィリアム公はさきほどからまったく動かず、こちらを見ているのかどうかもわからない。彼に見られているとしたら、どうして眠ることなどできよう。

エリザベスは木の幹に背中を押しあてたまま、体をのばしてまっすぐに立った。ジョアンナは相変わらず眠っている。ウィリアム公は依然として動かない。わたしを見ているのかしら？　それとも、何日もの疲れがたまってわたしの頭がどうかしてしまったの？　そうでなければ、ジョアンナにおかしなことを言われたので混乱状態に陥ってしまったのだろうか？

でも、彼がわたしの唇にキスをしたのは、ジョアンナの言葉のせいではない。マシュー修道士と川辺で言い合いをしたのも。

エリザベスはでこぼこの地面を踏み締めて彼のほうへ歩きだした。誰もふたりにはまったく注意を払っていない。修道士たちとジョアンナは眠っており、騎士たちは職務を忘れて飲んだりしゃべったりしている。エリザベスにはわかった。殿下はわたしを見ている。分別がある人間なら、急いで背を向け、茂みに飛びこむだろう。生理的欲求を満たしに行くようなふりをして。

実際、生理的欲求を満たしたい。ただしそれは用を足したいという意味ではなく、別の意味の生理的欲求だ。歩を進めるにつれ、彼がはっきり見えてくる。けれど、彼はじっとしているだけで、迎えに来ようとはしない。高い木の下に立ち、こちらを見つめたまま待っている。

その姿は餌を置いて罠を仕掛け、愚かなうさぎがかかるのを待つ狩人を思わせる。わたしは餌の誘惑に抗えない。それは空を飛ぶことと同じくらい不可能だ。

エイドリアンは横向きになってその光景を見つめていた。動くのが怖い。動かないのも。この役目を与えたのはピーター修道士であり、エイドリアンは彼にまったく逆らわなかった。役目というのは〝マシュー修道士〟の隣に横たわり、片時も目を放さずに見守っていることだった。当然眠ってもいけない。本物の落胤(らくいん)王子に背を向けて横たわるのも、目を閉じるのも大変危険だ。といっても、周囲に女性がいるからではない。

女性か。エイドリアンは声にならない罵り(ののし)声をあげた。女性がいなかったら、ことはもっと簡単なのに。エリザベスが静かに〝ヴィリアム公〟のほうへ歩いていく。彼女は相手が危険な殺人者だと思っている。つまり、ためらいもなく危険に向かって進んでいるわけだ。神よ。彼を賢き女性から守りたまえ。男性が自分に無関心だと思っているあの女性から！

そして、神よ。ぼくを賢く美しい女性から守りたまえ。あの美しい人はぼくの手の届くところで眠っている。聖母マリアとマグダラのマリアが一体になったような女性。ジョアンナの寂しそうな笑みや、髪の香りを思いだすたび、この体は予想どおりの反応を示す。彼女の体の動きを、柔らかな胸のふくらみを……。

自分の務めは承知している。それなのになぜ、美しい女性に惹かれてしまうのだ？　ピーター修道士の場合はもっと悪い。なぜ彼は、炎のような髪をした背の高い娘に夢中になったのか？

エリザベスがピーターのほうへ足を運んでいる。長い脚のまわりでスカートが風になびく。ピーターは逃げる気配もない。月は皓々と辺りを照らし、人目はなく、危険な空気がふたりの周囲に漂っている。彼女から離れろ。エイドリアンはひそかに叫んだ。彼女はきみが思っているよりはるかに危険な女性だ。

ピーターはきっとぼくを笑う。女など受けつけるものかと堂々と言うだろう。しかし、彼の目には情欲が燃えている。ジョアンナに会うと、ぼくの胸にもあの情欲が燃えるのだ。

ぼくたちはそうなるように運命づけられ、逃れられない。

9

ピーターは身動きもせず、たたずんでいた。娘が近づいてくる。彼女は娘と呼ぶにふさわしい。多くの女性が結婚して母親になっている年なのに。彼女には実に純真なところがあり、そこがとても怖い。今、長い脚ですたすたとこちらに近づいてくるように、何も考えずに進んでいって障害物につまずくだろう。歩くにつれ、彼女と一緒にドレスが風に揺れ動く。分別がある人間なら、茂みの中に飛びこんで彼女を避けるに違いない。

しかし、ピーターもまた彼女同様、愚かだった。月の輝く静かな夜に危険が迫ってくるというのに、逃げもせずにそれを待っている。

これを避けるのはたやすいことではない。もとよりたやすいとは思っていなかった。本来、官能的な欲望が強いからこそ、いちばん厳格な修道会を選んだのだった。シトー修道会の栄養十分な修道士にはなりたくなかった。そしてどこよりも戒律の厳しい修道会に、絶えまなく打ち続く苦役と悔悛（かいしゅん）に、最も質素な生活に身を捧（ささ）げることにした。

しかし、聖戦から帰ってきたばかりであるうえに、日常生活は誘惑だらけで最悪だった。

悔悛が必要になるような状況に置かれ、それが延々と続く。修道士としての務めだけが、ピーターをみだらな遊びから遠ざけていた。

宮廷で美しい女性たちを目の前にし、その香気に囲まれて過ごすことさえあった。彼女たちは、気まぐれに修道士とベッドをともにしてみたくなる。ピーターも修道士になる前は、嬉々（きき）としてその手の女性を相手にしたものだった。最後には悦楽にふけるあまり、ともに息も絶え絶えになったものだ。

だが、このときは彼女たちに手も触れなかった。相手は媚（こ）び、笑いかけ、柔らかな手を腕にかけてきたが、断固として応じなかった。それなのに、どうして脚の長い赤毛の娘が突如として固い禁欲の壁を破壊したのだろう？

罪に陥らないようにしたければ、罪を避けて通ればいい。しかし、ピーターはその安易な道を取らなかった。エリザベスの近くにいて苦痛を味わうのは、自分が当然受けるべき罰なのだ。あの唇や純真な目を思い、彼女を愛の行為に誘おうと……。

ピーターは木に寄りかかってエリザベスが近づいてくるのを見ていたが、そこまで思い至ると急に逃げだしたい気持ちになって身を起こした。おそらく、彼女への思いには逆らえないだろう。頭が弱くてつまらない美人なら簡単に退けられる。だが、悲しくなるほど純真な女性を拒絶するのは不可能に近い。とはいえ、今までエリザベス・オブ・ブリーダンのように彼の心をとらえる女性と出会わなかっただけなのかもしれないが。

言った。

「愚かな娘だ」エリザベスがあと一メートルくらいのところまで来ると打ち解けた口調で言った。

彼女は戸惑い、立ちどまった。言うことを聞かない髪が三つ編みからほつれ、ベールのように顔のまわりで軽く揺れている。あの長い豊かな髪に顔をうずめたい。ピーターはじっとそこに立っていた。

「今なんとおっしゃったのですか、殿下？」エリザベスはわずかに息をはずませていた。彼女もまた、真夜中に出歩くのがどれほど危険か知っているようだ。

「寝床へ戻りなさい。ひとりで森の中を歩きまわったりするものではない。野獣もいる。危険な男もいる」

月光に照らされたエリザベスの目は、澄みきってびくともしない。まっすぐ女性と目を合わせるのは、ピーターにとってそうたびたびあることではなかった。こういう現象が起こったのは、エリザベスが長身で目の高さが同じくらいだからというわけではない。彼女が率直で正直で、目をそらさないからだ。それこそが彼女を災いに導く。

「わたしが知っている危険な男性は、殿下ひとりですわ」エリザベスは言った。

「きみは本当に愚か者だな。もしかしてきみは、殉教者になりたいのか？　いいか、よく聞きなさい。わたしがきみを強姦して殺害しても、きみは殉教者にはなれない。ただ埋められて忘れられるだけだ。聖人の域に達したいのなら、ほかの方法を見つけることだ」

「殿下はわたしを強姦したり殺したりなさらないと思います」エリザベスは冷静に、自信たっぷりに答えた。その態度にピーターはひるんだ。

「なぜそう思うのだ？」

「わたしは、男の方を情熱に駆り立てるような娘ではないからです。わたしのために、殺人を犯すような危険な心境になる方はいません」

「これで三度目だが、言っておこう。きみは人をいらいらさせる愚か者だ。めったにいないほど穏やかな男でも、危険な考えを起こすだろう」

「マシュー修道士は、わたしのそばにいても危険な考えを持ちはしません」エリザベスは言った。

どうしようもない。ピーターは天をあおいだ。試練を与えたまえ、罰を与えたまえと神に祈ったら、神は本当にそうする気になったらしい。「きみはいくつだ、エリザベス？」

「十七歳です」

「そうか。男は必ずしも見たとおりではないということくらいは知っている年だな」

「わたしは男性ばかりの家で暮らしてきました。こう見えても性格判断が得意なのですが、みなわたしにはとても単純で見たとおりの人間に思えました」

「本当か？　それではきみは、どうして月明かりの中にひとりで立って、何人も女性を殺した男と話をしているのだ？　きみには洞察力が欠けている。世間がわたしを誤解していると思うのか？　わたしが本当はきわめておとなしい無害な人間で、世間で言われていることは全部嘘だとでも思っているのか？　そうでないなら、きみはどうかしている」

エリザベスはもう一歩足を踏みだした。ピーターは後ずさりできない。火遊びをしているつもりなどまったくなかったエリザベスは、まっすぐにしっかり彼の目を見つめた。普段、ピーターは内なる苦悩を見られないように、顔には何も表さないようにしている。だが、このときはそんな気にもならなかった。彼女に見たいだけ心の奥を見せ、自分の正体がどんな怪物か知らせたかった。

エリザベスが首を振ると、つややかな炎の色の髪がひと房、肩に落ちた。「わたしには闇が見えます。恐ろしいことも、つらい苦しみも」それを感じてめまいを覚えているようなおぼつかない声だったが、彼から離れようとはしなかった。それどころか本能的に手を差しのべ、その手を彼の腕にかけた。どうすればいいのだ？　ピーターは声に出してそう言いたかった。

「それではもう行きなさい、エリザベス」彼は言った。「危険なものに近寄ってはいけない。暗黒の王子であろうと、身分卑しい修道士であろうと」

「マシュー修道士を警戒しろとおっしゃるのですか？」

彼女は鋭い。その鋭さが憎い。女とはどういうものか、十分わかっている。彼女に近寄るなと言ったら、そばへ来るよう説得したことになるだろう。「誰に対しても警戒心を忘れないようにと言っているのだ」その声には不安が表れていた。

「それでは、エイドリアン修道士も、みだらな心を隠し持っていると？」

「エイドリアン修道士については心配しなくていい。どんな誓いであるにせよ、彼は誓いを守る男だ」

「マシュー修道士はそういう方ではないのですか？　あの方の目もよく見ましたが、善良そのものといった輝きでしたわ。罪の意識や自責の念はまったくありませんでした。あの方の心に後ろめたいものはないのです」

「それは罪を犯していないからか？　そうではなくて、自責の念がないだけかもしれない。彼自身が悪魔なら、罪の意識に苦しむことはないだろう」

「今度はマシュー修道士が悪魔だとおっしゃるのですか？」

ピーターはエリザベスの細い肩をつかんで揺さぶりたくなった。もっと分別を持たせなくてはいけない。彼女はぼくの目を見ている。その目が暗く曇っているのに気づいているはずだ。それなのに、本物のウィリアム公がどれほど常軌を逸しているかまったくわかっていない。なんと腹立たしいことだろう！

彼女に話してしまいたい。ぼくが誰でどういう人間か、彼女が好きな気高いあの男がハーコート卿の娘に何をしたか言ってしまいたい。彼が犯した数々の残虐行為も、それに対してなんら良心の呵責を覚えていないということも。

だが、それについてはひと言も言えない。ぼくにできるのは、セント・アン聖堂に着くまでエリザベスを守ることだけなのだ。

「わたしに望むことはなんだ、エリザベス？」ピーターはうんざりしたように言い、エリザベスの手に視線を落とした。彼女はまだピーターの腕に手をかけている。指にはいっさい宝石類をつけていない。セント・アン聖堂の修道院長でさえ、堂々と大きな指輪をつけているのに。「修道院に閉じこもる前に、危険を味わっておきたいのか？　ここには、わたしより安全な男がたくさんいる」彼らは、エリザベスに近寄るほど愚かではない。修道士たちも騎士たちも、誰がこの巡礼の旅を率いているのかよく知っている。ただしその人物の本当の身分を知らず、彼が下す決断に疑問を投げかけるほど大胆な者もいない。

「それがマシュー修道士なのです。殿下よりずっと安全な方。そうじゃありません？」

その瞬間、ピーターはエリザベスの髪に香るばらの香りを感じ取った。彼女は今危険と隣り合わせに立っている。護衛つきで眠っている修道士より、ぼくのほうがずっと危険な行為におよびやすい。見ている者はひとりもいない。彼女の肌に唇で触れたのは二回。一回は額に、そしてもう一回は唇に触れたのだ。もう一度キスをしたい。彼女の体中に。彼女の唇を、腿を、胸を、いや、魂まで自分のものにしたい。

ピーターは彼女の手に手を重ね、胴着の袖（そで）から引き離した。そこには少しも心残りな様子がない。「どうしたいのだ、エリザベス？」彼はあきあきしたような口調できいた。「真夜中にここへ出てきたからには、何か目的があったのだろう。明らかに、マシュー修道士の話をするのが目的ではなかったはずだ」

「いいえ、本当にマシュー修道士のことを話したかったのです」エリザベスは言い張った。「殿下がなぜ彼をそう厳しい目でご覧になるのかわかりません。どうかおやめになってください」

「やめろだと？」彼はエリザベスを見つめながら、信じられないと言うようにおうむ返しに尋ねた。

「殿下は巡礼の旅をなさっているのですよ。罪をすすいで魂を清めるために。傲慢な心や弱い者いじめはその妨げになると思います」

ピーターは長いあいだ、傲慢だと言われたことがなかった。傲慢はとりわけ悪い欠点だと思っているので、おごり高ぶらないよう厳しく自分を戒めてきた。どうやらそれは失敗だったらしい。

エリザベスを叩いて罰したい気もするが、キスしたい気もする。どちらを望んでいるのか自分でもわからない。とはいえ、もちろん叩くつもりもキスするつもりもなかった。修道者として生きたいという思いは、今高まり始めている。エリザベス・オブ・ブリーダンに悩まされることがなくなったら、これまで以上に禁欲生活に身を捧げよう。

「きみの望みは、気高いマシュー修道士を弁護することだけか？　そうだとしたら、そのこと自体がわたしにとって厳しい懲罰だ。覚えておいてくれ。わたしにふさわしい罰だ。それから……またマシュー修道士とふたりでどこかへ出ていったら、きみを縛ってさるぐつわをかませる。旅が終わるまでそうしておくつもりだ」

　効き目があったと言うべきか、エリザベスの顔に衝撃の表情が浮かんだ。「まさか！　嘘でしょう？」

「そう思うか？　わたしを誰だと思っているのだ？　これが単なる脅しで、わたしには実行できないと思うのか？」案の定、彼女は何も言わなかった。「さあ、もう言いたいことがないなら、ジョアンナと一緒に眠りなさい。男性のいるところに近づくのではない」

「まだ話は終わっていません」エリザベスは動こうとしない。ほかのことはともかく、このねばり強さは大したものだとピーターは思った。実際のところは勇気も頭脳も、純真さも唇も、長い首もすばらしい。

「続きを話すがいい」彼は冷ややかに言った。

「短剣がほしいのですが」

　この日初めて彼は驚いた。「持っていないのか？　肉を切るときはどうするのだ」

「持ってきませんでした。柄に宝石の入っている短剣があったのですが、弟のひとりがそれは母のものだと言って聞かないのです。修道院に入ったら差しださなければならない、とも言いました。それでわたしも、修道院に着くまで必要ないと思いました」

「ところが、必要だったというわけか？　道を進むあいだ武装するのは賢い方法だ。ただし、きみは人を刺せないと思うが」

エリザベスはゆっくりと彼を見てから言った。「あなたにわかるものですか」

やめてくれ。彼は笑いだしたくなった。何をしようと、彼女をおとなしくさせることはできないようだ。警告を発しても脅しても、したいようにしてしまう。無垢な乙女たちと違って堂々としている――実際はけがれなき乙女なのに。

ピーターは服の下に短剣をつけていた。ためらいもなく彼はそれを取りだし、柄のほうを向けてエリザベスに差しだした。

いけない！　差しだしたとたんに彼は悟った。嫡男でなくても、国王の子息とあれば宝石をふんだんにつけた武器を持っている。ピーターの短剣はありきたりで何も特別なところがない。清貧を誓った修道士の短剣だ。

エリザベスは何も言わず、ただ短剣を受け取って長い袖の中にたくしこんだ。「短剣がほしかったのは、髪を切りたいからです」

ピーターはもう少しで短剣を奪い返すところだった。「なぜ髪を切るのだ？」

「お尋ねになるまでもないのではありませんか？　赤い髪は悪魔のしるし。人目を引きますし、わたしらしく生きるためには邪魔になります。セント・アン聖堂に着けばすぐに切られてしまうでしょう。ですから、その前に切っておけばいくらかいい印象を与えるのではないかと思ったのです」

「自分がどんな印象を与えるか、大騒ぎして心配する女性もいる。だが、きみはそういう女性には見えない」

「はい、わたしはそんなことを少しも気にしません。十七年間、この髪は悩みの種でした。ですから切りたいのです」

「十七年間それで生きてきたのなら、あと三日くらい髪を切らなくても生きていられるだろう。三日たてば修道院に着くのだから」ピーターは言った。「修道院長にその毛を刈らせればいいではないか。彼女は気性の激しい人物で……ためらいもせず、きみの髪を切って燃やすだろう」

「セント・アン聖堂の修道院長様をご存じなのですか？」

相手がひとつ失敗すればすぐそれに飛びつくとは、実にエリザベスらしい。こう鋭いと、彼女自身の災いのもとになるだろう。ウィリアム公がイングランド南部にある小さな聖堂の修道院長を知っているはずはなく、いくら考えても納得のいく説明ができない。

「自分で髪を切るのはやめなさい」ピーターは言い返されないよう厳しく言った。「その短剣は切れ味がよすぎる。手首を切って命を失うような結果になりかねない。そうなったら、誰もがわたしをとがめるだろう。だからやめてくれ。だが、短剣を持っているのはかまわない。ばかな男がそばへ寄ってきたら、短剣で脅して追い払えばいい。そうは言っても、武器よりもきみの舌のほうがはるかに鋭いと思うがね。ともかく、髪はそのままにしておきなさい」

もちろん、エリザベスとしてはこのまま黙っているつもりなどなかった。人を悩ませるのがうまいところは、厄介な髪に優るとも劣らない。「この髪は、森の中ののろしと同じです！」彼女は言い返した。「盗賊の目を引いて……」

「フードをかぶればいいではないか」ピーターはぴしゃりと言った。「さあ、いいかげんに寝床へ戻ったらどうだ？　わたしにかまわずに。わたしの寝床に入りたいというのなら話は別だが」

ここはそう言って当然だ。いかにも好色家の王子が言いそうなことを。とはいえ、本物のウィリアム公なら事前にこんなことを尋ねはしないだろう。断りもせず行為におよぶに違いない。

問題は、尋ねているのがウィリアム公ではないというところにある。しかも、今の彼はウィリアム公のふりをしているわけではない。尋ねているのも、彼女を求めているのも、罪を犯しているのもぼく自身――ピーターなのだ。

「アンジュー王家には、狂気の血が流れているのですね。そうでしょう？」エリザベスは言った。「そうではないとすると、おかしな妄想にとらわれやすくなったのは、殿下の母上からですか？」

「きみが修道院に閉じこもったら、世の中はずっと暮らしやすくなるだろう」ピーターは答えた。「その無礼な舌を少し黙らせたらどうだ？　もっと前に切ってしまえばよかったのに」

「わたしの舌を静かにさせるのは無理かと思います。でも、セント・アン聖堂に着いたらすぐにおとなしくなるでしょう。あそこは黙想を主眼とする修道会だと、殿下がおっしゃったのではありませんか。祈りと瞑想(めいそう)を基本とするのでしょう？　それにしても、どうして殿下がそういうことをご存知なのか、わたしはさきほどから不思議でなりません。修道会とはあまりかかわりをお持ちでないと思っていました」

ほかにも失敗をしていたのか。あのときは気づきもしなかった。だが、あれはエリザベスを困らせようとして言った嘘にすぎない。セント・アン聖堂の修道女たちは、世間の女性と同じく大いにしゃべる。その点、やさしいエリザベスにはぴったりのところだろう。彼女は小動物猟に使われる小さなテリアに似ている。穴ぐらのねずみをうまくつかまえ、決して逃がさない。

もう罠(わな)を仕掛けられるのはたくさんだ。ぼくにできることは何もなく、いちばんの望みは彼女の唇をふさぐことなのに。「もう一度言おう。これが最後だ、エリザベス。ジョアンナのところへ戻りなさい。それとも、森に戻ってわたしのためにスカートをたくしあげてくれるか？」

さすがに衝撃を受けたとみえ、ありがたいことにエリザベスはようやく口を閉じた。しかし、それはほんのわずかなあいだにすぎなかった。

「いやです！」

「ここでするほうがいいなら、わたしとしては大歓迎だ」彼はベルトに手をかけた。「みなに見られてもかまわない」

エリザベスは彼に平手打ちを食らわせた。その音は決して小さくない。夜のしじまを縫って響き渡り、眠っている人々の目を覚まさせた。修道士たちも浅い眠りから覚め、なんの音かと周囲を見まわしている。

誰が誰を叩いたのか、彼らにはまったくわからない。男性を叩いても罰せられない女性はいないだろう。まして相手が国王の息子なら。彼らは、ウィリアム公がエリザベスを叩いたのだと思うに違いない。殿下の評判を考えれば、そういう行為におよぶのもなるほどとうなずける。ただし、ウィリアム公がエリザベスを叩いたのなら、彼女は地面に倒れこみ、彼はスカートをエリザベスの頭の上までまくりあげていたはずだ。

エリザベスは当然おびえた顔をしている。「申し訳ありません！」声からもひどく困惑しているのがわかる。「なぜこのようなことをしてしまったのか、自分でもわからないのです。今まで、人を叩いたことなどありませんでした」

「どんなにわたしが怒っているか、わかるだろうな？」彼は静かに言った。エリザベスの一撃にはよほど力がこもっていたのだろう。今も肌がひりひりする。「お返しに何かしなくてはならない。何がいい？　国王の息子を攻撃したら、罰を受けないわけにはいかないのだ」

月明かりの中で見ても、エリザベスが青ざめておびえているのがわかる。普通なら言いすぎたと後悔するところだが、しばらくこのままにしておきたい。彼女がおびえて黙っていると、なんとも言えずほっとするからだ。

「わたしを叩いてください」エリザベスは消え入りそうな声で言った。

ピーターは首を振った。「女性を叩いても、わたしは面白くない」

これも嘘だが、エリザベスは気づいても嘘だとは言わないだろう。今の彼女はそれほど怖がっている。嘘というのは、ピーター自身が女性を叩くのが好きだという意味ではない。本物のウィリアム公は残虐行為を楽しむ習性があり、エリザベスもそれを知っている。つまり、ウィリアム公の言葉としては嘘になるということだ。

事実、エリザベスはウィリアム公の嗜好を知っていた。そして嘘だと言おうとして口を開きかけたが、思い直してまた口を閉じた。そんなことを言うのはゆきすぎた行為だということに、遅まきながら気がついたからだ。

「いい子だ」彼は小声で言った。「きみは今、危険な遊びをしているのだ。いつの場合も、敵をあなどってはいけないぞ」

「殿下は敵なのですか？」彼女の声はとても低く静かだったので、ピーターは空耳だったのではないかと思った。また、その声には悲しく沈んだところがあったが、それも事実だったのかどうかわからない。彼はじっとエリザベスを見おろした。というより、目をそらすことができなかったのだ。彼女の目にはもはや反抗の色はなく、唇はやさしく、緊張感も警戒心も見せていない。どうすればいいのだ？　今彼女から離れなければ、不滅の魂をけがしてしまうだろう。

しかし、不滅の魂ははるか昔にけがれてしまった。残りの人生を償いに費やしても、そのけがれをすすぐことはできない。ここでもう一度キスをしたところで、どんな違いが生じるというのだ？

周囲の人々はまだこちらを見ている。かまうものか。エイドリアンはぞっとし、騎士たちは面白がり、修道士たちは心配するだろう。そして、無情な青い目でふたりを見ているにせ修道士は激怒するに違いない。

それでもいいではないか。かまいはしない。ピーターはエリザベスの腰に腕を巻きつけ、ぐっと自分の胸に抱き寄せた。何枚もの衣服を隔てても、彼女の胸の感触が伝わってくる。その胸のふくらみは、とても豊かで柔らかい。ピーターはもう一方の手を彼女の顎にあて、顔を上げさせた。彼の長い指はエリザベスの顔を包み、親指はそっと彼女の下唇をなぞっている。

誰かが恐怖に息をのんだ。エイドリアンか、エリザベスかはわからない。あるいは、ピーター自身の道義心が苦痛にあえいだのかもしれない。だが、そんなことはもうどうでもよかった。彼はエリザベスの唇に唇を重ねた。

10

彼はエリザベスにキスをしていた。今度のキスは本格的で、ぴったり体を押しつけている。エリザベスは彼の体を、強さを、筋肉を、体のぬくもりを全身で感じ取った。彼の手が下から顎を支えているので、顔を動かすことができない。どうしてそうなったのかわからないが、気がつくと唇を開いて彼の舌を迎え入れていた。彼の舌に口の中を探られるにつれ、なじみのない激しい情熱が体の奥で花開き、みるみるうちにふくらんでいく。エリザベスはさらに彼に身を寄せた。彼の肌の中に溶けこんでしまいたかった。

彼の胸に手をあてて押しやろうとしたのに、その手は彼の首に巻きついて引き寄せた。目はさきほどから閉じているが、彼を迎えるべく唇を開いたときに頭の回路も遮断されてしまった。要求されれば、脚だって開いてしまうかもしれない。

彼は顔を上げ、エリザベスの顔を見おろした。その顔は呆然(ぼうぜん)としているように見える。エリザベスと同様、衝撃を受けたのだろう。彼の手に肩を押しやられると、暖かい夜だというのにエリザベスは急に寒くなった。もう一度、彼の体のぬくもりを感じたい。

エリザベスはじっとしていた。夜気の中でかすかに体が揺れはしたが、勇気がなくて動けなかった。彼女はウィリアム公が何か言ってくれるのを待っていた。エイドリアン修道士もマシュー修道士も、助けに来てくれないのかしら。暗黒の王子、わたしを笑ったらいかが？　本当はきみなどほしくない。からかっているだけだと言いたいのでしょう？　わたしは良識を失っている。早く分別を取り戻さなければ。

　ウィリアム公は彼女の手を取った。再びふたりの肌が触れ合うと熱いものがふたりの体を流れ、たちまちエリザベスは大胆になった。彼は向きを変えてエリザベスの手を引き、明かりとぬくもりを離れて彼方（かなた）の暗い森へ向かった。エリザベスは何もきかず、何も考えずにただ彼についていった。

　高くそびえる木々が月光をさえぎり、辺りは闇（やみ）に包まれている。彼は樫（かし）の古木の太い幹にエリザベスの体を押しあて、その両側に手をついた。エリザベスは彼の腕にはさまれて動けない。彼は何度もキスをした。エリザベスが手を差しだして彼を押しのけようとすると、ウィリアム公は彼女の手首をつかんで下にずらし、自分の下腹部に触れさせた。

　エリザベスは衝撃を受け、急いで手を引っこめようとした。しかし、彼ははるかに力が強く、思うようにはならなかった。革の服に隔てられていても、手のひらに感じるものが何かはわかっている。いまだにそういうたぐいの経験はないが、まったくの箱入り娘だったわけではない。それに、目もあれば頭もあり、好奇心もある。この硬く張りつめた体が何を意味するか、わからないはずはない。これは、彼がわたしを激しく求めているしるし。彼の情欲の対象になっていると思うと、衝撃を受けると同時にとてもうれしかった。大きな引き締まった体に変化が起こるほど、彼はわたしがほしいのだ。その体は温かく力に満ち、覆いかぶさるようにしてわたしを木の幹に押しつけている。

彼がエリザベスのスカートをたくしあげ、続いて男っぽい温かい手が腿に触れた。彼女の素肌に。その手は肌を焦がし、彼にふさがれている口の奥から息づまるような声がもれた。もっとわたしの体に触って。もっと熱くキスをして。

恥ずかしくてどうしたらいいのかわからない。それに怖かった。こんなに彼がほしいなんて。彼に手を触れたくてたまらないなんて。彼がつけている革の胴着はしっかり体を覆っている。その下に手を差し入れたい。でも、彼に手を握られて男性の象徴に押しあてられている以上、胴着の中に手をすべりこませることはできない。

彼は顔を上げ、エリザベスの腿をまさぐった。エリザベスは呼吸が乱れ、激しく息を吸いこんだ。「わたしを強姦するおつもりですか?」

小さな声でささやいただけだったが、彼はぴたりと動きをとめた。長い指はまだスカートの下に入りこんでおり、もう一方の手は依然としてエリザベスの手を彼の張りつめた部分に押しつけている。彼の顔に衝撃の表情が浮かんだように思えたが、どうやらそれは幻覚だったらしい。一瞬ののち、彼はただ目を閉じて額をエリザベスの額に押しあてた。かすかな月明かりも届かなくなると同時に、エリザベスの希望の灯も消え去った。

彼の乱れた息づかいが聞こえる。彼はなんとか自制心を取り戻し、エリザベスの手を放した。もはや彼の下腹部に手を触れ続けているわけにはいかない。どういうわけか手を放しがたかったが、エリザベスは無理に手を引っこめて、その手を彼の肩に置いた。押しやりもしなければ引き戻しもせず、ただ彼に触れていた。

少なくとも、押しやる必要はなかった。彼が自ら後ろへ下がったからだ。その手はもうどこにも触れておらず、スカートがはらりともとに戻った。木に寄りかかっていられるのがありがたい。そうでなかったら、座りこんでしまっていただろう。

彼の顔は見えず、どのような表情が浮かんでいるかわからない。罪の意識、退屈、後悔。あるいは、まだ尾を引いている情熱だろうか。わかっているのは、急に彼の気が変わったことだけだ。エリザベスの体はまだ彼を求めてほてり、暗闇の中で震えている。けれど、どうにか純潔を失わずにすんだことを、神に感謝しなくてはいけない。

「なぜ、あんなことをしたのですか？」エリザベスは無意識のうちに言った。「どうしてやめてしまったの？」

「きみがけがれを知らないからだ。わたしは純潔な娘を傷つけはしない」彼は感情のこもらない声で言った。

「いつからそんなお気持ちになったのですか？」

彼はもう一歩下がった。木々のあいだから月が一条の光を投げかけ、彼の浅黒い顔を照らしている。不可解な目や、今まで陰になっていた唇を。ここに至って彼は分別を取り戻したらしい。自分の身分を思いだしたのかもしれない。

「巡礼の旅に出てからだ」彼は冷淡な声で言った。「わたしはこれまでの罪を二、三週間の悔悛（かいしゅん）で償うのだ。どうしても女が必要な場合は、ジョアンナを相手にするだろう。彼女は喜ばないだろうが、少なくともそういうことに慣れている。それに比べ、きみは役に立つどころか厄介事を引き起こす」

「わたしはいつもそう言われます」エリザベスはまだ彼を見つめながら考えた。彼はつらそうに大きく息をついている。心が乱れたから？　いいえ、違う。わたしは自分の心臓が激しく打っているから、殿下も同じだと思ってしまうのだわ。

わたしは……取り乱している。今の状態を表現するのに、これほどふさわしい言葉はない。腿にはまだ彼の手の感触が、口には彼の舌の味が残っている。ざらざらした木の皮が手に触れて現実に引き戻されたが、それがなかったら心はとんでもないところをさまよっていただろう。

がさっという音が同時にふたりの耳に届いた。続いてエイドリアン修道士が暗い森の中に駆けこんできたので、エリザベスはなんとか冷静な表情を作った。あのようなキスを受けても、人は見たところ変わらない。変わるわけがないではないか。わたしが何をしようとしていたか、何を感じ始めていたかを知られてしまいそうな気がするが、そんなはずはないだろう。辺りは暗く、外見上は何も痕跡（こんせき）をとどめていないのだから。それを確かめたくて唇に手を触れると、ウィリアム公の目がすぐに指の動きを追った。短いあいだではあるが、彼に見られていると胸が苦しい。

「殿下！」エイドリアンはぴたりと足をとめ、息をはずませて言った。「いけません。そのような……」途中で言葉を切ったのは、言うべきかどうか判断がつかなかったからだろう。

「なんのことだ、エイドリアン？」ウィリアム公は例によって冷静に尋ねた。「エリザベスもわたしも眠れなかった。月明かりの中を散歩すれば、疲れて眠れるだろうと思ったのだ。何も心配することはない」

エイドリアン修道士は必要以上に後ろめたそうな顔をしている。だが、彼の行動はウィリアム公の評判を考えればごく当然のことだ。「申し訳ありません、殿下。ただ……」

「ただ、わたしが誓いをやぶるのではないかと心配になったと？　わたしの行動が多くのことを左右するときに？　わたしを信じなさい、エイドリアン修道士。どんな誘惑があろうと、わたしは誓いをやぶらない」

エリザベスは男性ふたりのあいだで状況を見守っていた。奇妙なことに、ふたりは何かこの場に関係ない話をしているように見えた。でも、ちっとも奇妙なことではないのかもしれない。ふたりがわたしを争うわけはないのだから。ウィリアム公は一時的に異常な行動をとったのに違いない。時が過ぎれば、そしてエイドリアン修道士が見張っていてくれさえすれば、わたしは安全だ。

「エリザベスをジョアンナのところまで送り届けてくれ」ウィリアム公は言ったが、エリザベスのほうは見なかった。「わたしはもう少し森の中にいる」

エイドリアンは疑わしそうな顔をしている。「承知しました、殿下。エリザベス様には危険がおよばないようにいたします。決して何者も近づけません」声は静かだが、今度も感情を隠しているのがわかる。

しかし、ウィリアム公の声には明らかにほっとした響きがあった。「きみを信用しよう、エイドリアン修道士。誰も近づけるな」それだけ言うと、ウィリアム公はふたりに背を向け、森の奥に入っていった。その先には、豊かな水をたたえる川がある。

また水浴びをするのかしら？　ほてった体を冷やすために。わたしがエイドリアン修道士から逃げてついていったら、どうなるの？　服を脱いで、それから……。

わたしったら、どうかしているわ！　エリザベスはエイドリアン修道士の顔を見つめ、作り笑いを浮かべた。「ご心配くださってありがとうございます、エイドリアン修道士」彼女は言った。「あなたは殿下についていらっしゃるほうがよろしいでしょう。わたしはひとりで戻ります。これだけわたしたちの仲間がいるのですから、危険なことはありませんわ」

「殿下はひとりになって、ご自分の犯した罪について深く考えたほうがいいと思います」エイドリアンは若々しい顔に似合わず厳しい声で言った。「行きましょう、エリザベス様」彼は腕を差しだし、エリザベスを待った。

エリザベスは彼の腕に手をかけて歩きだした。ウィリアム公を振り返りたい。彼女はこれ以上進んだら何も見えなくなるというところまで我慢して、ちらりと後ろを振り返った。彼の姿をのみこんだ森は、暗くて奥の様子をうかがい知ることはできない。

エリザベスとエイドリアン修道士が森を出たとき、空き地はしんとして動くものもなかった。殿下がわたしの手を取って森の中へ入ってから、そんなに長い時間がたっているはずはない。もっとああしていたかったくらいだもの。

エリザベスは外衣にくるまり、眠っているジョアンナのそばに身を横たえた。地面は固いが、くたくたに疲れていてぜいたくを言ってはいられない。それにひどく心が乱れているため、すべてを消し去る以外望むことはなかった。彼の記憶も、体に伝わる彼の手の感触も、彼の唇の味も、何もかも締めだしたい。それから、この手に残る彼の体の感触も。

「感心できませんね、エリザベス様」ジョアンナは目を閉じたまま、聞き取れないくらいの小声で言った。「火遊びをなさるとやけどしますよ」

眠ったふりをしてしまおうかとも思ったが、やはりそれはよくない。ジョアンナはだまされないだろうし、嘘も嘘つきも昔から大嫌いだった。「あの方に短剣を借りようと思ったの」

「彼を刺すために?」

「髪を切るためです」

「わたしにおっしゃってくだされればよかったのに」

「そうすれば貸してくださったのですか?」

「いいえ」ジョアンナは目を開けた。「修道院に着くまでにまだ何日もあります。そのあいだに物事は変わるかもしれません。わたしには、あなた様が修道女になるよう生まれついていらっしゃるようにはどうしても思えないのです」

「ほかにわたしが何になれるというの?」

ジョアンナはにっこりすると、再び目を閉じた。「わたしは預言者ではないのですよ、エリザベス様。でも、出発なさったときと同じ無垢な乙女のまま修道院に着きたいとお思いなら、ウィリアム公に近寄ってはいけません。まだ認めないおつもりですか? 殿下はあなたをほしがっていらっしゃるわ。とぼけてもむだですよ」

とぼけたかった。でも、彼の唇の感触を今もこの唇に感じ、長い指の感触を肌に感じるのに、どうして嘘がつけようか? 「殿下はどんな女性でもほしいのでしょう」エリザベスは軽い口調で言った。

「わたしをほしがってはいないようですよ。ありがたいことに」

「ありがたいことに？」エリザベスはきき返した。「どうして？　殿下の庇護を受けられたら、オーエン・オブ・ウェイクブライトに面倒を見てもらうよりずっといいのではありませんか？」

「今のところ、誰にも目をかけられたくないのです」ジョアンナは小声で答えた。「今の望みは、ただセント・アン聖堂に着いて罪を清めることだけ。そこにいるあいだに、次にどこへ行くか考える時間があるでしょう。オーエンのところに戻るか、誰かほかの人のところへ行くか、修道院に残るか。いずれにしても、ウィリアム公はわたしのような者を相手になさる方ではありません」

「わたしにはまだわからないわ。殿下は強くて、お金も権力もある方ですよ。それにとても……」その先は言葉が続かなかった。

「魅力的です。ええ、とても魅力的な方ですよ。でも、無垢な娘がお好きなようですわ。わたしはもう生娘には戻れませんけれど」ジョアンナは寝返りを打ち、エリザベスに背を向けてしっかり外衣を体に巻きつけた。「わたしはそれでよかったと思っています。経験がなかったら傷つくだけですもの。お気をつけなさいませ、エリザベス様。心というのは、一度傷つけられたら二度と癒えないものなのです」

「あなたの心を傷つけたのは、どんな男性なの？」

返事はないと思ったが、ひと呼吸置いて彼女は口を開いた。声は小さく、疲れているように聞こえる。「誰も。わたしの心を引き裂いたのは人生そのものです。同じことがあなたに起こってはなりません」

森の静寂が辺りを包み、エリザベスは目を閉じた。遠くからかすかに夜行性の鳥の鳴き声がし、風にもてあそばれる木の葉の音が聞こえる。さらに、彼方を流れる小川の音も。

空き地に戻ってきた彼の足音を聞いたのは、それから二時間ばかりたったころだろう。足音の主がウィリアム公であるのは疑う余地もない。二時間のあいだには何人かの男性が起きあがり、用を足しに森へ入っていった。彼らをウィリアム公と間違えたことは一度もない。彼の足音も、姿も影もわかっている。なぜなら、不信心にも熱い思いがあるからだ。

闇の中でも彼の視線を感じるような気がする。そんなばかな。エリザベスは外衣をかき合わせた。ひと筋の明かりさえ差さないところで、寝ている人を見分けられるはずがない。すでに月は沈み、火は消えている。まもなく足音は遠ざかり、革の胴着のこすれ合う音がした。彼が固い地面に体をのばしたのだ。さっき手で触れた革の感触。あの胴着の中に手をすべりこませたい。

今や半数の男性がいびきをかいて眠っている。もう夜というよりは朝に近い。そんな今、いびきは不思議に心を和ませる。その音が堅牢(けんろう)な壁となり、森から守ってくれるような気がするのだ。エリザベスは目を閉じ、眠りの世界をさまよった。甘美で罪深い夢に酔いながら。

襲撃は夜明けに始まった。

空はようやく白み、すべては平和で物音もしない。目を開けたエリザベスは、なぜ眠りをやぶられたのか不思議に思った。早起きのひばりでさえ声をたてず、辺りはひっそりと静まり返っている。そのとき突然、降ってわいたかのように地獄が出現した。

喧騒（けんそう）と恐怖。鋼の刃と刃の激突、馬のいななき、空き地を駆け抜けるひづめの音、人々の悲鳴。エリザベスは急いで立ちあがった。すべてが入り乱れ、馬は戦う騎士と修道士のあいだを突き進み、至るところに血が飛び散っている。ジョアンナの名を何度も呼んでみたが、彼女の姿はどこにもない。どこもかしこも襲撃者だらけで、人を切り、突き、皆殺しにしようとしている。

エリザベスはスカートをたくしあげて走りだした。どこへというあてはない。とにかく戦闘を逃れよう。彼女にもある程度の理性は残っており、判断がついた。この人たちは盗賊ではない。しっかり武装してとても立派な馬に乗り、どう見ても本物の兵士だ。目的は復讐（ふくしゅう）であり、略奪品や金目のものを探しているのではない。

殿下は？　一瞬エリザベスは立ちどまった。彼らはまずウィリアム公を狙（ねら）うだろう。すでに血で赤く染まった大地に倒れているのではあるまいか？　彼らがほかの人の命を狙うはずはない。だが、そのときエリザベスは恐怖に満ちた場面を目撃した。修道士のひとりが首を切られたのだ。彼らは残虐行為の目撃者を生かしておきたくないのだろう。馬の迫ってくる音がする。

森に入ってしまえば、彼らはついてこないだろう。少なくとも、追ってくるなら馬から降りる。とすれば、隠れ場所を探す時間はあるはずだ。もう考えている余裕はないが、長い脚はぐんぐん森の奥へ進んでくれる。それにつれ、赤い髪が炎のように背後になびく。

「女をつかまえろ！」誰かの声が聞こえた。間違いなくわたしのことだわ。エリザベスは思った。ほかの人たちはみな死んでしまって、わたしだけが生き残ったのかしら？　気の毒に、年配の修道士もほかの人も首を切られたのだ。わたしもそうされるの？　そうでなかったら、彼らはもっとひどいことをしようと思っているのかもしれない。

今はそんなことはどうでもいい。当面の目的は逃げることだけ。走っているうちに何かにつまずき、荒れた地面に叩（たた）きつけられた。目を上げると、なんとウィリアム公がいるではないか。まぎれもなく生きて剣を振りおろし、敵をなぎ倒しながら進んでいる。その先には、まだ残って戦っている修道士たちがいる。

遠くにマシュー修道士の姿が見えた。大混乱の中で妙に落ちついている。ウィリアム公が彼のほうへ向かっていくのを見て、エリザベスは驚きのあまり凍りついた。ウィリアム公とマシュー修道士は憎み合っている。それなのに、彼は危険を冒してマシュー修道士を助けようというのだろうか？

馬が近づいてきたが、喧騒の中にいるエリザベスにはひづめの音も聞こえず、襲撃者の存在もわからなかった。何も気づかぬうちに髪をつかまれ、強い力で上に引っ張られた。

彼女は金切り声をあげ、手足をばたつかせたが、残酷な騎士は気にもしない。エリザベスを引きあげて鞍（くら）の前に座らせると、かかえこんだ。

血と馬と、後ろの男のいやなにおいがする。エリザベスはもがいた。そうなると当然、馬は動揺する。男はエリザベスを容赦なく叩いたが、彼女はそんなことではひるまなかった。そして男を叩いたり蹴（け）ったりした。目を上げるとマシュー修道士の姿はなく、ウィリアム公もどこにも見あたらない。彼はマシュー修道士を助けに行ったはずなのに。

最初に気づいたのは音だった――ごぼごぼと喉を鳴らすような音。続いて温かい液体がどっと体にかかった。においと感触で血だとわかった。後ろの男の腕がゆるみ、どこから か力強い手がのびてきてエリザベスを馬から引きおろした。

目に映ったのは、血だらけになったウィリアム公の恐ろしい顔だった。ほかのものは目に入らなかった。「走れ！」彼は叫んだ。

だが、すぐには動けなかった。衝撃と恐怖で全身が麻痺（まひ）している。周囲は死体だらけだ。

「ジョアンナは――」エリザベスが言いかけると、ウィリアム公はただ彼女の肩をつかんで激しく揺さぶった。

「もう遅い。走れ！　早く！」彼に急かされ、エリザベスはあわてて走りだした。森の奥へと全速力で。

やがて川のほとりに出た。立ちどまるのが怖い。でも、川は流れが速くて川幅が広く、とうてい渡ることはできない。そこで、川に沿ってさらに森の奥へ走り続けた。もうだめだ。これ以上走れない。とうとうエリザベスはあえぎながら水辺に倒れこんだ。

動悸が治まり、呼吸が正常に戻ったときには、静寂が森を支配していた。遠くまで走ったので、戦の騒音が聞こえないのだろうか？　それとも、戦いは終わったのか？　その点はまったくわからなかった。彼らはウィリアム公もジョアンナもほかの人たちも、全部殺してしまったのだろうか？　マシュー修道士も姿を消してしまったが、おそらく倒れているのだろう。エイドリアン修道士の姿もない。ウィリアム公は戦闘の中心に身を置き、狂ったように戦っていた。戦いのさなかにいなくなってしまったのだわ。エリザベスはぼんやりと考えた。

それでもなんとか彼女は体を起こし、その場に座った。いつまでもこうしてはいられない。あの連中が捜しに来るだろう。襲撃者たちは証拠を残したくないため、全員を葬り去るつもりらしい――わたしが逃げたのを知っているかどうかはわからないが。動けるようになったらすぐ、もっと森の奥に移動しよう。助けを呼びに行けるようになるまで、そこで待つのだ。

以前から人の死には立ち会っている。数えきれないほど何回も。子供の死も老齢者の死も、病死も事故死も目のあたりにしてきた。死は人生の一部であり、死についてはよく知っている。しかし、殺戮による死を目撃したことはなかった。ジョアンナの言うとおりだわ――わたしは男性について知らないどころか、何も知らない。自分では箱入り娘だと思っていないが、実際はそうなのだろう。それが、ほんのわずかなあいだに大きく変わってしまったのだ。

服には血のいやなにおいがついている。とどめのひと突きによるものに違いない。そうでなかったら、緑色のウールでできているジョアンナのドレスに真紅の模様はないはずだ。こんなにおいを身にまとっていては、体を丸めて隠れることも、旅を続けることもできないだろう。

エリザベスはためらいもなく革の靴を脱ぎ、川に飛びこんだ。

水の冷たさに驚き、一瞬息がとまった。川は思ったより深く、流れが速い。水を含んだスカートをとらえ、ぐんぐん引っ張っていく。なんて強烈な力だろう！　もがいてもどうてい流れに逆らえない。氷のように冷たい水が頭の上まではねあがり、体は押し流されていく。もしかしたら、このまま流されたほうがいいかもしれない。顔が水の中に沈んだ。溺死は楽だと聞いている。人の手にかかって死ぬよりいいだろう。

息がつまり、エリザベスは水を蹴って浮かびあがった。溺れ死ぬのは楽かもしれないが、わたしは楽な道を選ばない。なんとか泳いで岸に上がろう。けれど、重い服が再び体を引っ張り、またもや水中にもぐってしまった。三回浮いて沈んだら、もう上がってこられないという話を聞いたことがある。エリザベスは夢中で浮きあがり、水面から顔を出した。つかのまながら、胸に流れこんだ空気のなんとありがたいことか。すると、また水中に引き戻された。もうだめだ。今度は浮きあがれないだろう。体は渦に巻きこまれ、しだいに深みに引きこまれる。わたしは死ぬのだ。今はそれがはっきりわかる。人生の最後に何を考えるかは、わたしの自由だ。好きなことを考えればいいのだ。

エリザベスは迷わずウィリアム公の姿を思い描いた。彼女の体を抱き寄せた、力強い彼の手を。身も心もあずけた彼の手を。

11

森の中を自由に走るのは何年ぶりだろう。命からがら逃げているのに、そんなことは気にならなかった。朝の空気を切って走っていると、爽快(そうかい)な気分が胸を満たす。走っているうちに激戦の騒音は薄らぎ、ジョアンナ自身も苦痛の叫びや金属のぶつかり合う音を意識から締めだした。

幼いころは単に走りたくて走り、田舎を何時間も続けて走ったものだ。今、死者や死に瀕(ひん)している人々を残して逃げているのは、少しも楽しいことではない。けれど、自分には力があるのだという意識と解放感が体にみなぎり、前へ前へと駆り立てていた。やがて力が尽き、もう走れなくなった。彼女はへなへなと座りこみ、体を丸めて藪(やぶ)の中に隠れた。

あの人たちはみな死んでしまったのだろうか？　修道士と騎士からなるあれだけの集団を襲うとは、いったいどんな盗賊なのだろう？　一行は金目のものなど持っていない。あれほど大勢で襲ってくる価値はないはずだ。ウィリアム公には敵がたくさんいる。でも、イングランド国王の一人息子を殺害しようとする者がいるだろうか？　そんな愚かな人間がいるとは思えない。

わたしのほかに逃げられた人はいないだろう。襲撃者たちは音もたてずに近づいてきた。それでもわたしが目を覚ましたのだから、ある程度の音はたてたのに違いない。夜明け間近の薄明かりの中で辺りを見まわすと、眠っている人々の姿が目に映った。エリザベスはしっかり外衣にくるまって眠っており、騎士たちのいびきが低い不協和音をなし、見張りに立っていた騎士まで木に寄りかかって居眠りをしていた。

ジョアンナが用を足しに茂みに入り、戻ろうとしたちょうどそのときに襲撃が始まったのだ。どうするかはすぐに決まった。みなを救うにも、みなに知らせるにももう遅い。自分の命を救う以外、できることはなかった。そしてジョアンナは森に逃げこんだ。

呼吸は徐々に正常に戻りつつある。心臓が激しく打ち、胸が苦しい。だが、昼の光を浴びて森は明るく、静けさを取り戻している。かわいそうなエリザベス。わたしも早く死にたい。男性というのはひどく野蛮で、夫婦のちぎりの床に入るのさえ不快な経験でしかなかった。盗賊の手による強姦や殺人は、言語に絶する恐怖だろう。

ジョアンナは立ちあがり、外衣についた木の葉を払って涙をぬぐった。すんでしまったことは仕方がない。今さら何をしても、事態を変えることはできないのだ。多少とも分別のある人間なら、このまま進んでいくだろう。太陽の位置からすると、西に向かっているのは間違いない。この方角に進めば、遅かれ早かれ海に出る。

腰につけた布袋の中には、まだいくつかの宝石が入っている。用心のため、その袋を腰からはずして首から下げ、胸の谷間にしまいこんだ。もしここに手を入れる男性がいたら、どうせもうわたしは何もできない。

あの場で死んだ人々を思うと不思議な気がする。長身のウィリアム公は簡単に死ぬ人間には見えなかった。とはいえ、死が誰にでも突然に訪れるのはわかっている。エリザベスはあまりに若く、あまりに純真で、あまりに意志が強かった。

なぜかエイドリアン修道士の面影が鮮やかに目に浮かぶ。あの伏し目がちな目も。彼の唇は、生涯独身で通す人にふさわしくない。彼がいくら隠そうとしても、その唇が真実を告げている。あれはキスするために作られた唇だ。でも、彼は決してキスしようとはしない。罪深い考えではあるけれど、その事実がとても悲しい。昔からキスには特別な思いを抱いていた。だが、これまでにかかわった男性とキスの喜びを分かち合ったことはない。いつも、不愉快で満ち足りない思いが残るだけだった。

ジョアンナは西の空を見た。海まで行けばなんとかなる。それから、暗く見通しの悪い森の中に引き返した。みんな死んでしまったのだろうか？　襲撃者たちは、助かる人がいるかどうか確かめもせず、倒れている人々を捨て去ったのか？

分別のある人間なら、このまま先へ進むだろう。わたしは今まで、たいていの物事を素直に受け入れてきた。今度も、一緒に旅した人たちの死を彼らの運命として受け入れ、先を急いだほうがいい。

けれど、このときジョアンナは著しく思慮分別を欠いていたようだ。後戻りしようとしているのが自分でもわかった。せめて途中までででも戻ってみたい。何かわたしにできることがあるのではないか。それがわかるところまで、あるいは、全員が息絶えてしまったのかどうかわかるところまで、戻ってみよう。そういう気持ちになったからには、もう実行するしかない。

逃げるときは狂ったように走ってきたが、引き返す足取りはひとりでに遅く慎重になった。数秒で来たところを、数時間かけて歩いているような気がする。この先にあるものを見るのが怖いと心のどこかで思っているため、つい速度が落ちてしまうのだ。現場に行っても、何もできないかもしれない。それでも、死者のために祈りを捧(ささ)げることくらいはできる。

血と死体のにおいがしてきた。胸が悪くなり、吐きそうになる。ジョアンナは足をとめ、胃の辺りを押さえた。においがするのは、太陽が死体に照りつけたからに違いない。まもなく動物が集まってくるだろう。エリザベスの体が猪(いのしし)に食いちぎられるなんて、想像するだけで耐えられない。何もできないとしても、なんとかしてエリザベスだけは地中に埋めていこう。あれほど若く、並外れて勇気のある人に、こんな死に方はあまりにも残酷だ。気がつかないうちに、現場殺戮(さつりく)現場が目に入ると、ジョアンナは強烈な衝撃を受けた。気がつかないうちに、現場に足を踏み入れていたらしい。修道士の死体につまずきそうになってそれがわかった。彼は逃げているところを襲われたのだろう。血の海の中に倒れ、剃髪(ていはつ)した頭頂部を鉤釘(かぎくぎ)のついた武器で割られている。

修道士も騎士も、木の葉や木片をまき散らしたように辺り一面に横たわり、すでに息絶えている。ジョアンナは死体のあいだを縫って進んだ。不吉な予感が胸に迫る。だが、見た限りでは女性はいない。炎のように赤い髪も、緑色の布切れも見あたらなかった。エリザベスがいた痕跡(こんせき)はまったくない。

どうなったかはふたつにひとつだ。逃げおおせたか、襲撃者が彼女を連れていったか。神よ、彼女の魂にお恵みをお与えください。

理論的に考えれば、後者でしかあり得ない。エリザベスがまだ生きているとしたら、今ごろは死なせてくださいと祈っているだろう。わたしには、彼女が長く苦しまずに安らかな最期を迎えられるよう祈ることしかできない。

けれど、どんな状況にあろうと彼女が逃げきった可能性もある。脚が長いので長距離を短時間で走れるうえ、頭がいいので適切な方法を思いつく。決してあきらめることはない。

あまりにも死体の数が多いので確信はないが、ウィリアム公だと思える死体もなかった。もちろん、確実に識別できるわけはない。盗賊は身元が判別できないほどひどい傷を負わせ、血は衣服を黒く塗り替えてしまった。ジョアンナはひとりひとりを見てまわり、軽く手をかけ、そっと祈りをとなえ、まぶたを閉じてあげた。だが、体をあお向けにして識別するところまではできない。そもそも、そんなことをしてなんになるだろう？

戦って死んだ修道士たちのところにも行ってみた。同じように彼らの魂のために小声で祈りをとなえ、軽く手を触れた。最後の修道士はうつ伏せになり、自分の血に顔を浸して倒れている。助かろうとして逃げたのか、ほかの修道士たちから少し離れていて、背中には傷がない。逃げているときに殺されたのではないのだろう。

ジョアンナは彼の肩にそっと手を置いた。体はまだ温かく、柔軟に動く。ほかの死体のように冷たくこわばってはいない。しかも、喉の奥のほうで声をたてた。

仰天し、彼女は飛びあがった。それから修道士のかたわらに膝をつき、慎重に寝返りを打たせてあお向けにした。

エイドリアン修道士だ！　ジョアンナは驚いてじっと彼を見おろした。目は閉じたまま、胸は血で赤く染まっているが、彼は間違いなく生きている。なぜかわからないが、わたしは彼が生きていると直感したのだ。だからこそ、殺戮現場に戻ろうなどというばかな決断をしたのだろう。本来なら、自分の身の安全を考えて西へ向かったはずなのに。

ジョアンナは彼の心臓の上に手を置いた。しっかりした鼓動が伝わってくる。顔色もいい。出血は見た目ほどひどくなかったのだろう。「エイドリアン修道士」彼女は緊迫した声で呼びかけた。「聞こえますか？」

彼はまばたきして目を開け、焦点を合わせようと瞳をこらしてジョアンナを見あげた。

「殿下は……」彼の声はかろうじて聞き取れるくらいだった。

「殿下は亡くなったわ。ここを離れなくては。盗賊は戻ってくるでしょう。わたしが肩を貸したら歩けそうですか？」

「だめだと思う」そう言いながらも、彼はジョアンナの肩に手をかけて立ちあがろうとした。支えるには力がいる。ジョアンナは転びそうになり、ようやく体勢を立て直した。

エイドリアンはふらふらしている。ジョアンナはすぐに彼の腰に腕をまわして体を支えた。エイドリアンはひとりで立とうとしているが、それだけの力がなかった。「無理するのはおやめなさい、坊や」ジョアンナはぴしゃりと叱りつけた。「そんな力があったら、逃げるのに使うのよ」

「ぼくは……坊やじゃない……」彼は力を振り絞って言った。

「しっ！　黙って」ジョアンナは彼をかかえて進みだした。彼が倒れるのではないかと不安でならない。そうなったら、もう立ちあがらせることはできないだろう。しかし、彼はなんとか足を進めている。

歩みは遅く、苦痛をともなう。一歩足を踏みだしてはつまずき、また一歩踏みだしては転びそうになる。彼の体のなんと重いことか！　体が痛み、空腹で、気温はかなり上昇している。でも、そんなことを考えてはいけない。先へ進むのだ。ふたりはただ歩いた。一歩一歩、先へ先へと。殺戮現場はしだいに遠のいていった。

エイドリアンが立ちどまって木に寄りかかったのは、二時間くらいたってからだっただろう。「休みたい」彼はあえぎながら言った。

「ここで立ちどまったら、二度とあなたを歩かせられないかもしれないわ」ジョアンナは子供のけがを心配している母親のような気持ちになった。

「ぼくはこの先歩けるかどうかわからない。ひとりで行ってくれ」彼は言った。「誰かが来てぼくを見つけてくれるかもしれないし、死ぬかもしれない。それは神の御心（みこころ）だ。ぼくは使命を果たさなかった。彼を見張ることになっていたのに。彼が人に害を与えないように……」

「彼とは？」

「ウィリアム公だ」エイドリアンは小声で言った。「ぼくは殿下をとめようとした。彼らが襲ってきたときには、殿下をつかまえようとした。彼を逃がすより、襲撃者の手にかかって死なせるほうがよかったのだ。でも、殿下は強いし、短剣も持っていた」

「つまり、ウィリアム公があなたを刺したと言うの？」ジョアンナは彼の言葉が信じられなかった。

「殿下はぼくを殺したかったのだ。実際、そのとおりになるところだった」エイドリアンは目を閉じた。「ぼくを置いて、行ってくれ」

「そうはいかないわ。わたしはずっと遠くまで逃げていたのに、何かがわたしを引きとめて戻らせたのよ。あなたを助けるためにね。わたしは神の御心に逆らわないつもりよ。あなたも逆らってはいけないわ、もし分別があるのなら。あなたが助かるという保証はないけど、神の御心にそむいて死ぬのはいけないと思うの」

「きみを戻らせたのは悪魔かもしれない。違うとは言いきれないだろう？」エイドリアンはか細い声で言った。

「わたしは悪魔の命令なんかに従わないわ」ジョアンナはきっぱり言った。「この話はあとでしましょう。今は先へ進むこと。いい隠れ場所が見つかり次第、休んで傷の手当てをしてあげる。約束するわ」

「それはいけない！」彼の声は特に若く、まるで少年のようだった。「ぼくに触らないで……」

「もう触ってるわ、修道士様」ジョアンナはなぜかすっかり母親気分になっていた。「歩かなかったらお尻を蹴飛(けと)ばすわよ。さあ、歩いて！　運がよければ、修道院を見つけて助けてもらえるでしょう。そうでなかったら、わたしから離れてはだめ。口答えするのはやめなさい。そんなことで余計な体力を使ってはいけないわ」

それ以外に何をしたらいいか、ジョアンナにはわからなかった。彼の力は今にも尽きそうに見える。どこまで持ちこたえられるか見当もつかない。その後さらに一時間歩き、エイドリアンは気を失ってジョアンナの足元にくずおれた。

ジョアンナは急いで彼のそばに膝をついてうずくまった。怖い。死んでしまったのではないだろうか？　だが、彼の心臓は力強く打っている。その一方で、肌は熱い。異常なほどに。傷を洗って包帯を巻かなくてはいけない。休ませて体力を回復させないと、熱に負けてしまうだろう。そうなったら、なすすべもなく彼の命が尽きるのを見ていることになるだろう。

それにしても、ここにいるわけにはいかないだろう。彼の肩に手をかけて引っ張ろうとすると、彼は傷の痛みにうめき声をあげた。そもそも、彼の体はジョアンナには重くて動かせない。そのときふといい考えがひらめいた。外衣を地面に敷き、彼をのせて引っ張ればいいのだ。なんとか彼を外衣の上に寝かせて端を引っ張ると、わずかながらも動かすことができた。

何時間もたったような気がしたが、実際はどれだけかかったのかわからない。不意に小さな田舎家が目に飛びこみ、希望に胸がふくらんだ。ジョアンナは外衣から手を放し、助けを呼びながら家を目指して駆けだした。

この家には長いあいだ誰も住んでいないらしい。屋根は一部なくなっており、納屋と大して変わらない感じだが、近くを冷たい水が流れ、隠れる場所もある。しばらくここにいても問題はないだろう。エイドリアン修道士を休ませるには十分だ。数時間休めば、事態はすっかり変わると思いたい。

再び外衣を引っ張り、田舎家に向かったが、最後の何分かは最悪だった。エイドリアンは若くてとても細いのに、急に体重が倍になったかのように重かった。ジョアンナは疲れ果て、地面に座りこんで泣きそうになった。しかし、彼は弱りつつある。ここでへこたれてはならない。

なかば押し、なかば引きずるようにしながら彼をあばら屋に運びこんだときは、ジョアンナ自身が倒れそうだった。ベッドには藁(わら)が敷いてある。今はただ害虫がいないことを祈るだけだ。ジョアンナは彼の重い体をなんとかベッドに横たえると、その後ろの狭い空間に横たわって目を閉じた。


そのとき、エリザベスは願望から幻覚が生じたのだと思った。人の手が水中にいる自分に向かってのびてくる。これは神の手？　わたしを天国へ引っ張りあげるのだろうか？

そのとき体が急に浮きあがり、再び大気中に戻ることができた。でも、目の前にあるのは神の顔ではなくて悪魔の顔だった。ウィリアム公は命を落としてはいなかったのだ。生きて立ち泳ぎをしながら、わたしを岸へと引っ張っている。

「暴れたら手を放す。溺(おぼ)れても知らないぞ」ウィリアム公は言った。だが、言われるまでもなく、エリザベスはもう抵抗する力がない。それに引き替え、彼は力があってやすやすと泳げるようだ。また彼は、長く重いスカートにまつわりつかれているわけではない。岸に着くと、彼はエリザベスの手首を強くつかんで水から上がった。エリザベスは引っ張られるままについていくしかなかった。やがて彼は倒れこむように地面に腰を下ろし、エリザベスもその隣に座りこんだ。彼が手を放さないのでそうするしかなかったのだが、手を放されていたところでそれ以外のことをするだけの気力がなかった。息が切れて苦しい。あお向けに横たわると、そびえる木々が目に映り、森の音が聞こえてくる。近くを勢いよく流れる水の音――あれは穏やかに流れる川ではなかった。どうしてそこに気づかなかったのだろう？　頭上では鳥が朗々とした声で鳴いている。食肉獣がふたりに忍び寄ってはいないことを意味するいいしるしだ。隣にいる男性の荒い息づかいが聞こえ、エリザベスは振り向いて彼を見つめた。どうしたのだろう？　わたしの呼吸はもう正常になっているのに。

　彼はまだ手首を握っている。それが気になってならない。だが、彼のほうは手を触れていることに気づいていないだろう。ただ横たわって目を閉じているだけだ。ぬれた髪から流れ落ちる水が顔にいくつもの細い筋をつけている。

　彼はエリザベスの視線を感じたのに違いない。目を開けて彼女を見た。だが、その顔に特別な表情はない。

「どこからいらしたのですか？」水をのんで咳きこんだため、声がかすれている。エリザベスは咳払いをした。

「きみと同じところからだ」彼は答えた。「覚えていないのか？」

「最後に殿下をお見かけしたときは、盗賊と戦っていらっしゃいました。あのあとに逃げたのですね。どうしてですか？」

気のきいた尋ね方ではなかったが、彼はまばたきもしない。ただ肩をすくめただけだった。「おそらく、さんざんな結果になるとわかったからだろう。だから、動けるうちに逃げたのだ」

「彼らは追ってきたでしょう？　あれは普通の盗賊ではありません。みなとてもいい馬に乗っていましたし、着ているのも高価な服でした。殿下に姫君を殺された方が差し向けたのでしょう」

「わたしの敵はひとりではない」彼は気にもとめていない様子だった。「わたしを殺したがっている人物は何人もいる。あの男はそのひとりにすぎないのだ」

「でも、殿下は亡くならずに、ほかの人がみな殺されました」

「きみは生きている」

「逃げたからです」

「わたしが逃げろと言ったからだ。きみも剣を取って戦えばよかったな」

「わたしは剣の使い方も知りません」

「そうか。これから行く先では、きみも短剣や剣が必要になる。よし、使い方を教えてあげよう」

エリザベスは起きあがって姿勢を正した。ひどく寒い。ずぶぬれのところにわずかな風が吹きつけ、背筋を氷のように冷たいものが駆けおりる。手首をひねって手を引き抜こうとしたが、彼は放してくれなかった。

「どこへ行くのですか？」エリザベスは尋ねた。

「セント・アン聖堂だよ、もちろん。きみは修道女の仲間入りをする。わたしは悔恨の行に励む。最後の二、三キロはひざまずきながら進もうと思う。そうして悔悛(かいしゅん)の念を表すのだ」

「お祖父(じい)様と同じように？」

「なんだって？」

「殿下のお祖父様は聖トマス・ベケットを殺害させたあと、ひざまずきながら巡礼をなさったのでしょう？　その話は誰でも知っています。殿下は人を殺(あや)めるのが好きな方の血を引いていらっしゃるのですね」

「ああ、そうだ。わたしの祖父はそういう人間だった。わたしは一族の歴史にあまり詳しくない。今に生きたほうがいいのでね」彼も起きあがり、水を浴びた犬のように首を振った。そのせいで、水が四方八方に飛び散り、エリザベスの目にも届いた。「きみは驚くほど走るのが速い。追いつくのに苦労したよ。もう少しで見失うところだった。川辺で何があったのだ？　足をすべらせたのか？」

「川に飛びこんだのです」

彼は一瞬黙りこみ、それから口を開いた。「自殺は大罪だぞ」

「自殺するつもりだったのではありません。血だらけだったので……我慢できなかったのです。とにかく水に飛びこめば、いくらかでも洗い流せるでしょう？　そう思って飛びこんだのです」

「そのあげくがこの結果か。もう少しで溺れるところだったではないか。きみはもっと頭がいいと思っていた。川というのは、深さや流れの速さを調べずに飛びこむものではない」

「仕方がないでしょう？　川に飛びこんだことなどなかったのですもの。ほとんどいつも城の中にいて、父の使用人たちに守られていましたから」

「世の中にはどれほど危ないことが多いか、今やっとわかっておびえているわけか。いばっている父親よりも世間のほうが怖いと思うが、どうだ？　靴が脱げるほど足が震えているのではないか？」

「靴ははいていません。飛びこんだとき、川岸に置いてきてしまいました」エリザベスは急流渦巻く川にちらりと目をやった。「わたしが震えているとしたら、寒いからです。それから、今後一生、父のもとで暮らすくらいなら、死んでしまったほうがましだと思っています」

「危険な目に遭うのはどうだ?」

どう答えるべきかはわかっている。しかし、ウィリアム公は普通の人と違う。彼はどういうわけか、いちばん大切なものを引きだしてしまう。エリザベスは思っているだけで誰にも言わなかったことをいつのまにか口にしていた。

「好きです」

「今なんと言った?」

どうやらウィリアム公を驚かせることに成功したらしい。「わたし、危険なことが好きなのです。人が傷ついたり死んだりするのが好きだという意味ではありません。ただ……命がけで逃げていると、何か……力がわいてくるでしょう? 刺激されて、戦う気になるのだと思います」エリザベスは期待に胸をふくらませて彼のほうを向いた。「本当に剣の使い方を教えてくださいますか? 短剣なら、簡単に誰かを刺せそうな気がします。でも、剣を使うのはすごく難しそうだわ」

なぜかウィリアム公はしばらく不安そうにエリザベスを見つめていた。「きみにはいつも驚かされるよ、エリザベス。女性は弱虫で、怖いことがあると卒倒するのが普通なのに」

「もしそうだったら殿下はわたしを抱きかかえて運ばなくてはならないでしょう？　でもわたしは触ってほしくないのです」エリザベスは手首に視線を落とした。彼の長い指がまだ手首に巻きついているが、彼は手を放す気配もない。

「我々はみな、手に入れられそうもないものをほしがるのだ。はっきり言っておこう。短剣で戦うのは、きみには想像もつかないくらい難しい。並外れた力も必要になる。勝利を収める唯一の方法は、ちょっとした意外性に頼ることだ」

「それなら苦労はいりません。わたしみたいにしとやかな若い淑女が人を刺すなんて、誰が予想するでしょう？」

「きみとしばらく一緒にいれば、誰でも予想するだろう」ウィリアム公は小声で言った。

「きみが水に入ったのはどの辺りだ？」

「わかりません。二時間くらい水の中にいたような気がします」

ウィリアム公はようやく手を放して立ちあがったが、エリザベスはそのまま座っていた。立ったら彼とぴったり並んでしまうので、彼はつい手をかけてしまうかもしれない。「ここにいてくれ。わたしは上流へ行ってきみの靴を捜してみる。これから長い距離を歩かなくてはならない。きみには何かしら足を保護するものが必要だ」

たとえわずかな時間でも、なぜかエリザベスは取り残されたくなかった。「わたしも一緒に……」

「きみはここにいたほうがいい。襲ったのはハーコート卿の家臣だと思う。彼らは復讐の鬼だ。わたしたちのあとをつけてこなかったとは言いきれない。しかし、彼らに出会った場合、きみのことを考えなくてよければ楽に対処できる。日なたに座って服と体を乾かすといい。できるだけ早く戻ってくる。ひとりでどこかへ行けると思ってはいけないよ。くれぐれも間違いを犯さないようにしてくれ。そんなことをしようとしたら、川に沈めてしまうからな」

エリザベスはちょうどそれと同じことを考えていた。ひとりにはなりたくない。それでいて、川から引きあげてくれた危険な男性とふたりきりになるのが怖い。ほんの一時間でも。ましてや、セント・アン聖堂まで幾夜も一緒に過ごすと思うと恐怖感に襲われる。

「殿下がそんなことをなさるとは思えません」言っているそばから、もうひとりの自分が問いかけた。あなたは本当にそう信じているの?

「おそらくそんなことはしないだろう。だが、ひっぱたく。きみはわたしに触られたくないと言ったね。それなら、逆らわないようにすることだ。わたしを怒らせたら最後、きみにとって間違いなく不愉快な結果になるぞ」

「わたしだって叩かれた経験くらいあります」エリザベスは言い返した。

「そのあとに起こることは、好きになれないだろう」

エリザベスは口をつぐんだ。叩いたあと、彼が何をしようと思っているかは想像がつく。

彼のことだから、必ずそれを実行するだろう。イングランド国王の非嫡男に自制心があるという話は聞いたことがない。そのような人物がかっとしたら、さまざまな危険な感情を爆発させるに違いない。

「殿下のおっしゃるとおりにします」エリザベスはわずかに不服そうに言った。

「そうだ。それでいい。きみにはそうするほかないのだからな」

彼女はウィリアム公を見つめた。彼はエリザベスを見おろしている。怒りに駆られたかのように勢いよく立ちあがってみようか。今はとても小さく、弱くなったような気がして情けない。こんなおかしな気持ちになったのは初めてだ。

しかしウィリアム公は、逆らおうなどと思わないほうが身のためだとすでにはっきり申し渡した。

太陽は木々の上を通り過ぎ、エリザベスの上に光を注いでいる。ぬれた服から蒸気が立ちのぼり始めた。「お待ちしています」彼女はそう言って再び地面に体を横たえた。ゆったり構えているように見せたつもりだが、はた目にどう見えたかはわからない。

ウィリアム公はまだそばに立ってエリザベスを見おろしていた。その瞳には奇妙な感情が浮かんでいる。

まもなく不意に向きを変えると、彼は何も言わずに去っていった。

12

大成功だ。ウィリアム公は思ったが、勝利の喜びは長くは続かなかった。目的を果たすことはできたのだろうか？　父の護衛であるエイドリアン騎士の命を奪えたかどうかは定かではない。ジャーヴェスがひどく急いでいたため、確かめる時間がなかったのだ。しかし、そんな必要もなかったかもしれない――おそらく全員死んでしまったのだから。あの殺戮（さつりく）は盗賊の仕業と見せかけてあるが、実はそうではない。だが、それを証言する目撃者は出てこないだろう。

ブリーダン城に着く前に襲撃するよう手はずを整えてあったのに、彼らは二日以上遅れてやってきた。身分の低い修道士の服は、不格好で肌触りが悪い。そんな服を着て過ごす日々は、屈辱的できわめて不愉快だった。誰かにこの遅れの償いをさせよう。ジャーヴェスが適任だ。補佐役であり最も親しい友人であるジャーヴェスは、自虐趣味がある。ジャーヴェスには今後も仕えてもらわなくてはならない。死に至らない懲罰なら喜んで受けるだろう。彼にはたぐいまれな才能があり、幅広い仕事をする能力がある。

あの娘にも逃げられてしまった。ジャーヴェスが家臣にあとを追わせたが、彼らは戻ってこない。つまり彼女は逃げおおせ、家臣たちは怖くて戻ってこられないのだろう。失敗してウィリアム公のもとへ戻ればどうなるかわかっているからだ。

こういう不名誉な巡礼の旅に黙従しようと思うこと自体、ばかばかしくて笑いたくなる。しかし、いつもは幼妻のこと以外頭にない父が、今度ばかりは関心を示した。ウィリアム公は国王の命令に反発するほど大胆になれず、そこで一計を巡らせたのだ。我ながら巧妙な作戦だったと思う。悔悛の旅に出てから二日目に、旅の一団は盗賊に襲われて全員が殺害される。ただひとりウィリアム公が生きのび、自力で聖堂へたどりつく。そうなれば、世間はそれを奇跡とみなす。そしてウィリアム公は誰にも邪魔をされずに悦楽にふけることができるようになるというわけだ。

ハーコート卿の娘に関しては、殺すつもりはなかった。そのような間違いを犯すほど愚かではない。下層階級の子供は忽然と姿を消しても誰も騒がないが、貴族の娘の場合、そうはいかないのだ。だが、彼女の体力を見誤っていたため、死に至らせてしまった。しかも、死体を処分する時間がなかったうえに、彼女と一緒にいるところをあまりにも大勢の人が見ていた。恨みを抱いている人々が。とらえられたのはまぎれもない事実だが、戯れの犯罪に対して償いをする気はさらさらなかった。

しかし、どんな災いにも何かしら得るところはある。高名なピーター修道士に旅程をまかせるのは簡単だった。悔悛の旅に出る息子を旧知の友に預けるのは、願ってもないことだと父は考えた。おかげでウィリアム公は長年の恨みを晴らす絶好の機会をつかんだのだが、父はそんな事情を露ほども知らない。ピーター修道士、すなわちかつてのピーター・ドゥ・モンセルム騎士は森で盗賊に遭い、ほかの者たちと一緒に息絶えるのだ。彼らは生きて帰れば何があったかみなに伝えるだろうが、死んでしまえば何も語れない。

ところが、ジャーヴェスは予定の襲撃時間になっても来なかった。その急襲でピーター修道士は殺害され、本物のウィリアム公は自由の身になるはずだったのに。ブリーダン城に着くころ、ウィリアム公は内心激怒していた。ピーター修道士とエイドリアン・オブ・ロンゲーカー以外、彼の正体を知る者はいない。騎士と兵士は北部から来ており、彼らの使命はウィリアム公と修道士の命を守ることだ。

殿下か。ウィリアム公は鼻で笑った。剃髪(ていはつ)した修道士が王族のふりをするとは、考えただけでおかしくなる。ピーターは常に自分が実際以上に大物だと思っており、十字軍遠征のときは国王の息子を差し置いて戦士たちを自分に従わせようとした。今の彼は、つまらない罪を償おうとしている下級修道士にすぎない。だが、王族らしく振る舞った。ひとたび修道服を脱ぎ捨てれば、それは簡単なことだったのだ。誰もが彼を国王の息子と信じ、揺るぎない忠誠心をもって接した。本物のウィリアム公に対しては、それほどの態度を示したことがないのに。

七年もの長い時を経て、今ようやく報復の機会が訪れた。ピーターは十字軍で目覚ましい活躍をし、その名をとどろかせていた。ウィリアム公も今は亡き伯父に同行し、聖地で残虐行為におよんだのだ。勝利を収めたものの、最終的にあの愚か者が何をしたかというと、戦利品を現地に残して貧乏人となって故国へ戻り、どこよりも厳しい修道会に身を置いた。魂を清めようというあの男の行いは、結局はむなしい努力だったではないか。

自責の念を持ったところで、なんら他人に善をなすわけではない。ウィリアム公はずっとそう信じてきた。自責の念が役に立つのは、その人物をゆするときだけだ。ピーター修道士は自責の念に駆られており、ウィリアム公にあざけられても反発しない。ウィリアム公ほどの身分の人間が巡礼の旅に送られるなら、下位の司祭ではなく大司教がついていくのが自然だ。おのれに厳しい罰を科したがる身分卑しい修道士が同伴するはずはない。それがわかっていれば、ピーターはウィリアム公に同行させられたのは単なる偶然ではないとわかるはずだ。けれど、ピーターはそれに気づいていない。聖戦から戻って以来、長い年月が過ぎている。そのあいだに、国王の息子がどれほど悪賢いか忘れてしまったのだろう。ただし、ウィリアム公が自分に何をしたかは覚えているに違いない。彼は今、ウィリアム公の外衣を着けており、体の傷はその下に隠れているが、例の一件を忘れるはずはないだろう。

エイドリアン・オブ・ロンゲーカーもほぼ同じく分が悪かった。ウィリアム公の父の廷臣であるがゆえに、彼は旅に送りだされた。ウィリアム公を見張るため、ほかの者の安全を確保するためだ。それはすなわち、彼がいちばん先に死ぬことを意味する。

ウィリアム公はエイドリアンに深手を負わせたが、彼が死亡したという確証はない。たまたま彼が生き残ったら、盗賊の襲撃を受けてウィリアム公だけが奇跡的に助かったという話を否定するだろう。

とはいえ、心配するほどのことはない。エイドリアンが生きていたとしても、黙らせるのは簡単だ。それに、わたしがほしいのは彼の血ではない。

狙い（ねらい）は聖人ぶったピーターの血だ。彼は本物より本物らしくウィリアム公を演じた。さらに、ウィリアム公に多大な負い目がある。終わりのない拷問にかけない限り、その負い目は解消できない。彼にはどうも腹が立つ。そのピーターは襲撃をかわして生きのびた。赤毛の娘のあとを追い、森の中へ駆けこんでいくのを見たのだから間違いない。

それを見てもウィリアム公は驚かなかった。いいぞ、ピーター。そこで災難に遭えばちょうどいい。報復を実行するときがやってきた。エリザベス・オブ・ブリーダンの無邪気な好意が役に立つ。

たとえ彼女が生きていても、その命はもう長くない。ピーターをおびき寄せるのに彼女を使おう。そのあとは、わたしの手でふたりの息の根をとめてやる。これほど重要な仕事を、ジャーヴェスのような下っ端にまかせるわけにはいかない。

これで奇跡の人という新たな人生を楽しめる。すばらしい。最後にわたしは聖人にさえなるかもしれない。

ウィリアム公の口が笑み崩れた。エリザベス・オブ・ブリーダンのような無垢な娘と、良心の声にとりつかれた修道士が血の海の中でのたうちまわって死んでいく。まさに絵になるではないか。

わたしは現代の聖人となり、最終的には国王となる。そのためには、まだ成人に達していない継母が男児を産んではならない。そうならないよう、あらゆる手を打たなければ。今は離れていて何もできないが、こうしているあいだにも継母は妊娠するかもしれない。遅れをとったのはすべてジャーヴェスの責任だ。

聖堂に着くにはあと二日かかるが、それがすめば快楽に満ちた生活に戻れる。なぜなら、最高の出来事がこれから起こるとわかっているからだ。それはイングランド国王の座。父の血に洗われた玉座が待っている。

いつのまにかまどろんでいたらしい。エリザベスが目を覚ましたとき、太陽は高い木々の後ろに隠れていた。冷たい服がぴったり肌に張りついていて、寒さに体が震えている。目を上げてうれしいことに気がついた。うれしいと同時に不安なことに。それは、もう独りぼっちではないということだ。

ウィリアム公が茶色の布をかかえてかたわらに立ち、横たわるエリザベスを見おろしている。その表情は謎めいていて、何を考えているのかわからない。

エリザベスは急いで立ちあがり、彼の手が届かないところでぬれた髪を後ろへ払った。金の髪留めを落としてしまったので、髪は氷でできたケープのようになって肩を覆っている。「いつからそうしていらっしゃるのですか？」

彼は笑った。「何時間も前からだ。すっかりきみに見とれていたよ。起こす勇気がなかったから、きみが自分で目を覚ますのを――」

「お気づかいなく」エリザベスは寒さに凍りついた舌で無愛想に言った。体の震えをとめようとしてもとまらない。

「わたしはきみの体がほしい。しかし今はもっと大事なことがあるから、そちらを真剣に考えなくてはいけない。これから数日、どうやって生きのびるかということをね。このイングランド南部にいる限り、わたしたちは追跡される」

彼の無礼な言葉と甘い口調に、エリザベスは赤くなった。冷えていた体がわずかながら温まってくる。「追跡されるですって？」

「何者にせよ、わたしたちを襲った者は全員を殺すまで襲撃をやめないだろう。ずっと追跡を続けるに違いない。だから聖堂に着くまで安心できないのだ」

「わたしたち？　なぜわたしまで殺すのですか？　殺す理由はないでしょう？」

「きみは現場を目撃している。修道士を虐殺しても良心の呵責を感じないような連中なら、ためらいもなく罪のない女性を殺すだろう」

「そうだとしたら、わたしたちは一緒にいないほうが安全なのではありませんか？」

「この森の中をひとりで歩くほうがいいと言うのか？　それなら、勝手にひとりで行くがいいきみを拘束するつもりはない。いずれにせよ、わたしは人のために行動しているわけではないし、きみを連れていなければもっと速く歩ける。どうぞご無事で、エリザベス。聖堂に着いてしばらくしてもきみが来なかったら、修道女たちに祈ってもらうことにするよ。きみの魂のために」

彼に背を向け、森の奥へ立ち去りたい。そしてもう二度と彼には会わない。そうできるなら、どんなにいいか。何を犠牲にしてもいい——自分の命以外は。でも、悔しいけれど彼の言うとおりだ。ひとりで旅を続けたら、目的地に行きつけない可能性は十分にある。

何か言わなくては。ウィリアム公はわたしの返事を待っている。「なぜみなが殿下を殺したがるのかがよくわかりました」エリザベスは言った。「殿下は人を怒らせるのがお上手ですもの」

「きみもだよ、エリザベス。その点では意見が一致したな。一緒にいたいという点でも。何かほかに言いたいことがあるか？」

エリザベスは彼を蹴飛ばしてやりたくなった。「いいえ」

「〝いいえ、殿下〟だ」

「いいえ、高潔な落胤殿下」エリザベスは憎らしそうに言った。しかし、言葉が口からすべりでたとたんに言いすぎたことを後悔した。

ほかの男性なら手を上げるだろう。エリザベスはひるみそうになった。しかし彼女は、父に殴られたときでさえひるんだことはなかった。

驚いたことに、彼は頭をのけぞらせて笑いだした。「修道院長に同情するよ。きみを相手にするのは大変だ。さあ、服を脱ぎなさい」

「なんですって？」

「聞こえただろう、ぬれた服を脱ぐのだ。ぐずぐずしていると熱が出るぞ。病人を連れて歩きたくはない。それに、いい身なりをした女性が森を歩いていたら、服がぬれていなくても人目を引く。さあ、服を脱ぎなさい。言うとおりにしないと、そのドレスを切り裂いて脱がせるぞ」

徐々に、しかしはっきりと、彼に逆らってはいけないということがわかってきた。「わたしは何を着るのですか？」

彼はひとまとめにした茶色の布をエリザベスの前に放り投げた。布は陽光にさらされた薬草のにおいがする。「これだ」

「冗談でしょう？」目の前にあるのは修道服だった。初めのうち、ウィリアム公の一団に同行していた托鉢僧が着ていたのと同じものだ。

ウィリアム公はすでに革の胴着を脱ぎ始めている。「変装するのにはうってつけだ。これよりいいものは思いつかない」

あの柔らかい革の手触りを思いだす。その革に包まれていた体の固い感触も。不意に全身が熱くなり、服の冷たさを感じなくなった。「どこからこの修道服を持っていらしたのですか？」

「ここはあの現場からそれほど離れていない。きみの靴が見つからなかったので、現場まで戻ってみたのだ。あそこに残っている人たちは、もうこの服を着ることもない」

エリザベスは素早く胸で十字を切った。「死者を埋めていらしたのですか？」

「この時間では、あそこまで往復するのが精いっぱいだ。それに、死者の数が多すぎて、とてもひとりでは埋められない」彼の言葉は淡々としていた。目が暗く曇り、大きな憤りを訴えているようにも見えたが、きっとエリザベスの気のせいだったのだろう。

「あの人たちは……あの人たちは、みな……」

「ジョアンナの遺体は見つからなかった。エイドリアン修道士とマシュー修道士も。あとは全員殺されてしまった」

エリザベスはまた胸で十字を切った。「すべて殿下のためなのですね。襲ってきた人たちは殿下を殺そうとしていたはずですもの。たぶん、彼らは殿下が殺めた令嬢の一族でしょう？　どうか、大勢の死をむだになさらないでください」

彼の顔に冷たい笑みがゆっくり広がった。「ああ、わたしは人の死をむだにしたことなどない。口の達者な娘と一緒に生き残ったのは運が悪かった。ジョアンナと一緒ならよかったのに。服を脱ぎなさい、エリザベス。おとなしく言うことを聞かないと食べ物を分けてやらないぞ」

食べ物と聞いてエリザベスは行動を起こす気になった。「見えないところで着替えます」修道服を取りあげてふと見ると、ウィリアム公はすでに革の胴着を脱いでシャツだけになっている。続いてシャツも脱ぎ捨てたので、胸があらわになった。裸の胸に、木漏れ日が降り注いでいる。たちまち目を吸い寄せられ、彼女は身動きできなくなった。

大きなたくましい男性の体には慣れている。発達した筋肉の上に脂肪がつき、体毛が皮膚を覆っているような体には。けれど、ウィリアム公の体はまったく違う。よく日に焼けた肌はなめらかで、品よく整った骨格を覆っている。彼は並外れてたくましい。それはよくわかっているが、美しい肌の下には筋肉と腱があるだけで、余分な肉や脂肪はついていない。やせすぎと言ってもいいくらいで、必要なだけ食べていないように見える。エリザベスはぼんやり考えた。女性を犯すのに忙しくて、ゆっくり食事する暇がないのかしら。

「それだけ見たら十分じゃないか？　それとも、全部見せようか？」彼がズボンに手をのばすと、エリザベスは叫び声をあげて藪の中へ逃げこんだ。

ジョアンナの緑色のドレスは、見る影もなくなってしまった。細い紐を背中で結んであるのだが、ぬれているうえにもつれていて、かじかんだ手ではほどけない。引っ張れば引っ張るほど、結び目は固くなってしまう。こううまくいかないと泣きたくなる。仕方がない。ウィリアム公に手を貸してもらおう。でも、これ以上皮肉な運命はないわ。脱がせてくれと頼むなんて。

ウィリアム公が身だしなみを整えるだけの時間を取り、エリザベスは修道服を手に藪から出ていった。彼は流れのほとりに立ち、思いつめたような表情を浮かべて森の奥を見つめていた。

予想どおり、彼は茶色の修道服を品よく着こなしていた。「どう見ても修道士らしくないわ」

ウィリアム公は振り返り、不機嫌そうな顔をした。「わたしはきわめて信心深く見えると思っている。きみのほうこそ、どう見ても修道女に見えないではないか。どうして着替えないのだ？」

「殿下の剣をお借りする必要があるのです」

「わたしがあげた短剣はどうした？」

「あわてていたので、置いてきてしまったのです」

「剣でわたしから身を守ろうというのか？」

「ドレスの紐を切るためです。紐をほどかないと脱げないのですが、もつれてしまって、わたしにはほどけません。どうせドレスは台無しになってしまいましたから、切ってしまってもかまわないのです」

「誰かに服を切り裂かせるのなら、わたしにその栄誉ある役目をさせてほしい」彼はゆっくりとエリザベスのほうへ向かってきた。「だが、まず見せてくれ。もしかしたらほどけるかもしれない。きみはもうこのドレスを着ないとしても、もらえば喜ぶ農民がいる。彼らにとっては、生地だけでも十分使い道があるのだ」

「農民のことを気にかけていらっしゃるのですか？　かのウィリアム公が貧しい民のことを考えていらっしゃるなんて、思ってもみませんでした」

「確かに考えてはいないだろうな」彼は小声で言った。「さあ、後ろを向いて。さもないと、前から手をまわして手探りするぞ」

エリザベスはあせって背を向けた。彼の言葉は嘘ではないだろう。ウィリアム公が真面目な修道士の装いをしている今、彼の手が触れると思うとこれまで以上に心が乱れた。

彼の手が背中に触れたとき、エリザベスは飛びあがった。「じっとしていなさい」彼はささやいた。「きみが動けば、それだけ余計に時間がかかる。パンとチーズとりんごがあるから、行儀よくするのだ。腹が空いているのだろう？」

「お行儀よくするですって？」エリザベスはむっとした。「ご心配なく。わたしは子供ではありません。しつけの年ごろは過ぎました」

「ほう、そうか？」ウィリアム公はエリザベスのぬれた髪を束ねてつかみ、肩越しに胸の前に落とした。「わたしを高徳な落胤殿下と呼ぶのは、常識で考えてしつけられた態度とは言えない」

「かっとしていたのです」

「そうだな」ウィリアム公の指がうなじに触れ、エリザベスは身震いした。寒さのせいよ、と自分に言い訳したが、本当は体の芯が熱かった。「わたしは女性に節操のないことをさせるのが得意なんだ」

何かを引っ張られたかと思うと、突然ドレスがゆるんだ。すべり落ちるドレスをあわててつかんだ結果、なんとか途中でとめることができた。「ありがとうございました」エリザベスはしぶしぶ言い、彼の目の届かない藪の中に戻ろうと歩きだした。

呼びとめられることをなかば期待していたのだが、ウィリアム公は何も言わない。彼女がちらりと振り返ると、ただその場に立ってこちらを見つめていた。

危ないところだった、とピーターは思った。危うく彼女にキスするところだった。彼女のなめらかな白い肩に。長いぬれた髪が邪魔になるのでどかしたとき、彼女のうなじがあらわになって、たちまち体が激しく反応した。思えば、何年も女性のうなじを目のあたりにしていない。それがどれほど官能を刺激するか忘れていた。もう少しでエリザベスの首の柔らかい肌に口づけをし、不滅の霊魂を失っていたところだった。

　不滅の霊魂。それこそが何よりも失ってはならないものなのだ。ぼくはすでにそれを失いそうなところにいる。一生を悔悛と禁欲のうちに過ごさなければ、事態はよくならないというのに。悔悛と禁欲を守れば、地獄に代わって天国に行けるようにはならないまでも、残りの日々を心安らかに暮らせるだろう。あとひとつでも罪を犯してしまったら、自責の念に耐えられなくなる。

　しかし、手先が器用なので結び目は望んでもいないほど早くほどけた。エリザベスは離れていき、今はもう手が届かない。結局、無分別な行動に出る機会はなかった。

　今度彼女が出てくるときは、少なくとも頭から足の爪先までくすんだ茶色の布に包まれているだろう。もう燃え立つような髪や、無礼なことを言う口、反抗的な目に心を惹かれないようにしよう。美しい長い脚にも。彼女の脚を見ているとつい想像してしまう。あの脚がぼくの腰に巻きついて……。

　ピーターはひそかに自分を罵った。体から欲求がわいてくるのを罰することはできない。暗黒の王子の体の中に後悔の心があるとは、彼女は思ってもいないだろう。彼女に迫りたいのをこらえ、何もせずにいるほうが大きな罰に相当する。自分に鞭をあてたり、髪を切ったりするよりはるかにつらい。キスを待っているエリザベスの唇を見ながら何もできないとは、まさに拷問ではないか。

もちろん、何もしなかったわけではなく、すでにある程度の行為にはおよんだ。だが、彼女の味を知ったことは、事態を悪くしただけだった。七年間の禁欲生活は決してやさしいものではなかったが、宮廷にいるあいだはイングランド最高の美人たちに囲まれてもなんとか超然としていられた。それなのに、なぜ長い脚と炎のような髪を持つ口の悪い娘が、にわかに誓いをおびやかすのだろう？　ほかのどんな女性にも、こんな思いをさせられたことはないというのに。

巡礼の旅が混乱状態に陥った以上、彼女にはいつ真実を話してもかまわない。ぼくはウィリアム公に化け、誰かに狙われた際には身代わりになって彼を守るはずだった。ウィリアム公が生きているかどうかはまったくわからない。だが、きっと生きているだろう。悪はそう簡単には滅びない。ウィリアム公がどんなに残虐な人物かはよく知っている。彼の中には怪物が住んでおり、それが容易にはくたばらないのだ。

エイドリアンはウィリアム公のそばにいて、まだ彼を見張っているのだろうか？　そうでなければ、彼もほかの修道士たちと同様に殺されたのか？　ジョアンナはどうしただろう？　ぼくもあそこにとどまり、最後まで戦うべきだった。

しかし、戦いのさなかにウィリアム公のほうを見ると、エリザベスの姿が目にとまった。

あのとき、あらゆるものが消えてなくなり、彼女を救うことしか考えられなくなったのだ。走っていく彼女を、男が三人追っていた。こうなったら選択の余地はない。新たに三人の命を奪うのは良心がとがめる。彼らの血はぼくの魂をけがすだろう。だが、彼らが金で雇われた殺戮者なら、破壊にすべてをかけているなら、殺してもかまわない。また、けがれなき者の命を救うためなら、彼らを殺してもかまわない。ぼくが奪った命のひとつひとつは、ぼくの罪の一部なのだ。

いや、エリザベスに言ってはならない。ぼくは身分の低い修道士にすぎないということを。彼女はウィリアム公を憎んでいる。そのおかげで、ぼくは彼女に手を出さずにいられるのだ。それ以外にぼくを罪から守ってくれるものはほとんどない。それに、ウィリアム公になりすましていれば彼女に失礼なことを言ったり、彼女をおだて、からかい、怒らせたりしても許される。一介の修道士にこうしたことは何ひとつ許されない。

聖堂まで行くあいだに誰かに会った場合、エリザベスはなるべく事情を知らないほうがいい。彼女を無事に修道院長の手に引き渡し、それからウィリアム公を捜しに行こう。運がよければ、森の中で惨殺された殿下が見つかるかもしれない。あるいは、ハーコート城の外の木につるされている殿下が。ぼくは使命を果たせなかったことになるが、あのような人でなしがいなくなれば、この世はもっと安全になる。国王の怒りと報復には冷静に立ち向かおう。エリザベスが修道院の壁の中で安全に生きている限りは。

　とはいえ、彼女に修道女としての生活はふさわしくないと言ったのは、実のところ本気だった。なんでも言いたいことを言う彼女にとって、絶対服従は難しいだろう。だが、修道院の生活は、規則に従うことを根本とする。彼女は結婚し、大勢の子供の母となるべきだ。子供たちは彼女を振りまわすだろう。彼女が今ぼくを振りまわしているように。彼女には強い夫が必要だ。トマス・オブ・ウェイクブライトのような弱虫はいけない。かといって、いばりちらす夫も失格だ。実を言うと、彼女にぴったりの男性を思いつかない。半分は彼女を恐れ、あとの半分は彼女に激怒するだろう。

　彼女の面倒を見る立場にいなくて幸いだった。どんな形にせよ束縛されたら、彼女はきっと我慢できない。けれど、修道院でならあのすぐれた頭脳を生かすことができる。

　藪のほうから物音が聞こえたので、ピーターはとっさにウィリアム公らしい横柄な表情を作った。藪から出てきたエリザベスは、目の粗い茶色の服をつけている。ある意味で期待ははずれた。何枚も重なっている布は女性的な体の線をうまく隠しているが、彼女らしい若々しく活発な魅力を隠しきれてはいなかった。

　エリザベスはかかえてきたぬれた緑色のドレスを丸めて地面に置いた。だが、ドレスの中に薄い布が見えない。「シュミーズはどうした？」

「まだ着ています」エリザベスは言った。「わたしが修道服の下に何も着ないで出歩くとお思いになったのだとしたら、とんでもない思い違いですわ」

「そう思ってもいいだろう。わたしは下に何も着ていないのだから」

ピーターの予想どおり、エリザベスは顔を赤らめた。修道服の下にある自分の裸体を想像して赤くなったことを思うと、彼は愉快になった。

彼としては、エリザベスが目の粗いウールの下に何を着ていても関係なかった。ゆるやかなシュミーズを着ていようと何も着ていなかろうと、どのみち体はさきほどからずっと目覚めている。これもまた、ぼくが当然受けるべき苦しみなのだ。

「ぬれたものは脱がないと風邪をひく」彼は胸の中の思いをいっさい表さずに言った。

「シュミーズはすぐ乾きますから大丈夫です。それに、修道服はごわごわしていて素肌には着られません。髪と同じように悩みの種なのですが、わたしの皮膚はすぐに赤くなってしまうのです」エリザベスは顔を上げた。「どうなさったのですか?」

「咳(せき)が出そうになったのだ」思わず喉の奥で音をたててしまったのだが、ピーターはごまかした。エリザベスの白い肌が赤くなっているところを想像すると心が乱れる。「できるだけ遠くへ行かなくてはならない。ずいぶん余計な時間を使ってしまった。フードをかぶりなさい。急ごう」

「何か口に入れさせてくださるはずでしたけど」

今度は人に聞こえるほどの声をたてずにすんだ。「まずここを離れなくてはならない。空腹で動けないというのなら話は別だが……」

「動けます」エリザベスはきっぱりと言って肩をいからせ、フードを深くかぶって顔を隠した。「どのように見えますか？」彼女は歩きだした。「知らない人が見たら、修道士だと思うでしょうか」

「思うとも。どう見ても修道士だ。歩き方は女性らしいが、それも別におかしくない。若い修道士の中には、蝶（ちょう）のように軽い足取りで歩きまわる者がいるからな」

エリザベスは彼を見あげたが、急に顔を上げたのでフードが後ろへすべり落ちた。彼は近づいて厚手のウールのフードを直してやり、再び彼女の顔を隠した。彼女を追い求める自分の目から隠したかったのだ。

「心配することはない、エリザベス。わたしについてきなさい。ただし、言葉に気をつけなくてはいけない。わたしたちは巡礼に出ている托鉢修道士だ。話をするのは年長者ということになっている。つまり、わたしのほうが話をするのだ。それを忘れずにいられるか？」

「もちろんです」エリザベスはむっとして答えた。

「まだある。おとなしくして、わたしの言うとおりにしていられるか？」

「大丈夫です。わたしは女ですから、ずっとそのようにしてきました」

「父上の城を離れてからは、そうではないように見えるぞ。だが、心配はいらない。無礼なことをしたら命がなくなると思えば、行儀よくもしていられるだろう。そうすればきっとうまくいく」

「わかりました、殿下」

「殿下ではない。修道士だ。それから、もっと低い声で話しなさい」

「はい、ウィリアム修道士」エリザベスは大げさに低音を響かせた。「なんでもおっしゃるとおりにします、ウィリアム修道士。どうぞなんなりと命じてください、ウィリアム修道士」

「それならそうしよう」彼はエリザベスの前に出ると、曲がりくねった道を歩きだした。彼女がついてくるかどうかは見ようともしなかった。

13

　ジョアンナはぬくもりと輝きを、至福の陽光を夢に見ていた。目を覚ますと傾きかけた太陽の光が壊れた戸口から小屋の中に差しこみ、隣にいる男性の体は高熱にほてっている。

　彼女はうろたえ、急いでベッドから下りた。どうしてこんなことをしてしまったのだろう？　若い修道士がけがをして死にかけているのに、眠りこんでしまうなんて！　彼の顔は青ざめ、額には黒っぽい髪がカールして落ちかかり、服は血でぬれている。

　ジョアンナは狭い小屋を見まわした。水を入れられるものはないだろうか？　彼の傷を洗い、何か食べ物を与えなくてはいけない。ついでに、わたしも少し食べられればありがたい。

　割れた陶磁器の中からボウルを見つけだし、彼女は戸口に向かった。外に出る前に振り返ると、エイドリアン修道士はじっと横たわり、すでに死んでいるように見えた。

　現実的に判断すれば、彼を置いてひとりで立ち去るべきだろう。ウェイクブライト城に戻り、オーエンのベッドでひどい扱いに耐えてもいいし、遠くへ行ってもう少し穏やかで淡白な男性を探してもいい。自力でセント・アン聖堂まで行くことだってできる。たとえ修道女となることができなくても、聖堂の人々は巡礼者を追い返しはしない。とりわけ自分の宝石で必要経費を払える人なら歓迎するだろう。手に入れた方法を考えれば、けがれた宝石ではあるけれど。

エイドリアンはかすかな声をあげた。うめき声に近い声だったが、ジョアンナの耳には行かないでくれと言っているように聞こえた。彼を置いていくことはできない。彼が助かるための手立てを講じるまでは。

小屋の近くを流れる川は澄んでいて流れが速い。ジョアンナはボウルに水をくみ、特に丁寧に手を洗った。エイドリアンの傷に菌が入ったら、手当てをしてもよくならない。小屋に戻り、頭を下げて中に入ったところ、彼はさきほどの姿勢のまま動いていなかった。目を閉じているので、長いまつげが青白い頬に触れている。

男性の服を脱がせるのは慣れているが、修道士の服を脱がせたことはない。目の粗い修道服は凝固した血でさらに固くなっており、彼の傷を刺激する。ジョアンナが服をそっと引っ張ると、彼はまたうめき声をあげた。今度はさきほどより声が大きい。

「ごめんなさい。でもこのままにしておくと、あなたは傷が化膿して死んでしまうわ」彼女はささやき声で言い、布をはがそうと傷口に水をかけた。するとエイドリアンはまたうめき声をあげた。

方法はひとつしかない。ジョアンナは宝石をあしらった小さな短剣を腰からはずし、慎重に修道服を切り裂いて胸の部分を開いた。傷にくっついているところをはがすのは怖かったが、息をとめてその部分をはぎ取った。

エイドリアンはぱっと目を開け、叫び声をあげた。そして瞬く間にジョアンナの手首を恐ろしい力でつかみ、彼女の顔を見あげて起きあがろうとした。しかし、そこでばったりあお向けに倒れて手を離し、意識を失った。

傷は最悪の状態ではなかった。これ以上の重傷を負いながら生きながらえた人を何人か見たことがある。エイドリアンの傷は深く、すでに大量に出血したうえ、今また新たに出血している。

ジョアンナは丁寧に傷口を洗いながら、感染症の兆候はないか調べた。傷から広がる濃い赤色の筋は感染のしるしで、死に至る恐れがあることを意味する。ある程度は菌に冒されているのだろう。それは間違いない。そうでなければ、ちょっと触っただけでわかるほど熱があるはずはない。しかし、まだ助かる見込みはある。切り傷をきれいに洗い終わると、出血はいくらか治まった。あとは包帯を巻き、薬草の湿布をして、食べ物を与えればいい。

彼女はエイドリアンの乾いた唇を水でぬらし、自分のドレスを裂いて傷に巻いてから後ろへ下がった。

ここにいるより、暗くなる前にどこかへ行くほうがいい。それが唯一の分別ある行動だ。西へ向かい、最初に行きついた村でエイドリアンが小屋の中にいることを知らせよう。誰かがきっと助けに来てくれる。キリスト教徒としての義務を果たせば、わたしは無事に旅を続けられるだろう。

ドレスの装飾を取りはずし、宝石入りのベルトをはずして目の粗い細い布をウエストに巻いた。指輪もはずし、そのひとつをベッドに寝ているエイドリアンのかたわらに置く。彼を助けてくれた人へのお礼になるだろうと考え、宝石をあしらった短剣もそこに置いた。武器なしに外を歩くのはいやだが、高価な短剣を持っていると普通の女性ではないことをみなに告げていることになる。

布袋には銀貨も少し入っている。これ一枚でありふれた実用的な短剣とパンを買い、近くの村へ行くくらいはできるだろう。村の人には、彼には偶然出会ったと言おう。あとは神のご加護を祈るしかない。

ジョアンナは、エイドリアンの血の気のない顔にかかっている髪を後ろへとかしつけた。彼は動かない。苦痛のうちに深い眠りに落ちている。

「かわいそうに、かわいいあなた」ジョアンナはそっと言い、身をかがめて彼の唇に軽くやさしく口づけをした。

夢を見ていたのだろうか？　彼の唇が一瞬も離れまいとしてついてきた。体を起こすとかすかなため息が聞こえたが、それも想像の産物だろう。

「さようなら、かわいいあなた」ジョアンナはささやいた。「神様が守ってくださいますように」彼女はくるりとエイドリアンに背を向け、明るい午後の日差しの中へ進みでた。なんとかして居心地のいい、安全な生活に戻るために。


足が大きくてよかったわ。エリザベスはウィリアム公に遅れまいと必死で歩きながら思った。脚の長い彼は歩くのが速い。粗末な修道士のサンダルは、彼女の足に合わなくはない。上着のサイズがぴったり合ったのは初めてだ。もしわたしが多くの女性たちと同じような体格だったら、男性の衣服は長すぎて裾（すそ）を踏んでばかりいたに違いない。サンダルも小さな足からすぐに脱げてしまっただろう。そして、ウィリアム公が一歩足を踏みだすたびに、三歩は走らなくてはならない。でも、大柄に生まれたおかげで、一歩半でついていける。

そう。今は間違いなくありがたいことがいくつもある。悪魔の髪はフードにきちんと包まれ、まったく見えない。それに、不気味な森の中で大勢の恐ろしい盗賊につかまった場合、今ほど心強いことはないだろう。おそらく、これ以上強い同伴者はいないからだ。確かにウィリアム公は特別力があるようには見えず、これまで見た兵士のほとんどは彼より大きな体をしていた。でも実際は恐れ知らずで、とても強い。それがわかるのは、戦っている彼をしっかり見たからだ。

恐れ知らずなら、なぜ戦いを逃れてわたしを追ってきたのだろう？　そのとき、単純で、いかにもそれらしい答えが頭に浮かんだ。でも、そんな理由はあまりにもありふれていて、とても我が身に起こるとは思えない。そこまで思いがおよんだ瞬間、思わず声をあげていた。

ウィリアム公は立ちどまり、エリザベスを振り返った。彼もまたフードをかぶっているが、どう見ても修道士らしくない。「どうした？」

「なんでもありません」

「〝やめて〟とはっきり聞こえたぞ。〝心の中で純潔を守るための練習をしているのか？　わたしに迫られるかもしれないから？　そんなことは考えないほうがいい。わたしがきみのスカートの中に手を入れるかどうかは、今考えるべき問題ではない。我々にはもっと大事なことがある。たとえば、この先二、三日どうやって命を守ればいいかというようなことだ」

「ご冗談はおやめになってください」彼に追いつこうとしながらエリザベスは不機嫌に言った。「そんな心配は無用でしょう？　殿下がわたしにみだらな欲望を感じるはずはありませんもの」

よかったわ、彼は何も言わない。エリザベスはひそかに思った。

「それでは、ピンクの花びらのような唇からもれた言葉はなんだったのだ？　怖がっているように聞こえたが。きみはかわいいけれど何かとうるさいな」

殿下はいつものとおり、わざとわたしを怒らせようとしているのだわ。たぶん、それは罰を軽くするための方便なのだ。そもそも、非嫡男とはいえウィリアム公ともなれば、あまり罰を受けることはないだろう。教会か、国王である父の怒りを買ったとき以外は。息子が目にあまる行動をとると、国王の権力は危うくなりかねないのだ。

「なぜ戦いを放棄なさったのです？」

「どの戦いだ？　わたしは何度も戦から逃げだした」彼は無頓着に言った。

嘘だ。ということは、もうひとつも明らかに嘘ということになる。「盗賊が襲ってきたとき、どうして逃げだのですか？」

「死ぬのが怖かったからだ。いつもは騎士や兵士に守らせるが、盗賊はわたしに襲いかかった。それに、彼らのほうが頭数が多い。退却するのがいちばん賢明だったのだ」

「殿下は怖がってなどいらっしゃいませんでした。わたし、見ていたのです――戦を楽しんでいらしたではありませんか」

「わたしは殺人が好きだ。得意でもある」ウィリアム公の声には奇妙な、苦々しいとさえ言える響きがある。話していることは全部嘘だとしても、声の中にある苦々しさだけは本物だろう。

「殿下は怖いから逃げたのではありません」彼女はとがめるような口調で言った。「わたしを追いかけていらしたのです。わたしの命を救うために。そうでしょう?」

彼はエリザベスの肩に手を置き、冷淡で尊大な笑顔を見せた。「エリザベス、ふたつの行動は同時に成立しないのだよ。わたしはきみがほしくて震えているか、それともそんなことはないか、そのどちらかでしかない。きみはどちらがいい? きみが心を決めたら、わたしは喜んでそれに合わせよう」

「殿下はわたしの体を奪うために追っていらしたのではありません。わたしの命を救おうとしていらしたのです」エリザベスは頑固に言い張った。彼の手はまだ肩にのっている。

彼の笑みは嘲笑に近いものを含んでいて、普段ならエリザベスはぞっとしただろう。「見やぶられてしまったか。実を言えば、わたしは軽薄な喜びに興味がないのだ。単に田舎を歩きまわり、純真な娘を見つけては災難から守る。報酬はいらない。舌の中の毒があるところだけもらえば十分だ。やさしい生娘だろうとたちの悪い文句屋だろうと、わたしには同じこと。彼女たちの純潔を守れればそれでいいのだ」

「いくらばかにされても平気ですわ」エリザベスは言い返した。「殿下はわたしの命を救おうとして追ってこられたのです。絶対にそうです」

「なぜわたしがそんなことをしなければならない? わたしがなぜきみの命を救いたがるのだ?」彼はエリザベスの顎に手をかけて上を向かせた。そのためフードが後ろへずれ、彼女の肩にすべり落ちた。「わたしが欲望に駆られているのならジョアンナを救っただろう。そのほうがずっと賢い」

「きみにも言ったとおり、ジョアンナは亡くなったのですか？」

「それでは、なぜ彼女の遺体は見つからなかった。おそらく逃げたのだろう」

「強情な娘だな。わたしは誰かを追ってきたのではない。命拾いをしたくて逃げてきただけだ。そこにたまたまきみがいた」

　その言葉はよどみなかったが、嘘だということはすぐにわかった。エリザベスは反論しようと口を開きかけ、思い直してまた閉じた。ここは黙っていたほうがいい。今度ばかりは利口になれた。〝わたしのことが心配だからついてきたのでしょう〟などと言おうものなら、彼はそれが肉体的関心にすぎなかったことを示そうとするだろう。

「おなかが空きました」エリザベスは話題を変えた。

「わたしもだ。だが、食べるのは目的地に着いてからにしよう」

「セント・アン聖堂に着くまで食べないのですか？」エリザベスは悲鳴をあげた。「飢え死にしてしまうわ」

「きみならなんとか生きのびるだろうと思ったのだが」ウィリアム公は気の毒そうな顔もしない。「たいていの人は、二日や三日ちゃんとしたものを食べなくても生きていられる。

しかも、食べずに歩けるのだ。とはいえ、あと二、三時間歩いたら休むことにしよう。十分食べて、よく眠り、出発はそれからだ」

よく眠るというのは実現可能な気がする。ただし、ひとりで横にならなくてはいけない。

「眠っているあいだに盗賊が忍び寄ってきたらどうします？　森の中では物音が聞こえません。気がつく前に喉をかき切られてしまいます」

「誰かがきみの喉をかき切っても、きみは何も知らずに終わるのだからいいではないか。きみを殺す者がいるとしたらわたしくらいのものだろう。欲求不満が高じて殺人におよぶのだ。それに、わたしたちは森の中で寝るのではない」

エリザベスは続きを待った。しかし彼はそれ以上言おうとしなかった。「殿下はわたしの父に似ていますね。何も説明する必要はないと思っていらっしゃるのでしょう？　わたしはただ言われたとおりにしていればいい。質問はするなって」

「わたしはきみの父上よりずっと賢い。きみのことはよくわかっている。どうしようもないとき以外、誰がなんと言おうときみは言われたとおりにはしない。だが、今はわたしを信用してまかせていなさい。ほかに方法はないのだ」

エリザベスはいやだと言おうとして口を開いたが、すぐまた閉じてしまった。再度、問答をするのは、ウィリアム公にすれば面白いだろう。このうえ彼を喜ばせたくないし、もう彼と話をする気力がなくなってしまった。わたしは彼のそばにいるしかない——彼は聖堂へ行く道を知っているのだから。さらに、わたしをあそこへ送り届けるのが最大の関心事らしい。あと数日間は、問題を引き起こすような言葉を口にしないように気をつけよう。

「もう質問や文句はないか？　よし」彼はエリザベスが突然黙りこんだのをなんとも思っていないらしい。「それでは先へ進もう。暗くなる前になるべく歩いておきたい」

ウィリアム公は前を向いて歩きだした。彼女がついてくるかどうか、振り返って確かめようともしない。

彼がひとりで旅をしてくれるなら、十年早く死んでもいいとエリザベスは思った。でも、おそらくそれだけではすまないだろう。プライドに負けて判断を誤ったら、残りの生涯を全部犠牲にしてしまう。

ウィリアム公の言うとおりだ。ほかに方法はない。エリザベスはひそかに悪態をつきながら、小走りに彼のあとを追った。

ぼくは死ぬんだ。エイドリアンにはわかっていた。肩は火がついたように痛み、体は炎に包まれたように熱い。辺りは墨を流したように真っ暗だった。その中にひとりきり。このままひとりで死んでいくのだ。

どうやってここへたどりついたのかはわからない。いや、何が起こったのかさえもわからなかった。最後の記憶は、馬に乗った男たちが上から襲いかかってきたこと。さらに、互角の戦いが引き起こす騒乱と飛び散る血しぶき。ぼくは自分の義務を果たすべく、ウィリアム公を守ろうとした。そして当のウィリアム公に切りつけられたのだ。

夢の中でジョアンナに会ったのか、彼女の悲しげな笑みと冷たい手を覚えている。彼女がここへ連れてきてくれたのだろうか？　いや、そんなはずはない。ぼくを運ぶほどの力はないだろうし、ぼくを助けようなどという気もないだろう。

だが、誰かがこの暗く暑い場所へ運んでくれたのだ。自分で転げこんだのかもしれないが、このうえ動くのは不可能だ。力が尽きてしまっているし、熱で全身が焼けるように熱い。ここで死ぬのだ。ひとり暗がりの中で。悲しんでくれる人は誰もいない。孤独のうちに、罪の赦しも受けずに。ぼくのために泣いてくれる人もない。

エイドリアンは、彼を待ち受ける暖かく暗いところへ漂い始めた。体はしだいに深く沈んでいく。誰かがぼくの名前を呼び、泣いている――肌に水滴が落ちた。熱で蒸発するのではないか？　閉じたまぶたの向こうに光が見える。夜が明けて日が差しているのか、天国の黄金の光が手招きしているのか……あるいは、地獄の炎なのだろうか。

まぶたが重い。とても重くて目を開けられない。いや、開けよう。開けなくてはいけない。それはわかっているが、やはりだめだ。体を動かしたらどうか。しかし、それだけの力がない。そのとき、冷たい力強い手が触れた。エイドリアンの素肌に。

「動かないで」ささやき声がした。

薬草の刺激のあるにおいがする。わずかに苦いチーズの味……それから、花を思わせるにおい。女性がいるのだ。

地獄ではない。間違いなく、ここは天国だ。地獄にチーズはないし、花のような女性もいない。

いや、天国でもないだろう。もし天国なら、ぼくの魂が誘惑に遭うはずがない。肉体がその誘惑に応じられないというのに。やっとわずかながら目が開いた。まぶたのすきまから見えたのはジョアンナの顔だった。火の明かりに縁取られ、上からかがみこんでいる。顔が涙にぬれているのもわかった。

「ひとりで行ってくれ」エイドリアンは言った。けれど、聞こえたのははっきりしないうめき声にすぎなかった。

「しいっ」彼女は言ってエイドリアンの額をなでた。「黙って、いとしいあなた」

〝いとしいあなた〟だって？　エイドリアンは再び目を閉じた。彼の最終的な決断は、生きることになりそうだった。

14

司教にも警告されたではないか。ピーターは考えた。ぼくが犯している罪はいくつもあるが、その中のひとつは自尊心であり、女性の誘惑には負けないという絶対的な自信があった。事実、女性の誘いに乗ったことはない。ただ、炎の色の髪を持つ怒りっぽい女性戦士の魅力に免疫がなかったというだけだ。

彼はわずかに歩みをゆるめた。ぼくはエリザベスを好きになりかけている。だが、彼女には気づかれたくない。彼女がそれに気づいたら、その次には暗黒の王子にも心がある、少なくとも人間らしい弱いところがあると思うようになるだろう。

彼女に事実を話すことさえできれば、ことはどれほど簡単になるだろう。ぼくは世間や女性との交渉を絶った貧しい修道士でしかない。きみがかばっていたやさしい顔のマシュー修道士こそが本当は地獄から来た悪魔なのであり、ぼくは彼の護衛を命じられただけなのだと彼女に打ち明けてしまいたい。

しかし、ぼくは決して従順ではなかった。それもまたぼくの欠点だ。長いあいだひとりでいたため、修道会の規則に従うのは実につらい。だが、イングランド一厳しい懲罰を科す修道会を選んだ理由はまさにそこにあった。

そう、この務めはやさしくない。実際、自分にふさわしい罰の一形態と考え、エリザベス・オブ・ブリーダンの存在を客観的に見守るべきなのだ。それにしても、神はどうして彼女のような魅力的で抗しがたい責め苦を考えだしたのだろう。

悪魔の仕業かもしれないが。

「倒れてしまいそうだわ」エリザベスが言った。

「それなら、わたしが抱きかかえていこうか？」ピーターの思惑どおり、彼女は黙りこんだ。エリザベスに手を触れるのは、彼女を置き去りにするよりも危険だ。彼女は少しでもそれに気づいているだろうか？

エリザベスほど純真で、だまされても気づかない人はいない。それでいて実に賢い。彼女の知識は広範囲におよぶ。ぼくが知る修道士のほとんどは、彼女ほど幅広い知識を持っていない。図書室を管理しているマイケル修道士と肩を並べるくらいだ。それにもかかわらず、知っていて当然の現実的なことを知らない。

どのように子供が生まれてくるかは知っているし、難産についての知識さえある。どのようにして子供ができるかも知っているだろう。たとえ男性と肌を接したことがなくても。しかし、人間の本質や情熱に関する彼女の知識は、経験によって得たものではない。

彼女は男性ばかりの家庭で育った。聞くところによれば、継母が複数いたがそれぞれ急死し、何かを教えてもらう時間はなかったらしい。だが、エリザベスの性格からしても、継母に教えてもらいたくなかったのではあるまいか。彼女は知らないがゆえに問題にぶつからず、心地よく生きてきた。その安全な世界を揺るがせたくはないだろう。

エリザベスはジョアンナのような美人ではなく、マージョリー・オブ・ウェイクブライトのような童顔のかわいらしいタイプでもない。また、宮廷にいる雅(みやび)やかな娼婦(しょうふ)でも、田舎の気立てのいい生娘でもない。

彼女は背が高すぎるし、やせすぎていて髪は悪魔の色だ。鼻にはそばかすがたくさんある。ここ二日間、そのそばかすひとつひとつにキスしたくてたまらなかった。すらりとした子馬のような体にもそばかすがあるのかどうか知りたいし、あったらそれにもキスしたい。

確かに、彼女は一般の基準に照らせば美人ではない。その点は彼女の言うとおりだろう。しかし、彼女の夫となるにふさわしい男にとっては、このうえなく美しい。

いや、ふさわしくない男にもだ。ピーターは胸の内できっぱり言って足を速めた。エリザベスはこれまでふさわしい人に出会わなかった。そして修道院という安全な世界に入ったら、ますますふさわしい人に出会う見込みはなくなる。彼女は抑圧した情熱を修練と労働に費やし、けがれなき修道女として生涯を閉じる。きっとまっすぐに天国へ召され、途中で罰を受けることはないだろう。

ぼくのほうは地獄へ落ちる。どんな犠牲を捧げても罪をあがないきれない以上は仕方がない。エリザベス・オブ・ブリーダンを見るたびに心の中で罪を犯すのだから、いくらあがなっても足りないに決まっている。

ピーターはちらりとエリザベスを振り返った。見る価値のあるものはあまりない。深くかぶったフードが彼女の顔を隠し、修道服がすっぽり体を包んでいる。その姿で彼女はサンダルに悪戦苦闘しながら歩いており、ときおり長い裾に足を取られてつまずく。

ピーターは立ちどまって後ろを向いた。しかし、エリザベスはフードをかぶっているので前が見えず、そのまま彼に向かって突進して勢いよくぶつかった。彼女の体のぬくもりが、一気にピーターの体へ流れこむ。本能的に体が反応しかけ、彼は懸命に自分を抑えた。

「その服は長すぎる」彼が言うと同時にエリザベスは急いで後ろへ下がった。

「わたしは大女ですが、巨人ではありません」彼女は答えた。

「それに、そんなふうにフードをかぶったら前が見えないだろう」

「顔が隠れて都合がいいと思ったのです」

「もちろん、顔を見られないほうがいい。女性だとわかっては困るからね。しかし、きみが周囲を見てはいけないという意味ではない。いいかい、こうして……」ピーターが一歩足を踏みだすと、彼女はじりじりと後ずさりした。

いずれにせよ、彼女を修道士と見なくてはいけない。

「人を怒らせるものではないぞ、修道士」彼女をこう呼べば、いくらか頭が冷えるだろう。

「殿下はすぐに怒るのですね」

「結構です」エリザベスは言った。

「そんなことはない」彼はもう一歩進みでて、身を引きかけたエリザベスの肩をつかんだ。「じっとしているんだ」

　エリザベスはいつになく従順なところを見せ、身を硬くしてたたずんだ。「腰紐(こしひも)の上にあまっているぶんをたくしあげれば、この服は短くなる」彼はエリザベスの修道服をつまみ、どのようにするのか示し始めた。

　ピーターの手はエリザベスの胸に触れそうになっている。彼には十分わかっていた。エリザベスにもわかっているだろう。彼はゆるやかにたたんだ布に神経を集中し、裾がちょうどいい長さになるよう調節した。後ろへ下がって出来栄えを見たいところだが、その勇気がない。一度離れてしまったら、彼女はぼくを寄せつけまいとするだろう。「これでいい」ピーターは言った。「小柄な修道士たちはこうして裾を上げているのだ」

「〝小柄な修道士〟のひとりになるとは、思ってもみなかったわ」エリザベスはぼそぼそとつぶやいた。

「きみは女性にしては背が高い。だが、男性できみより大きい人は大勢いる」

「殿下のように？」

「そう。わたしのように」ピーターはフードに手をのばした。危険だということはわかっている。彼女に近づきすぎているし、フードを脱がせるにつれて目や唇が徐々に現れ、妙に親密な気分になってくる。エリザベスは頼りなさそうな悲しい表情を浮かべてこちらを見あげているが、キスをしたらそんな顔をしなくなるだろう。しかし、すでにキスしたことがあるというのに、彼女がどう反応するかわからない。ぶったり、すねを蹴（け）ったり、金切り声をあげたりするのではないだろうか？

あるいは、キスを返すかもしれない。

おそらく、そうした行動すべてにおよぶだろう。だが、最終的には唇と唇を、肌と肌を触れ合わせ、甘く恐ろしい罪を犯してふたりともども、とがめを受ける。

不意にエリザベスの瞳の色が濃くなった。理由はわかっている。彼女がなぜ唇をかんだか、なぜ急に苦しそうな呼吸をしだしたか、その理由がわかっているのと同じように。ふたりのあいだに言葉はなく、深い静寂が広がっていく。ピーターは頭を下げ、彼女の唇に唇を重ねた。森はすでに薄闇（うすやみ）に沈んでいる。そのとき、むくどりの鳴き声が静寂をやぶった。

まるで熱いものに触ったかのようにピーターは後ろへ飛びのいた。実際、あのまま本能に負けていたら、地獄の炎が待っていただろう。エリザベスは頭の後ろに手をのばし、フードを再び目深にかぶった。

「きみの好きなようにしなさい、エリザベス修道士」彼は言った。「ただ、まわりに注意して、わたしに衝突しないようにしてくれ。そのほうがどちらのためにもいいのだ」

エリザベスはその理由を尋ねなかった。それが賢い振る舞いというものだ。尋ねようものなら、彼は身をもって答えたくなっただろう。

まったく腹が立つ。ピーターは思った。そもそもこれは、救いようのない人でなしの魂を清めるための巡礼の旅ではないか。それがいつのまにか、ぼく自身の巡礼の旅になりつつある。エリザベスのそばにいながら、誘惑との苦しい闘いに勝って手も触れずにいられたら、出発したときと同じ無垢な乙女のまま彼女を修道院に送り届けられたら、罪にけがれたぼくでも救われるかもしれない。今経験している誘惑に抗いとおすのは、間違いなく聖人の徳に匹敵する。抗いきれたら、天国に迎え入れられるのも夢ではない。

エリザベスのおなかが鳴っている。ぼくは断食に慣れているからいいが、彼女はそうはいかない。せめてパンを渡し、歩きながら食べてもらおうか。しかし、そういう親切な行為はさらなる親切につながる。やはりやめておいたほうが無難だ。

そろそろセント・バーソロミュー修道院が見えてくるはずだ。あそこに入れば安全に一夜を過ごせる。修道士たちに囲まれていれば、心の迷いも消えるだろう。明日は気持ちも新たにエリザベスと出発する。ふたりとも元気になっているに違いない。ぼくは修道士としての信心が高まったゆえに、彼女は十分睡眠をとったゆえに。

それに加えて、セント・アン聖堂に着くまでの日が一日減ることになる。

修道院長にぼくの身元を明かそうと思えば、明かすことはできる。もっと大事なのは、エリザベスの身分を明かすことだろう。ウィリアム公がどうなったかも知りたい。早くエリザベスを安全なところへ送りこめば、それだけ早く彼を捜しに行ける。

だが、秘密厳守の誓いは聖職者に対しても適応される。セント・バーソロミューの修道士たちは、融通のきかない集団として名高い。彼らは女性の旅人が同じ屋根の下に泊まるのを許さず、男性の旅人でもたいていは拒む。彼女について事実を述べたら、ふたりとも追い返されるだろう。

やはり当初の計画どおりに事を進めるしかない。みなを欺きとおしたまま、明日はまた旅を続けるのだ。修道士たちは、丸天井の下で一夜を過ごしたのが誰だったか知る由もない。

晩祷(ばんとう)の鐘の音が夜気を縫って流れてくる。ピーターはもう一度足をとめた。今度はエリザベスも気をつけていたらしく、ぶつからないうちに立ちどまった。

「もう着いたようなものだ」

「どこにでです？」

「セント・バーソロミュー修道院に。気をつけるのだぞ。今夜だけはわたしと言い合いをするな。我々は巡礼の旅をしている修道士で、行き先はセント・アン聖堂だ」

「どうしてほかのところへ行くことにしないのですか？」エリザベスは口をはさんだ。

「この道を通るとすれば、セント・アン聖堂へ行くのが自然だからだ。事実を言っても不都合がないなら、明らかに嘘はつかないほうがいい。口答えをするのではないぞ。わたしたちは巡礼中の托鉢修道士だ。きみは未熟者で、無言の誓いを立てている。目上の人への服従の誓いも」

「でも……」

「無言の誓いを立てたつもりになるのだ。その稽古を今すぐに始めたほうがいい。きみはトマス修道士といって――」

「いや！　その名前だけはいやです」

「逆らうな。叱るのが好きな人はいない。わたしはピーター修道士だ」自分の聖職者名を使うのは間違いかもしれない。ぼくのことを知っている人に出会う可能性は常にある。しかし、この機会にもとの自分に戻りたい。少なくとも、誰かに名前を呼ばれてうっかり返事をしてもおかしくはないようにしておきたかった。

「まあ、おかしいこと！　これほど〝ピーター修道士〟らしくない人には会ったことがありません。殿下が修道士だと聞いても信じないでしょう。見かけも口のきき方も、立ち居振る舞いもまるで修道士らしくありませんもの」

彼女の言葉はピーターの神経を逆なでした。「その判断は修道院長にまかせようではないか。それまでフードを下ろして声をひそめていなさい。そうすれば、きみが無言の行と同時に断食もしているのがわかるだろう。わたしが人に言う必要はない」

「言うつもりもないくせに」

「言わせてみるか？」

「あなたなんて大嫌い」

よし、いいぞ。ピーターは愉快な気分になった。「急ごう。きみは後輩の修道士だ。そんなふうに腰を振るのはやめたほうがいい。女性的な修道士は珍しくないが、きみの振り方は少しゆきすぎだ」

「わたしは女性的ではありません！」

ピーターは思わず笑いそうになり、表情を隠した。エリザベスは本当にそう思っている。だが、彼女が間違っていることを知らせるわけにはいかない。

「黙るのだ！」ピーターは精いっぱいウィリアム公らしく言い、古い修道院目指して大股に歩きだした。放っておいても、エリザベスはきっと後ろからついてくる。

賢明で親切で気がきくことをしたければ、彼女にいい相手を見つけてやるのがいちばんいいだろう。エリザベスが修道院に入るのを黙って見ていてはいけない。修道院にこもる人生が不幸だからではなく、どう考えても彼女に合っていないからだ。それに、彼女は自分がどれほど大事なものを捨て去ろうとしているか気づいていない。だから、いとも簡単に犠牲を払ってしまう。いや、簡単に払いすぎる。

エリザベスには強い男性が必要だ。毒のある舌に対抗するには、彼女の強く美しい体がなんのためにあるのか教えられる男性でなくてはならない。愛と子供と、そのほかの彼女にふさわしいすべてのものを与えられる男性が必要なのだ。

彼女にそういう男性を見つけてあげるのは、どんなこらしめに遭うよりつらい。獣の毛で織った衣を着て苦行するよりもはるかに苦しいことだろう。

それでもいい相手を見つけてあげよう。セント・アン聖堂での最初の一年、彼女は手仕事をする助修女であるにすぎない。これはと思う男性が見つかったら、セント・アンへ送りこめばいい。あとはなりゆきにまかせるのだ。

そしてぼくは残りの人生を苦悩のうちに生き、苦悩のうちに死んでいく。ぼくがその男性であればよかったと思いながら。

男子修道院はなんらかの手段でわたしを守ってくれるだろう。そうエリザベスは考えていた。修道院は聖域であり、そこに入れば暗黒の王子とふたりだけになることもなく、危険な目に遭う恐れもない。だが、それから一時間もたたないうちに、本気で窓から逃げだすことを考えていた。鎧戸（よろいど）が開いている窓によじのぼり、外へ出ればいい。

セント・バーソロミューの修道士たちは不愉快な人間ばかりだった。風呂を好まず、清潔は信心に次いで大切だということを教えられていないようだ。家具も装飾品もほとんど置いていないのに、どうしてこう汚いのだろう？　エリザベスにはまったく理解できなかった。

食卓についたときは、修道士らしからぬピーター修道士の隣だった。出されたのは干からびたパンとすっぱいワイン。修道院長が座っている最上席からは焼いた肉のにおいが漂ってくるが、肉は修道会の会員用であって旅人に食べさせるものではないらしい。

この修道会は無言の行を主眼としてはいないが、それすらもありがたくなかった。耳障りな声でしゃべる老修道院長を黙らせてくれる人がいたら、どれほどほっとしただろう。栄養たっぷりな夕食は彼にますます活力を与える。料理を食べるあいだも、ワインを飲むあいだも、彼は話し続けた。きっと眠っているあいだもしゃべっているのだろう。幸いエリザベスがそれを確かめる必要はない。

修道士たちはふたりを迎え入れたものの、明らかに気が進まないようだった。フードをすっぽりかぶっていたエリザベスには、彼らの表情がわからない。本当は女性ではないかと疑われてはいないだろうか？　ウィリアム公は驚くほど見事に修道士になりすましていた。彼らはウィリアム公の言葉を額面どおりに受け取ったらしい。

「ピーター修道士！」修道院長の声がテーブルの向こう側から響き渡った。

「それとも、修道院長様」

それともだらしないか、どちらだ？」

「修道士は純潔の誓いを立てております。よその修道士と同じです」ウィリアム公はいつものなめらかな声で答えた。

「わたしは不道徳な密通以前の話をしているのだ」修道院長が言った。「女性の存在そのものが、悪の種を生むのではないか」

悪の種を生むですって？　エリザベスは思った。今のところ、自分が悪のような気はしない。今のところ、邪悪なのはフィリオン修道院長のほうだと思う。

「クローヴァン修道院では、女性にはそれなりの使い道があると考えております」ウィリアム公はよどみなく言った。「洗濯や床磨きが上手ですし、料理を作るのは男性のほうが上手でも、台所仕事に慣れているのは女性です。神が作りたもうた中でいちばん劣る生き物でさえ、何か役立つものを持っていると思います」

「そういうものはないほうがいいのだ。女性の魔力に汚染されると、地獄に落ちてしまう。そんな危険を冒すより、少しくらい服や台所が汚れていても、神の善なる塵(ちり)を我慢したほうがいいではないか」

エリザベスが喉に何かつまったような声をたてたので、ウィリアム公はテーブルの下でいと思われる。わたしは、修道院長様。アーメン」彼は信心深いところを示した。「この話題を持ちだされたのには、何かわけがあるのでしょうか？　と言いますのは、今ここには明らかに女性がいませんし、ずっと前からいなかったと思われるからです」

「以前に女性がこの神聖な広間をけがしたのは、十年以上前のことだ。彼女はただの娼婦で、悪魔の落とし子を産むところだった。我々は彼女を雪の中に放りだしたのだ」

まずいワインを口に入れたエリザベスはまたも喉をつまらせ、フードの陰からテーブルの上席にいる主人役の男性をちらりと盗み見た。彼は醜い小男で目つきが卑しく、薄い唇は非情に見える。着ているものはまわりの修道士たちより上等だが、染みがついているところを見るとご馳走をこぼすのだろう。太鼓腹は大食漢であることを証明している。

「冬の空気にさらされて、その女性は自分の罪を悔いただろうと思います」ウィリアム公はよどみなく述べた。

「女性は死んだ。彼女と腹にいた子供を埋めるのは大変だったよ。地面が固く凍っていたのでな。女性も多少は役に立つかもしれないと思っていたとしても、あの件でやはりだめだと思い直しただろう。子供が生まれるまでここに置いてくれと言ったのだから、あの女も図々しいものだ。男ばかりのところへ来て、出産という恥ずべき務めに手を貸せとはあきれるではないか」

「しかし、その恥ずべき務めのおかげで我々はここにいるのですよ」ウィリアム公はすかさず言った。そうよ。いいことを言うわ。エリザベスは思った。この二日間、今ほど彼に同調したことはない。

「きみはそうとうな愚か者だな、ピーター修道士」修道院長は抑揚をつけて言った。「その発言は姦淫（かんいん）も賛美することになるのではないか？　それがなかったら、我々はここにいないのだから」

「ああ、姦淫ですか」隣にいる彼は、テーブルの下でエリザベスの脚に自分の脚をすり寄せた。エリザベスは飛びあがったが、行くところがない。逃げるなら、反対隣の不快な修道士の膝の上にでも座るしかなかっただろう。「確かにおぞましいものです」彼は続け、エリザベスの服の下から足をすべりこませた。彼もサンダルをはいているので、素肌と素肌が触れ合う。エリザベスは震える手で杯を置き、その手を膝の上で組み合わせてウィリアム公の脚を蹴飛ばそうとした。「我々の母親でさえ、その罪をまぬがれられないわけですね」

「しかし、聖母は違う！」

「もちろん違います。わたしたちもキリストではありません。いくらなりたいと願っても、キリストにはなれないのです」

部屋の中はしんとした。なんの物音もしない。エリザベスは不安に駆られた。これではウィリアム公の脚とわたしの脚がこすれる音までみなに聞こえるのではないだろうか。

「きみの修道会は大変だらけておる」長い沈黙のあとで修道院長はいかめしく言った。「ここの修道会の者は、放縦な生活に我慢できない」

エリザベスは息をとめた。彼はなんと答えるだろう？「まったくです、修道院長様。そのような我慢がどれほど危険か、よくわかっております。戒律の厳しい修道会をお訪ねできたのは、大いに喜ばしいことです。ここの完璧な修道士たちから、多くを学べるものと期待しております」

ウィリアム公は明らかに皮肉を言っている。無知ゆえに尊大な男にも、それははっきりわかったはずだ。だが、修道院長はうなずいただけだった。

「きみの修道会の若い修道士をしっかり教育するがいい。たびたび体罰を与えて、謙遜と服従を教えこむのだ」

「ああ、それでしたらご心配にはおよびません。わたしはもとよりそうするつもりでおります。トマス修道士も絶対服従を希望しているのです」

「よかったら、今夜彼をわたしのところへよこしなさい。わたしは大勢の男たちの利己主義を叩きつぶしてやった。彼より大きな男たちだ。裸にして、二、三回鞭をあてればいい。それで心を入れ替えられる」修道院長は薄い唇をなめた。目の前にある雉のローストより、鞭打ちに興味を抱いているのははた目にも明らかだ。

「わたしに課せられた仕事を押しつけるわけにはいきません」ウィリアム公はよどみなく答えた。「彼をどう育てるかはわたしの責任です。ひどく不愉快な仕事だとしても、わたしが服従を教えなくてはなりません」

修道院長はうなずいた。明らかに失望した様子で、それを隠そうともしていない。「では、神のご加護を祈ろう、ピーター修道士。さあ、我々と一緒に就寝の祈りを捧げなさい。そうしたら、アドルファス修道士が部屋へ案内する。当然ながら、ふたりでひと部屋を使ってもらう。ベッドは大きくないが我慢してくれ」

反射的にエリザベスの口から出かけた叫びを、ウィリアム公の咳払い(せきばら)が消し去った。「どんなに粗末な部屋だろうと、わたしたちには十分なお恵みです、修道院長様」彼は相変わらずよどみなく言いながらテーブルの下に手をすべらせて、ゆっくりとエリザベスの腿をなでた。

15

青年の容態は悪くなる一方だったが、ジョアンナにできることはなさそうだった。いや、彼は青年ではない。その体を見ているうちによくわかってきた。彼は立派な大人の男性だ。これまで男性の体に戸惑ったことはなかった。驚くほど単純で、誰だろうと、いつであろうと、同じ反応を示す。少なくとも女性に対してはそうなので、ジョアンナは自らの知識を有効に活用してきた。

しかし、エイドリアンの場合は違った。熱にほてる体を冷たい水で洗い、乾いた唇に水を含ませ、なだめすかして食べ物を少しずつ喉に流しこんだ。いつもは冷静な頭が本当に狂ってしまったのではないかと、絶えずいぶかりながら。

彼を置いていくつもりだった。確実にひとりで立ち去るつもりだった。最初に行きついた村から誰かをエイドリアンのもとへ送り、手当てをしてもらえばいい。そう自分に言い聞かせていた。そのころまでに彼は息を引き取ってしまうかもしれない。あるいは生きているかもしれないが――すべては神の御心(みこころ)であり、わたしの意思ではどうにもならないのだ、と。

だが、思いがけないことにすぐ小さな村にたどりつき、村人たちも思った以上に好意的だった。宝飾品をはずしたジョアンナは、村人よりわずかに裕福に見える程度だ。彼らはジョアンナの話を簡単に信じた。話というのは、単なる作り話だ。自分は下女で、一緒に旅をしていた人々とはぐれてしまったと言ったのだ。そして、オーエンがくれた金の指輪と引き替えに、パンとワインとチーズをもらった。あの指輪を贈られたのは、初めて口でオーエンを歓喜の世界に遊ばせたとき。あのあとは二日ばかり胸がむかついたし、今でもその指輪を見ると気分が悪くなる。そうして彼を喜ばせるたび、宝石をひとつもらうようになった。暴力よりは贈り物のほうがいいじゃない、といつも自分に言い聞かせたものだ。それが自分に何をもたらすかわかっていながら。

村を出たときはそのまま海がある西のほうへ向かい、大きな町まで行くつもりだった。けれど森の中で方向を誤り、気がつくとみすぼらしい小屋の前に戻っていて、小走りに中へ入ろうとしていた。彼が息絶えていたらどうしよう、と恐怖におののきながら。

エイドリアンは熱に浮かされ、意識が混濁していた。この様子では、朝までもたないだろう。ここにいても時間のむだだ。とても彼を救うことなどできない。もとより穏やかではない人生が、ますます苦しくなるだけだろう。ジョアンナはそう思いながら、腕まくりをして看護にかかった。

ひと晩中、彼から目を離すことはできなかった。彼は燃えるように熱くなったかと思うと、寒さで激しく震えだす。ジョアンナは薬草で傷に湿布をし、彼が震えだすと自分の外衣でしっかりくるんだ。薬草は、薬草商と物々交換して手に入れたものだ。彼は単なる知人にすぎないが、死なせたくはない。なぜか、彼を生かしておくことがジョアンナの最も重要な務めになっていた。

明け方近く、エイドリアンはすっかり静かになった。さっきまであれほど苦しそうにもがいていたのに、今はもう動かない。何をしても、どれほど祈っても、彼を助けることはできないだろう。死はすぐそばに迫っている。

ジョアンナはベッドのかたわらに膝をついた。疲れ果て、何もできない自分が情けない。彼の形のいい額から茶色の巻き毛をかきあげているうちに、涙が頬を伝い始めた。彼はとても若く見えるが、実際はジョアンナと大して違わないだろう。それでも死ぬには若すぎる。

「かわいいあなた」彼女はささやいた。「あなたを救ってあげたい。でも、だめだわ。胸が張り裂けそう。わたしの胸は、もうとっくにやぶれてしまったのにね」エイドリアンの乾いた唇にそっとキスをすると、涙が彼の頬に落ちた。せめてこの涙が乾くときに、熱を奪ってくれるといいのだけれど。しかし、彼は死んだように動かなかった。

ジョアンナはベッドの端に頭をあずけた。彼は死のうとしている。ひとりで死ぬなんてかわいそうだわ。人はみな、孤独のうちに死ななくてもいいはずだ。彼女はベッドに上がり、エイドリアンの隣に横たわった。それから、弱って動かない彼を胸に抱き寄せ、眠りに落ちた。

「どうなさるおつもりですか？」エリザベスは抑えた声で詰問した。

「しっ！　きみは無言の行の誓いを立てているのだぞ」ウィリアム公は修道院のじめじめした長い廊下を歩きながら声をひそめて言った。ふたりは修道院長の後ろを歩いており、前方にいる修道士たちが聖歌を歌っている。伴奏がないので調子がはずれ、最高の歌声とは言いがたい。すると、驚いたことに隣にいるにせ修道士が一緒に歌いだした。彼の声は太くて朗々としている。驚くのもおかしな話だが、エリザベスはその声にまず衝撃を受けた。普段話しているときの彼の声は温かく、罪なほどに心を惹きつける。これもまた、彼の危険な魅力のひとつだろう。

もっと驚いたのは、彼がこの聖歌を知っているという事実だった。歌詞も、メロディーも。そんなばかなことがあるだろうか？　彼は修道院で過ごすような人間ではない。強制されたときを除いては。

だが、おそらく彼も真摯な人間になるよう育てられたのだろう。有力者や重要人物の落とし子が教会で育てられた話を聞いたことがないわけではない。教会はそうした子供を安全に守り、世間の目に触れないようにし、悶着を起こしがちな母親から引き離す。ウィリアム公もそういう育ち方をしたのに違いない。けれど、聖なる教育はあまり功を奏さず、聖歌だけが彼の頭に残ったのだろう。

とはいえ、少なくとも彼のばかげた変装はそのおかげで本物らしく見える。わたしを悔悛の旅に出て無言の行についている修道士に仕立てたのは、賢明な決断だったわ。エリザベスは思った。低い声は出せるかもしれないが、修道士に化けるにはラテン語を話さなくてはならない。暗記は昔から得意ではなかった。ウィリアム公は足が速い。ときどき走らないと追いつけないが、幸い、ふたりは列の最後にいるため、誰にも見られない。この男所帯に交じっていると、今まで見えなかったことが見えてくる。まず、わたしは異常に背が高いわけではない。ここには、わたしより背の高い修道士が少なくとも六人はいる。父の城では、わたしは変わった存在だった。男性は小さく、女性はみな、それよりもっと小さいからだ。ベネット神父を別にすれば、わたしより大きい男性はいたとしてもひとりだけ。それは門番のウィルで、今は年老いて腰が曲がっている。そのため、かつては長身だったらしいとはいえ、どのくらいの身長があったかはわからない。

横を歩いている男性は、上からわたしを見おろしている。こんな人に会ったのは初めてだ。トマスでさえ、かろうじてわたしと並ぶ程度だった。暗黒の王子に特別な感情を抱くのも無理はない。誰かを見あげるなんて、不安を覚えると同時にわくわくする。少なくとも殿下を基準にすれば、わたしはもう育ちすぎの規格外れではないと思うとやはり胸が騒いで落ちつかない。だから……。

いったい、どうしてこんなことを考えるのだろう？　エリザベスはまた小走りになり、彼に追いついた。フードを深くかぶっていても、彼が横目でちらりとこちらを見たのはわかる。彼はやはり怪物だ。これほど魅力があるのだから。彼のキスが好き。体に触れてくる彼の手の感触も好き。それらの事実は、わたしが正常で健康な女性であることを証明している。いくら背が高くてもそれは変わらない。周囲の女性たちのように小さかったら、今ごろは結婚して母親になっていただろう。

結婚したと言うより、父が選んだうすのろと結婚させられていた、と言ったほうが適切かもしれない。そうして平和に幸せに暮らしていたはずだ。

でも、そうは思えない。トマス・オブ・ウェイクブライトと結婚しても、幸せではなかったような気がする。たとえ彼が幼なじみでも。

ひどく長い一日に、すっかり疲れてしまった。未来におびえ、かたわらの男性にいらだち、修道士たちと汚い環境にうんざりし、しかも、どのような点から言っても安全ではない。無事にセント・アン聖堂に着けるのだろうか？　着いてからはどうなるのだろう？

でも、ひとつだけウィリアム公に感謝していることがある。それは、男女のあいだに得体の知れない、心乱れる喜びがあるのを知ったことだ。けれど、その種の喜びを生みだせるのは、ウィリアム公のような謎めいた、陰のある男性だけだろう。

何を言っているの！　わたしはどうかしているのではないかしら？　ここ数日のあいだに、多くのことが起こりすぎた。誕生と死、友愛と喪失。だが、歌いながらセント・バーソロミュー修道院の汚い廊下を歩いている今、頭の中にあるのはかたわらの男性のことばかりだ。ほかに考えられることはといえば、今夜何が起こるのかということだった。

行列は小さな入口の前でとまり、修道院長はふたりを手招きして前方に呼び寄せた。

「行儀よくするのだぞ」ウィリアム公は小声で言った。

憎らしいと思っても、エリザベスはおとなしくしているしかなかった。本当はフードを取って邪悪な髪を人目にさらし、ここにいてはならない女性であることを見せつけたい。吹雪でなくて残念だったわね。出産間際のかわいそうな女性を殺したときと同じように、わたしを雪の中に放りだしたいでしょうに……。

修道院に閉じこもって従順に生きる生活は、たぶんわたしに合わないだろう。なんでもすぐにききたがるし、自分の意見をはっきり言ってしまう。でも、修道女にもならず、妻にしてくれる男性もいなかったら、この先どうすればいいのだろう？

ウィリアム公は無表情な修道士から蝋燭を受け取り、わざと荒々しくエリザベスの腕を取って狭い冷え冷えとした部屋に引っ張りこんだ。明かりなどなくてもいいのに。部屋は狭く、粗末な藁布団が二枚床に敷いてある。いつのまにか雨が降りだし、ただひとつの窓から湿った空気が流れこんできていた。寒い夜になりそうだが、窓に鎧戸はついていないらしい。だが、ベッドはふたつあって、あいだに十分な空間がある。それがせめてもの救いだった。

逆らってもむだだ。ここに来なければ、森の中にふたりきりでいたはずではないか。少なくとも修道院にはほかの人がいて、叫び声をあげれば誰かに聞こえる。ウィリアム公はそう簡単に近寄ってはこないだろう。それに、汚いとはいえ神聖な屋根の下で、悔悛の儀を放棄するような行動はとるまい。無理強いされる恐れはないだろう。

そもそも、雨が降っているのに外で寝たくはないし、修道院の中でもほかの場所は好ましくない。ウィリアム公のそばにいれば、守ってもらえそうな気がする。

「日の出時に会おう」修道院長が言った。「神のご加護のもと、ぐっすりお眠りなさい」

エリザベスは扉が閉まるのを待った。彼らの歌声が遠くに消えていくのを待った。それからフードを脱ぎ、にせ修道士から離れて言った。「この小さな部屋に朝まで殿下とふたりでいるなんて、そんなことはできません」

「人を困らせるものではない、エリザベス修道士。きみはここにいる。わかっているではないか。ここにいるのでなかったら、外へ出るしかない。外は雨だ。修道院長は、罪深く不潔な女性にだまされたら快くは思わず、復讐したくなるだろう」

「不潔なものがあるとすれば、この修道院そのものだわ」

「それはきれいにする女性がいないからだ」ウィリアム公は快活に言い、エリザベスと同様にフードを脱いだ。

「男性だって女性と同じようにお掃除できますわ」

「おそらく、男性は祈りを捧げるほうが好きなのだろう」

「食べるほうが好きなのではありません？」エリザベスは言い返した。「こんなに太った人ばかりの集団は見たことがありません」

「ということは、あまり修道士を見たことがないのだな。みなそうとう太っているぞ。肉欲を満たす喜びに浸れないから、別の肉の喜びに浸らなくてはならないというわけだ」

「殿下が本物の修道士に見えない理由が、今もうひとつわかりました」

彼はただほほ笑んだ。「どちら側がいい？　壁際か、それとも反対側か？」

エリザベスは凍りついた。「ベッドはふたつあります。各々ひとつずつ使えますわ」

「そうだな。ではわたしはそちらを使いたい。きみと一緒でも一緒でなくても」彼は左側のベッドを顎で示した。

「それでは、わたしはもう片方を使います」

「ああ、そうしてくれ」彼は言った。「だが、害虫に悩まされるぞ。ここからでも見える。くっつかれたら、そう簡単には追い払えない。認めたくはないかもしれないが、わたしだったらしらみのほうがまだましだ」

エリザベスは恐怖に駆られてベッドを見た。決して目がいいほうではないが、粗末な毛布の上で何か動いているものが見えた。彼女は身を震わせた。

「殿下はなぜそちらのベッドがいいとお思いになったのです？」エリザベスは強い口調で尋ねた。

「少なくとも動いているものがなかったからだ。それに、シーダー材のにおいがする。シーダー材は虫よけには最高なのだ」

エリザベスは彼をにらみつけた。「どうしてそんなことをご存じなのですか？　どうしてあの聖歌を知っていらしたのです？」

「わたしにはいろいろな才能があってね」ウィリアム公はよどみなく答えた。「お望みとあらば喜んでご披露しよう。しかし、きみとしては、わたしが何にも触らないほうがいいのではないか？　同じベッドを使うとなれば」

「同じベッドに横になるなんて、そんなことはできません！」

「それなら立ったまま眠ればいい」彼はベッドに横たわって体をのばした。さも気持ちよさそうに。

「害虫はそちらへ移らないとお考えのようですね。なぜそう思うのです？」

「きみは父上の城を切り盛りしていた。だからわたしよりよく知っているだろうが、害虫はシーダー材には近寄らない。いくら温かい人の体に誘惑を感じても」

ごわごわした修道服に隠れている彼の肌を、エリザベスは想像した。それは温かくて人を誘惑する肌。そんな肌があるのだろうか？

「どうした？　おかしな目で見ているな。急にわたしの頭に角でも生えたか？」

開いている窓から湿気を含んだ風が吹きこみ、蝋燭の炎が揺れた。物陰にいる彼はもはや危険な殿下ではなく、芝居が抜群にうまいにせ修道士でもない。薄明かりの中で見る彼は温かくもあり、危うくもある。どちらの部分が多いかはわからない。

「もっと向こうへ行ってください」エリザベスはむっとして言った。「外側に寝るほうが安心できるわ」

「害虫に近いぞ」

「それなら壁側にします」エリザベスは言い直し、サンダルを脱いだ。腰にはまだしっかり紐を巻いてある。ゆるめようかと思ったが考え直した。紐を締めているおかげで服は体に巻きついている。そのままにしておくほうが安全だ。

ウィリアム公は薄い毛布をめくり、自分と壁のあいだにエリザベスが寝る場所を空けた。狭すぎるわ、と彼女は思ったが、ここに横たわる以外方法はない。

「蝋燭はつけておきます」エリザベスは断り、横になっている彼をまたいだ。

「お好きなように」

「それから、わたしに触ったら大声をあげますよ。わたしは雨の中に放りだされてもかまいません。でも、触られたら我慢しませんからね」

「手が触れるだけではすむまい。あちこちが触れ合うだろう。このベッドは狭すぎる」

エリザベスは彼の隣にすべりこみ、彼のほうを向いてできる限り体を細くした。彼に背を向け、壁のほうを向くほうがよかっただろうか？　なんでも見通しているような彼の目に出合うより、壁を見ていたほうがいい。でも、彼に背を向けていると安心できないのだから仕方がない。

「殿下を信用していいのですね？　約束してくださいますか？」エリザベスは緊張した声でそっと言った。

彼はあまりにも近く、あまりにも大きく、あまりにも温かい。このベッドから這いだし、床に座って眠ってみようか？　向こうのベッドに群がる小さな生き物たちと仲よくなったらどうだろう？　底知れぬ不可解な熱い思いにとりつかれるより、全身のかゆみに悩まされたほうがいいかもしれない。

「信用していいとも、文句屋さん」彼はささやき声で言って目を閉じた。「きみが信用したいと思う限りは」

エリザベスには、その答えで我慢するしかなかった。

エイドリアンは鳥の声で目を覚ました。鳥はとても好きだが、今はその快活な歌声が恐ろしい騒音に聞こえる。鳥の声も明るい光も締めだし、今まで自分を包んでいた穏やかな暗闇(くらやみ)の中にもう一度沈みたい。

しかし、光はまぶたを刺し、鳥は容赦なく歌い続ける。肩はまだ火がついたように熱いが、もう激しい痛みはなかった。ただ、鈍い痛みが残っている。

彼は仕方なくそろそろと目を開けた。一条の光が顔を直撃しており、まぶしくて目を開けていられない。彼は素早くまた目を閉じた。だが、その前に心地よさそうに自分にもたれて横たわっている人物が目に入った。

ジョアンナ。いや、彼女の夢を見ているのではないだろうか？　ぼくは死にかけていた。それははっきりわかっている。わかっているから、彼女にすべてを語りたかった。しかし、乾いた唇から言葉は出てこなかった。何度ジョアンナがぬれた布を唇に押しあてても、口がきけるようにはならなかった。

それでも、死にはしていない。体ににじんでいる汗は、熱が下がったことを告げている。ジョアンナの存在も夢ではなかったのだ。けれど、彼女がぼくのために涙を流し、キスしてくれたとは信じがたい。

だが、実際に彼女はここにいるではないか。それに、間違いなくぼくの面倒を見てくれた。エイドリアンは自分が毛布をかけてはいるが何も着ていないことに気づいた。頭ははっきりしないものの、驚きを感じる。少なくとも今、ジョアンナは毛布の上で体を丸め、ぼくのかたわらで安らかに眠っている。

まばゆい日の光に用心しながら、エイドリアンは再び目を開けた。ジョアンナの青ざめた頬には涙の跡がある。彼女の涙を夢だと思っていたとしても、これを見れば信じざるを得ない。彼女はここで何をしているのだろう？　ぼくの世話をしているのか？　我々はどうやってここへたどりついたのだ？　本物のウィリアム公は恐ろしい表情を浮かべ、短剣でぼくを刺した。彼の悪意に満ちた顔を忘れることができない。あのとき、あらゆるものが狂ってしまったのだ。

少し動くだけで体の左側に痛みが走る。それを無視して体をずらすと、ジョアンナは何かつぶやいてかすかに身動きした。彼女は宝飾品をすべてはずし、服をゆるめて眠っている。申し分ない豊かな胸が呼吸に合わせて上下するのが、ちょうどいい位置にいるのでよく見える。あの胸のふくらみに顔をうずめたい。だが、エイドリアンはじっとしていた。

ジョアンナはひどく疲れているらしい。昨夜は眠れなかったのではないか？　エイドリアンはいぶかった。ぼくは傷を負ってから、どのくらいのあいだ苦しんだのだろう？　いつからここに横たわっているのだろう？　義務を果たせず、何もできずに。行動を開始しなくてはいけない。修道服を見つけ、セント・アン聖堂に行かなくては。誰があの虐殺を逃れて生きのびたかはまったくわからない。しかし、おそらく本物のウィリアム公は護衛の者たちを簡単に刺し殺し、うまく逃げおおせたことだろう。それは疑う余地もなかった。

　ピーターも逃げられただろうか？　過酷な十字軍遠征を生きのびた男が、卑劣な盗賊に殺されてはならない。

　ただし、あれは普通の盗賊ではないような気がする。最初に殺された男たちの中にウィリアム公が入っていなかったのも、単なる偶然ではないだろう。

　その疑問に対する答えはふたつ考えられる。ひとつは最も明らかな説明で、襲撃してきた集団はハーコート卿が送ったものだという考え方だ。彼は娘を殺された仕返しに一行を襲わせた。そして、ウィリアム公を生きたまま自分の前に連れてこさせ、自ら罰することにしたのだ。しかし、それでは物語の世界を見るようで現実的ではない。

　もうひとつは、襲ってきたのがウィリアム公の家臣だとする考え方だ。恐ろしいことだが、可能性はある。悔悛を望まない彼は、数日間の不愉快な状況から逃げだすために家臣を使って襲撃させたのだ。ウィリアム公を喜ばせるためなら、多くの命が失われても問題にはならない。

　考えれば考えるほど、それが真実であるような気がしてくる。確信はないが、襲撃者の中にウィリアム公のお気に入りのふしだらなジャーヴェスがいたように思う。一刻も早く、この居心地のいいベッドから起きあがらなければ。ぼろぼろになった服を身につけ、もう出発しなくてはならない。

　誰もがぼくを死んだと思っているだろう。確かにジョアンナが助けてくれなかったら死んでいた。奇襲を受けたとき、ジョアンナの姿は見えず、ぼくは彼女の無事を祈りながらウィリアム公のほうへ向かっていった。なんらかの理由があって、彼女は戻ってきたのだろう。そこでぼくを見つけ、死と背信の現場から連れだしたのに違いない。

ジョアンナはぼくの命を救ってくれた。おそらく何度も。最初はあそこから連れだし、次は手当てをしてくれた。なぜだ？　なぜ、一文なしの修道士に情けをかける？　彼女のような境遇の女性に、そんな余裕があるとは思えない。

エイドリアンは頭をもたげてジョアンナを見つめた。彼女は本当に美しい。ハート型の顔、柔らかく感じやすい唇……。これだけぐっすり眠っていたら、ぼくが動かない限りは目を覚まさないだろう。軽いキスのひとつくらいしても問題はあるまい。これは生きのびた自分へのごほうびなのだ。喜びと苦しみに満ちたつかのまの恩恵にあずかり、あとはきっぱり彼女を忘れよう。

実際、何ひとつエイドリアンをとめるものはない。彼は身を乗りだし、ジョアンナの唇にキスをした。

16

眠れないだろうと思っていたが、疲労の度合いは思ったより重かった。目を閉じたとたん、エリザベスは静けさとかたわらの温かい体に包まれて深い眠りに落ちた。その体は外界とエリザベスのあいだに横たわり、彼女を守ってくれている。

目が覚めたときは、蝋燭が一本燃えているだけだった。その最後の一本も、残り少ない油脂を床に垂らしながらかすかな音をたてている。これが消えたら、もう辺りを照らすものはない。エリザベスは頭をウィリアム公の肩にあずけ、彼はさりげなくエリザベスの体に腕をまわしていて、手が胸の上にのっている。暖かくてけだるく、うとうとしながらも体は目覚め……そこでエリザベスは現実に引き戻された。

彼女は粗末なベッドの上で荒々しくウィリアム公を押しやり、蹴飛ばしながら彼から離れた。「あっちへ行って！　約束しておきながら、よくもわたしに触りましたね」

ぐっすり眠っていたウィリアム公は、不愉快な衝撃を受けて目を覚ました。当然、機嫌がいいはずはない。エリザベスの非難めいた言葉が終わらないうちに彼女に飛びかかり、ベッドに押さえつけて覆いかぶさった。いくらエリザベスが長身でも、彼の体はそれよりずっと大きい。その体で彼女を押さえこみ、手で口をふさいだ。仕方がない。彼を蹴飛ばすか、膝で大事なところを突くかしてみよう。しかし、彼に押さえられていて動きがとれず、蹴飛ばすのはおろか、彼の体をずらすこともできない。口を押さえている手にかみつこうか？　だが、彼の長い指に顎がしっかり押さえられている。

彼は体をのせかけた。わずかなあいだとはいえ、激しくもがいたので呼吸が荒い。エリザベスはやり場のない怒りに駆られ、目に涙があふれてくるのを感じた。

彼の呼吸は落ちついたが、心臓はまだ激しく打っていて、その鼓動が胸に伝わってくる。早鐘を打つふたりの心臓が呼応しているなんて、とても奇妙で現実とは思えない。まるでふたりのあいだに同じ血が流れているような、ひとつの命が息づいているような気がする。そのあいだも体は彼に押さえられたままで、逃げようにも逃げられない。いや、それよりも逃げたくはなかった。

「眠っている男を起こすなら、ほかのやり方があるだろう。あんなことはしないほうが身のためだ」彼はすごんで言った。「特に、身にあまるほどの戦をしてきた男を起こすなら」

エリザベスは謝らなかった。口をふさがれていては謝れない。ふさがれていなくても謝るつもりはなかったが。彼はさっきから体に触れている。これでは謝る気になどなれない。今もそうだ。心臓と心臓、胸と胸、腰と腰とが触れ合い、彼の体の感触が伝わってくる。

目覚めて硬くなった彼の体の感触が。

　でも、男性は目が覚めると、このような状態になるものなのだ。実際に知っていたわけではないが、そう聞いている。だから、これはわたしのせいではない。

「手を放すが、叫ぶのではないぞ。叫んだら首の骨をへし折ってやる」

　彼がそんなことをするはずはない。それはふたりともわかっている。彼がほかの女性を殺したかどうかは知らないが、エリザベスを殺しはしないだろう。

　彼はゆっくり手を放した。エリザベスが声をあげそうになったら、すぐにまた口をふさごうと思っているのに違いない。エリザベスは彼をにらむだけで我慢した。

「どいてよ、このろくでなし！」

　彼は不意ににやりとした。そのけだるそうな笑みは、怒った顔よりもっと人を不安にする。「それがイングランド国王の息子に言う言葉か？　恥を知るのだ。きみが粗野な親に育てられたことはわかっている。しかし、その年になれば礼儀正しい言葉づかいくらい知っているはずだ」

「どいてください、ろくでなし様」エリザベスはやさしい声を出した。

「どくつもりはない」

「わたしに触らないと約束なさったじゃないの！」

「そんな約束をした覚えはない。事実、こんなに狭いベッドで触らずに寝るのは不可能だ。

わたしは確かにそう言ったはずだ」

「だからといって、胸に触らなくてもいいじゃありませんか！」

エリザベスは彼を押しのけようとしたが、彼は片手で簡単にエリザベスの手首を両方ともつかんで押さえつけた。手首を押さえつけただけではない。体ごと押さえつけた。「わたしは眠っていた。眠っているときに何があろうと責任はない。きみがわたしの手を胸にのせたのかもしれないだろう。わたしを誘惑しようとして。そこで急に気が変わったとも考えられる。そうではないとどうして言える？」

あまりに腹が立って口がきけず、エリザベスは彼をどかそうとして蹴飛ばし始めた。

「それは誤解のもとだ、エリザベス」彼は小声で言った。「男が上に乗っているときにそんなことをしたら、誘いかけていると思われる」

「下りてくださいと誘いかけているのよ」

彼は笑い声をたてた。「話が少しかみ合わないようだ。きみは素直になるべきときにわざわざ人を怒らせる。きみを黙らせるには、きわどい行動に出るしかない。きみは体を奪われてなるものかと抵抗する。だが、本当にそれがいやなら、わたしを刺激しないでおとなしくすることだ。きみがわたしを怒らせるたびに、わたしは特別な方策を講じてきみを黙らせようとするだろう。きみには大いに魅力を感じるが、今は禁欲生活を貫かなくてはいけない。少なくともセント・アン聖堂に着くまでは。たとえ、きみが体を差しだしてくれても、わたしは断るだろう」

「体を差しだす？　わたしが差しだしたいのは剣の先だけよ」

「いや、きみはそんなことをしない」

「あなたほどうぬぼれが強くて、卑しむべき男性はいないわ」

「それでもきみはわたしがほしい。ああ、わかっているよ。きみは気づいていないのだろう。口げんかしたり、人を扇動したりするのは、報われない情熱を隠すためで……」

「からかわないでください」

「からかっているのではない。きみの気を惹こうとしているのだ」

エリザベスは彼を見あげた。その目には驚きと恐れが表れている。「わたしの気を惹こうとする男性なんて、今までいませんでした」

「それは違う。わたしは機会があるごとにきみの気を惹こうとした。女性を押さえつけて口説こうとしたのは初めてで、いつもこんなことをしているわけではない。今は大いに融通をきかせているのだ」

「ずいぶん変わった口説き方ですね」エリザベスの声は震えていたが、おそらく彼は気づかなかっただろう。

「いや、そんなことはない。ただ、ありきたりなお世辞を言ってもきみは何も感じないだろうと思ったのだ。きみははりねずみに似ている。誰かがなでようとすると、体中の針を逆立てるからね」

「まさか、そんなことはなさらないでしょうね？」

「そんなこととは？」

「わたしをなでることです」

彼の顔がゆっくり笑み崩れた。「わたしはまずきみにキスしようと思っていたのだ」

彼は身をかがめ、エリザベスの唇に唇を重ねた。その瞬間、最後の蝋燭の炎が揺らいで消え、ふたりを闇に閉じこめた。

明かりが消えると同時に、エリザベスの分別も消え去った。暗闇の中にふたりきりでいるうえに、彼の唇にしっかり唇をとらえられている。エリザベス・オブ・ブリーダンは森の中に置き去りにされ、ここにはいない。ウィリアム公の力強い体の下に横たわっているのは、名前も持たない美しく魅力に満ちた女性だった。彼の指が顔に触れ、唇をそっと開かせても抵抗しようとは思わなかった。体からしだいに緊張が消え、固く閉じていた脚からも力が抜けていく。彼がその脚のあいだに割りこむと、体の感触がはっきりと伝わってきた。彼の情熱の証がありありと感じられる。暗闇の中に悩ましい声が小さく響いた。それが自分の声であることはかろうじてわかった。

続いてウィリアム公の手が胸に触れた。幸いなことに、その手はとても快かった。やがて、彼の指が張りつめた頂を軽くすべり始めた。言葉にならない大きな喜びが、どこからかわきあがってくる。泣きたいほどすばらしい気分だ。彼は苦もなく修道服を脱がせられるらしい。エリザベス自身はどうすれば脱げるかよくわからないのに、いつのまにか彼の手と素肌を隔てているのは薄いシュミーズだけになっていた。

今まで、こういう気持ちになったことがないわけではない。昨夜、森の中で彼にキスされたとき、同じ気持ちを味わった。けれど、今の感情はあのときの千倍も激しい。肌は熱く、彼を求める思いが胸に迫る。脚のあいだでは何かが熱く燃え、とうてい治まりそうもない。闇が好き。体に触れる彼の手も、彼の唇も好き。もっと抱いてと言いたかったけれど、言葉にすることはできなかった。その思いを伝えたくて、体はひとりでに弓なりになり、腰は彼の腰にぴったり触れていた。

ウィリアム公はふたりのあいだに手をすべりこませた。彼の手が触れると全身を震えが駆け抜けた。彼はいっそうきつく体を押しあてて上のほうへ指をすべらせ、エリザベスの肩に顔をうずめた。ウィリアム公は彼女の体をなでている。さきほど自分で言ったように。あれは、しだいに深い関係に突き進むという警告であり約束だったのだ。

それがわかっても、もっと親密な愛撫(あいぶ)をしてほしかった。まもなく彼の指が体の中に入りこみ、エリザベスは思わず声をあげた。彼の対応は素早かった。すぐに唇でエリザベスの唇をふさぎ、声がもれないようにした。そのあいだにも、彼の手は不可解な魔術の世界を創(つく)りだしている。

そのとき教会の鐘の音が鳴り響き、彼は身をこわばらせて唇を離した。

「やめないで」エリザベスはささやいた。なんて恥ずかしいことを言っているのだろう。

「お願い」

けれど、彼は脚のあいだから指を引き抜き、寝返りを打ってエリザベスから離れた。ベッドの後ろには扉がある。彼はそこまで行くと扉にもたれた。その顔には暗く厳しい表情が浮かんでいる。

空は白み始め、夜の闇は消えつつある。涼しい朝のそよ風が肌をなで、エリザベスはほとんど何も身につけていないことに気がついた。シュミーズは胸の下まで下がり、裾は腰の辺りまで上がってしまっている。

エリザベスは薄いリネンの布地を引きおろしたが、強く引っ張ったのでやぶれてしまった。急いで修道服をつけなくては。あわてて石の床に脱ぎ捨ててある修道服に手をのばし、素早くまとってしっかりと腰紐を結んだ。ウィリアム公はこちらを見ていない。床に座り、片膝を立て、もう一方の脚をのばしている。顔は苦痛にゆがんでいるが、その陰にあるものがなんなのかはわからない。

ウィリアム公の顔は確かに美しい。キスできるときにしておけばよかった。彼が分別を取り戻す前に手を触れておけばよかった。彼は我に返って、誰も相手にしないような赤毛の大女と戯れていることに気づいてしまったのだ。

暗闇の中にいたので、彼は相手が美貌の持ち主でなくても、どこの誰でもよかったのだろう。でも、朝の光が差し始め、無情にもすべてを照らしだした。彼はとんだ間違いを犯したと知り、二度と手を触れまいと思ったのだ。

「こんなことがあってはならない」彼は口の中でつぶやいた。「どうしてこんなことが起きたのだ？」

たとえ期待していたとしても、その答えは出なかった。エリザベスの静かな眼差しから目をそむけ、彼は不意に立ちあがった。「ここにいてくれ。修道院長に、きみは具合が悪いので部屋にいるが、早く出発することにしたと言ってくる。修道院は、二日分程度の食べ物をくれるだろう。これ以上問題が起きなければ、二日のうちにセント・アン聖堂に着くはずだ」

エリザベスは返事をしなかった。彼はわたしを見ようとしない。たった今起こったことを、思いだしたくないのだわ。

「今度だけはわたしの言うとおりにするのだぞ」ウィリアム公は非情な声で言い、部屋を出てばたんと扉を閉めた。

しばらくのあいだ、エリザベスは動くこともできなかった。なんという屈辱だろう。恥ずかしさと憤りと激しい痛みが心に広がる。中でも痛みがいちばんひどい。彼女は体を丸め、こぶしを口に押しあてて嗚咽を抑えた。

しかし、どうしても抑えきれなかった。

エイドリアンの唇が唇に触れると、ジョアンナはまばたきして目を開けた。触れるといっても、わずかに彼女の唇をかすめたにすぎない。だがジョアンナの青い目が、彼の茶色の目をじっと見あげた。それから彼女はエイドリアンの肩に手をあて、そっと彼を押しやった。

「だめよ」ジョアンナは言った。

エイドリアンはつかのま、彼女の上で動きをとめ、美しい顔を見おろした。突然、鋭い痛みが体を貫き、彼はうめき声をあげて横たわった。

ジョアンナはさっと起きあがり、彼を介抱し始めた。「静かにしていなくてはだめじゃないの」彼女の言い方は子供を叱(しか)っているように聞こえる。「ゆうべ、あなたは生死の境をさまよっていたのよ。それが今日はもうそんなことをするつもり？　それは無理だわ。じっとしてて。食べるものを持ってくるから」

「どうして……」話し始めると声がかすれている。エイドリアンは咳払(せきばら)いをし、狭い小屋の中を歩きまわるジョアンナを目で追った。「ここはどこだ？」

「ベッカムという小さな村の近くよ。あなたの意識がなくならないうちに、なんとかここまで連れてきたの」

エイドリアンは顔をしかめた。「それは少し覚えている。きみが出ていったのも覚えているよ。なぜ戻ってきたんだ？」

ジョアンナの青白い頬にかすかな赤みが差した。「わたしはときどき感傷的な気まぐれを起こすの。それに、現実的な目的もあったわ。わたしはかなり多くの罪を犯したから、償いをしなくてはならないのよ。修道士の命を救ったら、死ぬときにいくつかの罪は赦されるかもしれないでしょう？」

今度は彼のほうが顔を赤らめた。彼女に言っていないことがいくつかある。そのせいでとても後ろめたかった。「それほど厳しく裁かれるとは思えないが」

彼女はほほ笑んだ。「そうだとしたら、あなたは男性を知らないのよ。でも、神様も男性だわ」

「その母親は女性だ」

「そのとおり。聖母様はわたしにお情けをかけてくださるかしら」

「神の母は誰でも哀れんでくださる。人はみな、悪に誘われるということをご存じだからだ」

「あなたが今誘われたように、エイドリアン修道士？」ジョアンナは冷静に言った。「またそんなことが起こってはいけないわ。気をつけて。わたしはいろいろな人に害を与えてしまったから……このうえ修道士を堕落させて罪を重ねたくないの」

エイドリアンは痛みにうめきそうになるのをこらえ、なんとか起きあがった。痛みが薄らいだから起きられたのか、こらえるのがうまくなったのか、それはわからない。だが、小さな小屋の中を歩きまわるジョアンナを見ていると、何もかも忘れてしまう。それだけはわかっている。

それは別にして、ジョアンナの言うことはもっともだ。彼女に手を出すべきではない。命を助けられたのだから、せめて彼女の望みを大切にしよう。

「これを食べて」ジョアンナは、彼の体にかかっている布の上にパンとチーズを置いた。今ごろ気がついてももう遅いが、それは彼女の上等な外衣だった。だが、やぶれているうえに血がついている。おそらくエイドリアンの血だろう。彼は自分の肩を見た。

「包帯を巻くのが上手だな」彼は言った。「おかげでどんどん回復しているようだ」

「それはまだわからないわ」

「ぼくはいつも回復が早い。服を着られるようになったら、すぐにここを出よう」

「旅をするにはまだ早いわ。ここにいれば安全よ。食べ物とワインを売ってくれた村人たちは、わたしがとっくにどこかへ行ってしまったと思っているでしょう。それに、わたしが誰かと一緒だとは知らないわ」

「ぼくが心配しているのは村人じゃない」彼は言って固いパンにかぶりついた。

「殿下の一団を襲った盗賊は、わたしたちを追いかけてきはしないわ。どちらもあまりお金がなさそうなのに、どうして追ってくる必要があるの？」

彼はためらい、考えた。まだ偽らなくてはならないことがいくつかあるが、中には明かすべき事実もある。ふたりとも生きのびるつもりなら、彼女にそれを知らせなくてはいけない。

「我々を黙らせるためだ」彼は言った。「つまり、裏切り行為の生き証人がいると困るのだ。あの連中は普通の盗賊ではない。金や宝石目当てで人を襲う輩とは違う。彼らはウィリアム公の随行員全員を追っていた。生き残った者がいたら、国王にウィリアム公が襲われた話をするかもしれない。だから、連中はどんなことをしてでも我々を黙らせるだろう」

「ウィリアム公がどうなったか、わたしたちは知らないじゃないの」ジョアンナは言った。「倒れていた人の中にウィリアム公の遺体はなかったわ。逃げたのかもしれないし、彼らにつかまったのかもしれないわね」

エイドリアンはほっとした。彼女がウィリアム公が生き残ったと思っているということは、ピーターがなんとか殺戮をまぬがれたことを意味する。襲撃者につかまったとは思えない。つかまりそうになったら、命を落とすまで戦って抵抗しただろう。つまり、ピーターは本物のウィリアム公と同じく逃げおおせたのだ。

「それで、ほかの人たちは？」

「エリザベス様は見かけなかったわ。そのほかの人たちのことはなんとも言えないのよ。よく知らないので、誰がいたか、誰がいなくなっていたかわからないの」

「それならなおのこと、ぼくたちは早くここを離れなくてはいけない。殿下が逃げたとすれば、彼らは捜しまわるだろう。連中と鉢合わせしたら大変だ」エイドリアンは固いチーズを食べ終わった。「ぼくの服はどこにある？」

「脱がせるときに切り裂いてしまったの。それに、血がべっとりついているわ」

「生地が黒っぽいから、あまり目立たないだろう」

「修道士が女性とふたりで旅をしていたらおかしくないかしら？」

「おかしくても仕方がない」彼は外衣をはだけ始めた。その下には何も着ていない。ジョアンナは彼に背を向けた。

「ぼくの体はもう見てしまっただろう」エイドリアンは言った。「急に恥ずかしがり屋になったのかい？」

「手当てをしたとき、あなたは意識がなかったわ。たとえ裸の相手でも、話しかけられなければずっと気が楽なのよ」

「何か着られそうなものを見つけてくれれば、裸でいなくてすむんだが」

「わたし、あなたが着られる服を盗んできたの」ジョアンナの声はあまりに小さく、エイドリアンにはほとんど聞き取れなかった。

「きみが何をしたって？」

「あなたのために服を盗んだのよ。買うわけにはいかなかったから。だって、村の人にはひとりで旅をしていると言ってしまったんですもの。誰か洗濯をした人がいたらしくて、ロープに服がかかっていたの。こっそりそこへ行くくらいは簡単だった。それで洗濯物を盗んで、お金の代わりにブローチを置いてきたわ。それがわたしにできるせめてものことだったのよ」

エイドリアンは驚いてまじまじと彼女を見つめた。ぼくのために宝石を手放したのか。ここを離れれば安全なのに、ぼくのために危険なことをしてくれたのか……。貧しい修道士のために尽くしても、なんの見返りも期待できない。だが、彼女はそこまで犠牲を払ってくれた。

「きみは頭がいいね。賢明な解決法だ」ひと呼吸置いて彼は言った。「ぼくはきみの召使いに見えるだろうから――」

「わたしは召使いを連れて旅をするほどの貴婦人には見えないわ。それより、姉と弟に見えるのではないかしら」

「それよりは夫婦に見えるんじゃないかな？」

意に反してジョアンナは振り返った。彼はベッドに座っており、腰から下はまだ外衣で覆っている。それでもジョアンナは赤くなり、急いで顔をそむけた。「まさか……」

「服はどこにある？」エイドリアンは彼女の言葉をさえぎった。

「ベッドの足元よ。寒いといけないから、あなたが寝ているあいだ、いちばん上にかけてあげたの」

彼は素早く服を着た。傷はひどく痛むが、気にしてはいられない。ジョアンナは不思議な女性だ。こんなに謙虚な娼婦が、こんなに恥ずかしがり屋の情婦がいるのだろうか？

「手伝いましょうか？」彼女は尋ねた。差し出がましいことはしたくないが、体が痛むのではないかと思うと放っておけなかった。

「もう着てしまったよ。早く出かけよう」

ジョアンナは振り返り、目をしばたたいた。驚いて言葉が出てこない。しばらくしてようやく声が出た。「まるで違う人みたい」

彼は粗末な服を見おろした。「善良な農夫に見える？」

「いいえ」ジョアンナは言った。「男に見えるわ」

彼女の言い方はうれしそうではなかった。それを非難していいものかどうか、エイドリアンにはわからない。おそらく、ジョアンナにとって男とはさほどありがたいものではないのだろう。オーエン・オブ・ウェイクブライトの人となりから判断すれば。

「昔から今に至るまで、ぼくが男であることに変わりはない。修道服を着ていようと着ていなかろうと」

「修道服を着ているあいだは、男だということを忘れていられるわ」

「忘れていたいのかい？　どうしてそんなことが気になるんだ？」

ジョアンナはそれには答えなかった。「出かける前に少し休まなくていい？　明るくなってからまだ一、二時間しかたっていないわ」

エイドリアンは首を振った。「少しでも早くここを出たほうがいい」ベッドにつかまって立ちあがった瞬間、目まいがした。けれど、すぐにすべては正常に戻った。「よし、行こう」

ジョアンナはしばらく彼を見つめていた。それから部屋を横切り、彼を支えようと腕をからめた。「どこへ行くの？」

「決まっているじゃないか。セント・アン聖堂だ」

17

殿下はわたしを気づかってくれるのだわ。エリザベスはもう少しでそう思うところだった。ふたりは話もせず、着々と歩を進めている。エリザベスは彼の二メートルほど後ろを歩くのが心地よく、彼が立ちどまったらすぐわかるように長身の後ろ姿を絶えず見つめていた。彼のそばに寄りすぎてぶつかるという間違いを犯してはならない。彼に近づきすぎて体が触れ合うような間違いを犯すのもいけない。彼はもう手を触れる気がないということをはっきり示したのだから。

ふたりはときに足をとめて休み、修道院長が持たせてくれたまずいパンを食べた。修道院長はパンと一緒に〝罪と女性を避けよ〟という戒めを与えた。彼は罪と女性を同一視しているらしい。休んでいるときもふたりは話をせず、ウィリアム公は出発する時間になるまで目を閉じてエリザベスの存在を締めだしていた。

彼の前で泣いてからは、もうどうでもよくなってしまったわ。エリザベスはしっかりした足取りで彼の後ろを歩きながらひそかに思った。これまでは人に涙など見せなかった。

泣いたりしたら、憎らしい弟たちが大喜びする。姉の惨めな姿を見るのが面白いのだ。トマス・オブ・ウェイクブライトの一件についても、最後まで泣きはしなかった。

そもそも、ウィリアム公のような無価値な人間のために泣くつもりはない。彼は悪意からわたしをもてあそんだ。わずかな時間とはいえ、彼の思うままになった自分が恥ずかしい。でも、抗(あらが)う力がなくなったのは寝不足だったからだ。

エリザベスはちらりと前方に目を向け、できるだけ冷ややかにウィリアム公を見つめた。彼は着心地の悪い修道服をものともせず、身軽に動く。裕福な王子が着る重い衣装より、質素な修道服に慣れているようにさえ見える。それに、まるで野生動物のように周囲のものに溶けこんでしまう。

彼にはいろいろな能力がある。今になってそれがわかった。そのひとつは、人一倍かたくなに拒絶する女性をも口説き落としてしまうという邪悪な能力だ。彼の悪評を知っている者、彼の恐ろしい行為や残忍な欲望を知っている者でも、結局は不可思議な力に引きこまれてしまう。修道士用の個室で彼の下に横たわっていたとき、わずかなあいだだがわたしも彼の力にとらわれていた。

もちろん、それが彼の望むところだったのだ。わたしがほしかったのではない。わたしを自分のものにできると証明できればよかったのだろう。その証拠に、ひとたびわたしを自分の下に組み敷き、わたしが力尽きて受け入れようとしたら、身を引いて離れたではないか。最も残酷な方法で相手を征服したと知り、彼はすっかり満足していた。

もう二度とあんなことはしないだろう。わたしは男性とのつき合いに慣れていない。少なくともこの種のつき合いには。すぐけんか腰になる父親や不愉快な弟たちのことならわかっている。融通のきかない兵士や心配ばかりしている召使いの気持ちも、トマスのような意志薄弱な男のことも。

でも、男性に手を触れさせはしなかったし、男性の手に溶かされもしなかった。わたしを傷つけるような力を男性に使わせたこともない。

それがどんなに危険か知った以上、二度とあんなことは起こらないようにしよう。ウィリアム公のほうも見事にわたしの道徳心をくじいたのだから、もうあの行為を繰り返す必要はない。彼がわたしに手を出したのは、わたしを骨抜きにし、傷つけるためでしかなかった。驚くにはおよばない。彼は女性を傷つけて喜ぶ男性として知られている。

少なくともわたしは生きのびた。純潔も命も失わなかったのだ。背徳のかたまりであるウィリアム公でさえ、育ちすぎで役立たずの赤毛娘には食指が動かなかったらしい。

「あと少し歩いたら朝まで休もう」同じ速度で歩いていたウィリアム公は足をゆるめ、エリザベスを振り返った。彼女はうなずいたが、フードを深くかぶったまま顔も上げない。ウィリアム公が修道院の部屋に戻ってからずっとそうしている。まだ目が赤く、まぶたが腫(は)れているかもしれないからだ。傷ついたことを、これ以上ウィリアム公に知られてはならない。すでにさんざん恥ずかしい思いをした。このうえ恥をかきたくない。

殿下は返事を待っているらしい。それゆえエリザベスは簡単に答えた。「いいですね」

彼はまだこちらを見ている。早く前を向いてくれないだろうか。

だが、彼は前を向くどころか立ちどまったまま動かない。暖かいが、辺りは暗くなりかけている。森で寝るのなら、彼のそばへ行く口実など作りたくない。わずかな体のぬくもりも分けてもらわないうちに、凍りついて死んでしまうほうがいい。

といっても、彼が温めてあげようと言っているわけではない。それに、こんな暖かい春の宵に凍死する者はいないだろう。

「珍しく一日中おとなしかったな」彼は言った。「どこに泊まるのか尋ねないのかい？　いつもの脅しはどうした？　きみに触ったらただじゃおかないと言わないのかい？　もし触ったら去勢すると言って脅すのだろう？」

「いいえ」

「わたしを侮辱しているときのきみのほうがいい。わたしはそういうきみが好きだ」

「まあ、そうですか。好きでも嫌いでも結構ですわ」エリザベスは思わずむっとして言い、ウィリアム公はそれを聞いてにっこりした。失敗だった。彼はわたしが怒るのを期待していたのだろう。彼には何もわからせたくない。彼がその気になれば、わたしを怒らせるのはたやすいということも。

「この近くに小さな農家がある。空き家だが、夜露をしのぐには十分だと思う。幸運なことに、そばを小川が流れている」

「そこに住んでいた人たちはどうしたのです？」

「死んでしまった。十何年か前、この辺りで熱病がはやったのだ。家族全員が死亡した家も多い。これから行く家もそうだった」

「でも、今は誰かがそこに住んでいるかもしれないでしょう？　どうして空き家だとお思いになったの？　住む人がいなくなったからといって、ほかの人が放(ほう)っておくわけではないわ」

「そこは空き家だ」

「なぜ？」

「幽霊が出るからだ」

おそらくウィリアム公はエリザベスを怖がらせ、またばかにしようと思ったのだろう。でも、彼女はその策略に乗らなかった。安全に心地よく過ごしたいのは確かだが、そのためにウィリアム公を頼るくらいなら血に飢えた千人の幽霊と対決するほうがましだ。

「すてきではないですか」彼女は言った。「わたしは幽霊が大好きだわ」

ウィリアム公はきっと笑みを浮かべているだろう。笑っているのを感じ取れる。エリザベスはフードを下げ、彼の顔が見えないようにした。

「いつまでここに立っているおつもりですか？　早くその家に着けば、それだけ早く休めるのに」

「好きなようにするがいい」彼の声には面白そうな響きがある。そして彼は歩きだし、エリザベスもゆっくりあとに従った。そうするしかないのだ。

農家は人でいっぱいだった、ということになるといい。エリザベスはなかば期待していた。ウィリアム公が間違っていたと証明できるだけでもいいではないか。しかし、もちろんそんなことはなかった。家は小さく、空き家にしてはきちんとしている。かやぶき屋根も傷んでいないようだ。裏手にある木々の向こうから小川のせせらぎが聞こえ、沈みかけた太陽が暖かい光をたっぷり投げかけている。地獄の炎の燃えさしがくすぶっているみたい。彼女は暗い気持ちで考えた。

「どうしてここをご存じなの？」余計な質問をするつもりはなかったが、好奇心には勝てなかった。

「修道士たちから聞いたのだ」

「フィリオン修道院長様のところの？　それなら、どうしてあの修道院のものにしないのかしら。驚きだわ」

「あの修道院からは遠すぎる。我々は今日ずいぶん歩いた。ここの話をしたのは、一緒に……わたしと一緒に聖堂へ向かっていた修道士たちだ。セント・アン聖堂へ行く途中、ここで休むといいと教えてくれたのだ」

「セント・アン聖堂まではあとどれくらいなのですか？」

「歩いていくなら、あと一日半というところだ。馬なら二、三時間で着いてしまう」

「でも、わたしたちは馬に乗れないのでしょう？」エリザベスはウィリアム公の返事を待たずに続けた。「わたし、川へ行って旅の汚れを落としてきます。そばへいらっしゃらないでね」最後のひと言は、頼んだというより命令に近かった。

「わたしの情欲は飽くことを知らない。しかし、なんとか抑えてみるよ」

そう聞いてうれしいはずはない。「わたしは別の部屋で休みます。殿下と一緒にいるより、しらみにたかられたほうがましなので」

「幽霊はどうだ？」

「わたしのそばへいらしたら、あなたも幽霊になりますよ」

「わかったよ、エリザベス修道士」彼は控えめな口調で言い、フードを頭の後ろへ押しやった。

彼の顔は涼しげで美しく、頬と顎と鼻のいずれの線にも気品がある。エリザベスはフードをかぶったまま石のように身動きもせず、そんな彼の顔を見あげていた。旅は長くてあと一日半。それは、途中でもう一泊することを意味していた。

満足してもいいはずなのに。マーティン司教から罪の赦しを受けたとき、ウィリアム公は思った。彼は事細かに告白したが、何もかも作り話だった。それでも人のいい司教は神の恩恵を祈り、免罪を言い渡した。ウィリアム公の魂がけがれていないときに殺したがる者はいない。殺したければ、また罪を犯してつかまるまで待つだろう。多少とも先見の明があれば、それは避けられる。奇襲を受けたのに生き残った奇跡の人という役を誰にも気づかれずに演じ続けられるのだ。ただそれは、ジャーヴェスが命じられたとおりにし、虐殺を逃れた者を追ってうまくつかまえればの話だ。あれほどよく訓練された家臣に殺害させたのに、どうして逃げられた者がいるのか理解できない。

エイドリアンは確かにあの世へ送ったし、あのふしだら女は戦いが始まらないうちに逃げだした。つまり、彼女は何も見ていない。家臣にこの辺りを捜索させているが、万が一あの女が逃げおおせたとしても、人に情報を流す恐れはないだろう。

ピーターとなると話は別だ。あの男はこの辺りに土地勘がある。ここはかつて彼の一族のものだったからだ。隠れる場所くらい、いくらでも知っているに違いない。それにやつは女を連れている。彼女は足手まといになるし、何かと文句を言うだろう。うるさい女を溺死させるという村があるが、わたしならおそらく舌を切り取るだろう。

ピーターを殺すならこの手で殺したい。やつの血をこの手で感じれば満足だが、最終的に彼を亡き者にできればそれでいい。不満が残っても、ここを離れてからジャーヴェスに八つ当たりすれば気が晴れる。いずれにせよ、わたしにとっては人に苦痛を与えるのが最も手軽な喜びなのだ。

奴らの死を確認できたら、あらゆるものがうまく収まる。あと二日待とう。そのあいだ善良な修道女からつましい歓迎を受け、マーティン司教の果てしないおしゃべりを聞き、やさしく謙虚に振る舞わねばならない。目撃者はすべて死んだと家臣が知らせに来れば、晴れて以前の生活に戻れる。

ジャーヴェスに記念品を持ち帰れと言っておけばよかった。ピーターの首はさぞかし目を楽しませてくれることだろう。しかし、隠しておくのは非常に難しい。手ならいいのではないだろうか？　あるいはもっとふさわしいもの、彼がわたしから奪ったものはどうだろう？　つまり、男性の象徴だ。彼がまだ生きているあいだに切り取ったものがいい。

わたしがその場にいて見届けることはできないが。ウィリアム公は何も考えていないおめでたい男のような顔をしながらも、胸の内では不機嫌だった。わたしの楽しみを奪った者には、罰を与えてやらなければならぬ。ジャーヴェスに罰を与えよう。

小川は高い土手と密生した木々で家から隔てられていた。つまり、ウィリアム公はその気になったら土手をこっそりのぼってくればいい。一方、エリザベスは彼が近づいてきても見えないだろう。けれど彼がそんなことをする理由はなく、すでに征服した人間を苦しめる必要もない。第一、水浴びしているときに彼が現れたら、いやだと言っても仕方がないではないか。それに、一糸まとわぬ姿をさらしても、彼があのとき以上に誘惑を感じるとは思えない。あのときとは、夜明け前、彼の下に横たわっていたときのことだ。

彼はついてこないだろう。それはわかっている。とにかく体を洗い、旅の汚れを落としたいのだ。でもそれより大事なのは、彼の手や唇の感触を、この肌からきれいに洗い流すことだ。

エリザベスは服を脱ぎ、きちんとたたんで土手に置いた。それから剣を服の上にのせ、川に向かって土手を下りた。水辺には大きな岩がある。そこにのぼって深く澄んだ水を見おろすと、自分の姿が映っていた。

顔は青ざめ、悲しげに見える。いつもの自分とは違うが、それでも顔立ちは変わらない。大きな緑色の目は見るからに正直そうだ。額は目立ちすぎ、顎はあまりにも強情そうで、口は大きすぎる。逆に鼻は小さくて存在感がない。その顔を縁取っているのは、豊かな悪魔の色の髪だ。

口も目も顎も鼻も、今さら変えることはできない。長い脚を短くすることも、細い腰を太くすることも。だが、今までずっと嘲笑（ちょうしょう）されたりじろじろ見られたりしてきた原因、魔女のように見られてきた原因を取り除くことはできる。

エリザベスは土手に戻って剣を取り、再び岩にのぼった。これまで全裸でこういうところに座った経験はないので、いかにも無防備な気がする。居心地悪いのは当然だ。けれど、そんなことは気にもせず髪を太い束にしてつかみ、のこぎりを引くように剣で切り始めた。

髪を切り終わったときはしばらくその場に座り、流れに落ちた豊かな髪の束を見守っていた。髪は色を増して水中に沈み、流れに押し流されていく。文字どおり妙に頭が軽くなり、髪の短くなった頭に手をあててみた。切れるだけ切ったので、今は短い髪が耳の上でカールしている。毛先はそろわず、長いところも短いところもあるが、総じて男性の髪より短いようだ。これでいい。わたしはこの世で男性としても女性としても役に立たないのだから。それに、忌まわしい髪を切り捨てたおかげで、今までになくのびのびとした気分だ。豊かな髪は、今ゆっくりした流れに乗って川を下っていく。エリザベスはそれを見ているうちに泣きだした。

土手をのぼり、木々のあいだを抜けて家に戻ったときは、辺りは暗くなっていた。氷のように冷たい水につかり、また大量の涙を流したために、感覚が麻痺(まひ)している。なんとよく泣いたことか！　でも、赤ん坊のように大声で泣くのだけはどうにかやめた。赤い髪がいやでいつも切ってしまいたかったのに、いったいどうして泣いているのだろう？　もう、誰かに髪を見られることはない。セント・アン聖堂に着くまではフードをかぶっているし、向こうに着けば修道会の決まりに従ってベールやかぶりものをつけ、普通の女性が誇りとする髪を包んでしまう。それなのに、泣くまいとすればするほど涙があふれて頰を伝う。

とまった。

もうどうでもいい。涙がとまらないなら、流れるにまかせよう。そう思うとようやく涙が

ウィリアム公は外に出て、粗末な家に寄りかかったまま帰ってくるエリザベスを見つめていた。それにエリザベスは気がついていない。フードを目深にかぶっているため、周囲がよく見えないのだ。彼に気づいたときは飛びあがった。暗がりにいる彼は、修道士にも王子にも見えない。ただ背の高い人影が、建物のわきでエリザベスを待っている。

「きみについていこうかと思ったよ、エリザベス。それほど体は汚れていないだろう？逃げるのではないかと心配になった」

「いったいどこへ逃げるのです？　殿下はセント・アン聖堂へ行く道をご存じでしょうけど、わたしは知りません」

「道なら人にきけばいい。修道士はたいてい、ふたりひと組で旅をする。しかし、ひとりで巡礼の旅に出る修道士というのもいないわけではない」

「そうなのね。言われてみて初めてわかりました」エリザベスの声はかすれている。泣いたからだ。でも、咳払いをしたら、かすれ声がもっと目立ってしまう。「セント・アン聖堂でお目にかかりましょう」さっと彼に背を向けると、冷静な声が呼びとめた。

「そんなことをするのはやめなさい。きみひとりでも大丈夫かもしれないとは言ったが、本当に行かせるとは言っていない。食べ物も寝床も、もう用意してあるんだ」

「寝床はひとつだけですか？」この点については質問しないわけにはいかなかった。答えによっては、どちらの道を取るかが決まるのだから——家に入るか、森に入るか。

「ひとつだけだが、わたしは朝まで見張りをするつもりだ。休みたくなったらきみを起こす。そうしたら交代してくれ。これで安心したか？」

「ええ」愚かな質問をしてしまった。この前ほんのわずかなあいだ寝床で抱き合ったのは、何かの間違いだったのだ。彼は宮廷に、それから、そこにいる女性たちのもとに戻りたいに違いない。美しく奔放な女性たちのところに。

「フードをかぶっている必要はない」

ウィリアム公は言ったが、エリザベスは頭をさらけだして彼にじろじろ見られたくはなかった。

「まわりには誰もいないし、わたしはきみが女性だということを知っている」

本当にそうなのかしら？　一瞬、声に出して言ってしまったのではないかと思ってどきりとした。でも、今回はちゃんと口をつぐんでいることができたらしい。「フードをかぶっていたいのです」彼女はただぽつりと言った。

「好きなようにするがいい。さあ、何か食べて眠りなさい。交代で見張りをするとなれば、ひと晩中ぐっすり眠るわけにはいかないよ。きみが寝床を使えるときには十分に使うほうがいい」

「殿下はどこにいらっしゃるのですか？」

「わたしも水浴びしてくる。汚れた体で旅をするほうがきみの好みに合うというのなら話は別だが」

「どちらだろうと好みになど合いません」また口がすべってしまった。「いえ、それはつまり、どちらでもかまわないという意味で……」

「どういう意味かはわかっているよ。わたしが戻ってくるころには、ぐっすり眠っていてほしい。わかったね？」

最後にひと言くらい言い返したい。エリザベスは反抗心を奮い起こした。「大きなお世話です。わたしは六歳のときから、誰にも何も言われずにやってきました」

「それは導いてくれる人がいなかっただけで、そういう人が必要なかったというわけではない」

「わたしには誰も必要ありません」

辺りは気味が悪いほど静まり返った。言いすぎてしまったのだろうか？　彼は怒るかしら？　だが彼は家から離れ、エリザベスの体に触れることなくそばを通り過ぎた。「食事をして寝床に入りなさい」彼は振り返って言った。

その空き家は、驚くほどきれいだった。動物がすみかにした形跡もなく、放浪者が住んでいた気配もない。おそらく、幽霊が脅して寄せつけなかったのだろう。

しかし、幽霊は誰かがここにあった家具を持ちだしても脅さなかったようだ。目の前には粗末なテーブルと、ふたりが持ってきた食料しかない。パン、チーズ、修道院長がくれたすっぱいワイン、それに干し肉が少し。

空腹ではないが、おなかが鳴っている。明日はまた厳しい旅の一日になるだろう。気絶などしたくない。そこでエリザベスは、少し無理をしてゆっくり食べた。寝床はどこにあるのだろう？

続きの部屋に入ると寝床があった。彼が切ったと思われる、葉のついた杉の枝が敷きつめてある。固い土の床から体を守るためらしい。部屋には快い香りが漂い、あの夜を思いだす。とはいえ、思いだしたいわけではなかったが。寝床といっても葉のついた杉の枝の上に毛布をかけただけのものだが、寝心地よさそうに見える。今はとても疲れていて、立ったままでも眠れそうだ。でも、その必要はない。彼ははっきり表明した。わたしにはもう興味がないということを。見張りを交代する時間になるまで、何事にもわずらわされず、ゆっくり眠ろう。

こんなに疲れているのはどうしてなのか、はっきりとはわからない。何時間も歩いたからか、ひとしきり泣いたからか。泣いたせいで、いまだに胸と喉が痛い。フードを脱いで頭に手をやると、また目頭が熱くなってきた。泣いてはいけない。涙はもうたくさんだ。そこでもう一度フードをかぶり、顔を覆った。

エリザベスは寝床に体を横たえ、目を閉じた。今なら幽霊でも歓迎できる。つまらないことを考えずにすむだけいい。

しかし、幽霊は現れず、代わりに眠りが訪れた。彼女はありがたくそれを受け入れた。


彼女のことなど考えるものか。ピーターは独り言を言った。この体をできるだけ冷たい水に投げこもう。必要とあらば、自分の体を傷つけてもいい。胸に巣くう貪欲な怪物を追いだすためなら、なんでもしよう。純真な乙女を求める貪欲な怪物を。

今朝、危うく罪を犯しそうになったため、魂はまだずたずただ。こともあろうに修道院の屋根の下で、何より大事な鐘が鳴っているときに、とんでもないことをしたものだ。全速力で逃げだしたい。彼女からではなく、おのれの忌まわしい欲望から。

七年のあいだ禁欲生活をし、女性には見向きもしなかったのに、炎の色の髪をした背の高い娘のために卑しい人間になりさがってしまった。彼女は怪物を見るような目でぼくを見ている。

そのとおり。ぼくは怪物だ。イングランド国王の常軌を逸した息子としても、戯れの恋にふける修道士としても。この修道士は、考えるのも恐ろしいことをし、その赦しを得ようと思っていたのではないか。もはや自分には望みもなく、贖罪も得られないとわかっている。今望み得ることは、課せられた任務に忠実であること。つまり、純真な娘を守ることだ。それ以上の善行は望めない。

ウィリアム公を守るのは、贖罪と反対の行為だった。危険な異常者であるウィリアム公は、すでにセント・アンのお恵みにより奇跡的に清められ、罪を赦されたかもしれない。

しかし、ぼくは罪の赦しを得られるとは思っていない。人によってはその悪行があまりに深く、神でさえ手が届かない場合がある。ウィリアム公のために、また無垢(むく)な娘が犠牲になるのを黙って見ているくらいなら、進んでもう一度冷酷な殺人におよんでもいい。

なんとも崇高な犠牲ではないか。ピーターは自嘲した。ウィリアム公は純真な乙女を破滅させる。その彼を殺したいと願いながら、ぼくは自分の誓いを無視して、修道院に向かう途中の生娘をけがした。ぼくは最も罪深い者と同じくらい神をあざむいている。

氷のような水も大して頭を冷やしてはくれなかった。エリザベスが一緒にこの水の中にいたら、とつい思ってしまう。彼女の肌は白く美しく、胸は目をみはるほど豊かで、その頂は色濃く硬く、思わず口に含みたくなる……。

彼女を起こすのはやめよう。ぼくは眠らなくてもいい。睡眠や食事に対する欲求には耐えられる。そういう誘惑には弱くない。

弱いものといえば、エリザベス・オブ・ブリーダンのきれいな緑色の目、柔らかくしっとりした唇、魅力的な体がいざなう終わりのない天罰だけだ。

そして、ぼくは終わりのない天罰を、永遠の地獄を喜んで受け入れる。彼女の長い脚のあいだに身を横たえる代償として。

だが、エリザベスを地獄へ連れていきたくない。彼女はけがれない修道女として、あるいは妻として母として、天国へ召されるべきなのだ。だが、数知れぬ魂への負い目を背負った修道士にけがされたら、天国へは行けないだろう。

ピーターは家に続く小道をゆっくりたどった。エリザベスはきっとぐっすり眠っている。眠っていないとしても、寝たふりをしているだろう。現実をしっかり見つめなかったら、ぼくは思い違いをしていたかもしれない。あのときエリザベスから離れたために、彼女を傷つけたと思っていただろう。ほんのつかのま、ぼくに抱かれたいと思ったとしても、分別と嫌悪感は彼女の中に存在していたはずだ。彼女が顔を伏せ、声を小さくして距離を保とうとするのも無理はない。暗黒の王子への反感を通り越し、彼女は今、ぼくを憎んでいる。その憎しみは深く、またいつまでも続く。彼女の目に映っているぼくは、修道院で彼女を強姦（ごうかん）しかけた色事師なのだ。

手から出ていた血はすでにとまっている。さっき、いらだちを解消しかねて水際の大きな岩にこの手を叩（たた）きつけたのだ。エリザベスの長くて赤い髪がひと房、月明かりを受けて光っているのを見たとたんに、体が燃え始めたのが原因だ。頭を冷やすには、痛みと血の効用を借りるしかない。おかげで一時は冷静になれたが、痛みと血がとまった今は自分の無謀な行為に腹が立つ。右手ではなく左手を打ちつけたのが、せめてもの良識の証（あかし）と言うべきか。まだ戦わなくてはならない以上、右手を大事にしなくてはならない。必要とあれば、剣を使いこなすために。

必要とあれば、イングランド王の落胤(らくいん)ウィリアム公の息の根をとめるために。

18

　エイドリアンは歩いているうちに力を取り戻した。驚くにはあたらない。彼は若くて強く、どんなときでも素早く回復する。昼にはジョアンナに支えられなくても、ひとりで歩けるようになっていた。それは必ずしもいいことだったとは言えない。ジョアンナのぬくもりと感触は、彼女の手助けよりはるかに大きな力を与えてくれるからだ。

　しかし、ジョアンナに頼っていては彼女が疲れてしまう。エイドリアンは彼女に寄りかかるのを徐々にやめ、自分の足に体重をかけた。これでもまだ彼女の力を借りている。やがて彼女の腕を放し、完全にひとりで歩きだした。ジョアンナが強くすすめるので杖を使っているが、実際は杖など必要ない。陽光が降り注いで辺りは明るく、一分ごとに力がつく。それに、どうしてこう現実離れしたことが起こったのかわからないが、恋をしてしまったらしい。

　ジョアンナはエイドリアンより年上で、誰の目にも傷物に見える。本人も二回結婚したと言っていた。愛人が何人いたかは尋ねてみたこともなく、彼女も進んで話そうとはしない。

彼女は自分のことをマグダラのマリア、つまり堕落した女だと思っているが、エイドリアンはそれより悲しみの聖母に近いと思っている。いや、どちらでもないだろう。ただ、肉と血を備えた現実の女というだけだ。彼女を我がものにしたい。体が求めているだけではなく、心と魂が彼女を求めている。

ジョアンナは、まだその話を聞くだけの心の準備ができていない。キスをしたとき、彼女の瞳には恐怖が表れていた。ぼくのことを世間知らずの修道士だと思っているからだろう。一方、エイドリアンは本当の身分を明かせる立場ではなかった。

母は怒るに違いない。ジョアンナを知らないうちは。母は気が強いが、曲がったことが嫌いで愛情深い。きっと母ならジョアンナのよさがわかるだろう。わからないとしても、おそらくはジョアンナに愛情をかける。息子が愛している女性だからだ。母親とはそういうものではないか。

「何を笑っているの、エイドリアン修道士?」狭い道を歩きながらジョアンナが言った。聖堂まで行くのに、ふたりは多くの人が通る道を選んだ。そのほうが待ち伏せされたり、危険な目に遭ったりする可能性が低い。

「〝エイドリアン〟と呼んだほうがいい。もしくは〝あなた〟でも」彼はひそかに彼女と夫婦として旅ができる喜びをかみ締めた。「人に聞こえるかもしれないから」

ジョアンナは種まきがすんだばかりの広い畑を見まわした。だが、まったく人影はない。

「わたしはやっぱり、きょうだいのほうがいいと思うわ」

「ぼくたちは全然似ていないよ」

「きょうだいと言っても、たいていは似ていないものよ」

「夫のほうが、きみを守りやすい。どこで寝ることになるかはわからないけど、弟が姉のそばで寝る必要はないだろう？　でも夫なら、そばにいて他人を寄せつけないのが当たり前だ」

ジョアンナは反論しようと口を開きかけてまた閉じた。彼の言っていることに逆らうのは難しい。

結局彼女はこう言った。「本当にわたしたちは危険にさらされていると思う？　どうして盗賊にたまたま襲われただけだとは考えられないの？」

「その理由はいくつかある。盗賊だって、信心深くないまでも迷信深い。不滅の霊魂のためを思えば、聖職者を襲いはしないだろう。第二に、我々は金のある商人の一隊とは違う。修道士も騎士も兵士も、質素な身なりをしていて金目のものはつけていない。一団の中でいちばん大切なのはウィリアム公だが、彼は変装している」

「変装？」

エイドリアンは説明した。「殿下はいつもよりずっと質素ななりをしていた」まだ誓いをやぶるわけにはいかないが、少なくともそこまでは事実だ。「それに、盗賊はもっともな理由もなく武装した集団を襲いはしない。ましてあのように本格的な武装をした集団を。襲ってきた連中はしっかり武装していたし、いい馬に乗っていた。ということは、彼らは盗みが目的ではなく、人を殺す目的でやってきたのだ。そして、その仕事をなし遂げるまではあきらめないと思う。彼らとしては、目撃者を生かしてはおけないのだ。自分たちの正体や事件の真相を証言されたら困るからね」

「でも、わたしはあの人たちが誰なのか知らないわ。臆病者のように逃げだしてしまったんですもの」ジョアンナは言った。

「賢い選択だった。あのとき逃げだしていなかったら、強姦されて殺されていたよ。ぼくは連中が何者かわかっている。ひとりは顔を知っている男だった」

「いったい何者なの？」

「きみには言わないほうが安全だ。万が一、やつらにつかまった場合、それを知らなければ助かる見込みがある」

ジョアンナは立ちどまり、厳しい表情を浮かべて彼を見据えた。その顔つきは、どことなくエイドリアンの母親に似ていた。「もうさんざん危ないところを通り抜けてきたわ。つかまったら、いくらわたしが何も知らないと言っても、無罪放免というわけにはいかないでしょう。そんなことはわかりきっているじゃないの。ウィリアム公の一行を襲ったのは誰？　彼に殺された女性の身内なの？」

「違う」疑わしい人物を彼女に明かしたところで害はないだろう。「殿下の家臣だ」

ジョアンナは息をのんだ。「なぜ？　なぜ家臣がウィリアム公を殺すの？　それに、わたしたちまで。全然理屈に合わないわ」

「どうして殿下が死んだと思うのだ？　きみは彼の遺体を見ていない。修道士だって、全部の遺体を見たわけではないだろう。ぼくはウィリアム公がこの殺戮をもくろんだのだと思っている。彼は巡礼の旅に出るのをいやがっていた。たとえ二週間でも、つましく、慎み深く暮らすのはいやだったのだ。神父に質問されて返事をするのも。彼は家臣に我々全員を殺すように命じたのだろう。その後二、三日して、ひとりで聖堂に現れる。そこで、彼ひとりが奇跡的に殺戮をまぬがれたと吹聴するんだ」

「あなたはそうとうな想像力の持ち主ね」

「ぼくは男とはどういうものか知っている」

「わたしだって知ってるわよ。あなたよりよく知っていると思うわ」

「そう思うよ」彼はあいまいにつぶやいた。

「わたし、ウィリアム公の目をよく見たの。彼は決してそんなことをできない人よ。確かに彼は荒っぽい人でしょう。事を治めるために何度も人を殺したし――そういうことは人を変えるわね。でも、世間で言われているほど常軌を逸した人ではないと思うの。そんな卑劣な裏切り行為はできないわ」

事実はそうではない。しかし、エイドリアンはそれをうまく説明できなかった。また、ジョアンナは彼女自身も気づかないほど賢いが、そう言うこともできない。ピーターがどんなに恐ろしい経験をしたかは想像がつく。中には自ら手を下したこともあっただろう。だが、ピーターのような男は正々堂々と戦って自分の命を守る。自分が守ると約束した人をこっそり襲うようなことは決してしない。

ウィリアム公はどう見ても卑怯者だ。その彼が小人数の武装集団を引き連れているのだから、大変危険だということになる。

「たぶん、きみの言うとおりだろう」エイドリアンは言った。「それでも、我々は危険にさらされているという気がしてならない」

「わかったわ」意外にもジョアンナは穏やかに言った。彼女の視線は、広い畑からふたりの前にのびる狭い道へと移った。昨夜、雨が降ったので道はぬかるみ、足の下にはわだちがついている。この音からすると、粗末な荷馬車がこちらへやってきているようだ。

「隠れたほうがいい？」ジョアンナはきいた。

エイドリアンは、ほんのつかのま考えた。だいぶ元気が出てきたが、隠れるには走らなくてはならない。おそらくそれは無理だ。彼は首を振った。「このまま歩いていけば、村へ入る道が見つかるだろう。十分食べさせてもらえるか、ひと晩泊めてもらえるかするかもしれない」

「あるいは、剣で刺されるか」

「この音は二頭立ての荷馬車だ。武装集団ではない」彼は言った。「大丈夫だ。信用してくれ」

ジョアンナはじっと彼を見つめた。この青い目にキスをして、疑惑を追いだしたいとエイドリアンは思った。だが、顔にはなんの感情も表さない。「信じるわ」ひと呼吸置いてジョアンナが言った。「あなたを」

荷馬車が坂の向こうから現れなかったら、エイドリアンは本当に彼女にキスしていたかもしれない。思ったとおり、やってきたのは農民の粗末な馬車だった。

手綱を握っているのは白髪まじりの老人で、人なつっこい笑顔を見せてふたりのそばに馬をとめた。「奥さんを連れてベッカムへ行くのかね?」彼は尋ねた。「あそこへ行っても仕事はないよ。それでも、うまい食事とベッドにはありつける。荷台に乗りなさい。向こうまで乗せていってあげよう」

エイドリアンはとっさに辞退しようとした。だが、ちらりとジョアンナに視線を投げて考えを変えた。彼自身は力がついてきているが、ジョアンナはさきほどより青ざめている。おそらく、エイドリアンの介抱や身のまわりの世話に忙しかったため、あまり眠っていないのだろう。

「ありがとうございます」エイドリアンはたどたどしい口調で言った。南部のいとこのもとにいる農民は、こういう歯切れの悪い話し方をする。「わたしと妻はセント・アン聖堂へ巡礼の旅をしているんです。聖人様のお恵みで子供がさずかるといいと思っているんですよ」彼は我が物顔にジョアンナの平らな腹部に手を置いた。ジョアンナは内心飛びあがったが、老人に疑われてはいけない。そこでじっとしたまま、妻らしい笑みを浮かべた。

「そんなことをしても子供はできないぞ、坊や」農夫はくっくっと笑った。「どうするのか、父さんから教わっただろうが」

「妻がまごつくようなことを言わないでください」エイドリアンは平然と言った。「わたしたちはなんでもしてみました」

農夫は肩をすくめた。「それなら、聖人に祈っても害はあるまい。月の出ている晩にローズマリーの下で寝る方法もある。うちの妹はそれでうまくいった。九カ月とたたないうちに、立派な男の子が生まれたよ。ローズマリーを探してもいいんじゃないか?」

エイドリアンはジョアンナを見ないようにした。見たら笑いだしてしまいそうだ。「それはいい。ぜひやってみましょう」

荷台は高く、ジョアンナを乗せるには腰に手をかけて体を持ちあげるしかない。彼女は軽くてウエストは細く、少し指を動かせば胸のふくらみに届きそうだった。しかし、ふざけたことをしてはいけない。それはよくわかっている。だからエイドリアンは何もしなかった。今のところは。他人の前で夫役を演じれば、彼女に触ろうがキスしようがおかしくはない。

だが、彼女はエイドリアンを生涯独身を貫く修道士だと思っている。ぼくはあくまでも偽りの夫なのだ。その事実は彼女に苦痛を与えるだけでしかない。すでにぼくは彼女に手を触れ、キスをした。しかし、今からセント・アン聖堂に着くまで、自分がエイドリアン修道士であることを忘れてはならない。すなわち、栄光に浴そうと意を決した騎士ではなく、温厚な修道士であることを。今は騎士扮する修道士が農民に扮し、恋する男扮する独身修道士がやさしい夫に扮している。

すぐに聖堂に着かなかったら、きっと気が狂ってしまう。嘘と当惑のゆえにではない。決してしてはならないことを、したくてたまらないからだ。

「彼らの足取りはつかめません」ルーファスはこわごわウィリアム公に視線を向けた。以前ウィリアム公の怒りを買い、味方を何人も失ったからだ。

ウィリアム公は膝にのせていた女性を押しやり、立ちあがってズボンのボタンをとめた。情婦を聖堂に連れてくるような図々しい人物はまずいないが、ウィリアム公はそういうことをまったく気にしない。「おかしいではないか、ルーファス。川とセント・アン聖堂のあいだを歩いている者が四人いる。そのことは確実なのに、彼らの足取りがつかめないと言うのか？　いったい誰から話を聞いているのだ？　盲人ばかりか？」

「で、殿下……」ルーファスは口ごもった。「わたしはひと組を北へ、もうひと組を東へ送りました。しかし、彼らはなんの手がかりも得ていません。殿下は、何を捜しているのか誰にも言うなと仰せられました。ですから、我々は農民にあまり詳しい質問をすることができないのです。それでも、よそ者を見かけたと言う者はありませんでした。ジャーヴェスの部下は大変有能ですから、逃亡者にかなりの傷を負わせたのではないかと思います。傷がとても深いので、彼らは森へ逃げこんで死んだのでしょう」

「彼らは人間だぞ、ルーファス。口のきけない犬ではない。逃げてどこかで傷口をなめるのではなく、助けを求めに行くはずだ。それに、ジャーヴェスの部下はちっとも有能ではない。そうだろう？　だからジャーヴェスはここで罰を受けていて、おまえたちが追跡にあたっているのだ。今のところは」

ルーファスはつばをのんだ。彼は大男で、見る者すべてを縮みあがらせる。肉厚の手で簡単に人の首を折ってしまうような男なのだ。その彼が、ウィリアム公につめ寄られて冷や汗をかいている。死ぬのが怖いからではない。ウィリアム公が新しい死に方を考案するのに長けているからだ。

「今度はおまえが自分で出かけていくのだ、ルーファス」ウィリアム公は不気味なほど穏やかな声で告げた。

っていく。

「同時に二箇所にいることはできません、殿下」ルーファスは言った。絶望感が胸に広がっていく。

「できるとも。おまえの体をふたつに裂けば。四つに裂けばもっといいな——おまえが逃がした連中を、東西南北すべての方向へ追っていける」

「殿下……」彼は力なく言った。

「わたしに向かってめそめそするな、ルーファス。逃げおおせた修道士たちを見つけて連れてこい。若い修道士はわたしが刺した。しかし、殺せるだけのひと突きだったかどうかはわからない。それに、恐れ多くもわたしになりすましている男は無傷で逃げた。女を連れている。間違いない。赤毛の若い女だ」

「美人のほうを連れていったのではありませんか、殿下？」

「ピーター修道士は趣味が悪い。それに、彼があの娘に夢中になっているのはばかでもわかる。見つけたらふたりとも殺せ。おまえがふたりを捜しだすのだぞ、ルーファス」

「かしこまりました、殿下」

「では、行け」

広い額にどっと汗が噴きだした。ただし、今回はほっとしたからだ。ルーファスが部屋を出ようとすると、ウィリアム公がものうげに呼びとめた。

「ああ、ルーファス」

「はい、なんでしょう、殿下」

「彼らを見つけたら、娘を先に殺せ。時間をかけて、彼がよく見ている前で。わかったか？　わたしがその仕事にあたれない場合は、おまえがしっかり実行するのだぞ。期待しているからな」

ルーファスには彼の言いたいことが十二分にわかっている。犠牲者を哀れんでいた時期はとっくの昔に過ぎてしまった。エリザベス・オブ・ブリーダンがどうなるかは、どうせもう決まっているのだ。

しかし、だからといって苦しい死に方をさせる必要はない。早く死ねるようにしてやろう。短剣の使い方を誤ってひと突きで殺してしまったと言えば、ウィリアム公はそれが嘘だと証明することはできないはずだ。さらに、役に立つ男をそんな理由で殺す気にはなれない。おそらくは。

「御意のままに」ルーファスは小声で言い、部屋を出て頭を下げた。そのとき、ウィリアム公のかたわらにいた若い女性が苦痛の叫び声をあげたが、その声は何かにふさがれてくぐもって聞こえた。

エリザベスはにわか作りの寝床にうつ伏せになっていた。彼女が無事かどうか確認しなくてはいけない。ピーターは自分に言い聞かせた。彼女がどうなるかは、結局ぼくの責任だ。少なくとも修道院に着くまでは。向こうに着けば、彼女を修道院長に引き渡し、ぼくの役目は終わる。

彼女はうつ伏せになってよく眠っていた。まだケープにくるまり、フードをかぶっている。いまだに身を隠しているのだ。

そのほうがいい。今の姿なら、修道士仲間が寝ているのだと自分に言い聞かせられる。修道会の仲間たちと違い、同性に情欲を感じないところがありがたい。寝床に寝ている人物の姿を冷静な目で見られるだろう。

ところが、そうはいかなかった。質素な修道服に隠れて横たわっているのが誰か、わかっているのだから仕方がない。男を知らない唇の甘い味を今も舌に感じ、シルクのような肌の感触を自分の肌に感じる。なぜ女性の肌はこんなにも美しく柔らかいのだろう？　なぜその体はこうもうっとりするような香りに包まれているのか？　そして、なぜぼくは急に感じやすくなったのだろう？　今までは女性を受けつけなかったのに。

ピーターは無理やり顔をそむけた。実のところ、見張りが必要だとは思っていない。ずっと慎重に行動してきたのだから、誰にも見つからないだろう。この土地は誰よりもよく知っている。人に見つからないようにしようと思えば、まず見つかることはない。それに、ウィリアム公が死んでしまったら、誰が生き残ったか気にする人もいなくなる。

ウィリアム公が死んでしまったら。しかし、事はそう簡単ではないだろう。それほど容易なわけはない。

ピーターはひんやりした夜気の中へ出た。欠け始めた銀色の月が上空にかかり、古い農家にかすかな光を投げかけている。ここは父の小作人が住んでいた家だ。一家は熱病で全員命を落とし、同じ病でピーターの家族も周辺の住民の大多数も世を去った。ピーターは十字軍遠征に赴いていたため、何も知らなかったのだ。

もし家に帰っていたら、おそらく熱病で死んでいただろう。そのほうがあらゆる人のためによかったのではないか。

もし亡霊がとりつくとしたら、それは熱病で死んだ農民の霊ではない。殺害された罪なき人々の霊であり、それが耳元でささやきかけるのだ。しかし、信仰篤い男の人生に迷信の入りこむ余地はない。修道院長がいつも言っていたとおりだ。亡霊が現れることはない。つまり、死者の悲しみがこの世にいつまでもとどまることはないはずだ。彼らの霊は安らかに世を去った。疑いもなく天国にいる。田舎をさまよったり、かつての自分の家の付近に偶然迷いこんだ人間を脅したりはしない。

ピーターは梨の木の下にある小さな草むらに座りこんだ。早春とあってちょうど花が咲き始めている。どこでも眠れるのだから、家の中で寝るのはよそう。ゆっくり休めば、明日には誘惑を感じなくなる。エリザベスも、もとの口うるさい小娘に戻るだろう。

眠りに落ちてすぐに奔放な行動が夢に出てきて、それがあまりに強烈なので目を覚ましかけた。夜が深まるにつれ、悪夢が訪れる。死にゆく女、とらえられた女の悲鳴が聞こえるが、救う方法がない。まもなく、悲鳴は夢の中ではなく、家の中から聞こえてくるのだとわかった。

扉を少し開けたままにしていたため、ピーターはあわてて駆けこもうとしてその扉にぶつかった。短剣は取りだしてある。必要なら、人を殺すのも辞さない。叫び声はいつしかやんでいた。往々にして、駆けつけたときはやんでいるものだ。おそらく、手遅れなのだろう。

中は真っ暗だが、しだいに目が慣れてきた。エリザベスは寝床の上に起きあがり、フードを目深にかぶったまま顔を手で覆っている。泣いているのだ。

立ちどまって考えるまでもない。ピーターは短剣を置いて彼女のそばへ行き、毛布の上に膝をついて手を取った。「どうした?」彼はやさしく尋ねた。

彼の手が触れたので、エリザベスは後ろへ飛びのいた。だが、彼は手を放さない。「いやな夢を見たのです」彼女はなんとか答えたが、泣いていたために、まだ声がかすれている。「幽霊の夢を」

「幽霊などというものは存在しないのだよ、エリザベス」

「わかっています」エリザベスはいつものきびきびした口調で言った。「わたしが見る夢は現実的ではありません」彼女は顔を上げたが、暗いのでピーターには表情がわからない。

「わたしを起こしにいらしたのでしょう？　今度はわたしが見張りをします」

「その必要はない。ここにいれば見つからないだろう」

「それなら、どうして交代で見張りをしようとおっしゃったの？」

「きみから離れているためにだ」そんなことを言うべきではなかった。しかし、闇に沈んだ部屋の中にいると、遠慮や慎みがなくなるらしい。

エリザベスはぐいと手を引き抜いた。「嘘はやめてください！」

ピーターは驚いてフードに包まれた彼女の頭を見つめた。「なんのことを言っているのだ？」

「あっちへ行って。殿下はいじめる以外、わたしに興味はないのです。わたしが降参するまでいじめるんだわ。それでいつも殿下の思いどおりになるのよ。それ以外に何があるのですか？　出ていって。わたしのそばへ来ないでください」

彼は力を抜き、依然としてエリザベスを見つめながら辛抱強く言った。「なんの話か説明してくれ」

「説明する必要などないでしょう？　イングランド一の好色家は、手近なところにいるただひとりの女性に全然興味がない。興味があるのは、彼女をいじめることだけ。どういじめるかといえば、気があると思わせておいてから捨てるのよ。早く出ていってください」

「出ていけ、出ていけと言うのはやめたらどうだ？　わたしは出ていく気などない」彼にはまだエリザベスの言葉が意外だった。

「それではわたしが出ていくわ」エリザベスが立ちあがろうとすると、彼は押さえつけて座らせた。そのため、彼女は毛布の上に倒れこみ、修道服のフードが肩にすべり落ちた。

彼女の顔を縁取っていたあの豊かな美しい髪はなく、ぞんざいに切った短い髪が顔のまわりでカールしている。今のエリザベスは美少年のようだ。男に興味を持ったことはないが、どうやら後戻りできないところまで来てしまったらしい。

「その髪は……」ピーターは言った。

「自分で切ったのです。悪魔の髪だから。本当かどうか知らないけれど、みんながそう言うわ。どちらにしても、わたしは不器量よ。自分の容姿がとても嫌いだから、髪がなくなっただけでもうれしいわ」だんだん涙で声がかすれてくる。「今は醜い男の子みたい。でも、気にすることはないのよ。どうせ修道女になるのですもの。殿下でさえ、わたしがほしいとお思いにならないのだから、修道女になるしかないでしょう。もう一度髪を切って燃やすわ。こんな髪、大嫌い！」彼女は息を切らしながら言った。「大嫌い。切って本当によかった……」

ピーターは彼女の顔に手をかけ、長い指を巻き毛の中に差し入れた。「そんなはずはない。こんなにきれいな髪なのに。この髪の美しさがわかる人はいなかったとしても、きみにはわかっていたはずだ」

エリザベスはしばらく口をつぐみ、まじまじと彼の顔を見た。そのまぶたは腫れ、頰には涙の跡がついている。だいぶ前から泣いていたのではあるまいか。

「わたしに触らないでください」彼女は小声で言った。「わたしは不器量だし、殿下は怪物だわ」

もうだめだ。ピーターにはわかっていた。気性の荒い女や遊びで近寄ってくる女、怒りっぽい女には抵抗できるが、悲しそうなこの娘には抵抗できない。彼女は髪を切ると同時に、自分を守る力も失ってしまった。

「わたしは怪物ではない」ピーターは彼女の涙を親指でぬぐった。「それから、きみは髪を切っても男の子には見えないよ。きみはとてもきれいだ。きみ自身は知らなくても。わたしは間違ったことをしたくない。だから、きみから離れていようとした。きみがほしくないからではない。ほしくてたまらないからだ」

「嘘をおっしゃるのはやめて」エリザベスは言った。

ほかの選択肢などあるはずがなかった。ピーターはあらゆる誓約を忘れ、エリザベスにキスをした。

19

恐怖を抱いて当然だった。おのれの愚かさとつまらないうぬぼれを戒めるべきだった。それなのに、エリザベスは彼のキスを受けると何も考えられなくなった。頭にあるのは彼の味と修道服の下にある体の感触、発達した筋肉と体にみなぎる力だけだった。彼は女性を傷つける男として知られている。それは否定できないが、わたしを傷つけるはずはないということだけはわかっている。

彼は顔を離し、エリザベスの目をのぞきこんだ。その目の奥には、読み取れない無言の問いかけがある。やめようと思えばいつでもやめられる。そう思いながらエリザベスは目を閉じた。彼の唇が軽く鼻に、頬に、目の縁に、温かいこめかみに触れる。続いて彼の腕が体を抱き寄せ、彼の唇がエリザベスの唇をとらえた。今度は舌がすべりこみ、彼の唇に情熱がこもっていく。その激しいキスに、体全体が彼の体に吸いついていくような気がする。ジョアンナは男性の愛の行為が過酷で退屈だと言い、何人かの女性たちは恥辱と不快感を覚えると言っていた。そのほかの女性たちはまったくその話をしない。どうしてそんなにいやなのだろう？　彼の唇の感触は驚くほどすばらしく、キスを受けると胸にも、おなかにも、脚のあいだにも炎が燃えあがる。想像を絶するすばらしい感覚だった。あとでどんなに不愉快な事態が生じるとしても、経験するだけの価値はある。

彼の手が腰にすべって紐に触れると、体が震えだした。やはり多少は怖いのだ。彼は手探りで実に器用に紐をほどく。どうしてこんなことができるのだろう？　紐はするりと解けて服がすべり落ち、気がつくとシュミーズだけになっていた。

話そうとしたが声が出ない。咳払いをしてようやく言葉を絞りだした。「紐をほどくのがお上手ね。何度も修道士の服を脱がせたの？」エリザベスは軽い口調できいた。

顎の横にキスをしていた彼が動きをとめた。失敗だっただろうか？　もうキスしてくれなかったらどうしよう。

「ああ、何度も」彼はかすれた声で言い、エリザベスの柔らかなシュミーズの中に手をすべりこませた。シュミーズの紐はすでにほどいてあったようだ。彼が手を差し入れると同時にシュミーズは下に落ち、エリザベスは胸をさらして暗闇の中に座っていた。

「女性の服にも経験がおありのようね」彼女は神経質に言った。

「ああ、何度も」彼は繰り返した。「気が変わったかい？」

そのとおりだ。今の今まで、自分に嘘をついていた。エリザベスはそう考えながら危険な男性のそばに裸身を横たえ、体を触られ、犯されていた。「いいえ」彼女は言った。

「それなら、気をそらすようなことをするのはやめてくれ」彼が再びキスをしながら胸に手を触れたので、エリザベスは飛びあがった。

「何をなさっているの？」

「きみの胸に触っているのだ。きみが知りたがるかもしれないからさらに言うと、この次は胸にキスをする」

エリザベスは不安と喜びに震えていた。「そんなことは、言ってくださらなくてもいいわ。殿下はただ……わたしが思ったのは……あの、わたしたち……」

「きみは横になって目をつぶればいい。質問はやめること」彼の声は、わずかながら笑いを含んでいる。「この作業を立派にやりとおすには、気持ちを集中しなくてはならない」

「わたしは何もしなくていいの？」

「いいよ。何かしたくなるまでは。できるようになるまでは。それまでは、ただあお向けになって楽しんでいればいいのだ」

「た、楽しむですって？」エリザベスは口ごもった。

彼はやさしくエリザベスを寝床に寝かせ、すぐにシュミーズを引きおろして取り去った。エリザベスは今、一糸まとわぬ姿で彼の前に横たわっている。部屋の中は暗いが、彼にはよく見えているのではないだろうか？　体を隠そうとして腕を上げると、彼に手首をつかまれて体のわきに押しつけられた。

「どこかほかの場所にいると思ってごらん」彼はささやいた。「きみは草地に寝転んでいて、太陽が降り注いでいる。雲に乗って漂っていると思ってもいい。その気になったら、現実に戻っておいで」

彼はさきほどの言葉どおり、エリザベスの胸に唇を押しあて、頂を口に含んで赤ん坊が母親の乳を吸うように吸い始めた。

雲に乗って漂っている、漂っている……エリザベスは彼の指示どおり目を閉じ、そのつもりになろうとした。けれど、彼の唇が胸の頂を引っ張ると、そのつど得体の知れない思いがわきあがり、胸や脚のあいだに熱いものが駆け抜ける。彼がもう一方の胸を手の中に包むと、張りつめた頂が彼の指に熱い行為を訴えかけた。体の奥で不思議な情熱のかたまりがふくらんでいく。その情熱の激しさに、彼女は我知らず体の下のざらざらした毛布をつかんでいた。

彼は顔を上げたが、やめようとしたわけではなかった。すぐにもう片方の胸に唇を移し、また乳首を吸い始めた。無意識に喉の奥で妙な音をたてると同時に、エリザベスは彼をやさしく胸に抱き寄せ、彼の豊かな髪をすいた。

彼の唇が離れると、胸に触れる空気が冷たく感じられた。肌がぬれているせいだ。何か言おうと口を開いたとたん、彼の唇が唇をふさいだ。彼のキスに、体の中はますます熱くなっていく。

彼は何をどうするのかわかっていると言っていた。そうであってほしい。というのは、触ってほしいけれど、どこに触ってもらえばいいのかわからないからだ。ただ落ちつかず不安で体が熱く、すぐに何かしてもらわなくては泣きだしてしまいそうだ。そうでなければ、感情を爆発させてしまうだろう。

彼が脚のあいだに手を差し入れたときは衝撃を覚えた。脚をきつく閉じようとしてみたが、力では彼のほうが優(まさ)っている。彼はエリザベスの脚のあいだに体を割りこませた。次に何が起こるかは、十分予測できたはずだった。彼の指が体の中にすべりこむと全身がこわばった。

「逆らわないで、エリザベス」彼は小声で言い、腹部の柔らかい肌に口づけをした。「これはきみのためだ。わたしのためではない」

ウィリアム公が特別なところに手を触れたので、エリザベスの体はひそかな喜びに打ち震えた。

「それでいい。それでいいんだ」彼はエリザベスの肌に唇を寄せてささやいた。「きみに達してもらいたい。わたしのために。いいね？　きみに痛い思いをさせる前に、そこまで知っておいてくれ」

エリザベスはウィリアム公が何を言っているのかわからなかった。でも、そんなことはどうでもいい。わたしに痛い思いをさせるですって？　いいわ、かまうものですか。この体が満たされるなら、どんなことでも進んで受け入れよう。

息が苦しく、呼吸するたびに小さな音が喉からもれる。何かほしいものがあるのだが、それがなんなのかわからない。そのあいだにも、体の中心の悩ましいうずきはますます強くなる。

そのときウィリアム公は身を起こし、手をエリザベスの腰に移して抱き寄せた。やめないで、と心の中で叫びながら、彼女は抑えきれずに声をもらした。だが、それはまだ序の口だった。続いて彼は今まで指で触れていたところに唇をあて、唇で愛撫し始めた。脚のあいだに彼の舌の動きを感じる。エリザベスは思わず鋭い声をあげた。

じっとしてはいられない。でも、動こうとすると彼の力強い手が体を押さえた。彼の肩に手をかけて押しやったらどうだろう？　けれどそれだけの力がない。再び毛布をつかんで膝を折り、頭をのけぞらせているうちに激しい震えが体を襲った。

死んでしまう、と一瞬思った。体は溶けた金属のように熱く、貪欲な炎となって燃えている。でも、できることは何もない。ただ横たわって震えているだけ。彼の行為に応えて激しい情熱の波があとからあとから押し寄せ、出口のない暗闇に引きずりこんでいく。

ウィリアム公は起きあがって口をぬぐい、素早く修道服を脱ぎ捨てた。その動きは、エリザベスの服を脱がせたときよりさらに速かった。月明かりの中に浮かぶ彼の肌は、白金のような輝きを帯びている。エリザベスはじっと彼を見つめた。傷跡の残るたくましい胸

を、贅肉のない平らな腹部を、力強く硬い部分を。こんなに大きなものが、わたしの中に

収まるのだろうか？

きいてみようと思ったとき、彼がエリザベスの手を取ってその硬いすべすべした部分に

押しあてた。今まで、こういう感じのものに触ったことはない。ベルベットにも似たなめ

らかな手触りで、鋼を思わせるほど硬い。収まってても収まらなくてもいいけれど、とにか

くそれがほしかった。

ウィリアム公はエリザベスの手を自分の手で包みこみ、その部分に沿って上下に動かし

た。「こんなふうにしてくれ。あまり強くしないで。このまま達するほうがいい。そうす

れば、きみを……」エリザベスの手の中のものがぴくりとし、彼は声をつまらせた。「き

みを、清らかな体のままセント・アン聖堂へ連れていける」

〝このまま達する〟というのがどういう意味か、今度はエリザベスにもわかった。そうだ

ったのか。わたしに手を使わせ、体の外に種を流そうというわけだ。それでも罪にはなる

だろうが、修道院に入る生娘を犯すほどの大罪ではない。

彼女は手を引っこめた。「いやです」寝床にあお向けになったままかすれた声で言い、

エリザベスは彼の力強い肩に手をかけて自分のほうへ引き寄せた。「あなたが全部ほしい

わ」

彼はだめだとは言わなかった。「神よ、お許しください」その体が上から迫ってくる。

「お許しください。わたしたちふたりを」エリザベスは脚のあいだに彼を感じた。彼の口づけで潤ったところへ硬いものがすべりこんでくる。しだいに深く、力に満ちて……そこで障壁に行きあたり、彼は動きをとめた。

「やはりだめだ」彼の体が離れようとしている。

「やめないで」エリザベスは自分の上に彼を引き寄せ、腰と腰をしっかり重ね合わせた。

彼の体は最後のベールを突きやぶり、エリザベスの中に深く沈んでいった。

痛みはわずかなあいだだったが、一瞬息ができなくなった。「これでいいのよ」エリザベスは声をつまらせて言った。「もうどうせ後戻りできないわ。このまま行くところまで行ってください」

ウィリアム公はエリザベスの唇にキスをし、彼女の腿に手をかけてぴったり自分に引き寄せた。彼の唇はエリザベスの味がし、ふたりの体は今深く結びついている。彼女の脚を自分の引き締まった腰に巻きつけ、彼は体を動かし始めた。最初はゆっくり、しだいに速く……もうキスをする余裕はない。ふたりの体には汗が光っている。彼はエリザベスの喉元に顔をうずめ、熱い動きを繰り返した。激しく、深く。その動きは、ますます激しくなっていく。やがて彼は体をこわばらせ、エリザベスの中に命の種を注ぎこんだ。熱く、力を秘めた液体を。そのとき彼の喉からほとばしった声は、地獄の叫びのようだった。

ウィリアム公はエリザベスの上にくずおれた。彼の体はとても重い。小柄な女性だったら、つぶれてしまったかもしれない。エリザベスは震えながらも彼の体に手をすべらせ、引き締まった腰に手をあててさらに深く引き寄せた。もっと中にいてほしい。彼を放したくはなかった。

肩に触れる彼の顔が汗にぬれている。彼に言わなければ――あの不思議な情熱のかたまりが、また目を覚ましたらしいということを。しかし、今度は深く重たいけだるさがそれと一緒にやってきた。もう何もできない。彼の背中の傷を指でたどり、その喉元に唇を押しあてるのが精いっぱいだった。まもなく眠りが訪れた。

ピーターはゆっくり慎重に彼女から体を離した。エリザベスはすでに眠っているが、離れようとすると彼女の体は本能的にピーターを引き寄せる。彼を放したくないとでも言うように。

ピーターはエリザベスのかたわらに体を横たえ、じっと彼女を見守った。おかしいではないか。どうして彼女ではなく、ぼくが泣くのだ？　エリザベスは、今ぼくたちのあいだに何が起こったのか全然知らない。自分が純潔を失ったというごく単純な事実以外は。その事実により、ぼくが不滅の霊魂への希望を失ったということも、彼女は知らない。だが、罪にけがれた愛の行為はあまりにも強く美しく、後悔する気にはなれなかった。

それはぼくの罪であり、彼女の罪ではない。この一夜の出来事に対し、彼女が責めを負う必要はないことを神はご存じだろう。世間の人は知らないとしても。彼らが知る必要はない。どうせ理解しないのだから。

妊娠を避けるためには、体外射精という方法をとらなければならない。ところが、さっきはそうするだけの余裕がなかった。騎士として俗世に暮らしていたころは、飽くことを知らない女道楽者として名を馳せ、相手にした女は数えきれなかった。それでも間違って種を植えつけたことは一度もなかったというのに、この最も大事なときに理性を失い、彼女のなめらかな体にこの身をうずめてしまったのだ。もしも罪を重ねる結果になったら、責任はすべてぼくにある。罰を受けるのが当然だ。

窓の鎧戸を通して月の光が流れこみ、エリザベスの申し分ない体を照らしている。少なくとも、ピーターの目には申し分なかった。長い脚はすらりとして美しく、腰は細く腹部は平らで、胸は豊かにふくらんでいる。何物にも覆われていない彼女の体は、想像していたとおりに美しい。いや、想像以上と言っていい。想像をたくましくせずにいられたら、体も抑制できただろうに。

過去七年間、ピーターは情欲と誘惑に抵抗してきた。今も、抵抗できないわけではない。もう一度彼女とひとつになれたらと思うと、熱い震えが体を駆け巡るが、それを抑えることはできる。自分を抑え、彼女から離れていられるはずだ。

しかし、どうしても抑えられないことがある。それは彼女を愛することだ。いくらだめだと思っても、愛さずにはいられなかった。

おまえは頑固だ、ひねくれ者だと父は口癖のように言っていた。はからずもそれを証明してしまったらしい。一族の土地を守るべきときに十字軍に入り、イングランドに帰ったときは土地も家族も何もかもなくなっていた。ただひとつ残っていたのは、罪の意識だけだった。その罪悪感はあまりに重く、押しつぶされてしまったとしてもおかしくない。

父の言うことを聞かなかったために、その代償を払わされた。今までは、どこへ行こうと女性の魅力には惑わされず、女性の体を楽しんでも愛することはしなかった。

それなのに、なぜエリザベスのような髪の赤くて怒りっぽく、脚が長い毒舌の娘がぼくの良心や分別をものともせずに心を奪い去ってしまったのだろう？　修道会に捧げたはずのぼくの心を。

彼女が悪いのではない。悪いのはぼくだ。ぼくが意志薄弱だからいけないのだ。

暗がりで手早く服を着て、エリザベスをここに置いて出ていけば、当面彼女は安全だろう。ぼくは聖堂へ行ってウィリアム公の居場所を探り、誰かにエリザベスを迎えに来てもらう。ぼくが慎重に行動できるなら、そして、今後修道女として生きる彼女の決意が変わらないなら、彼女に事実を知らせる必要はない。エリザベスは、イングランドの非嫡男王子に抱かれてひと晩を過ごしたと終生思っていくだろう。そのほうがいい。初体験をさせた嘘つきの正体を、知らずに終わったほうがいい。

もっと楽観的に考えれば、エリザベスは結婚して田舎に住み、子宝にも恵まれるかもしれない。彼女がほかの男のものになったと知るのも、あの憎まれ口をほかの男が聞いていると思うのも苦しい。しかし、ぼくが償うべき罪の大きさに比べれば、それはささやかな苦行にすぎない。

ぼくがいなくなればエリザベスは安全だ。一度罪を犯しても、深く後悔すれば赦(ゆる)される。だが、罪を繰り返したら、何をしようと無罪とは認められない。

ピーターは身をかがめ、エリザベスにキスをした。

ひとたび心を決めてしまうと、エイドリアンにとって、事は簡単だった。聖母の目をしたジョアンナをどう扱うか決心がついたとき、あらゆるものがすっきり見えてきたのだ。日が暮れるとすぐ、ふたりは休むことにした。エイドリアンはかなり体力を回復しているが、夜にゆっくり休めばさらによくなるのは間違いない。ベッカムの村人は貧しいながらも巡礼者とその妻を温かく迎えてくれた。ジョアンナのほうは普段世間の人に冷たい目で見られているので、余計に居心地がいいようだ。世の中には、巡礼の旅に出なくてもそれと同じくらいの恩恵にあずかる道がある。それは巡礼に出ている人々を歓迎し、心地よく過ごしてもらうことだ。それによって、旅をしなくてもある程度、神のお恵みを受けることができる。そのせいか、粉屋が本物のベッドを備えた部屋にふたりを通し、おいしい料理と強いエールをすすめてくれた。これはかなり増血効果がある。親切にも、会う人ごとに子供の作り方について役に立つ助言をしてくれた。中には事細かにこみ入った話をする人もいて、エイドリアンは笑いそうになった。しかし、ジョアンナは笑う気になどなれないらしい。物静かな人妻らしい振る舞いの陰で、彼女が警戒心をつのらせているのがわかる。彼女はぼくを信用していない。男を信用しないほうが賢明だということを、長年の経験から彼女は知ったのだ。男が彼女に何かを求めるとすれば、求めるものは決まっている。求めておいて、彼らはその見返りをできるだけ少なくしようとする。貞節を誓った一文なしの修道士は、彼女が出会った男の中で最も期待できない相手だろう。

それでも、彼女が異性に対する感情の動きを失っていないのはわかっている。気づかれていないと思ってぼくをじっと見ているときがあるが、そんなときの静かな青い目には一種独特な思いがこもっている。ぼくのことを、彼女がこれまでに出会った男性と異質の人間だと思っているのではあるまいか。

しかし、本質的にはそうではない。ぼくも彼女とベッドをともにしたいと望み、焦がれている。彼女の温かい体の中にこの身をうずめて喜びを感じたい。ほんの少しでも状況が違っていたら、すでに彼女を我がものにしていただろう。禁欲がこれほど苦痛になるとは思ってもみなかった。ジョアンナが一行に加わるまでは、ほとんど心をわずらわされることなく過ごしてきたのに。ウェイクブライト城で初めて彼女に会ったときは、ひと目見たとたんに魅力を感じたものの、ほとんど顔を見ず、極力会わないようにしていれば誘惑を避けられた。

だが、彼女が旅に加わると状況はすっかり変わってしまった。彼女と一秒でも一緒に過ごせば、それだけ彼女を求める気持ちが強くなる。しかも、できればすぐにでもその気持ちに浸ってしまいたい。

今夜ふたりは粉屋の家で一夜を過ごす。部屋は狭く、ベッドはふたりが横たわったら動く余地もほとんどない。エイドリアンは目を閉じて考えた。悪いことが起こりそうな気がする。けれど、かたわらで静かに眠っている女性のことを考えるのはもうやめよう。

彼女に覆いかぶさるのは簡単だ。傷口が開くだろうが、すぐ回復するので心配はない。彼女には手を触れないと約束した。だが、一度喜びを味わえば、彼女は約束をやぶったぼくを許してくれるだろう。女性を喜ばせるのはお手のものだ。相手の女性が愛の行為を楽しまないとしたら、ぼくは半分の楽しみも得られない。

相手が経験豊富であればあるほど、楽しませるのはやさしい。男を知っている女性は何が自分を歓喜に導くか知っており、たいていはそれを話してくれる。最初ははにかんでいても、少し説得すれば言うだろう。ひとたびジョアンナの服を脱がせれば、もう問題はない。体を合わせたことはなくても、ふたりのあいだにはすでに絆(きずな)ができている。ぼくはそれを感じるし、ジョアンナも感じているに違いない。彼女は否定するだろうが、ぼくにはわかっている。おそらく、彼女は絆を感じるのが怖いのだ。

今はふたりの安全確保に神経を集中しなくてはいけない。聖堂に着けば、楽しむ時間はたっぷりある。それまでは、墓に葬られた昔の騎士とその妻のように、清く、指一本触れることもなくジョアンナと並んで横になろう。

運がよければ、明日の夜には目的地に着ける。肩の傷は日ごとに癒え、体は日ごと力を増す。

そうしたら、柔らかいベッドでジョアンナを抱こう。暖かい布団ときれいな水のあるところで。聖人の目の前でひと晩中ジョアンナを抱こう。朝になったら、もう一度彼女と愛の営みに浸る。彼女に触れた男の記憶を、彼女の頭から完全に追いだすまで。

彼らに嫉妬しているわけではなく、ジョアンナの過去を非難しているわけでもない。ただ単に彼女と未来をともにしたいだけだ。それには少しでも早く彼女の体を求め、我がものにしたほうがいい。

ジョアンナはためらうだろう。拒もうとするかもしれない。だが、最後には言いなりになり、熱い愛でこの身を包んでくれる。ウィリアム公を護衛する仕事がすんだら、一刻も早く彼女をロンゲーカーへ連れて帰ろう。

もしエイドリアンが運に恵まれているなら、ウィリアム公はすでにこの世にいないだろう。盗賊は盗賊のままで終わる。あるいは、ウィリアム公が殺めた娘の父親のもとに送られ、ウィリアム公の最後の悪行は護衛のひとりを殺害しようとしたことだとされるだろう。

運よく彼が亡き人となっていれば、遺体は聖堂に運ばれて埋葬されているだろう。

そしてぼくは、隣に寝ている女性をひたすら愛する以外に何もすることがなくなるのだ。

たとえウィリアム公がまだ生きていても、彼を見つけるのに大した時間はかかるまい。

彼が心から罪を悔い改めなければ、あとのことは怒りをつのらせている父王にまかされる。

いずれにしても、ぼくは晴れて家に帰れるだろう。

ジョアンナをかたわらに従えて。

20

ピーターは川岸に立ち、エリザベスを見つめながら修道服をつけた。ふたりは川を数メートル下り、静かな場所を見つけてゆっくり水浴びしてきたところだ。彼は思いつく限りの方法で愛の営みを繰り返した。エリザベスの体が耐えられなくなるまで、自分の体がそれ以上を望まなくなるまで。だが、彼女がピーターの体を唇で愛撫(あいぶ)すると、再び彼女のすべてがほしくなった。

おかしなことに、ピーターが起こしたときエリザベスははにかみ、一夜の出来事に戸惑っていた。エジプトコブラのように強い毒を持つ舌も、言葉を発しない。前もってくんでおいた冷たい水で体を洗ってあげたが、世話を焼こうとする気持ちはたちまちほかの思いに転じてしまった。そのあとの行為は今までと違った。上になるようエリザベスを説得してひとつになると、自らを悦楽に導く方法を彼女に教えた。

それは、はからずもピーターをいっそう激しく燃えあがらせる結果になった。エリザベスが歓喜と驚きの叫びをあげると同時に、その体はきつくピーターを締めつける。燃えあがる炎はとめようにもとめられず、燃え尽きたときは彼女にしがみつかずにいられなかった。まもなくエリザベスも骨のない人形のように、汗にぬれた彼の体の上へぐったりと倒れこんだ。

彼女を抱くたびに、これが最後だと自分に言い聞かせた。体に力が満ちて彼女がほしくなるたびに、エリザベスは恥じらうような、どきっとさせるような目でピーターを見る。それ以上何もする必要はない。それだけで彼女に夢中になり、彼女がピーターのすべてになる。

冷たい水も、ふたりの熱を冷ますことはできなかったらしい。行為のあとに彼女が水を浴びているあいだ、ピーターは若草の上に体をのばしていた。気の毒に、エリザベスの体はこうした至福の責め苦に慣れていない。一緒に水浴びをするのをやめたのも、彼女が苦痛の声を抑えているとわかったからだ。彼女は離れたくないようだったが、何も言わずに背を向けて水の中に飛びこんだ。

エリザベスは泳いでいる。溺(おぼ)れかけているのを見たときは、泳げるとは思わなかった。ブリーダン城にいたときは、どのように監視の目を逃れて泳いでいたのだろう? ピーターは土手に座り、すべるように水中を進む彼女のすらりとした白い体を見守った。心には悔いも絶望もなく、ただ彼女を見ているのがうれしい。今はいやなことを考えたくない。後悔する時間はあとでいくらでもあるだろう。

エリザベスに背中を見られたときは、しばらく気まずい空気が流れた。もちろん確かなことはわからないが、背中がどのように見えるか想像はつく。彼女が息をのんだからには、きっとおぞましく見えたのだろう。半月形の切り傷が、肩から腰にかけて斜めに走っている。その傷が癒えてから長い年月を経ており、彼女も当然、ぼくが十字軍に加わったときのものだとわかるだろう。しかし、鞭による新しい傷もいくつか残っていた。

「その傷はどうしたのですか？」エリザベスはきいた。

「アラブの剣と戦を交えたのだ。だが、わたしは生きのびた」

「その傷のことではなくて、その鞭の跡のことです。誰かがやったのでしょう？　あなたにできるだけ痛い思いをさせようとして」

エリザベスは鋭い。だが、悪魔を体から追いだしたくて自らその痛みを経験したのだとは言えなかった。さらに、その修行は失敗に終わったらしいということも。

そこで、ピーターは常軌を逸したウィリアム公を装ってかすかな笑みを浮かべた。「相手に苦痛を与えるのも、自らが苦痛を与えられるのも大いに結構だ。ほかのときには得られない喜びを味わえる。きみも度を超さないように気をつけるのだ。さもないと死ぬ恐れがある。しかし、やり方が正しければ大変……面白い」

案の定、エリザベスは恐怖の色を浮かべた。いまだにこんな演技をするのは胸が痛む。

「わたしを痛めつけたいということですか？」

そうだ、と答えたらエリザベスはどうするだろう？　彼女の体に手をかけていたら、彼女の体にこの身をうずめていたら、ぼくのしたいようにさせるのではないだろうか？　だが、エリザベスにそれを知らせる必要はない。

「今のは上級者向けの話だ」彼はよどみなく言った。「きみはまだ初心者だからな」

エリザベスは目を見開いた。激しい非難の言葉を浴びせてくるかもしれない。しかし、彼女は向きを変えて水にもぐり、離れていった。これでよかったのだ。確信を得たピーターは土手に上がった。

素早く服をつけようとして、ふと気がつくとエリザベスが水の中からこちらを見つめている。男の裸体を、恥ずかしげもなく。目が合ったとたん、彼女はつんとして背を向けた。その態度はどことなく笑いを誘った。

暖かな陽光を浴びているうちに、いつのまにかうとうとしてしまったらしい。昨夜どう過ごしたかを考えれば当然のことだろう。水の音で目を覚ますと、ちょうどエリザベスが川から上がってくるところだった。胸から水が流れ落ち、平らな腹部を経て脚のあいだの赤い巻き毛の中へ収まっていく。その姿は神話の女神を思わせた。

彼女はゆっくり足を運び、ピーターをからかうように立ちどまると、彼が行動を起こす前に服を拾いあげた。昨夜のある時点で彼女がシュミーズをつけたとき、ピーターはそれを引き裂いて使えなくしてしまった。ごわごわした修道服が直接肌に触れて痛くなければいいが……無精ひげでさんざん彼女の体をこすってしまったので、ひりひりするのではないかと気になる。

ピーターは立ちあがった。幸い、彼の修道服は体をすっかり隠している。エリザベスの歩き方からすると、彼女が怒っているのは間違いない。知り合ってからほとんどいつも怒っていた。そうだ。そのほうがいい。ピーターはひそかに考えた。

「我々はここから離れなくてはならない」エリザベスが近くへ来ると彼は話しかけた。「休まずに歩けば、夜までにセント・アン聖堂へ着ける。早く修道女として生活するに越したことはない」

「なぜ？」

「きみはほかに行くところがないからだ」彼はきっぱりと言った。「父君の城へ戻りたいのなら別だが」

「修道院が傷物を受け入れるとお思いになって？」

「わたしが金を渡してきみを引き取ってもらう」ピーターは必要以上にひどい言い方をした。しかし、それは事実なのだ。エリザベスがどうなろうと、修道院は彼女を受け入れる。父親が多額の持参金を払ったゆえに、また、所有地すべてを教会に寄付した男――ピーター・ドゥ・モンセルムへの感謝のしるしとして。

エリザベスの白い肌は赤い髪によく映えている。しかし、その肌はピーターの残酷な言葉にさらに白くなった。ほかに方法がないのだから仕方がない。彼は自分に言い聞かせた。彼女はすぐにぼくを憎むだろう。どうせ避けられないことなら、後まわしにはしないほうがいいではないか。

「出発してもいいかな？　これ以上遅れたくはない。この旅は災難続きだった。早く宮廷に帰りたいものだ」少し芝居が過ぎただろうか？　だが、エリザベスは信じたらしい。

彼女は一歩後ろへ下がった。「殿下はひとりでいらっしゃったほうがよろしいと思います」その声には抑揚がなく、感情がこもっていない。

やはり芝居が過ぎたようだ。「何日も前にはっきりさせたはずだ。きみを置き去りにはしない」

「なぜ？　わたしはひとりで聖堂まで行けますし、殿下はわたしより足が速くていらっしゃいます。ひとりで旅をしていても、托鉢(たくはつ)修道士の邪魔をする人はいないでしょう。それに、殿下はもうわたしにはあきあきなさっているようです。わたしたち、お互いのためにひとりで旅をしたほうがいいわ」

「そんなことはない」なぜそう言い張るのか、自分でもわからない。事実、彼女と一緒でなければ、半分の時間で聖堂まで行けるのに。そうすれば、人を頼んで彼女を連れてきてもらえる。そのころには、ぼくはウィリアム公を捜しに行っているだろう。

彼女が最後の数時間について人に話すとしたら、ウィリアム公を非難するだろう。そしてウィリアム公のほうは、修道女を強姦したからといって罪に問われはしない。それは彼にすれば最もささやかな罪なのだ。彼が生きていた場合の話ではあるが。

　そうはいっても、彼が生きているのは間違いない。ウィリアム公は悪賢くて強力な悪の権化であり、簡単にあの世に行きはしない。彼が世を去ったら、人々は心が軽くなるだろう。現在のところ、ウィリアム公の存在は鉛のように重くピーターの肩にのしかかっている。

「子供ができていたらどうする？」彼は唐突に尋ねた。「修道院でどう説明するつもりだ？」

「処女懐胎と説明します」エリザベスは彼に衝撃を与えたくて言ったのだが、ピーターは笑いそうになった。彼はめったなことでは驚かない。「でなければ、盗賊に襲われて強姦されたと言います。ひどく乱暴されたけれど、なんとか逃げてきたと。でも、そんな状況には陥らないでしょう。妊娠するのにふさわしい時期ではないので」

　彼は目をしばたたいた。「ふさわしい時期というのがあるのか？」

「お忘れですか、殿下？　わたしは産婆の技術を習得していて、出産や妊娠についてはよく知っております。女性は月のものと月のものの中間がいちばん妊娠しやすいということも。わたしは終わったばかりですから、どちらかといえば安全です。どうしてそんなに平然となさっているのですか？　たいていの男性は、女性が体の機能の話をすると青くなるのに」

「わたしは強いから、そういう話にも耐えられるのだ」ピーターは軽く受け流した。「今の状況では、わたしが聖堂まで行ってきみの安全を見届ける必要はなさそうだ。わたしがきみの体を楽しんだという証拠はどこにもない」

深入りしすぎたと殿下は思っているのだわ。わたしは何も言わずに悲嘆の涙にくれるだけ。それで終わるのがお望みの筋書きなのね。エリザベスは緑色の目を怒りに光らせた。

「ろくでなし！」彼女は声を張りあげた。「わたしの短剣をどこへやったの？」

彼はすでに川岸に置いてあった短剣を取りあげて隠していた。用心するに越したことはない。賢い処置ができたのは、最初から彼女を怒らせるつもりだったからだ。ただし、これほど怒るとは思っていなかった。

「エリザベス、礼儀をわきまえなさい」ピーターはゆっくり言った。「ほかにわたしをなんと形容したい？」

エリザベスは猪のようにピーターめがけて突進した。目にもとまらぬ速さだったので、彼は身を守る暇もない。彼女はピーターを蹴飛ばした。だが、サンダルをはいていない足では効果が上がらない。そこで膝蹴りを食らわせたが、彼はエリザベスの手首をつかみ、腕をねじあげて木の幹に押しつけた。エリザベスの頬は涙でぬれている。それは怒りの涙だった。彼女は頭を下げてピーターの手に思いきり強くかみついた。

それでも彼は、図々しいことに手を放さなかった。「おとなしくしないと、羽根をむしった鶏みたいに木の枝につるして置き去りにするぞ」

「殿下はそういうのがお好きなのよね。わたしが放りだされて途方にくれていると思うと愉快なんだわ。ええ、いいわよ。失礼で不愉快な王子なんかと一緒にいるより、置き去りにされるほうがずっといいわ。手を放してちょうだい！」エリザベスはもう一度彼を蹴飛ばそうとした。ピーターにとって、彼女をおとなしくさせる方法はひとつしかない。自分の体で彼女を木に押さえつけることだ。そうすれば、彼の体がどう変化しているかエリザベスにもはっきりわかる。

エリザベスは衝撃を受けたように彼を見あげ、ぴたりと動きをとめた。ピーターは彼女の額に額をつき合わせてささやいた。「きみは口が悪いがとてもかわいい。よく怒るけれどわたしの天使だ。きみに飽きるなどということは絶対にない。だが、わたしにはどうしようもないのだ。いずれにせよ、きみを聖堂へ連れていかなくてはならない。きみを抱けば抱くほど、そこへ連れていくのがつらくなる」

ピーターがエリザベスの手首を放すと、彼女は彼を手で包みこんだ。「そうね」彼女の手はゆるやかに動き、ピーターを快楽の世界にいざなった。彼女の手の中で果てそうになるまで。「だんだんつらくなるわ」

もう我慢できない。ピーターはエリザベスの修道服を左右に開き、自分の服をたくしあげて彼女を抱きあげた。それから彼女の背を木に押しつけ、ひと突きで深く彼女の中に自らをうずめた。

エリザベスはきつくピーターを締めつけた。彼女はたちまち歓喜の世界に飛びこんだらしく、かすれた叫び声をあげながら彼の唇に唇を重ねた。目の粗い生地を通して、彼女の胸の硬くなった頂がピーターの肌を刺激する。エリザベスは彼と同様、愛の行為を求めていたのだ。

エリザベスは彼の上で体を浮かせ、また沈みこみ、リズムに乗り、喜びの波にたゆたった。やがて頂点をきわめたとき、彼女はピーターの肩に歯を立てた。しっかりした生地を通して、彼女の歯が肩に食いこむ。

鋭い痛みを肩に感じながら、彼はエリザベスをざらざらした木の皮に押しつけて彼女の体を命の種で満たした。その体の、なんとなまめかしくまとわりついてくることか！　衝撃を覚えるほど、深く、さらに深くピーターを引きこんでいく。彼の体の隅々まで、独り占めしたいとでも言うように。

ふたりはしばらくひとつになったまま、呼吸が正常に戻るのを待った。エリザベスの脚は長い修道服の中でピーターの腰にからみつき、腕は彼の首に巻きついている。彼女に言おう。何者にもとめることはできない。たとえ事態が悪くなるだけだとしても、言わずに終わってなるものか。

「かわいいエリザベス」彼はエリザベスの耳元でささやいた。「愛して——」

そのとき、咳払いとも爆発音ともつかない大きな声が響き渡った。ピーターは後ろへ飛びのき、そのはずみでたくしあげていた服が足元にすべり落ちた。振り返ると、そこにはきわめて親しい人の顔があった。彼の顔は怒りとも驚きともつかない表情を浮かべている。

「ジェローム修道士」ピーターは観念したような声を出した。「どうしてここにいるとわかったんだ？」

エリザベスはぐったり木にもたれ、はだけた服をしっかりかき合わせた。彼らはいつからここにいたのだろう？　ふたりはすっかり夢中になっていて、小さな部隊が近づいてきたのにまったく気づかなかった。

ジェローム修道士には武装した男たちが十名ほど従い、暖かい空気の中で馬がいなないている。「捜索隊がいくつか出ている。殿下も家臣を送りだしたのだが、マーティン司教は護衛も送れと言い張った。その結果、我々が最初にきみを見つけたというわけだ」彼は目を細め、じっとエリザベスを見つめた。「エイドリアン修道士ではないな」その声には不審の思いが表れている。

エリザベスは目深にフードをかぶって顔を隠した。とっさにピーターは彼女に手を触れたくなったが、その気持ちを抑えて今現れた男性のほうを向いた。ジェローム修道士にエリザベスが女性だとわからなかったとしたら、彼はたった今ふたりが何をしていたと思ったのだろう？

ピーターはそのとき、ジェロームの言葉の意味に初めて気がついた。「マーティン司教が聖堂に来ているのか？」

ジェロームはうなずいた。「きみの使命に責任があるからね。まったく奇跡としか言いようがない。ウィリアム公は盗賊の手を逃れてひとりで森を抜けてきた。殺戮をまぬがれたのは、神がウィリアム公の巡礼を祝福なさったからに違いない。もちろん、盗賊はウィリアム公が身分の低い修道士に化けているとは知らなかった。しかし、だからといって殺戮をやめはしなかったらしい。きみも無事に逃げられて本当によかった。これもひとえに神の思し召しだ」

「そうだ。神の思し召しだ」ピーターは消え入るような声で繰り返した。エリザベスに背を向けているため、彼女がどんな表情をしているかはわからない。ジェローム修道士との会話を聞いて、事実を悟っただろうか？　ぼくの口から本当のことを話すべきだった。ずっと前、彼女に手を触れる前に。だが、あのときはいい方法が見つからず、それまで彼女に嘘をついていたと言いだせなかった。

折りも折り、ジェローム修道士はとどめを刺すように陽気な声で言った。「そういう格好をしているところを見ると、きみはもう本当の身分に戻ったようだな。ほかの人間になりすましているのは楽ではない。役目が終わってほっとしただろう、ピーター修道士。きみが最初にこの芝居を提案したとき、ぼくはマーティン司教に言ったんだ。ウィリアム公の役をするのはなんと言ってもピーター修道士だが、危険が大きすぎるとね。きみが無事に戻ってきてくれて、ただ神に感謝するのみさ」

「そうだな」ピーターはくぐもった声で言った。「無事に戻った」

「ところで、その若い男性は誰だ？」ジェローム修道士は年上の修道士らしく、精いっぱいやさしく尋ねた。

　もう逃げ道はない。「こちらはブリーダン家のエリザベス嬢だ。これからセント・アン聖堂へ行って修道女になるところだ」

　ジェロームはふたりをかわるがわる見ている。ピーターは彼の厳しい視線を堂々と受けとめた。「そうか」ジェロームの声が伝える悲しみは、剣よりも鋭かった。「我々には一頭しか余分な馬がない。きみはひとりだと思っていたのでね。エリザベス嬢には誰かの馬に相乗りしてもらおう」

　ピーターは反対せず、ジェロームは手を差しだした。「どうぞ、エリザベス」

　エリザベスは頭を垂れたまま前に進み、慎重にピーターの前を通った。裾（すそ）の一部であれ、ゆるやかな服が彼に触れてはいけないと思ったからだ。今の彼女はなぜか普段より小さく見える。常に辺りを闊歩（かっぽ）しては赤ん坊を取りあげたり、ピーターに悪態をついたりする脚の長い女神と同一人物とは思えない。服に包まれた細い肩を落としているせいか、戦いに負けた小柄な女性を思わせる。自殺が大罪でなかったら、ピーターはその場で自分の喉をかき切っていたかもしれない。

しかしそういうわけにはいかず、彼はただうなだれて一行に続いた。

エイドリアンははっと眠りから覚めた。今何時だろう？　鎧戸のない小さな窓から外を見ると、恐ろしいことに日中に近い光が辺りを照らしていた。村人たちはすでに起きだしている。すっかり明るくなってから逃げるのは難しい。くつわをつけた馬の鳴き声がするということは、ウィリアム公の家臣がやってきたということだ。面倒を見てくれた人々のためには、姿を消すのがいちばんだ。痕跡を残さず、どこへ向かうとも言わずに。

しかし、行き先は言うまでもなくわかっている。ふたりにとって安全な場所は――ジョアンナが安全に過ごせるところはセント・アン聖堂しかない。ウィリアム公の捜索隊に見つからないよう、聖堂にたどりつくことが重要なのだ。

エイドリアンはかたわらで眠っている女性を見おろし、起こそうとして思いとどまった。彼女はとても安らかに眠っており、穏やかで美しい。この平和な眠りを乱したくない。あお向けに寝ている彼女は、動きもせず声もたてない。そんな彼女を見ていると祖父の墓を思いだした。祖父と祖母の名は地下霊廟の上の大理石に刻まれ、ふたりは永遠に石の中に並んで横たわっている。彼らは固い絆で結ばれていると人は言うが、初めてエイドリアンはそういう絆を知ったような気がした。ふたりは決して離れないと互いに知りながら、平和に静かに眠っているのだ。

エイドリアンは心の中で自分を叱りつけた。今は感傷的な気分に浸っている場合ではない。ましてや情欲に気を取られたりしてはならない。一刻も早く行動に出なければ。

彼はジョアンナの肩に手を触れた。彼女はすぐに目を開け、エイドリアンの目をじっと見つめた。彼女の目には本能的な恐怖が表れている。しかしその恐怖はまもなく消え、代わりに不安が表れた。

「ここを出なくてはいけない」彼は小さな声で言った。「ウィリアム公の家臣たちが村に近づいている。間違いなくぼくたちを捜しているんだ。急いで逃げなければ」

「どうして彼らはわたしたちがここにいるとわかったの？」ジョアンナは納得できないようだったが、それでも起きあがって革の靴をはいた。「あの人たちは、巡礼者と妻を全部洗いだすつもり？」

「彼らは並外れてきれいな女性を捜すだろう。つまり、ぼくたちはそのつど、正体を突きとめられる恐れがある」

決して楽しい話題ではないが、彼女をほめたことには変わりない。しかしジョアンナは喜びはせず、ただうなずいて冷静に情報を受け入れた。「それなら、あなたひとりで旅を続けたほうがいいわ。どういうわけか知らないけれど、ゆうべは死にかけていたあなたが見事に生き返ったのよ。今はひとりで旅ができるまでに回復したわ。わたしを残してひとりで行って」

エイドリアンは首を横に振った。「きみは生き証人だ。その点ではぼくと同じように邪魔な存在なんだよ、いとしい人（マイ・ラブ）」思わず親密に呼びかけてしまったが、これは間違いだったらしい。ジョアンナはひどく驚いた顔をしている。エイドリアンはあわてて先を続けた。「彼らはきみを殺すだろう。しかも、その前に不愉快きわまりない思いをさせるに決まっている。それも美しいがゆえの災難だ」彼はさりげなく言い、窓の外に目を向けた。人の声が聞こえる。ウィリアム公の家臣たちが一軒一軒調べてまわっているのだ。遅かれ早かれ、誰かが巡礼者の話をするだろう。

「そうなるかどうかはわからないわ」

「危険を冒してみたいか？　ぼくはお断りだ。今のうちに窓から逃げよう。いやだなんて言わないでくれ」

窓は決して大きくないが、ジョアンナはうまく一方の脚を窓の外側に出し、ドレスの裾を引きあげた。そのため、白いきれいな脚があらわになった。

「見ないでちょうだい、エイドリアン修道士」彼女はぴしゃりと言った。「あなたは早く修道院に戻ったほうがいいわ。早ければ早いほど落ちついた生活ができるでしょう。このところ、あなたは俗世に戻りすぎているわよ」

　エイドリアンはひそかに悪態をついた。借りてきた修道服を脱ぎ捨てたとき、まだ修道士として振る舞う必要があることをつい忘れてしまった。少なくともジョアンナに関する限り、修道士でい続けなくてはならない。偽りの役割は、ひとりの男を狂わせるには十分だった。修道士役を演じる騎士を狂わせるには。次に人を欺くときは、どんなことが起こるのだろう？

　エイドリアンはジョアンナに続いて窓の外に出た。そして一瞬のうちに、誰にも見られることなく、ふたりとも森の中へ姿を消した。

21

うれしいことに、浴槽の湯は熱い。石鹸は手触りが悪いものの、エリザベスは浴槽の中央に腰を下ろして湯につかったまま、目の前のことに気持ちを集中した。髪を短く切ったので、洗うのが驚くほどたやすい。でも、指に触れる髪は妙な感じがする。長かったときは重みでまっすぐ流れていたが、短くした今は顔のまわりでカールしている。

体が痛い。猛烈な速度で駆ける馬に聖堂まで乗っているのは大変だった。しかも、馬の背にまたがり、大きくて強そうな兵士の腰に腕をまわしてつかまっているしかなかった。当然ながら腰が触れ合い……。

エリザベスは湯の中にもぐった。こうすると、恥ずべき記憶を洗い流せるような気がする。修道女たちは温かく迎えてくれ、素早く男性の手から引き離した。何も質問はしない。ただ熱い湯を張った風呂を使わせ、続いてワインと食事を出してくれた。

朝起きたときはひどく空腹だと思ったが、今は食べ物のことを考えると吐き気がする。ともに夜を過ごした男性に言ったことは……嘘ではない。子供ができる可能性はほとんどないし、できたとしてもつわりが始まるのは何週間も先だ。

そう。これは自分が置かれている不愉快な状況に胃が拒絶反応を起こしているのだ。だまされるにしても、あまりにひどい。修道士とベッドをともにしたうえ、はしたない行為におよんだのだから。慎みある妻なら、夫とあのようなことはしない。ましてや聖職者とは。

ところが、彼は嘘をつき、キスをして、それから……。それから、聖職者にはほど遠いことをした。わたしは怪物ではないとも言った。

違う。やはり怪物だ。

エリザベスは再び湯の中にもぐり、ひたすら温かさを感じようとした。このまま湯の中で息をとめ、意識がなくなって溺れるのを待とうか？　そうすれば、二度とピーター修道士に会う必要はない。質問に答えなくてもいいし、何も考えなくていい……。

その代わり、永遠に赦されない罪を犯すことになる。その罪は、修道士と抱き合うよりずっと重い。自殺は臆病者の死に方だ。わたしは目を開けていながら何も見えず、簡単に人を信用する愚か者だが、臆病者ではない。

苦しい。もう限界だ。とうとう湯から顔を出して胸いっぱい空気を吸ったとたん、浴槽のわきにアリソン修道女が座っているのに気づいた。彼女は落ちついた顔をしている。

修道院長でなかったのが、せめてもの幸いだった。感情を表さない修道院長は、たぶんひと目わたしを見れば、嘘つきな修道士と何をしていたかわかってしまう。アリソン修道女は修練女の世話をまかされている。したがって、修道女になる前の女性の修行、生活の面倒を見るのが彼女の仕事だった。〝あなたを歓迎することはできません〟と言うのも彼女の仕事だわ。エリザベスの心は沈んだ。

「いつまでもぐっているのかと、驚いていたのよ」アリソン修道女の声は耳に心地よい。彼女は小さくてやせており、すばらしくやさしい目をしていて妖精（ようせい）のような印象を与える。エリザベスは泣くまいと心に決め、無表情に彼女を見返した。「顔を出してくれてよかったわ。浴槽にもぐってあなたを助けるのは大変ですもの」

「溺死（できし）しようと思っていたわけではありません」エリザベスは言った。

「それはわかっていましたよ。でも、眠ってしまった可能性もありますからね。この何日かはいろいろなことが起こったでしょう。疲れきっているのが当然ですよ」

「ええ」最後の日やその前後に起こったことは思いだしたくない。

「あなたたちが盗賊に襲われたと聞いたときは、みなでお祈りをしました。そのうち犠牲者の中に女性はいないし、ピーター修道士の姿も見えないと聞いたのです。それで、きっとあなたは無事だと、みな安心したの。ピーター修道士は、罪のない人を必ず守ってくれます。災いが降りかからないようにしてくれるのです」

「ピーター修道士は……」エリザベスは途中で言葉を切った。憤りと苦しみがわいてきて、まずそれを抑えなくてはいけない。わたしはばかだった。限りなくばかだった。常軌を逸した王子に夢中になるのもいけないが、修道士と関係を持つのはもっと悪い。

「ピーター修道士は立派な人ですよ」アリソン修道女は続けた。「問題を抱えているけど、いい人だわ。今いらしてる王室の方については、そうとは思えないけれど。ウィリアム公は何があっても平気なようですね。連れの方が大勢殺されても、苦しい体験をされても、何も感じていらっしゃらないみたい」

不道徳なにせ王子のことを考えるより、本物の王子の話をしたほうがいい。「ウィリアム公はどうやって逃げられたのですか？　それに、どうしてここへ来る道がわかったのでしょう？」

「殿下は、ご自身であなたにお話しされたがると思います。お話しされるたびに内容が変わるのだけれど、国王のご子息だから誰も問いただしたりはしません。特に今は苦行を終えて罪を赦されたんですもの。生まれ変わって、また立場が強くなったのです」

アリソン修道女の声には厳しい響きがある。エリザベスは尋ねた。「アリソン修道女様は悔悛の秘蹟を信じていらっしゃらないのですか？」

「信じています。心から罪を悔いている人の場合は。さあ、いいかげんにお湯から上がったらどうですか？　いつまでもつかっていると、プルーンみたいに皺くちゃになりますよ。殿下はあなたとお食事しようと待っていらっしゃいます。あなたに謝りたいと思っていらっしゃるの。変装してあなたをだましたし、あなたに迷惑をかけたから」

「いやです」エリザベスは言った。小さな子が癇癪を起こしかけているような言い方だが、気にしてはいられなかった。

「でも、いつまでも浴槽に入っているわけにはいきませんよ。わかるでしょう？」

「殿下と一緒にお食事するなんていやです。金輪際、男の人には会いたくありません」

「それでは、悔悛による罪の赦しを受けずに死んで、地獄に落ちなくてはなりませんね。だって、告白を聞いてくださるのは神父様ですもの」アリソン修道女は冷静に言って立ちあがり、タオルを持ってきて浴槽のそばに置いた。「さあ、早くいらっしゃい、いい子だから。ピーター修道士のことは心配しなくて大丈夫。今は礼拝堂で夜の勤行をしています。分別を保っていてくれるといいけど」

「彼が何をしようと、わたしにはどうでもいいのです。それに、彼はとても分別のある人に見えます」

「罪の意識という点を除けばね。あの人の背中の傷を見たでしょう？　何日も続けて鞭で自分の体を傷つけたり、断食をしたり眠らずに勤行をしたりしているのです。熱心なのはいいけれど、苦行のしすぎになるのではないかと心配です」

「わたしは心配していません」エリザベスは言った。「彼の場合、そうすぐには聖人になれないと思います。まだ当分は死なないでしょうから」

「わたしもそう思います」アリソン修道女はタオルを差しだした。「いらっしゃい、エリザベス。わたしたちの仲間になるのなら、まず最初に規則に従うことを覚えなくてはいけませんよ」

従順だとほめられたことは一度もないが、今は浴槽から出るしかない。アリソン修道女は驚くほど強引だった。でも、何もつけずにぬれた体で出ていったら、隠していることを知られてしまうのではないだろうか？

だが、アリソン修道女は巧みに目をそらしてタオルを差しだし、エリザベスはそれを受け取って体に巻きつけた。部屋は涼しいので、わずかだが体が震える。

「わたしと話をなさっていてよろしいのですか？　ここは沈黙を遵守する修道院だと聞きましたけど」

アリソン修道女は笑いだした。「いったい誰がそんな嘘をついたのですか？　ここでも黙想や瞑想(めいそう)はしますよ。ほかの修道院と同じように。でも、普段はみなとてもよくしゃべります。わたしたちは女性ですもの」

春とはいえ、夜になれば肌寒い。エリザベスは火が入っている炉に身を寄せた。

「着るものを持ってきてあげました。少し短いけど、ここに落ちつくと決めたら足首まで隠れる服を作れますよ」

「もし落ちつくと決めたら？　もちろん、そうします。何日もかけて、命がけでここまで来たのに。いいえ、死ぬよりもっと悪いことだってあるかもしれません。それなのに、今から気が変わるとお思いになりますか？」

「気持ちというのは、いつでも変わる可能性があります。それに、ここの生活は喜びもあるけれど楽ではありません。あなたに謙虚で従順な人生が合っているようには見えないのです」

「そうなるよう努力します。もともと楽に暮らしたいと思っていたわけではありません。楽な生活なんてないと思っています」

「そのとおりです」

「女性の一生は、盲目的に人に従うばかりです。父親に、夫に、国王に。わたしはそれより、神とキリストにこの身を捧げたいと思います」

アリソン修道女は思いやりをこめてエリザベスを見つめた。「何かわたしに話したいことでもあるのですか、エリザベス？」

「さきほどおっしゃったではありませんか。女性は告白を聞くことができないし、罪の赦しを与えることもできないと」

「ええ、できないわ。でも、問題があるときは、誰かに話をするだけで気持ちが楽になるものです。たとえその人が判断を下さなくても。わたしは年をとってから修道院に入りました。だから、俗世間のことを知らないわけではありません」

エリザベスの胸に希望がわきあがった。本当のことをアリソン修道女に話したい。修道院に入って悔い改めるか、この聖なる場所を出て別の人生を見つけるか、わたしはどちらを選べばいいだろう？　誰かに意見を求めたい。

わたしに残された道は、父の城に帰ること。でも、それなら死んだほうがましだ。エリザベスは首を振った。「いいえ、アリソン修道女様。お話ししたいことはありません」

小柄な修道女はがっかりしたかもしれないが、そんな様子は見せなかった。「それでは服を着て殿下とお食事しなくては。あの方はとても魅力的な男性ですよ。でも、噂を聞いていなくても、怒らせてはいけない方だとわかります。服を着るのを手伝いましょうか？」アリソン修道女は椅子の上にある質素な灰色の服を顎で示した。「まだベールはかぶれません。服を着るのは簡単ですよ」

エリザベスは本能的に短い髪に手をやった。「頭には何かかぶるのだと思っていました」

「それは先の話です。まだ髪を切らなくてもよかったのに」

「俗世を避けて修道院に入る意思を示したかったのです」エリザベスは言った。

「そう。でもわたしには、あなたが髪を切れば俗世に戻れないと考え、気が変わるのを防ぐためにそうしたように思えますよ。気が変わったら変わったでいいのです。修道院が合わないと思ったら、いつでもそうおっしゃい。本気で神にお仕えできないのにここにいるのは、罪を犯すことになります。それなら、ここにいないほうがいいわ」

「わたしの心には神しかいません、アリソン修道女様」

「本当でしょうね」彼女は納得できないような顔をしてエリザベスの手を軽く叩いた。「早く服を着なくては。殿下がしびれを切らさないうちに。あなたとピーター修道士が着いたとき、殿下はお帰りになるところだったのです。あなたにお礼を言ったら、すぐに出発なさるおつもりだと思いますよ」

エリザベスは王子の服装をしてやさしくほほ笑むマシュー修道士を思い描こうとした。しかし、まぶたに浮かんでくるのはキスをしてくるピーターの姿ばかりだった。「約束してくださいますか？　わたし……ピーター修道士に会いたくないのです」エリザベスは彼の名をなんとか口にした。

「約束します。さあ、いい子だから急ぎなさい。ウィリアム公とその家臣たちが一堂に会する場面などには、めったにお目にかかれるものではないのですよ。もちろん、殿下ほど魅力的な男性にも」

彼はジョアンナを求めている。十分経験を積んでいるジョアンナには、かたわらを歩いているやさしい修道士が自分と一緒に身を横たえたがっているとわかった。それは別段驚くようなことではない。たいていの男性は、ひと目ジョアンナを見れば手を出したがる。彼女がそう思うのはうぬぼれではない。単に事実を見つめているだけだ。実際、美人に生まれついたことを忌まわしく思うときもある。姉は太っていて不器量で、早々に自作農と結婚し、三児の母となった。

だが、父はジョアンナに同じ道を歩ませなかった。この娘は美しいのだから、もっと高望みできる。そう気づいた父は、持参金を出さずにすむよう念入りに相手を選び、娘を売って資産を手に入れたのだ。

父が全面的に間違っていたとは言えない。彼が選んだ夫は求婚者の中で最も裕福だった。もっとも、年もいちばん上だったが。彼は親切で穏やかで、肉体の喜びにはあまり興味を示さず、ジョアンナは長いあいだ満ち足りた幸せな生活をしていた。未亡人になったときには父もすでに他界しており、土地は父にいちばん近い男子相続人、つまりまたいとこに遺(のこ)されることになった。このいとこは女性に対しやさしい気持ちを持っていない。とりわけ美しいいとこには冷淡で、ジョアンナは急いで再婚せざるを得なかった。このときはどう考えても幸運だったとは言えない。

再婚までの経験を通して、ジョアンナはたいていの男性が体目当てになんでもしてくれることを知った。男性に抱かれるのは少しも好きではない。けれど、いつもそれをうまく隠した。安息と内省を目的に修道院に向かっている今は、誰かのためにスカートをたくしあげる必要はない。もちろん禁欲主義の修道士のためにも。彼は何があろうと、色情に負けてその種の行為におよんだりはしないだろう。

そういう気持ちになるのはこの若者の罪ではない。おそらく、命の恩人への感謝の念が、間違った方向に発展したのだ。そして、たとえ本当に情欲を抱いているとしても、彼はそれを行動に移すほど図々しくない。

おかしなことに、今初めてジョアンナは本当の愛の行為とはどのようなものだろう、と思い始めていた。期待すべきものでないことくらいは知っている。何度となく我慢を重ねた結果、それは男性を喜ばせ、女性に屈辱を与える行為だとわかったのだから。妊娠による苦しみと危険をまぬがれただけでも幸運だった、といつも自分に言い聞かせている。だが、エイドリアンのあとについて歩いていると、彼のようなきれいな目をしたかわいい赤ん坊がいたらいいのに、という思いがいつのまにかわいてくる。

エイドリアンは一メートルほど前を歩いており、ジョアンナはひそかに彼の気品ある体と身のこなしを眺めていた。彼の回復力にはいまだに驚かされる。薬草は確かに効果があるが、これほど早く回復した人間は見たことがない。質素な農夫の服に隠れた彼の体は、想像したよりずっと強い。肌はなめらかで筋肉が発達し、修道士ではなく戦士の体と呼ぶにふさわしい。おそらく十字軍遠征に加わり、帰ってきてから修道士の誓いを立てたのだろう。

でも、彼はとても若く見える。最後の十字軍遠征のときも、まだ参加できる年ではなかったのではないだろうか？　時間がたち、日がたつにつれ、だんだん修道士ではなく普通の男性に見えてくる。そう思うまいとしても、俗世に住む男に思えてならない。

　幸いにも、だからといってできることは何もなかった。俗世の男性のように行動したり話したりしても、彼は貞節と従順の誓いを簡単にはやぶれないだろう。ウィリアム公については、いまだに害をおよぼす人間だとは信じられない。彼の目をよく見たとき、心に暗い部分こそあれ善人で、正義の人だと本能的にわかったのだ。エイドリアンは危険だと言い張るが、ウィリアム公が捜索隊を送ってわたしたちを殺害するとは想像できない。

　だが、それはとにかく先へ進むべきだということを意味する。話をする時間も、ほかのことを考える気力もないまま。

　それなのに、なぜエイドリアンのことばかり考えているのだろう？

　たぶん、それはどこから見ても彼が雅（みやび）やかで美しいからだ。たぶん、それは彼のことを夢見ても危険はないとわかっているからだ。彼と肌を合わせたらどんな感じだろうと思ったところで、何も起こりはしない。

　何かが起こるか起こらないかはどうでもよかった。歩いている限り、思いのままに夢想を楽しむことができる。セント・アン聖堂に着き、彼が自分の仲間たちに合流するときが来たら、おそらくあのたとえようもなく美しい唇でキスしてくれるだろう。それがわたしの受ける報酬なのだ。

　そのとき、遠くから車輪と馬のひづめの音が聞こえてきた。馬車が来ている。エイドリアンが素早くジョアンナの手を取って木々の茂みに入ると、老いた葦毛の馬がやってきた。ゆっくりと重い足取りで、きちんとわだちに沿って馬車を引いている。

「やあ、ここにいたのかい」昨日知り合いになった農夫のオードーが声をかけた。「どこへ行ったのかと思っていたんだ。セント・アン聖堂まで乗っていってくれと言おうと思っていたんだよ。今夜、あそこへとうもろこしを持っていくのでね。あんた方も、乗っていけば歩かずにすむだろう」彼は手綱を引いて馬をとめ、ふたりを見つめた。「ふたりとも後ろに乗れるよ。藁と、空になった粉袋のあいだが空いている。人に見られたくなかったら、寝そべって袋をかぶっていればいい。誰も気がつかないだろうよ」

「ぼくたちが人に見られるのをどうして心配するんだ、オードー?」エイドリアンは辺りを気にしながら馬車に近づいた。手はまだしっかりジョアンナの手を握っている。ジョアンナはいぶかった。もう一方の手は、短剣をつかんでいるのではないだろうか?

「いや、どうしてってことはない」オードーは言った。「だけど、男と女が人目を忍んで窓から逃げだして、武器を持った連中がきれいな女とけがをした修道士を捜しに来たら、これはおかしいと思うじゃないか。俺はかなり好奇心が強いほうなんでね。だけど、この辺で修道士は見かけなかったし、けが人らしい男も見なかった。それから奥さん、あんたは確かに美人だけど、うちのロザンナほどじゃない」彼は手触りの悪い背もたれの背に体をあずけた。「さあ、どうする? 一緒に行くかね? 決めてくれ。一日中ここで待ってはいられない」

「一緒に行くよ、オードー。ありがとう」

エイドリアンは力強い手でジョアンナの細いウエストを支え、彼女を馬車の荷台に乗せた。傷が痛んだかもしれないが、そんな素振りは見せもしない。ジョアンナに続いて荷台に乗ると、エイドリアンは袋をわきに寄せて身を横たえる場所を作り始めた。馬車はすでに動きだしている。

「だいたい一時間で森を出る。そうしたら、人目につかないようにするといい」

粉屋の家でエイドリアンと一緒に小さなベッドに横たわるのも問題だったが、乗り心地の悪い馬車の荷台に横たわるのはそれよりはるかに悪かった。彼が作った空間は、人がひとり横たわるぶんしかない。

「ぼくが下になる」エイドリアンはわきへどけた袋を拾いあげて言った。「ぼくのほうが重いからね」

「あなたはけが人よ」ジョアンナはきっぱり言った。「いくら回復が早くても、まだ無理はできないわ。それに、わたしは男性の下になるのに慣れてるから大丈夫」

ジョアンナはわざと露骨な言い方をした。穏やかな修道士に衝撃を与えたかったからだ。

しかし、彼はもはや穏やかな修道士ではない。ひとりの男であり、ただじっとジョアンナを見つめている。彼女は言い足した。

「それが女の人生というものよ」

「人生は変えられる」

「わたしを罪深い人生から救ってくれるつもりなの、エイドリアン修道士？」

彼の高い頬骨の辺りに赤みが差したような気がしたが、それは想像にすぎなかったのだろう。「きみは救ってもらう必要なんかないよ。ぼくが下に……」

エイドリアンが言ったときはもう手遅れだった。棺のような空間には、すでにジョアンナが横たわっている。「肘をついて、わたしに体重をあずけて。そうすればうまくいくわ」彼女は静かな声で言った。

ところが、実行してみると想像以上に難しい。エイドリアンは精いっぱい静かにジョアンナの上に横たわり、目の粗い袋を何枚か上からかけて彼女の両側に肘をついた。袋は粉と蜂蜜のにおいがする。袋が光をさえぎるため、ふたりは闇の中に沈んで何も見えない。彼はなるべく重みをかけないように最善を尽くしているが、ジョアンナは彼の体が重なっているのを全身で感じ取った。この姿勢は非常に居心地が悪い。顔が彼の肩にくっついているので、彼の肌のにおいに酔いそうになる。においを吸いこまないよう気をつけていなくては。

少しのあいだ、ふたりは黙っていたが、やがてエイドリアンが話しかけた。とても静かな低い声で。「言いにくいんだけど、脚を動かしてくれないかな。そうすればふたりとも楽になる」

ジョアンナは膝をぴったりつけており、その上に彼の脚がのっている。「どちらへ動かせばいいの？」

エイドリアンは膝を彼女の脚のあいだに差し入れ、脚を開かせようとした。彼の脚は今いっそうジョアンナの脚に密着している。ジョアンナは体をずらしたかったが、箱にはまりこんでいるような状態ではずらしようがない。

「うまくいかないわ」彼女は小声で言った。

「それじゃあ、どうすればいい？　何か方法があるかい？　ぼくたちはお互いに何枚も服を着ているし、三十センチ足らずのところにオードーがいる。そのふたつがあれば、なんとか清らかな関係を保っていられるだろう。敬虔な気持ちで、いっさい悪いことを考えずに横になれる」

嘘！　彼は嘘をついている。ジョアンナは彼の体を感じていた。間違いようもない硬い部分が、さも親しげに体を押してくる。馬車の揺れが、いい具合に彼の体を押しつけては離し、また押しつけては離す。小さな震えが体を駆け抜け、ジョアンナは暗がりの中で目を閉じ、祈りを捧げることにした。

馬車の揺れに合わせて体がこすれる。こすれ方は穏やかだが、延々と続いていつ終わるともしれない。彼の下腹部はだんだん大きくなり、硬さも増してきたようだ。わかっている。これは明らかに想像ではない。馬車は遠い昔から人が愛してやまないリズムを刻み、ふたりの体はそのリズムに乗って揺れ動く。それをとめる手立てはなかった。

ジョアンナはエイドリアンの肩に手をかけ、彼の体を押しやってそっと言った。「少し離れたほうがいいと思うわ」

馬車は揺れ、体が震える。でも、なぜかとても暑かった。わたしの体はどうなるのだろう？　それについては見当もつかないが、ただひとつわかっていることがある。この行為が罪悪で、しかもやめられないということだ。馬車は果てしなく揺れ続けている。

「しっ、黙って、ジョアンナ」エイドリアンは彼女の耳元でささやいた。「このままにしておこう」

ジョアンナとしては、そうはいかなかった。村の中を通っているらしく、人の声や物音が聞こえる。ここで動いたり、何か言ったりしたら見つかってしまう。今はただじっと横たわり、不可思議な炎の動きを感じているしかない。炎は胸を、腰を、彼が体を押しつけている脚のあいだをなめまわす。

事態はしだいに悪くなる。これではいけない。彼にどいてもらわなくては。けれど、彼はぴったりとジョアンナの体にくっついている。ただし、一箇所だけは違ったけれど。その部分は執拗にきみがほしいと訴えかける。その要求に応えたい。体のあいだに手を差し入れ、彼をこの手で触りたい……。わたしったら、何を考えているの！　ジョアンナは自分の考えていることに衝撃を受けた。穏やかな修道士以上に。彼はジョアンナが何を考えているかわかってもさほど驚きはしないだろう。

馬車は揺れ続け、ジョアンナの震えはとまらない。もはや口をきくどころではなく、心臓が大きな音をたてて息をするのもままならない。息づかいが外の人に聞こえているのではあるまいか。

エイドリアンは長い指をジョアンナの唇にあて、彼女がしゃべれないようにしておいてささやいた。「声をあげてはだめだよ」彼の声は緊張している。無理もない。ほかの男だったら、ずっと前に抑えきれなくなっているだろう。「達しそうになったら、ぼくにかみつくんだ」彼のささやきは続く。「そうすれば人に声を聞かれずにすむ」

「なんですって？」

「好むと好まざるとにかかわらずそうなるんだ。なりゆきにまかせていればいい。大いに楽しむんだ」

エイドリアンはどうかしている。自分が何を言っているか、わかっていないのではないかしら？　けれど、それを伝える言葉が見つからない。ジョアンナが戸惑っているうちに、彼の指が口を押さえた。もう話もできない。馬車は果てしないリズムを刻み続けている。

体の中で何かが炸裂（さくれつ）した。無数の小さな火花が散り、肌の下を駆け巡る。ジョアンナは彼の下で体をこわばらせた。叫ぼうとしたが、声が出ない。彼の手が口をふさいでいるからだ。炸裂はまだ続き、あとからあとから火花が散る。永遠に終わらないのではないだろうか？　体から力が抜け、ジョアンナは彼の下でぐったりした。

エイドリアンはジョアンナの口にあてていた手を下ろし、彼女の顔を自分のほうに向けて唇にキスをした。そしてジョアンナは生まれて初めて、何も考えずにキスを返した。

22

「エリザベス」本物のウィリアム公がテーブルの前の席から立ちあがり、エリザベスのほうへ向かってきた。「旅の供をご苦労だった。きみをだましたことについては、なんと言って謝罪したらいいかわからない。あれは、仕方がないことだったのだ。きみに迷惑をかけたくはなかったが、こういうことはわたしの思うようにはならない。わたしは修道士たちに従うしかなく、ピーター修道士はぜひ身代わりをさせてくれと言い張った」彼はしなやかな手でエリザベスの手を取り、しっとりした柔らかい唇を押しあてた。「どうか許してもらいたい」

エリザベスは心を溶かすようなやさしい彼の笑みや、温かい目のことを忘れていた。長身で黒い目の男性に夢中になっていたため、思いやりあるマシュー修道士に惹かれたことを思いだしもしなかったのだ。人をだましたり裏切ったりするところがよかったわけではない。彼のやさしさに惹かれたのだ。

もし彼が世間の噂どおりのことをしてきたなら、そのやさしさも疑わしい。けれど、今となっては誰を信用できるだろう？

エリザベスはしとやかに手を引き抜き、膝を曲げて丁寧にお辞儀をした。「承知しております、殿下。殿下が悪いことをなさったのではありません。それから、気になさることもありませんわ。わたしはこうして無事に聖堂に着きましたし、うれしいことに殿下もご無事でいらっしゃいます」

「しかし、悲しいことに大勢が殺戮の犠牲になった。わたしは、若い修道士のエイドリアンが目の前で刺されるのを見た。それからあの女性も……」ウィリアム公は首を振った。「あれは実に悲しい日だったよ、エリザベス。だが、ピーター修道士がきみを救ってくれて本当にうれしい。彼は役目を放棄したが、それでよかったのだ」

ピーターを弁護したい。どうしても。だが、言葉は喉元でとまった。ここに至ってようやく分別が身についたらしい。「ピーター修道士は……何よりも頼りになりました」

「そうだろうな。しかし、彼の話はやめよう。わたしと一緒に、この修道院の上等なワインを一杯どうだ？　そのあとで、きみの今後を決めよう」

エリザベスはゴブレットを受け取り、ウィリアム公の隣に腰を下ろした。どうも不安でならない。なぜだろう？　大広間は混雑している。けれど、修道女はふたりしかいない。アリソン修道女と、鋭く厳しい目をした修道院長。加えてもちろんもうひとり、エリザベスがいる。片隅で食事をしている男性の一団は、大声で話をしていて騒々しい。エリザベスが彼らを見ていると、ウィリアム公がその視線をたどった。

「父がわたしの家臣を送ってよこしたのだ。心を入れ替えたわたしを連れ帰るために。彼らはきみとピーター修道士を捜しに出たのだが、修道院長の一団が最初にきみたちを見つけた」

エリザベスはワインを少し飲み下し、ウィリアム公に向かってかすかにほほ笑んだ。彼もほほ笑み返したが、なぜかその温かさは淡い青色の目までは届かない。「わたしはほかの家臣たちも町の外に呼んでおいた。エイドリアンと情婦の足取りをつかむためだ。彼らは生きていないと思うが、せめて遺体を持ち帰ってキリスト教徒らしく葬りたい。いずれにせよ、彼らは巡礼の途中で命を落としたのだ。おそらく、情婦の罪さえ清められるだろう」

「殿下はあの人たちが亡くなったとお思いですか？」

「そうだ」ウィリアム公はきっぱり言った。「我々ができるのは、彼らの魂のために祈ることだけだ。ほかには何もない。家臣が捜索しているあいだに話をしよう。わたしたちには重要な問題がある」

「話をする？」エリザベスはいぶかしげに尋ね、それからあわてて言い直した。「話をするのですか、殿下？」

「その服はきみに似合わないな、エリザベス。きみはくすんだ灰色の服を着るようにはできていない」

エリザベスは質素な修道服とゆるやかな白衣や十字架を見おろした。「修道女は何色がいちばんいいかなどということは考えません、殿下」

「そうだな。それを考えると、きみは修道院で暮らすのは向いていない。きみはこれまで世の中を見てこなかったのではないか？　俗世を捨てると決める前に、せめて多少の経験をすべきだろう」

「経験は十分しました」

「悔悛者と一緒に旅をしたからか？　信心深くて情熱を欠いた修道士と？　それで十分な経験を積んだとは思えない。わたしと一緒に宮廷へ来なさい。そうすれば、父は自らきみに感謝の気持ちを伝えられる」

「わたしが何をしたから感謝なさるのですか？」手に負えない舌は、いまだに言うことを聞かない。

「わたしが無事この神の館に着くよう、力を貸してくれたからだ。ここでわたしの魂は清められた。修道院長は疑問に思いながらも、赦しを与えてくれたのだ。彼女もわたしと同じ意見で、試練を経て得た使命感は特に強いと思っている。我々は二日後にここを発つ。それだけの時間があれば、きみにふさわしい服を見つけられるだろう。父の宮廷に修道女の服を着て出てもらうわけにはいかない。宮廷に来てみれば、きみにとって俗世が価値あるところかどうかわかる」

エリザベスはそわそわしながらかたわらに控えている修道院長に視線を投げた。だが、厳しい顔をした修道院長は、ただうなずいて黙認を示したにすぎない。アリソン修道女は修道院長ほど自信ありげではなかったが、避けられないことは受け入れるしかないとばかり単純に頭を下げた。

結局受け入れなくてはならないのだわ。エリザベスは思った。ウィリアム公はどこから見ても王家の子息だ。魅力があってハンサムで、常に人を思いやり、とても強い。ただし、国王の落胤(らくいん)であって嫡男ではない。噂によれば国王の若い妃(きさき)は妊娠し、思いがけない事故で流産しないように、また、なんの前兆もなく死産しないように国王とともども祈っているという。

国王の宮廷にいれば出産に立ち会い、お世継ぎを無事この世に迎えてさしあげられる。国王は限りなく感謝するだろう。それがどういう結果をもたらすか、誰にもわからない。王家の庶子と結婚という可能性もある。ブリーダン家の血筋も決して悪くない。祖先は征服王ウィリアムの側近だったのだから。わたしは背が高すぎるし人一倍赤い髪をしているけれど、魅力があると思った人もひとりはいる。

エリザベスは急いでまたごくりとワインを飲みこみ、ウィリアム公を振り返って、信じがたいほど美しい目を見つめた。エリザベスは彼より背が高い。でも、かまうものですか。

彼女はひそかに独り言を言った。どうせわたしは大方の男性より大きいのですもの。わたしより背の高い人を夫にしようと思ったら、対象範囲はごく狭くなる。ただひとりわたしが知っている長身の男性は、もとより結婚の対象にはならない。

だが、結婚は可能なのだ。今はそれがわかっている。新しい彼だって……前の彼と同じようにわたしに触るかもしれない。新しい彼だってわたしを喜ばせ、あの嘘つき男と同じように簡単にわたしを恋のとりこにしてしまうだろう。その可能性は十分ある。

恋のとりこと言っても、彼を愛しているわけではない。ただ彼に興味をそそられ、夢中になってしまっただけ。そういう心境になったのは、あの謎めいた外見の下にある葛藤や偽りを、心の奥深くで感じ取ったからに違いない。それが、いつもは揺るぎないわたしの自衛心をぐらつかせたのだ。

もう二度とあんなことは起こらないだろう。彼に接したときと同じ気持ちになれる男性に出会ったら、その人を受け入れようと思う。

「ご一緒させていただければ光栄です、殿下」

ウィリアム公は指輪をつけた手でエリザベスの手を取り、キスをした。ゆっくり、さも放したくないと言いたげに。

そのときエリザベスが感じたものは、喜びと呼ぶにはほど遠かった。たちまち奇妙な震えが背筋を駆けおりる。手を引き抜きたい。わたしはここに残ります。こここそがわたしの居場所ですから、と言いたい。そこでふと、人の視線を感じた。

目を上げると、大広間の向こう端にピーターが立っているではないか。彼もこちらを見ている。ピーターと目を合わせたのは、彼の素性がわかって以来初めてだった。

彼の顔は、なんの感情も示していない。悔いも、情熱も、怒りも、愛も。どこから見ても、非情な目を持つ石の彫刻だった。

エリザベスはウィリアム公を振り返り、最大限に魅力的なほほ笑みを浮かべた。「出発が待ち遠しいですわ」

「彼らの痕跡はどこにもありません、殿下」ルーファスが言った。ウィリアム公はルーファスの野蛮な姿を何度も見ている。素手で人を殺し、残忍な手口で略奪し、強姦するところを。その残虐性をほめたたえるのは、ウィリアム公ひとりだろう。ルーファスを震えあがらせるのは自分だけだということに、ウィリアム公はいつも気をよくしていた。ルーファスは死を恐れない。死は容易にやってくる。だが、死ぬのは簡単なことではない。

ウィリアム公はゆっくりルーファスに目を向けた。「おまえが言うのは、痕跡を見つけることができなかったという意味だろう？　エイドリアンは人をあざむくのがうまくない。しかも女性を連れている。娼婦だ。そういう女は、間違いなく一歩歩くごとに泣き言を言ったり文句をつけたりする。それなのに、おまえは彼らの痕跡さえも見つけられないと言うのか?」

「ジェンキンズは、海のほうへ向かったのだろうと考えています。こちらへまわるのではなく」ルーファスはいくらか捨て鉢になっている。

「ひとつ尋ねたいのだが、ジェンキンズというのは何者かね?」ウィリアム公はわざとよそ行きのきれいな声を出した。もとより青ざめているルーファスを、さらに青くしてやろうと意図して言ったのだ。

「家臣のひとりです、殿下」

「彼は千里眼なのか? それとも聖母が降りてこられて、彼に我が敵の居場所を教えたのか?」

「いいえ、殿下。単なる推測です」

「わたしは推測というのを好まないのだ、ルーファス。言い訳も好まない。もう一度雨の中へ出ていって、ふたりを捜せ。彼らはここへ来るつもりだろう。おまえのジェンキンズはそう思わないとしても、わたしは思う。ふたりはここに向かっている。近づいたら、おまえが彼らを殺すのだ。手早く殺せ。今はのんびり構えているときではない。殺したら、彼の首を持ってこい。そうすれば、彼の舌はもうわたしを裏切れないと確信できる」

ルーファスはじりじりと後ずさりを始めたが、つまずいて転びそうになった。

「話はまだある、ルーファス」

「はい、殿下」

「二度とわたしを失望させるような失敗はするなよ。わかったな？　修道女たちは、わたしが心を入れ替えたと思っている。納得させるのはそう簡単ではなかった。あれは嘘だったのではないかと疑われるようなことがあってはならない。我々がここを離れるまでは、十分気をつけてくれ」

「〝我々〟とは？」ルーファスはウィリアム公の傲慢さをよく知っている。彼が自分と家臣を一緒にして〝我々〟と呼ぶことはない。

「わたしはあの娘を連れていく。背の高い赤毛の娘だ」

「失礼ですが、殿下、彼女は殿下がお好みになる女性には見えません。役に立つ以上に面倒を起こすのではないでしょうか？　彼女に何かあった場合は、修道女に非難されるでしょう」

「修道女はこの件については何もできない。いずれにせよ、わたしはあの娘に興味があるわけではないのだ。いかなる意味でも。あれは、目的を果たすための手段にすぎない」

「とおっしゃいますと？」

「ピーター修道士だよ。高徳にして批判好きのピーター・ドゥ・モンセルムは、あの娘を追ってくる。すぐにわたしのところへ来なかったら、わたしが彼女に何をするか知っているからだ。そこでようやくあることが決着を見る。ピーター修道士には、七年も借りを返せないままになっていた。もうずっと前に片をつけて当然だったのだ」

「なんの話です、殿下？」

「おまえが心配する必要はない、ルーファス。あの気の毒な騎士と娼婦を捜しに行ってこい。早くするのだぞ。おまえには妹がいたな。この前そう聞いたと思うが。妹に何か起こったら困るだろう」

ルーファスは大急ぎで姿を消した。今にも転びそうだが、足元に気をつけるどころではないらしい。ウィリアム公は椅子の背に体をあずけ、柄に宝石をはめこんだ短剣をもてあそんだ。エイドリアンを襲ったとき刃に傷がついたところを見ると、おそらく肋骨に刃があたったのだろう。それは息の根をとめるひと突きではなかったことを意味する。残念だ。まっすぐ心臓に到達していればよかったのに。そうすれば、家臣たちはすでに彼の遺体を見つけていただろう。女の遺体も。

彼らはまた高徳なピーターと珍奇な好色女ももう少しで襲撃するところだった。だが、結果的に修道士たちがそれを妨げてくれてよかった。単にピーターが死んだと聞いても、少しもうれしくはなかっただろう。その場にいて、彼が襲われるところを見たい。そして、とどめを刺したいではないか。

ウィリアム公は無意識に肩をさすった。肌が引きつれていて、いまだに痛む。ずっと昔の出来事だが、片時も忘れたことはない。イスラムの宮殿は炎に包まれ、ほかの男たちは

の叫び声があがる中、彼は目に炎を映しながら無表情な顔をしてスルタンの宮殿に続く屋

と子供を死に至らしめた男に。

　場合によっては、ウィリアム公はピーターの行動に拍手を送っただろう。天に届くほど

とはいえ、そもそも最初に火をつけた男に、何を期待できるだろう？　何百人もの女性

王の息子を目にしたとき、ピーターはなんの感情も示さなかったのだ。

の一件よりほかの物事に罪悪感を覚えるとなると、なぜかウィリアム公は腹が立った。国

　何度良心の呵責にさいなまれようと、ピーターの魂は清められない。しかし、彼があ

落とした男。ウィリアム公を火の中に突き落とした男、ピーター・ドゥ・モンセルム。

字軍に加わった男、ともに武器を取って戦った男、大火災を見ていたときに建物から突き

　このたぐいまれな恩恵を誰に感謝すればいいか、ウィリアム公は知っている。ともに十

ての機能まで失ったため、人に苦痛を与えることが唯一の楽しみとなった。

衣服にうまく隠れ、どれほどひどいやけどを負ったかを知る者はほとんどいない。男とし

　ウィリアム公は生きるほうを選んだ。そして、生きて立ち直った。焼けただれた半身は

んでも生き残っただろう。

ない。しかし、彼らはさほど激しい憎しみを抱いていなかった。憎しみがあれば、何がな

耐えられず、自ら命を絶った者もいる。十字軍戦士たちは人間が厳格にできていたに違い

大した結果も残さずにその火に焼かれてしまった。どのみち彼らは死んだのだ。苦しみに

根の上に立っていた。

そのとき彼は急に向きを変え、黙って火を見ている男と向き合った。「あれをとめなくてはいけない」彼はかすれた声で言った。「あの人々を殺すわけにはいかないのだ……」

「これはあなたの神聖な勤めです」燃える宮殿を見て喜んでいた修道士が、歌うように言った。「今は燃えるにまかせましょう。あの者たちは、不信心者のために蓄えてあった火で永遠に焼かれるのです」

「だめだ……」彼が大声で言って剣を抜くと、誰もが後ろへ下がった。ピーター・ドゥ・モンセルム騎士は居並ぶ人々の大半より長身で強く、戦士としてすぐれている。彼と剣を交えれば、死を招く結果になる。

しかし、ウィリアム公はそんなことを恐れない。十字軍に加わっても、最後までかすり傷ひとつ負わなかったではないか。父は家臣を送って息子を見張らせ、ウィリアム公も危ないところにはほとんど近寄らなかったが、宮殿が燃える様はあまりに美しくて見に行かずにいられなかった。

「下がれ、ピーター騎士」ウィリアム公は冷静に言い、剣を抜いた。「すんだことはどうにもならない」

彼はまったく戦う覚悟ができていなかった。ピーターが情け容赦なく攻めてくるとは思わなかったのだ。またたくまにウィリアム公は屋根の上にあお向けになり、宝石をあしらった黄金の剣はおもちゃのように折れていた。「ほかに相手になる者は？」ピーターはひび割れた声で言った。「戦わないのなら、手を貸すか？　まだ助かる者を救うのだ」

見通しがいいところにいるウィリアム公には、人々の様子がよくわかった。みな心が揺らぎ始めており、修道士でさえピーターのようには彼らを説得できない。まずいことになった。彼らは臆病者の取る道を進もうとしている。火を消すつもりなのだ。

人が非常に速く移動した場合、普通の人間はたいていその音を聞き取れない。ウィリアム公は超人的な速さでピーターに近寄り、逃亡した不信心者から取りあげた半月刀をつかんで彼の背に振りおろした。筋肉に深く食いこむほど強く。

ピーターはくるりと振り向き、ウィリアム公はよろめきながら後ずさった。ひと振りで命を絶つつもりだったのに、ピーターは弱っているようにさえ見えない。ウィリアム公は血に染まった半月刀を握ったまま、もう一歩後ろへ下がった。

「それ以上近づくな！」ウィリアム公は上ずった声を張りあげた。「近づいたら、首をはねるぞ！」

群集の叫びはしだいに弱まり、今は死に行く者の低いうめきとなっている。「そんなことはしないほうがいい」ピーターはウィリアム公に向かって進んできた。

逃げようと思えば逃げられる、とウィリアム公は思った。だが、人前で臆病者のような行動をとりたくない。すでにひとつ失敗をしている。ピーターを背後から襲ったことだ。

人はそういう場面を見ると眉をひそめる。ピーターはわたしを襲いはしない。何にも増して彼はたったひとりの伯父、つまりわたしの父に忠誠心を抱いているからだ。

事実はともかく、ウィリアム公はそう思っている。そばまで来たピーターは、自分の剣でウィリアム公の半月刀を叩き落とし、その衝撃でウィリアム公は身をひるがえした。そして次の瞬間、屋根から落ちていたのだ。彼の体は命運尽きた鳥のように空中を舞い、燃えさかる宮殿の中心に落下していった。

ルーファスが彼を救ったが、すぐに連れだせたわけではない。なんとか引きずりだしたウィリアム公は死にかけており、彼の下には焼死体が十体ほど積み重なっていた。

しかし、彼は生きながらえた。そして七年。ピーターが修道院にこもって罪を悔いていた七年、彼は待った。今、ようやく復讐の時が訪れようとしている。

そろそろ出発しようではないか。

23

「おい、待て！　どこへ行く？」

ジョアンナははっとして目を覚ました。声をあげようとしたが、エイドリアンの手がすでに口をふさいでいる。眠っていたなんて信じられない。彼の体が覆いかぶさっているのに。仰天するようなことが起こったばかりなのに。ジョアンナはばかではない。多数の男性が喜びの頂点にのぼりつめるのを見てきたのだから、それが我が身に起こったのとだいたい同じ現象だということくらいはわかる。ただ、どうして自分がそうなったのかわからない。女性は男性に触られて苦しむために生まれてきた。楽しむためではなく。しかも、さっきのは触ったうちに入らない。偶然にふたりの体がこすれ合っただけだ。

でも、本当の偶然ではない。袋に覆われ、ふたりは暗がりの中にいた。それでも彼の目が見えたのでわかったのだが、彼はわざと体を動かしていた。そう。彼の体が変化したのも、わたしを求めていたのもわかっている。それに対して、何をしたらいいかも。

ジョアンナはふたりのあいだに手を差し入れた。彼に触れ、彼をとらえて手を動かしたい。しかし、彼はその手を取って口づけし、ジョアンナの体のわきに下ろした。

「その考えは大変結構だが、しばらくは控えたほうがいい。今は頭を働かせる必要がある。そういうことをして気が散ってはいけない」

ジョアンナは彼の言うことを理解するどころではなかった。わたしに喜びを与えてくれたのに、彼のほうは歓喜をきわめなくていいのだろうか？　彼の体は間違いなく、頂点に達して果てたいと叫んでいたのに。

「でも……」

エイドリアンはジョアンナの唇にキスをした。何も言うなという意味だ。ジョアンナは逆らわず、目を閉じて眠りについた。

目が覚めてみると、相変わらず袋に覆われた闇の中だった。彼の手が口をふさぎ、彼の体は緊張してこわばっている。

「修道女様に作物を納めに行くんです、閣下」オードーが答えた。「この辺りの村の十分の一税で……とうもろこしと羊毛と、そんなものです」

「どの村だ？」

「オールドナムとホワイトホールです」

「ベッカムは入っていないのか？　こちらへ来る通り道にあるはずだが」

エイドリアンの手が動いている。ほんの少しずつ。短剣をつかもうとしているのだ。

「ベッカムは入っていません、閣下。あの村にいるのは怠け者の集団です。生まれついての罪人ですよ。彼らは修道女様にパンのかけらだって納めません。自分たちが食べられるものなら」

「つまり、ベッカムを通ってこなかったのだな？」

「はい、今回は、閣下。まっすぐ市場通りを来ました」

「この道で誰かに会わなかったか？　変わった人物に」

「ああ、会いましたとも、閣下。武器を持った人が集団になって村の外れを移動していました。集団はいくつもありましたよ。何か捜していたようです。どうするつもりか全然知りませんがね。彼らもわたしのそばへは来ませんでした。どんな連中だったかときかれたら、わたしはあやしいやつらだったと答えますね」

「その連中なら知っている。狩りに出ているのだ」男が耳障りな声で言った。「わたしが言ったのは、普段とは違う者を見なかったかという意味だ。たとえば、けがをした修道士がまれに見る美人を連れているとか」

「狩りですか？　ここでなんの狩りをするんです？　長い冬が終わったばかりで、鳥も動物もろくにいやしない。食べられるようなものは見つかりませんよ」

「連中は人間狩りをしているのだ。わたしが今言ったふたりを捜しているのだ。おまえもばかな男だな」

「で、食べるんですかい？」オードーの言い方は、いかにも愚か者という感じだった。

「殺すのだ！」尋問者はぴしゃりと言った。「おまえはわたしの質問に答えていないぞ。そういうふたりを見たか？」

「どうして連中は修道士と美人を殺すんですか？」

「奴らは殺人犯で反逆者だ。ウィリアム王子を殺そうとした」

「ウィリアム王子ってのは、どなたですか？　聞いたことがありません。もし国王にお世継ぎができたら、我々にも話が伝わってきたはずで……」

「王子は国王のご落胤だ」

「それじゃ、王子じゃありませんね？」オードーが言った。「そういうお方を誰かが殺そうとしても、ただ殺人をもくろんだっていうだけで反逆罪にはならない。けど、それはどうでもいい。修道士には会いませんでした。けがをしているのにも、いないのにも」

「彼は変装しているかもしれない。最近けが人を見かけなかったか？　農奴でも騎士でも。それから、ひとりでいても、きれいな女を連れていてもいい。早く返事をしないと舌を切り落とすぞ」

「舌を切ってしまったら、返事はもらえませんよ」オードーの話は筋が通っている。「いいえ、閣下、知らない人には一度も会いませんでした。いい女にも、反逆の罪を犯した殺人犯にも。会ったのは閣下と狩りの集団だけです。もう修道院へ行ってもいいですか？

一日働いたんで、早く作物を納めて休みたいんですが」

「今夜はだめだ。誰も聖堂には近づけない。護衛が巡回しているのだ。だから、ほかの道から行こうなどと考えないほうがいいぞ。作物は今日納めなくても大丈夫だ」鋼のすべる音がした。尋問者が剣を抜いたのだろう。「何か文句があるか？」

「いいえ、まったくありません、閣下。馬車の下で寝るのは初めてじゃありませんし、最後でもないでしょう。明日はどうです？」

「何がだ？」

「修道院に入れますか？」

「王子が出発されれば入れる。それまで待つか、ほかのところへ行っているのだな」

「その護衛っていうのは、聖堂からどのくらい離れたところにいるんですか？　わたしには閣下ひとりしか見えませんがね」

「もうすぐここへまわってくる。どうしておとなしくわたしの言うことを聞かないのだ？　わたしに逆らえるとでも思っているのか？」

ジョアンナには何が起ころうとしているかがわかった。彼をとめられないということも。エイドリアンは身をかがめ、飛びだそうと身構えている。彼の手がまだ口を押さえているので、ジョアンナはやめろとも気をつけろとも言えない。

彼の手が離れたと思ったとたん、体の上にあった袋が宙に舞い、エイドリアンが立ちあがった。手には短剣を握っている。「その人は逆らおうなんて思っていないよ、ルーファス」彼は馬車から飛びおりた。「だが、ぼくは逆らえる」

ジョアンナは急いで起きあがり、膝をついて外を見た。形勢は不利だ。尋問者は大男で、すらりとしたエイドリアンよりはるかに大きい。しかもしっかり武装している。それに対し、エイドリアンは短剣を持っているだけだ。

「やはりそうか。うかつだったな」男はすご味のある声で言った。「殿下はきみを信用するなと言われたが、そのとおりだった。きみが救助隊の秘密計画を知っていたら、ことはずっと簡単だっただろう。しかし殿下は、きみはあんなことを許さないと言っていた。きみは怖がりだからな、エイドリアン騎士。まあそれはどうでもいい。わかっているだろうが、わたしはきみたちを通さない」

「それなら、きみを殺さなくてはならないな」

「どうしてそんなことをするのだ？　我々は味方として長年戦ってきた。互いに殿下の家臣ではないか」

「家臣といっても同じではない。きみは殿下についてきた。ぼくは殿下の見張りをしていたのだ」

「ふたりとも殿下の命令に従って動いている」

「殿下はぼくを殺そうとしたのだぞ、ルーファス」

「そうだ。きみがけがをしているのを忘れるところだった。つまり、わたしは仕事をしやすくなるわけだ。早いところ決着をつけよう。お互いに時間のむだ使いをしたくないからな。一刀のもとに首をはねれば、きみは数秒で死ねる」

「そうはいかないだろう。きみが従っている相手は怪物だからな」

「そのとおり。それで、わたしがきみを逃がしたら、殿下はわたしをどうすると思う？」

「きみを殺したくはないな」

「殿下に殺されるよりは、きみに殺されたほうがましだ。だが、きみにそのチャンスはない。そのおもちゃでわたしをちくりと刺す機会さえないだろう」

「そう思うか？」エイドリアンは大男を見据えたまま言った。「ジョアンナ、修道院へ駆けこむんだ。素早く、目立たないように。うまくやるんだぞ。あそこにいる誰でもいいから、このことを伝えるんだ。女子修道院の院長でも、男子修道院の院長でもいい」

「みなが殿下の言うことより、彼女の言うことを信用すると思うのか？　きみも意外に頭が悪いな」

「それなら、なぜぼくたちのことをとめようとするんだ？」

「きみの言うことならみなが聞くからだ。娼婦となると話は違う」

「彼女は娼婦ではない」

ルーファスの笑い声が夜のしじまをやぶった。「彼女に恋をしたなどと言うなよ！　きみは愚か者だ。いくら戦士としては立派でも。娼婦を好きになったのなら、死んでしまうほうがいい」

「走れ、ジョアンナ。修道院長を見つけて話してくるんだ」

ジョアンナは急いで馬車を降り、ほんの一瞬だがためらった。どう見てもエイドリアンに有利な戦いとは思えない。彼はきっと命を失う。彼の姿はこれで見納めとなるだろう。

「愛してるわ」どこからこんな言葉が出てきたのかわからない。男の人に愛していると言ったのは初めてだ。誰もそのような言葉を聞きたがりはしなかった。

だが、今エイドリアンの顔にはまぎれもなく感動の笑みが浮かんでいる。「ぼくもだ。愛しているよ。ルーファスもその点だけは間違っていなかった。さあ、走れ!」

ジョアンナはスカートをたくしあげて走りだした。木々のあいだを抜け、灌木をよけながら。金属の触れ合う音がする。エイドリアンは別の世界へ行ってしまう。彼を助けに戻りたい。死ぬのなら、せめて息を引き取るときに抱き締めてあげたい。だが、ジョアンナは目的地を目指して走った。涙が次々と頬を伝う。そのうちに剣のぶつかり合う音はやみ、不吉な静寂が辺りを支配した。

正門には番人がいるだろうと思ったが、予想に反して誰もいず、ジョアンナは息も絶え絶えに中へ駆けこんだ。心臓が今にも破裂しそう。苦しくて胸が張り裂けそうだ。最初に出会った人の腕に倒れこみ、わっと泣きだしてしまうだろう。その最初に出会った人は、どうやら男子修道院の院長だったらしい。

「これは……どうしたのだ？」彼は驚いて言った。

「エイドリアンが！　わたしたちは、お知らせしに……来たのです。あの王子は……エイドリアンによれば……」ジョアンナは息を継いだ。言葉がうまく出てこない。

「王子は無事だ。元気にしている。悔悛を終え、罪の赦しを得た。明日ここを出て、新たな暮らしを始めるのだ」

「いけません！」ジョアンナは声を張りあげた。「あの方は殺人犯です。一団を襲ったのはウィリアム公の家臣たちでした。殿下の家臣が修道士たちを殺したのです」

修道院長はのけぞった。「それはひどい言いがかりだ」

「殿下をお帰しになってはいけません。エイドリアンに力を貸してください。あの人は彼を殺そうとしています」

「エイドリアン騎士がここに来ているのかね？　王子は、彼が戦闘で命を落としたと言っていたが」

「殿下は嘘をついているのです。エイドリアンを助けなくてはなりません、修道院長様。まだ間に合います。お願いです！」ジョアンナは泣きじゃくった。

いつのまにか、大勢の人がふたりのまわりに集まっていた。「よし、よし。アリソン修道女が奥へ連れていってくれる。少し休みなさい。メラード修道士、うちの者を正門前に

「……」

「通用門に……」ジョアンナは切れ切れに言った。

「それから、誰かを殿下のところへ行かせて伝えてくれ。ご一行がロンドンへ発つ前に、殿下と話をしたい」

「わかりました、院長様」

「でも……」ジョアンナが言いかけると、力強い腕が肩を抱き寄せた。

「修道女と一緒に向こうへ行っていなさい。神におまかせするのだ」

ジョアンナはその言葉に従うしかなかった。

エリザベスが通された部屋は狭くて質素だったが、ベッドは本物だった。ずっと長いあいだちゃんとしたベッドに寝ていないような気がする。この狭さでは、誰かと一緒には寝られない。これから一生こうした狭いベッドを使い、そばに誰もいないのを当然と考えて暮らすのだ。

この数日のあいだに、何回だまされたことか。その嘘全部が、一千羽の鳥のように頭の周囲で羽ばたいている。狭いベッドに身を投げて泣きたい。誰かを、できればピーターをひっぱたきたい。それに、自分自身も。

わかっていた。素直に見てよく考えれば、心の奥で彼が本物のウィリアム公ではないとわかったはずだ。でも、それなら彼は誰なのか、本物のウィリアム公は誰なのか、ということは考えたくなかった。

おかしな話だが、一緒に旅をした男性はある意味で国王の息子よりはるかに王子らしかった。一方、やさしい顔をしたマシュー修道士は、ピーターよりも修道士の役が似合っていた。ピーターは苦しみ抜いた目をし、激しい怒りを胸に抱いている。

ウィリアム公は——本物のウィリアム公は、わたしの面倒を見てくれるだろう。彼がなぜ悔悛の旅に出たかという話を割り引いて聞く気はないが、殿下と一緒にいても身の危険はない。それはよくわかっている。ピーター修道士は脚の長い、赤い髪の女性が好みなのだろうが、ウィリアム公はもっと好みがうるさいのではないだろうか？　わたしのような女性に興味はなく——つまりは彼と一緒に旅をしても誘惑される恐れはなく、きわめて安全だ。たとえ彼に関する噂話が事実だとわかっても。それに、彼が噂どおりの怪物だとは思えない。穏やかな青い目を見ただけで、彼が信用するに足る人物だとわかる。

ウィリアム公と出発するまでこの狭い部屋にいるとしたら、二度とピーターに会うことはないだろう。今必要なのは時間と距離を置くことだ。心の傷はいつか癒える。世間を知ったということは、決してむだではなかった。知識と経験は、いつの場合も役に立つ。そのときはいくら苦々しくても。

一本しかない蝋燭が、狭い部屋の中に長い影を作りだしている。エリザベスは柵を打ちつけた窓に近づき、月明かりの中に浮かぶ風景を眺めた。見えないところで物音がする。女性の叫び声、兵士たちの足音や武具の音。窓枠にのぼってみたが、何も見えない。下りようとして後ろを見ると、部屋の中にピーターが立っていた。入口のドアは閉まっている。

彼は新しい服をつけていた。聖堂へ向かっているときに着ていた服より生地がいい。ひげは剃りたてで、髪は丁寧になでつけられている。今ごろ気づいても遅いが、イングランドの王子に化けていたこの男性は禿げてなどいなかった。剃髪した部分には髪がのびてきていた。

大嫌いだ。そんな服も、この男性も。「なんの用かしら?」

彼のいちばん嫌いなところは、感情を隠す才能があることだ。今も何を感じているのかわからない。恥、怒り、悲しみ、欲望、哀れみ。どれだろう? 目の前にいるピーターの様子は、初めて父の城の大広間で見たにせ王子とはまったく違う。あのときの彼は怠惰で不真面目で、強そうな顔と人をばかにしたような口をしていた。今の彼の目は暗くて何を考えているかわからず、顔にも感情が表れていない。エリザベスにあれほど罪深くすばらしいことをした唇さえ、固く閉じて人を寄せつけまいとしている。

「その服はきみに似合わない。きみは尼僧になるようにできていないのだ」彼は言った。

「今はもう違うわ。幸い、ここの修道女たちは傷物を受け入れてくれるようよ。この服だって、わたしにとてもよく合ってるわ。大声で助けを呼ぶ前にもう一度きくから答えてちようだい。わたしになんの用かしら？」

「きみに警告しに来たんだ」

「暴力に訴えてもほしいものを取りあげる人たちがいるから？　今ごろ警告しても手遅れだわ。出ていって。ぐずぐずしてると大声で叫ぶわよ。そうしたら、もう誰もあなたを高潔なピーター修道士だとは思わなくなるわ」

ピーターは弁解しようともしない。「あの王子は、見かけどおりの人物ではない」

エリザベスは思わず鼻で笑った。「見かけどおりの男性なんているの？　この三日あまり、見かけどおりの男性などひとりもいなかったわ。今度はエイドリアン修道士が実は修道士ではないなんて言いだすんじゃないの？」

「彼は修道士ではない。国王の家臣で、ぼくのいとこだ」

質素な部屋には、投げつけるものがない。彼にぶつけられるのは、怒りに満ちた言葉だけだった。「出ていってよ、嘘つき。あなたなんて人間のくずだわ。あなたと話をするくらいなら、狂犬病にかかった犬とおしゃべりするほうがましよ」

かすかな笑みに、ピーターの口元が和らいだ。「口を慎まないと、今に面倒なことが起こるぞ」

「あなたもね」そうよ。その唇はわたしの体に……思いだす気もないのに、あのときの一場面がよみがえる。エリザベスは顔を赤らめた。ピーターは彼女が何を考えているかわかったに違いない。

「エリザベス、ぼくのことをなんと呼んでもいい。どう思おうとかまわないよ。でも、行き先がどこだろうと、ウィリアム公と一緒に行かせるわけにはいかない。彼は噂どおりの、いや、それ以上の危険な人物だ」

「あなたにそんなことを言う権利はないわ。わたしにあれこれ指図しないでよ」

「修道院長にひと言言えば、きみはずっとここにいられる」

「あなたが何か言ったら、わたしも言うわよ。この二、三日のあいだにわたしたちに何が起こったか。こまごましたことまでね」

ピーターは驚いたように眉を上げた。「こまごましたことまで？　修道院長はショックを受けて、一生立ち直れないだろうな」

エリザベスはかっとした。「おかしいと思っているの？」

「きみと違って、ぼくは人を批判しようと思わないし、人間は間違いを犯さないものだとも思っていない。人はいいこともすれば悪いこともする。過ちを犯し、罪を犯してはできる限りの償いをする」

「やめてよ。あなたなんか、さっさと地獄へ落ちればいいんだわ」

「もちろん、ぼくは地獄へ落ちるだろう。だが、きみはウィリアム公についていってはいけない。彼はきみがほしいのではない。わかるかい？　ぼくをおびき寄せたいだけなのだ。

彼は、目的を果たすためなら誰でも利用する」

もう我慢ならない。「もちろん殿下はわたしなどほしくないでしょうよ。わたしをほしがる男性なんかいるものですか。何年のあいだ禁欲生活をしたか知らないけど、あなたは異性に飢えていたから誰でもよかったんでしょうね」

「誰でもよかったとはいい表現だ」ピーターはそっと言った。

「あなた、殿下はあなたをおびき寄せたいのだと言ったわね。それはなぜ？　殿下には男色の趣味があるなんて言うのではないでしょうね。そんなことを言っても信じないわよ」

「趣味でおびき寄せるのではない。殿下はぼくを殺したいのだ」

「それなら殿下をとがめられないわ」エリザベスはやさしく言った。「わたしたちのどちらを殺すべきかと言えば、それはあなたですもの」

ピーターは笑い声をあげた。「きみもぼくと同じく殺される立場にいるとはうれしいね」

「誰が同じ立場だと言ったの？　わたし、あなたを殺したくないとは言ってないわよ。本当は素手であなたを殺したいくらいだわ」

こんな言い方をしたのは失敗だった。彼はそろそろと近づいてくる。逃げるなら今のうちだと言いたげに。しかし、部屋は狭くて逃げる場所もなかったので、エリザベスは冷静に彼の視線を受けとめてその場に立っていた。

「よし。ぼくに手をかけろ」ピーターは低い声で言った。「さあ、早く」

エリザベスが彼に手をかけたところで何もできない。それはふたりともわかっている。エリザベスは力があるほうだが、彼を絞め殺すほどの力はない。絞め殺せたらどんなにいいか――武器を持っていない今、刺し殺すことはできないのだから。修道院の中では彼も武器を携えていないので、刺し殺される心配はない。エリザベスはまた裸足だった。修道士のサンダルは大きすぎ、女子修道院にあるサンダルは小さすぎてはけなかった。

だが、握りこぶしだけはある。彼女はこぶしを固めて彼のみぞおちをひと突きした。満身の力をこめて。あまりに力を入れたので、自分の手が痛い。彼も驚いたようだった。

「頑張ってもその程度か」彼は小声で言った。

エリザベスはもう一方の手で彼に一撃をお見舞いしたが、今度は彼が身構えていたので効果はなかった。固く引き締まった筋肉を叩いても、彼は何も感じないだろう。

「あなたなんか大嫌い」

「ああ、そうだろうな」

エリザベスは力いっぱい彼の胸を叩き始めた。思いつく限りの罵り言葉を投げつけながら。さらに、じっと立っている彼の体を、平然としている顔を、叩き続けた。だんだん腕が痛くなり、手がしびれてくる。もう何もできない。わっと泣きだすと、ピーターの腕が体を包んで抱き寄せた。

彼から離れようと思っても離れられない。飛べと言われても飛べないのと同じくらいに。

「あなたなんか大嫌い」エリザベスは泣きじゃくりながら繰り返した。

次の瞬間、彼の唇が唇に触れた。まさか、彼がこんなことをするなんて。だが、しっかり唇をとらえている彼の唇は、夢でもなければ幻でもない。それよりショックだったのは、自分がキスを返していることだった。わたしは修道士にキスをしている。彼が誰か、どういう人物か知りながら。

次に何が起こるのかはまったくわからなかった。とっさにベッドが狭いことが頭をよぎり、その次の瞬間に誰かがドアをノックしていた。そしてアリソン修道女がドアを開けたときには、エリザベスを暗がりに残してピーターがドアの前に進みでていた。

「ここにいらしたのね、ピーター修道士。よかったわ。ちょっとしたことが起こって――男子修道院の院長様がすぐお会いになりたいそうです。大広間でお待ちです」アリソン修道女はエリザベスのほうを振り向いた。彼女の頬が涙でぬれているのは隠しようもない。

「まあ、どうしたのです――」

「そっとしておいてあげてください、アリソン修道女様」ピーターが言った。「エリザベスは大丈夫です。ただし、ウィリアム公と一緒には出かけません」

「賢い選択だと思います」アリソン修道女は言った。

いいえ、殿下と一緒に行きます。そうエリザベスは言おうとしたが、開きかけた口をすぐに閉じた。何か言おうとしても、どうせ泣き声しか出てこない。

事実、ピーターの言うとおりだった。エリザベスはどこへも行けない。どこへ行くにしても、ピーターがいなければ無意味ではないか。ピーターがいても腰を落ちつけられる場所はないが、まず修道院で暮らすのが順当だろう。神様はきっといつか、今わたしの体の中で燃えている火を消してくださる。

遅くとも、わたしの命が尽きるまでには。

24

「殿下、面倒なことが起こりました」

ウィリアム公は体の傷を隠し、ゆっくり振り返った。ウィンストンはウィリアム公の第二指揮官であり、ルーファスほど頑丈ではないが彼よりはるかに悪賢い。「ルーファスはどこだ？」

「死亡しました、殿下。新たに到着した者がいます。エイドリアン騎士と連れの女性がここまで来て、事の次第を話しています」

「もちろん話すだろう」ウィリアム公は憤然として言った。「問題は、みながその話を信じるかどうかだ」

「マーティン司教は、すぐ殿下にお越しいただきたいと言っています。殿下はたぶんもうお休みになっただろうと言いましたら、起こしてこいと言われました」

「よくもそんな厚かましいことが言えたものだ」ウィリアム公の声は氷のように冷たい。「わたしは彼らのばかばかしい遊びに長いあいだつき合った。司教が罪の赦(ゆる)しを無効にしたがっているなら、無効にしてもかまわない。我々はすぐに出発しよう」

「なんですと？」

「彼らはわたしを足止めするほど図太くはあるまい。一時間以内に行くと司教に伝えておけ。家臣に支度をさせて、馬に鞍（くら）をつけろ。それから、エリザベスに予定が変わったと言うのだ」

「彼女は行きません、殿下。気が変わって修道院にいることにしたそうです。女子修道院の院長から、殿下にそうお伝えするよう頼まれました」

「気が変わるなどということは許されない。今言ったとおりにしろ、ウィンストン。すぐにここを出る。エリザベスも一緒にだ。あの娘を黙らせろ。ただし殺すなよ、わかったか？ ルーファスが死んだのなら、きみが彼の地位につくのだ。わかっているだろうが、わたしは事が思いどおりに運ばないときわめて不愉快だ」

「西門でお待ちしております、殿下。あそこはいちばん警備が手薄で、道は南に向かっています。誰も我々が西門から出るとは思わないでしょう」

「賢明な方法だな、ウィンストン。きみはうまくやってくれるだろう」

エリザベスはうとうととまどろんだ。だが、どのくらいの時間がたったのかわからない。頭の中でいろいろな物事が混乱し渦を巻いている。何より悪いのは、なぜ彼にキスを返したのかということだった。そもそも、彼はなぜキスをしたのだろう？　彼は今、おのれの選んだ世界に戻っている。その世界には、女性が入りこむすきはない。いくら彼が女性を求めようとも。それなのに、女性の個室へ来てキスをするとは、どういうわけなのだろう？　アリソン修道女が部屋へ来なかったら、どうなっていたかわからない。

彼をとめるだけの分別を持ちたかった。自分を抑えるだけの分別も。しかし、良識も分別も、その種のものは何も持ち合わせていない。

エリザベスは寝返りを打ってあお向けになり、やり場のない憤りにため息をついた。辺りはしばらく静かだったが、今は馬の支度をしている音と低い話し声が聞こえる。こんな時間に、誰が出発するのだろう？　ことによったら、幸いにもピーターかもしれない。ここには誘惑しかないと知って、出ていったのではないだろうか？　目が覚めたときに彼がいなくなっていれば、わたしは新たな生活を始められる。祈りと悔悛(かいしゅん)と服従の日々を。

彼女は目を閉じた。眠れないのはわかっている。頭の上に剣がぶらさがっていて、今にも落ちてきそうな気がするからだ。神経を尖(とが)らせていなかったら、脳と心臓を切り裂かれてしまう。

もう切り裂かれてしまったのかもしれない。どちらも正常に動いていないではないか。脳はピーターが手を触れた瞬間に溶けてしまい、心臓は彼の素性を知ったときに粉々になってしまった。

いいえ、心臓は、彼を愛していると知ったときに粉々になったのだ。そのときすでに、その先には悲しみが待っているだけだと知っていたから。

今度は寝返りを打ってうつ伏せになってみた。修道女のベッドはとても質素で、枕もなければ洗いたてのリネンのカバーもない。こういうベッドで寝られるようになろう。少なくとも、床に寝るよりはいい。

でも、この前に床で寝たときは、彼の腕が体を包んでいた。あのときなら、たとえ熱く燃える石炭の上でも寝ることができただろう。

ピーターのことを考えるのはやめなくてはいけない。あの裏切り行為を、彼は明らかに繰り返すつもりでいる。眠りたければ、心をきれいにするしかない。心を清めたければ、祈るしかない。

祈るといっても、どう祈ればいいのだろう？　それさえもわからない。あれほど大きな罪を犯しながら、エリザベスは後悔もしなかった。「主よ、御心をお示しください。わたしはどうすればよいのでしょう？　どうかわたしをお救いください」

ドアが開いたが、エリザベスにはその音が聞こえなかった。目を閉じているため、こっそり部屋を横切ってくる人影にも気づかない。異変に気づいたときは頭からフードをかぶせられ、息ができなくなっていた。

手足をばたつかせ、叫ぼうとしたが、ざらざらした生地が口に食いこんでいる。殴られると思ったが、何も衝撃は襲わなかった。これはわたしが求めた神の御心ではない。

そのときすべてが闇に沈んだ。

彼は生きている。エイドリアンは生きている。そう聞いてジョアンナは倒れそうになった。

「ようこそ。喜んでお迎えしますよ、ジョアンナ」アリソン修道女が言った。だが、ジョアンナはその言葉を信じられなかった。

「わたしは大罪を犯しました」ジョアンナは言った。「ほかに行くところがあれば、わたしは……」

「わたしたちの中に、罪を犯したことのない人はいません。あなたの罪が大罪かどうかは、神と聴罪司祭様が決めるのです。とにかく、お部屋を用意します。苦難の旅でお疲れでしょうから。罪については明日お話ししましょうね」

「エイドリアンは……」

「生きています。まだ何年も生きているでしょう。あの青年は、災難に遭っても平気なのです。特別頑強な兵士でさえ命を落とすようなことに遭遇しても。お会いになりたいですか？」

「いいえ！」ジョアンナはあわてて言った。一刻も早く彼から遠ざかるに越したことはない。だが、ひとつだけきかずにいられなかった。「彼は修道士ではないのですか？」

「エイドリアン騎士が？　修道士なんてとんでもない！　あの方ほど修道士にふさわしくない方はありません。奥様もそうおっしゃるでしょう」

　息がとまるほどの衝撃なのに、ジョアンナはびくともしなかった。それはひとえに、もっとひどい衝撃を乗り越えてきたからかもしれない。「結婚なさっているのですか？」動揺を隠しながら、彼女は淡々とした口調で尋ねた。

「まあそう言ってもいいでしょう。三年前、レファート卿のお嬢様と婚約されたのです。国王へのお務めが終わったら結婚するつもりで、おふたりとも待っていらっしゃるのだとか。しかし、今夜ああいうことがあったからには、もう宮廷に快く迎え入れてはもらえないでしょう」アリソン修道女はじっとジョアンナに視線を注いだ。「あなた方おふたりのあいだには何もなかったのでしょうね？　約束事なども」

　ないわ。ジョアンナは思った。今は何も感じない。これがずっと続いてくれるといいのだけれど。氷の中に閉じこめられたような気がする。二度とぬくもりに包まれたくない。

「ええ、何もありません」ジョアンナは言った。「エイドリアンはまだ若いし、わたしは世間ずれした女です。わたしたちに共通するものはほとんどありません」

小柄な修道女は小さな声をたてた。肯定のしるしとも、否定のしるしとも取れる。「とにかく、あの方にお会いになりたいでしょう。少し休んだら、会ってお礼をなさるといいですわ。あの方はあなたの命の恩人ですから。むごい襲撃を受けたときに、救いだしてくださったのですものね」

ジョアンナはあの長い時間を思った。まだ血がとまらない彼を外衣にのせ、森の中を引きずって歩いたのだ……今は笑って思いだせそうな気がする。気のせいかもしれないけれど。「そうですね。しばらくひとりになってお祈りするのが、わたしにはいちばんいいと思いますが」

「あなたはピーター修道士と同じくらい、罪の意識を感じているようですね。罪をあがなう人の多くは、人間として当たり前の罪を犯したにすぎません。真の悪人というのは、たいてい心から罪を悔いはしないのです」

「それはウィリアム公のことですか？」

「国王のご子息を罪人呼ばわりするような失礼なことはできません」アリソン修道女はよどみなく答えた。「わたしはただ、罪人に見える人は往々にして自分が思うほど大きな罪を犯していないと申しあげているだけです。むしろ清廉潔白に見える人が、実は悪魔の手先だったりするのです。アグネス修道女がお部屋へご案内します。お部屋は回廊の左側、お客様をお泊めするところです。騒音に悩まされることはないと思います」

「修道院には置いていただけないのですか？」

「修道女になりたいとおっしゃるの？」

「その資格がないのはわかっています」

「神がお求めになるのは、この世界に入ろうという心です。しばらくわたしたちと一緒に暮らしてごらんなさい。合っているかどうかわかるでしょう。合っていると思われるなら、わたしたちは心からあなたを歓迎しますよ」

一週間前なら、いや二日前でも、ジョアンナはためらわなかっただろう。つかのまの乙女の夢を厳しい現実が埋めてしまった今でさえ、道を誤りそうになる。いちばん賢明で、安全で、いい道はどれか、見きわめなくてはいけない。というのは、今後は手を触れる男性がいなくなるからだ。その男性がエイドリアンでないのなら。

彼は愛人を作りたがるだろうか？　既婚男性の多くは愛妾を置いている。だが、彼が望んでも、わたしはそうなりたくない。密通という行為が許されるとしても、妻から見れば愛人はうとましい存在だ。エイドリアンの場合、結婚によって生じる義務を果たさなければ、失うものはわたしが考えていたよりはるかに大きい。

通された部屋は廊下の突きあたりにあり、狭いながらも掃除が行き届いていてきれいだった。入浴して修道女が持ってきた質素な服を着、ジョアンナはベッドに入った。仕方がない。泣きながら眠ろう。

しかし、すぐに彼女は起きあがり、細い肩を毛布に包んで廊下へ出た。

足に触れる石の床は氷のように冷たく、廊下には誰もいない。誰がどの部屋にいるのか知らないが、調べてみよう。たとえ修道院にいる人たちの半数を起こしてしまう結果になっても。

エイドリアンは三番目の部屋でぐっすり眠っていた。傷を負った肩から腹にかけて、新しい包帯が巻いてある。彼はまた頭も打っており、あざが片方の目に達している。もう片方の目のまわりにもあざを作ったら、どうなるだろう？　普段は消極的であまり動かないのに、今は妙に凶暴な気持ちになっている。この美青年に向かって怒りを爆発させたい。わたしがこれほど悩んでいるのに、天下泰平な顔をして眠っているなんて。

もしかしたら眠っていなかったのかもしれない。彼は目を開けてジョアンナを見た。そこでにっこり笑み崩れた彼の顔は、もっと非情な心でも溶かしてしまっただろう。「きみが無事だということは聞いていた」彼は言った。「でも、こうしてきみを見るまでは半信半疑だったよ」

ジョアンナは部屋に入った。顔にはなんの感情も表れていない。「見事に生き残ったようね」声も冷たい。「あなたのほうが、ずたずたにされるのではないかと思ったわ」

エイドリアンの顔から笑みが消えた。「そのほうがよかったような言い方だな。ぼくは何か悪いことをしたかな、ジョアンナ？」

「身分を偽ったわ。それから、馬車の中でわたしの体を利用したわね。そのうえに何をしたかという意味？」ジョアンナは言った。顔が熱いが、赤面するはずはない。体はそんなだろう。

機能をずっと前になくしてしまった。熱いのは、どこかほかから熱気が伝わってくるから

エイドリアンはするりと起きあがり、顔をしかめながらベッドの上に座った。駆け寄って彼を支えたい。いいえ、だめ。彼を傷つけたかったのでしょう？　それを忘れてはいけないわ。わたしの心が傷ついたように、彼の体を傷つけたいと思っていたじゃないの。

「ぼくは馬車の中で大きな恩恵を受けたとは思わない。何かあったとすれば、厄介なことになっただけだ」

「それなら、わたしに触らないように手を引っこめていればよかったじゃないの」

「きみを最高の気分にさせたのは手ではない」

ジョアンナはひるまず、乱暴に言った。「わたしは娼婦よ。そうなるのは簡単だわ」

「少し前にきみを娼婦呼ばわりした男がいた。ぼくはそいつをあの世へ送った。それが許されないことでも。それに、ぼくの下に横たわっていたとき、きみは何が起こるか知らなかったんじゃないか？　あり得ないような話だけど、ああいうことは初めてだったんだろう。きみは男に喜ばせてもらったことがないんだ」

ジョアンナは顔をそむけた。彼は怖いほど鋭い。わかったらわかったでいいではないか。嘘をつくのはもともと嫌いなのだから。「本当ね。あり得ないような話だわ」ジョアンナは続けた。「アリソン修道女様が言っていたけど、あなたは家に帰ったら結婚するんです

ってね。奥様はあなたがどんなに嘘つきかご存じなの？」

エイドリアンの顔から当惑の表情が消え、代わって笑みが浮かんだ。「なんだ、そういうことだったのか！　なぜきみが急に冷たくなったのか、不思議に思っていたんだ」

「そういうこともこういうことも、何もないわよ。わたしはあなたにお礼を言いに来ただけ。命を救ってくださってありがとう。ここまで無事に連れてきてくださってありがとうって。でも、わたしもあなたの命を救ったんだから、これでおあいこね。さようなら、エイドリアン騎士」

「ちょっと待ってくれ。戻っておいで」

ドアに手が届くところまで行っていたジョアンナだが、エイドリアンの言葉に立ちどまった。涙が今にも目からあふれそうになっている。涙は男性のこぶしと対等に戦える武器ではない。そんなことはずっと昔から知っている。だが、涙は理性で抑えられないらしい。

「部屋へ戻るわ……」

「こちらを向いて、ジョアンナ。ぼくのところへ戻ってきてくれ。きみに言いたいことがあるんだ」

走らなくては。走って出ていくのよ。ジョアンナは自分に言い聞かせた。彼の話を聞いたら、事態は悪くなるばかりだわ。けれど彼女は振り返り、まばたきして涙を抑えた。エイドリアンは手を差しのべている。ジョアンナがその手を取ると思っているかのように。

ジョアンナは手を体のわきにつけたまま部屋を横切った。エイドリアンはただ彼女の手を取り、自分の胸に押しあてた。「修道女のひとりになることはない」彼の声は静かだがきっぱりしている。「ぼくと一緒に家に帰るのだ」

ジョアンナは手を引き抜こうとしたが、彼はしっかり握っていて放さない。「いやよ」彼女はとげとげしく言った。「ほかの女性を苦しめることはできないわ」

「ほかの女性は関係ない。ぼくと一緒に帰るだけだ」

はねつけようと思っているのに、だんだん意志が弱くなる。そんなことがあってはならないわ、とジョアンナは頑張った。「花嫁がひとりで待っているというのに、愛人になんてなれないわよ」

「ぼくにはふたりとも満足させるだけの力がある、と言いたいところだが、きみは面白くないだろう。はっきり言うよ。ぼくに妻はいない。婚約していた女性は、二年前に熱病で死んでしまった。彼女のことはほとんど知らない。だから、大して悲しくもなかった。だが、今度は違う。ぼくはきみと結婚しようと思っている。きみ以外の人とは結婚しない」

ジョアンナは凍りつき、か細い声で言った。「そんなことを言うなんて残酷だわ」

「きみと結婚するのが？　約束するよ。ぼくは悪い夫にはならない」

エイドリアンは本気で言っている。ジョアンナにはわかった。ということは、頭の傷が思ったよりひどいのだ。彼女は素早くエイドリアンの額に手をあてた。熱があるのではないだろうか？　しかし、彼の額は冷たく、汗もかいていない。「あなたはどうかしているわ。わたしはたぶんあなたより十歳くらい年上よ。子供も産めないし、男の人と暮らすのだって好きじゃないわ」

エイドリアンはほほ笑んだ。その笑顔はとてもやさしい。「いや、きみのほうが年上だとしても、せいぜい五つだ。しかもぼくは年齢のわりに大人びているから、きみを喜ばせてあげられると思うよ。今のきみには想像もできないくらいにね。子供も作ろう。かわいい子供たちを。さあ、ぼくと一緒にベッドに入って」

「あなたはけが人――」

「今その喜びを教えてあげるとは言ってない。傷が治って、結婚するまで待つよ。ただ、きみの隣で眠りたい。そのほうがよく眠れるし、回復も早い」

彼は狂っている。完全に狂っている。でも、わたしは狂人に調子を合わせなくてはならない。そもそも、彼の隣に横たわる以外、したいことなどないではないか。この狭いベッドで、彼の体をかたわらに感じながら。

何も言わずジョアンナはベッドに上がり、エイドリアンは彼女のために場所を空けた。それからジョアンナを隣に寝かせ、彼女が持ってきた毛布をふたりの上にかけた。「きみの足、冷たいね」

「そうよ」

「ぼくのことを、狂っていると思う？」エイドリアンは彼女の鼻にキスをした。ジョアンナも身を引こうとはしない。

「ええ」

「それでも、結婚してくれるね？」

「ええ」ジョアンナは言った。「いいわ」


ピーターは礼拝堂の冷たく固い石の床にうつ伏せになっていた。もう何時間もこうしている。頭が空になり、感覚がなくなるまで動くまいと決めたのだ。遠いところから叫び声や騒音が聞こえてくる。だが、何が聞こえても無視した。今はとにかく答えを聞きたい。ほかの声を聞いている余裕はない。

赦されざる罪をあがなおうとして、七年を費やした。あの火災で、何百人もの罪のない人の命が、女性と子供の命が失われた。ぼくがつけろと命じた炎で。最後にひとり生き残ったのがウィリアム公だった。もとより心のねじれた男だが、その心と同様に彼の体は焼けただれ、ぼろぼろになっていた。彼はあの火に焼かれて死ぬべきだった。それはぼくも同様だ。あのとき死ぬべきだったのだ。

しかしふたりとも生きていた。ピーターは残りの人生を罪の償いにあてようとしている。犯した罪はあまりに恐ろしく、それを背負って生きてはいけない。知らずにしたこととはいえ、罪であることに変わりはなかろう。ウィリアム公はあのとき、宮殿には誰もいないと言っていた。わずかな兵士がいるだけだと。それを聞いてぼくは放火を命じた。ウィリアム公の話は嘘だったのに。

とはいえ、なんら違いはない。命令を下したのはぼくだった。ウィリアム公を屋根から突き落とし、燃え盛る炎の中心に投げこんだのも。あのときはただ、彼を苦しめたかった。だが、神はウィリアム公を救いたもうた。ぼくを救いたもうたのと同様に。初めてピーターはいぶかった。神は、ぼくが何をしているかご存じなのだろうか？　冒涜者。ピーターは自らをさげすんだ。いらだちがつのり、固い石の床に頭を打ちつけて苦悩の声をあげた。

人の声がする。頭の後ろで、しつこくがやがやいっている。礼拝堂のドアが勢いよく開き、一陣の風が吹きこんで蝋燭がぱちぱち音をたてた。中央通路を人が近づいてくる足音がする。ピーターは振り向きもせずただ目を閉じていた。ウィリアム公か彼の家臣が来たのなら、大いに歓迎しようではないか。罪の赦しに一歩近づいたことになる。

「ピーター修道士」すぐそばでエイドリアンの声がした。しかし、ピーターは知らん顔をしていた。事態が変わるようなことをエイドリアンが言うはずはない。

「彼のことは放っておきなさい、エイドリアン騎士」ジェローム修道士もまたそばに来ていた。彼の声は否定的で冷たい。「ピーター修道士はひとりで礼拝することになっている、とマーティン司教はおっしゃった。彼の邪魔をしてはいけない。そっとしておけばすべてうまく収まる」

エイドリアンは耳を貸さず、身をかがめてピーターの肩に手を置いた。「ピーター」彼は妙に緊張している。「来てくれ。問題が起こった」

「問題はない」ジェローム修道士がぴしゃりと言った。「何かあったとしても、ピーター修道士を巻きこまないようにしてあげなさい。彼は長いこと俗世にいたのだから、ひとりで反省することが大切だ。助ける必要のない女性を救いに行って何になる？　殿下は罪を悔い、慎み深く正しい生活をする誓いを立てたのだ。そうでなかったとしても、殿下があんな髪をした背の高い女と戯れると思うか？　我が国屈指の美女を何人でもそばへ呼び寄せられるのに。ピーター修道士は――」

ピーターはジェローム修道士を無視し、目にもとまらぬ速さで立ちあがった。「やはり彼女は、殿下と一緒に出発したのか？」

「行く気がないのに連れていかれたようだ。出ていくところは誰も見ていない。殿下はマーティン司教に会うのをやめて、真夜中にこっそり出ていったのだ。だが、彼女の部屋で乱闘があったのは間違いない。部屋の中がだいぶ乱れている」

「いつ発ったのだ？」

「せいぜい二、三時間前だろう。どの方角へ向かったのかわからないから――」

「ぼくにはわかる」ピーターは恐ろしい顔で言った。「ピーター修道士、きみにここを出る許可は出せない。エリザベス嬢になんらかの危険がおよぶようなら、マーティン司教が修道士たちを送って彼女を連れ戻す。彼女が暮らす場所はここなのだ。心配なら、司教はエイドリアン騎士を送って指揮をとらせるだろう。だが、きみはずいぶん長いあいだ俗世の誘惑にさらされてきた。ここにいて彼らの無事を祈り、おのれの魂のために祈りなさい」

ピーターはもはや聞いていなかった。「馬はあるか？」

「待たせてある。何人必要だ？」

「大勢で行ったら虐殺される。我々ふたりだけで行こう」ピーターはジェローム修道士のそばをすり抜けた。

「ピーター修道士、今出ていくのなら、戻ってきても居場所はない。きみは永遠に地獄に落ちるのだ。それだけの代償を払う価値のある女性が、この世にいると言うのか？」

「彼を殴ろうか？」エイドリアンが静かな声で尋ねた。

ピーターは首を振り、礼拝堂のドアを開けた。「時間がない」外はすっかり明るくなっている。さっきエリザベスと話をしたときは、夜中の十二時になっていなかった。

「着替えをするなら――」

「ぼくはこの服で行く」ピーターは自分の服を指し示した。「ジェローム修道士が賛成しようとしなかろうと」

「その格好で戦えるか？」

「大丈夫だ。必要とあれば、これでも人は殺せる。だがこの服を着ていたら、人を殺してはいけないということを思いだすだろうな」

「それでは、ウィリアム公を殺さないのか？」

「彼を殺すかどうかは、きみに決めてもらうよ」ピーターは言った。

「そんなことをしたら大罪だぞ」ジェローム修道士がピーターの背後から叫んだ。「きみの惨めな霊魂は、もう救われることはないだろう」

ピーターは礼拝堂の出入口で足をとめた。「彼女には、それだけの代償を払う価値がある」彼は礼拝堂を出てドアを閉めた。

25

日が高くのぼり、汗臭い兵士に馬から降ろされて顔を覆っていたものを取り除くと、エリザベスは嘔吐した。ここまで我慢していたのだ。目が覚めてから長いあいだ、恐怖に駆られながら、いったい何がどうなっているのだろうと考え続けた。体は誰かに縛りつけられていて身動きができない。しかも、その誰かは風呂に入っていないらしい。頭は棍棒で叩き割られたように痛み、早足で進む馬に揺られて胃がむかむかする。頭と顔はぬれた羊皮紙と黴のにおいがするものですっぽり覆われ、何も見えない。しかし、ひづめの音から察するところ、周囲には大勢の人がいる。

降ろされたのは固い石を敷いた舗道で、苦労して頭からかぶせられていたものをはずすと、自分が小さな中庭の中央にいるとわかった。辺りには武装した男たちがいる。みな捕虜よりも馬のほうに興味があるらしく、エリザベスを見向きもしない。彼らがわたしの存在を忘れているうちに、急いで逃げだそうか？　あるいは、胃を空にしたほうがいいかもしれない。

あいにく、それを決めたのは体だった。ひとりになったので、エリザベスはなんとか這いだしてみながら離れ、わずかに胃の中に残っていたものを全部吐きだした。

太陽がはるか上空から照りつけている。終わりのない旅をしているような気がしたのも不思議ではない。彼らは実際、長時間にわたり馬を駆っていたのだ。しばらく気を失っていたのは、せめてものお恵みだったと思わなくてはいけない。

エリザベスはさらに少しみながら離れ、冷たい石の上に腹這いになって深呼吸した。一行は誰かの屋敷に立ち寄ったらしい。城より小さく、普通の家より大きいこの家は、明らかに裕福な資産家のものと思われる。その人に助けてはもらえないだろうか？

しかし、石のあいだには草がのび、窓は閉ざされて鎧戸が閉まっている。長いあいだ人が住んでいなかったに違いない。助けを期待するのは無理だろう。

誰かの脚が視界に入った。形のいい脚で、タイツには上品な刺繍がしてある。まぶしい陽光に目を細めて上を見ると、ウィリアム公が穏やかにほほ笑んでいた。

「ピーター修道士が今のきみを見ていなくてよかったな、エリザベス」彼の声は耳に快い。「彼がどうしてそこまできみに夢中になったのか、わたしには理解できない。溺れた育ちすぎの子猫みたいなきみを見たら、彼は助けずにいられないだろう。そうすれば、この屋敷は全部ただで手に入る」

エリザベスは目をしばたたいた。ウィリアム公が言ったことは聞こえたが、どういう意味かがわからない。彼女は起きあがって地面に座り、辺りを見まわした。「ここはどこなのですか?」

「ここは、今回の計画にまさにおあつらえ向きの場所だ。わたしがここを知っていたのは、神のお導きに違いない。これはピーターの家族が住んでいた家だ。ここから聖堂までの土地一帯は、ほとんど彼の一族が所有していた。修道院が立っている土地も、一時は彼らのものだったのだ。実に裕福な一族だな。しかし、全員死んでしまった。ピーターが十字軍に加わっているあいだに、この辺りの住民はことごとく熱病に冒されたのだ。彼が帰ってきたときには家族は死に絶え、農園の大半は耕す者がいなくなっていた。そんなところへ帰ってきたこと自体が、彼には苦痛だっただろう。ここで死んだら、悲しくも美しい詩になるのではないかな」

ウィリアム公は手袋をつけた手を差しだした。革の袖口には宝石が光っている。エリザベスはただ彼を見つめていた。彼の意図がわからない。すると、ウィリアム公はエリザベスの短い巻き毛をひと房つかみ、乱暴に引っ張って立ちあがらせた。

立ちあがると、エリザベスは彼を見おろすことになる。生まれて初めて、背が高いことに屈折した喜びを感じた。「わたしに何をさせたいのです?」

「エリザベス、きみにさせたいことなど何もない。きみは目的を果たすための単なる手段だ。ピーターを彼の偉大なる神から引き離して、わたしの罠へ誘いこむための手段だよ。

彼には恨みがある。とっくに仕返ししてもよかったのだ。まだ気持ちが悪いのか?」ウィリアム公はじっとエリザベスを見て尋ねた。

彼は上等な服を見事に着こなしている。今はただ、その高価な服にへどを吐きかけてやりたい。だが、胃の中はもう空になっていて、彼が近づいてきても何も吐きだせない。

「いいえ」

「〝いいえ、殿下〟だ」ウィリアム公が言葉づかいを正した。

ずっと前、にせ王子が同じように敬称をつけさせたのを思いだす。王子に化けた、憎らしい嘘つきの魅力ある修道士が。けれど、もう涙も出てこない。

「いいえ」エリザベスは頑固に繰り返した。彼に従う気になどなれない。

いきなり平手が飛んできた。その力は信じられないほど強く、エリザベスは再び石の上に腹這いになった。宝石が顔にあたったらしく、目のすぐ下から血が流れている。もう少し上にあたったら、視力を失っていたかもしれない。

ウィリアム公はエリザベスの存在を無視し、背を向けて家臣に命じた。「この女を屋敷の中に連れていけ。ピーター修道士が来るまで少し待たなくてはいけない。彼は魂の声を聞き、救出を祈り、三回考えを変えてから彼女を助けに来る。自分が殺されるのを知っているからだ。男はそういう話になるとみな考え直すものだ」

「この女をどうしますか、殿下?」悪人面をした兵士がきいた。

ウィリアム公はちらりとエリザベスに目をやった。彼女は石の上に横たわり、顔からは血がしたたっている。「おまえたちの好きなようにしろ。ただし、殺すのではないぞ。ピーターが来るまでは生かしておかなくてはならない」

ごつい手がエリザベスの体をつかみ、陽光の降り注ぐ戸外から屋敷の中へ引きずりこんだ。エリザベスはおびえてしまい、叫びたくても声が出ない。やがて狭い部屋に入れられ、床に放（ほう）りだされた。男たちはまわりに群がっている。

「誰が最初だ？　くじ引きにするか？　あまり美人じゃないが、両脚のあいだは誰でも同じだ。おれは一番でもいいぞ。修道女ばかり見てきたから、いつも以上に待ちきれない」

エリザベスは罠にはまったねずみのように隅のほうへ這っていき、彼らから離れた。しかし、彼女は無力なか弱い女ではない。こんな男たちに触られてなるものか。エリザベスは心を決めた。

「誰でも同じじゃないわよ」エリザベスはかすれ声で言った。まわりにいる男たちの笑い声に元気づけられたらしく、男のひとりが汚い手で下半身をまさぐりながら近づいてくる。

彼は手を上げ、静かにしろと合図した。「それはどういう意味だ？」

ブリーダン城で産婆たちの手伝いをしていたから、知りたくなくてもいろいろなことを知ってしまっていた。「すぐにわかるわ。三日もすれば症状が表れるから。わたしはそのころまで生きていないと思うけど、あなたたちにいいものを残して死ぬわ。わたしを思いだしてもらえるものを」

「性病にかかっていると言うのか？　それにしては若すぎるではないか」男は言ったが、そわそわして一歩後ずさった。「性病なら、兆候が表れるまでに二、三年かかる。二、三日で表れはしない。知り合いが何人かそれで死んだから知っている」彼はごくりとつばをのんだ。

「性病は何種類もあるわ。父がわたしを修道院へ送ったのはなぜだと思う？　ブリーダン城のみんなが感染するといけないからよ。病気は聖地から来たの。サラセン人からうつったのよ。彼らは動物と肉体関係を持つから。病気にかかると性器はしなびて、まるで癩菌に冒されたように取れてしまうわ。体には腫れものができて、黒い血を吐くようになるの。二、三日で死ぬけれど、何年もたったと思うほど苦しむのよ」

「嘘だ。おまえには何もそれらしい兆候がない」そう言いながらも彼はまた後ろへ下がり、黙りこんだ仲間に体を寄せた。

「女性には兆候が表れないのよ。体の中で悪化して、子供ができなくなるわ。サラセンの魔女の呪いだと言う人もいるし、聖地を取り返すなという神の御心だと言う人もいるのよ。十字軍は取り返すと約束したけれど、理由はどうでもいいの。大事なのは結果だわ。わたしに触ってごらんなさい。恐ろしい死に方をするわよ」

「そんな話は信じない。おまえはどうしてその不潔な病気に感染したのだ？　男を知っているようには見えないぞ」

　エリザベスは苦々しい笑い声をたてたが、それは作りものではなかった。「とんでもない。ブリーダン城にこの病気を持ちこんだ騎士は、着いてから一週間で死んだわ。だけど、彼がどこで感染したかは誰にもわからない。病気はすごい速さで広がるから、父はすぐに優秀な戦士を十二人も亡くしたわ。それで、感染した女性たちを絞殺させたの。でも、ひとり娘にはやはり甘いのね。わたしを殺さなかったんですもの。わたしが独身を守れば、疫病は広がらないという希望のもとに」彼女はほほ笑んだ。みだらな笑いに見えることを祈りながら。「でも、わたしにはなんの違いもないわ。殿下によれば、今日限りの命だそうだから。まあ、死ぬ前にせいぜい楽しませてもらいましょう」そこでスカートを少しずつ上げ、長い脚をみなの前にさらした。「最初は誰？」

　彼らはきびすを返し、一団となって走り去った。ドアを勢いよく閉め、かんぬきまでかけて。なんておかしいのかしら。頭をのけぞらせ、涙が流れるまで、大声で笑いたい。けれど、それはやめよう。きっと笑いだしたらとまらない。

　ウィリアム公もずいぶんばかだこと！　ピーターがわたしを追ってくるはずはないじゃないの。多少とも分別があれば、彼はわたしが死んだと知って喜ぶわ。そうすれば、ばかげた誘惑に苦しまずにすむから。そうよ。ピーターはとても利口ですもの。

　エリザベスはざらざらした壁にもたれて頭をあずけた。ピーターが人のいない農家を見つけたのも、田舎道をよく知っていたのも、今となれば不思議でもなんでもない。道をよく知っていたからこそ、ウィリアム公の捜索隊をかわすことができたのだ。ピーターはわたしを守ってくれた。その代わり、わたしの心を引き裂いたけれど。

あとわずかしかない未来を、冷静に見つめなくてはいけない。おそらく、わたしは苦しみの中で死んでいく。でも、大勢の粗暴な男たちに強姦されるのだけはまぬがれた。そして少なくとも、愛を知ったことはすばらしい。

もちろん、ピーターが愛してくれたというわけではない。わたしを愛の行為に誘ったため、彼はいっそう自己嫌悪に陥っただろう。苦悩し、自責の念にさいなまれる原因がまたひとつ増えたのだ。

それでも、わたしは彼を愛して幸せだった。彼がその愛に値しようとしなかろうと。最悪なことに、今でも彼を愛している。

エリザベスは現実的で融通がきく。多くの生と死を目のあたりにした結果、人はそれぞれその人にふさわしい、公正な時間を与えられると思っている。自分が死んだら、罪の重さからして、かなりのあいだ地獄にとどまることになるだろう。

セント・バーソロミュー修道院のベッドで過ごした長い夜、冷たい水が流れる川のほとりで過ごした朝、セント・アン聖堂の一室で受けた胸の張り裂けそうなキス。それらすべてを思いだせば、地獄で過ごす時間などささやかな償いでしかない。

ウィリアム公はそっと鼻歌を歌った。いつになく気分がいい。このようなことは実に久しぶりだ。ピーターの家の大広間は、荒廃して見る影もない。しかし、火のぬくもりは春の夜の肌寒さを相殺し、至るところに灯る蝋燭は家を明るく照らしている。今夜は鹿肉とうさぎ肉のローストをたらふく食べた。これから、ピーターと好色な大女を苦しめ、殺すという最高の喜びを味わおう。

どちらを先に殺すかはまだ決めていない。ピーターは火あぶりにしてじわじわと殺そう。実は、今夜はあまり寒くないので少し火を入れただけだが、盛大に燃えあがる炎を使う計画もある。

それから、彼を去勢してやろう。だが、わたしと同じようにやけどを負わせるのではない。短剣のほうが確実だ。ところで、どちらが面白いだろう？　ピーターが苦痛の叫びをあげるところを見ているのと、わたし自身が短剣を使うのと。短剣は切れ味の悪いものがいい。

どちらがピーターを苦しめるだろうか？　あの娘が見ているところで死ぬのと、彼女が苦しんで死ぬのを見せられるのと。彼女の叫びはピーターの耳に残り、彼が死ぬときに自分の叫び声と重なるだろう。どれもこれもおいしい話だ。ひとつを選ぶのは難しい。

楽しい空想をしている今、ひとつ気になることがある。人質の叫び声が聞こえない。あの男たちがやさしく女を抱くはずはなく、いくら彼女が頑丈でも繰り返し強姦されたら声をあげるに決まっている。ところが、廃屋になったこの家に、女の叫びは響かなかった。次から次へと彼女を犯す男たちの耳障りな笑い声も。

あの者たちはエリザベスを殺したのだろうか？　けしからん！　これほど不愉快なことはない。わたしの指示に従わなかったら、誰かに責任を取らせなくてはならない。彼らはわたしを恐れ、わたしの乱暴な傭兵を恐れている。わたしの要求に逆らうとは思えない。しかし、事故が起こる可能性も十分にある。ハーコート卿の娘もそうだったではないか。彼女を殺すつもりはなかった。わたしはそれほど無分別ではない。

もし、エリザベスが午後のお楽しみに耐えきれなかったとしたら、即興で芝居を打てばいい。血だらけになった死体を広間に運ばせ、炎の前に横たえるのだ。わたしは復讐の喜びを半分奪い取られたのだから、彼らに償いをさせるのが当然だ。

「ウィンストン！」

「はい、殿下」

「あの娘は死んだのだろう？」

「そのようなことはないと思います、殿下」

ウィリアム公は疑わしげに彼を見た。「では、娘をここへ連れてこい。生きている証拠を見たい。そのあとはちょっとした見世物だ。彼女の気高い救助人はまだ来ない。待ちくたびれてしまったよ」

「わかりました、殿下。短剣もお持ちしますか？」

ウィリアム公は柔和な笑みを浮かべた。「ああ、持ってきてくれ、ウィンストン。そうしたら、彼女をここへ引きずってくるのだ。待つのはうんざりだ」

ウィリアム公は椅子の背に体をあずけ、期待に胸をふくらませてほほ笑んだ。


狭い部屋は真っ暗で、またしても胃がむかむかしていた。頭痛に加え、今は目の下がずきずき痛む。エリザベスは傷に触ってみたが、痛くてすぐに手を下ろした。傷のあるところは腫れていて、目を開けてもはっきり見えそうもない。どうせ今は闇の中にいるので、見えなくても関係ないが。

せめて眠れば楽になるのに、それさえもできなかった。永遠とも思える長い夜を、部屋の隅で丸くなって過ごすしかない。恐ろしい死を覚悟で冒険しに来る人がいたら、また怖い話を創らなくてはならないからだ。

だが、誰も来なかった。

これからも誰も来ないだろう。当然ながらピーターも来ない――ウィリアム公がなんと思おうと。この前わたしに会ってから、彼にははっきりわかったはずだ。わたしのそばに来てはいけないと。わたしが死ねば、彼の悩みは簡単に解決する。

わたしが死んでも、誰も悲しまないのだわ。エリザベスの心は沈んだ。わたしの持参金は修道女たちの手に残る。父や弟は、すでにわたしのことを忘れているだろう。ピーターにとって、わたしは肉体の誘惑でしかなかった。心のゆがんだウィリアム公でさえ、わたしをほしいとは思わない。目的を果たすための手段でしかないと、彼本人が言っていた。

さらに悪いことに、今はもう無垢な体ではない。純潔を守っていれば聖人の資格を与えられ、わたしの聖堂ができたかもしれない。聖人とみなされるためには、悲劇の死を遂げてから奇跡を起こす必要がある。でも、そんなことはできそうもない。ただし、なし遂げようと心に決めれば、ほとんどのことは達成できた。もし地獄に行きそこねて煉獄に行ったら、このさびれた土地を日々歩きまわり、見知らぬ人によい行いをして過ごせるのではないだろうか？

すてきなことだわ。でも、わたしは心やさしい受難の聖母ではない。わたしの霊魂が地上に残ってこの地を歩いたら、ピーター修道士を生涯悩ませ、ウィリアム公を叱責するだろう。霊魂は人を殺せるのだろうか？　人を狂わせることはできると言うが、ウィリアム公はすでに狂った道を歩んでいる。ならばおそらく、ウィリアム公の家臣に命じて彼を殺させるのがいいだろう。

亡霊として知っていなくてはならないこともたくさんある。だが、新たな冒険の門が開かれているのはうれしいではないか。少なくとも、亡霊になれば誰もわたしを傷つけず、わたしに触ることもできない。キスをしたり、わたしの胸に手を触れたり……。

そのときドアが開いて一条の弱い光が差しこみ、エリザベスは身を硬くした。復讐を胸に秘めた亡霊として死後の計画を立てるのはいいが、現実に立ち返るのはうれしくない。とりわけ、ピーターの手を思いだしていたときには。

「一緒に来なさい。殿下がお待ちだ」

そんなことがあってはならない。おやさしい〝マシュー修道士〟に触られるなんて、もとより弱っている胃には耐えられそうになかった。

立ちあがった瞬間、目まいがした。何もはいていない足は凍え、頭は痛む。この場に座りこみ、行くのはいやだと言ってしまおうか？

けれど、暗闇の中で死にたくない。この寒い、じめじめした部屋の中で。エリザベスはわずかなあいだ壁にもたれ、体を安定させてから歩きだした。

ウィリアム公はゆったりくつろいでおり、部屋は十分きれいになっている。エリザベスは、迎えに来た男についてよろめきながら中に入った。男はエリザベスの両手を体の前で縛り、縄につないで暴れ馬を扱うように引っ張りまわす。ウィリアム公は広々した部屋でひとり火のそばに座っており、その整った顔の前で炎が躍っている。そのとき短剣が目をとらえ、エリザベスは胸騒ぎを覚えた。

「やけに元気そうではないか。それで十人以上もの男を楽しませたとは大したものだ」ウイリアム公は顔をしかめた。

「誰も彼女に手を出しませんでした、殿下」男はウィリアム公の顔色をうかがいながら言った。

「なぜだ？　この娘が美人でないことは確かだ。しかし、彼らがそれほどえり好みをするとは思わなかった」

「彼女は性病にかかっているそうです。彼女と性交渉を持つと、性器がしなびてもげてしまうとみなに言いました」

「たわけもの！　どうしてわたしのまわりにいるのは、ばかばかりなのだ？」ウィリアム公は大声を出した。

「さあ、どうしてでしょう……わたしにはよくわかりません、殿下」

「今のは修辞上、疑問形にしただけだ、ウィンストン。答えを要求したわけではない」

「了解しました、殿下」

「例の客が着いた様子はないか？」

「ありません、殿下。中には誰もいないようです。みな外で見張っているのでしょう。誰か探してきいてみます。何かあれば……」

ウィリアム公はため息をついた。

「あの男はいずれやってくる。自分の弔いに遅れてくるとは、ピーターらしいな。娘はここに置いていけ、ウィンストン。それからワインを持ってきてくれ。だんだん待つのがいやになる」

「長いあいだお待ちになることになりますよ」エリザベスは言った。片方の目は腫れがひどくて開かないが、見たくないものまでよく見える。「彼は来ないでしょうから」

「わたしはきみよりもピーターをよく知っている」ウィリアム公は縄の端を持ってエリザベスを引き寄せた。突然引っ張られたので、彼女は転んで膝をついた。「彼は来る。だが、誤解してはいけない。きみを愛しているからではないのだ。彼は罪の償いをしている。最後の審判の日まで、いや、その後も償いをしているだろう。だから、もしきみが恐ろしい顔をした修道院長だろうと、彼は来る」

「それは彼が善人だからです」エリザベスは言った。

「ばかだからだ。こんなことをしないほうがよかったという気がしてきた。彼を殺すのは慈悲を垂れることになる。重い罪から解放してやる結果になるからだ。だが、地獄に送って永遠に苦しませてやるからいいとしよう。そう思えば心が安らぐ」

「地獄で永遠に苦しむのは殿下です」エリザベスは言った。「殿下は異常で残酷な怪物です。罪のない人を殺し、よいものを全部破壊して……」

「おまえに比べれば、わたしは破壊という点ではほんの子供だましのことしかしていない。そうではないか？」

ウィリアム公は誰に向かって話しているのだろう？　エリザベスはいぶかった。しかし、すぐに背後から足音が聞こえ、恐ろしい闇の中に沈んでいくような気がした。

やはりピーターは罠にかかったのだ。

26

愛する人は目をそむけたくなるような姿をしているが、とにかくまだ生きている。愛する人？　いったい、いつそういうことになったのだ？　長時間にわたり馬に乗っていたとき、ある時点で結論に達した。これはもうどうにもならない。納得できようとできなかろうと、ぼくは彼女を愛する運命にあったのだ。その運命に逆らおうとすればするほど、運命の力は強くなる。

「なんの前触れもなくここへ入ってこられたとは驚いたな。家臣にはきみを通すように命じてあったが、それをわたしに知らせることになっていた」

「彼らは……役に立たなかった」ピーターは光の中に進んだが、エリザベスを見ないように気をつけた。弱いところを見せたら、ほかのことに気を取られていると知られたら、ウィリアム公はそこを突いてくる。エリザベスはこのままにしておいたほうがいい。

「つまり、ひとりで来たのではないのだな。わたしの家臣が戦わずにきみを通すはずはないのに、剣に血がついていない」

「そのとおり。だが、愚か者にこっそり近寄って武器を取りあげるのは簡単だ。殿下の家臣はその愚か者なのです」

「その点について反論するのはやめておこう。しかし、わたしは愚か者ではない。ひとつきくが、なぜここへ剣を持ってきた？　お互いに、きみがそれを使わないことはわかっているではないか」

「そう思いますか？」

「思うのではない。知っているのだ。きみはいまだにあの殺戮を悔やんでいる。我々が聖地で宮殿に火をつけ、不信心者の異教徒を殺したことを。きみは神の前で誓った。今後はきみの命が危険にさらされない限り、誰ひとり殺さないと。その誓いを捨ててはいないだろうね？」

「もちろんです」

「それなのに、わたしを惨殺する気か？　色好みの大女が見ている前で？　わたしが攻撃を仕掛ければ別だが、まさかそんなことはしないだろう。まあ座ってくれ、ピーター修道士。ワインでも飲もう。ところできみはまだピーター修道士か？　修道服を着てはいるが、わたしはどうも違うような気がする」

ウィリアム公を殺すのは簡単だ、とピーターは思った。剣を振りおろして彼の首をはねればいい。ウィリアム公は過去に数えきれないほど、そうして人を殺してきた。何度も見たのだから間違いない。彼は当時から言っていた。〝不信心者〟たちはキリストの敵であり、生かしておく価値がない。新奇な処刑法で殺すのが、彼らにはふさわしいのだと。

「ワインなどいりません」

「今すぐ娘を連れて帰れるとは思っていないだろうな？　わたしがそれを黙って見ているはずはないだろう？　きみをここへ呼びだすのにあれほど手間暇かけたのだから。きみは卑劣なエイドリアンにわたしを見張らせた。それさえなければ、わたしは最初の夜にきみの首をはねるところだったのだ。ピーター、きみは実に悪運の強い男だな」

「そうだ。生まれつき悪運が強いらしい」

「だが、今度は違う」ウィリアム公は突然柔らかい手でぐいとロープを引いた。エリザベスが彼の足元に倒れると、素早くそのわきにしゃがんで短剣を喉に突きつけた。

「この娘を血だらけにするのは簡単だぞ、ピーター」彼はうれしそうに言った。「わたしは彼女を細かく切り刻もうと思っていたのだ。そうして、血が全部流れでるところを見物する」

血の気が失せたのはエリザベスではなくピーターのほうだった。「彼女を放せ、ウィリアム」

「例の一件をこう考えてみたらどうだ？　きみが命令を下さなかったら、誰も宮殿に火を放ちはしなかった。叫びながら死んでいった大勢の女性と子供の声は、きみの心に重くのしかかっている。唯一の公正な取り引きは、ひとりの女の命を犠牲にすることだろう。その女とは、言うまでもなくきみにとって非常に大事な人のことだ。そうは思わないか？　きみは犠牲と克己が好きらしい。この辺で最高の犠牲を払ったらどうだ？　彼女の命を犠牲にして、あの火災で焼け死んだ女性すべての命の埋め合わせをするのだ」

「ぼくは宮殿に誰もいないと思っていた。だから火をつけろと言ったのだ。殿下にはわかっているはずだ」

「もちろんわかっている。中に誰もいないと言ったのはわたしだからな。きみはいやに情け深くなって、十字軍の戦士に消火させようとした。だが、あの火は何をしようと消えはしない。宮殿は乾燥していて、紙くずのようによく燃える。中にいた人間は、あっというまに焼死してしまった」

「だが、殿下は死ななかった」

ウィリアム公は短剣をエリザベスの喉にあてた。かなり力を入れてあてたので、彼女の白い肌に血がひと筋流れ落ちた。「そうとも。わたしは生き残った。生き残って、おぞましい、性行為不能の生き物になった。人間ではなく、怪物になったのだ」

「それは違う。殿下は火の中に飛びこむはるか以前から怪物だった」

ウィリアム公はほほ笑んだ。その顔は、正直で気高い人間の顔に見える。「娘を救おうとすれば、きみが彼女を死に追いやることになる。一歩でも近づいたら、この短剣が彼女の喉に突き刺さるのだ。あとは、彼女が血の海の中でもがくのを見るだけだ」

「ぼくが救おうとしなかったらどうなる？　やはり彼女を殺すのだろう」

「しかし、わたしがどうするか、きみにはわからない。とにかく彼女が生きている限り、希望はある」ウィリアム公はエリザベスの喉の血を指先ですくい、自分の唇に近づけた。「きみはどちらを愛している、ピーター？　きみの不滅の霊魂か？　それとも、この悪女か？」

「彼女を放せ。彼女よりぼくを殺すほうがずっとうれしいだろう」

「いや、そんなことはない。きみは誰のためにでも自分を犠牲にする。聖地から帰って以来、きみはずっとそうしようと努めてきた。しかし、今回はきみが愛する人の死を見つめるのだ。それをとめるには、わたしを殺すしかない。誓いをやぶるか？　きみにはそれができないはずだ」ウィリアム公はエリザベスの顎に手をかけ、あざのできた顔を自分のほうに向けた。「さあて、どこから始めるかな？」彼は血のついた刃をエリザベスの唇にあてた。その唇にはもう赤みがない。

「やめろ！」ピーターの声は苦痛に満ちている。

「きみにできることは何もない、ピーター。イングランド屈指の殺人鬼。きみには麗しのご婦人より誓いのほうが大事なのだろう。本気で彼女を放せと言ったのか？　本気でわたしの良心に訴えたのか？　わたしには良心などないのだぞ」

「そのとおりだな」

「それでは答えろ。どちらを選ぶ？　不滅の霊魂か、この女か」彼は短剣をエリザベスの頬から顎の下の脈打つ場所に下ろした。

「彼女だ」ピーターは短剣を投げつけた。標的に向かってまっすぐに。喉に短剣が刺さっていなかったら、ウィリアム公のやさしげな顔には衝撃の色が浮かんでいる。喉に短剣が刺さっていなかったら、滑稽（こっけい）にさえ見えただろう。

そこで彼はにやりとした。「わたしの勝ちだ」喉をつまらせつつも、彼はまだ手にしている短剣でエリザベスの喉に切りつけようとした。

しかし、彼女は素早く寝返りを打ってウィリアム公から離れたため、彼は前に傾いて床にうつ伏せになった。そのためピーターの短剣はいっそう深く彼の喉を刺し、彼が持っていた短剣は石の床を壁際まですべっていった。

ピーターは短剣を拾いあげてゆっくり部屋を横切り、エリザベスの手首を縛っているロープを切った。彼はエリザベスの顔を見もしない。そのまままっすぐウィリアム公の死体の前に進んだ。彼の体の下には大量の血がたまり、上のほうへ流れて光輪のように頭のまわりに広がっている。

ピーターは命なき犠牲者をじっと見おろし、声をあげた。「エイドリアン！」

エイドリアンは耳をそばだてて待っていた。「終わったんだな？」

「そうだ」

「何をしたらいい？」

「エリザベスを連れてセント・アン聖堂へ戻ってくれ。ぼくは死体の処理をする」

「殿下の家臣は？」

「縛って何もできないようにしておけばいい。遅かれ早かれ、ロープをほどいて動きだす。だが、殿下が死んだとわかれば、どこかへ消えるだろう」

「きみはどうする？」

ピーターはなんの感情も示さず、エイドリアンを見た。「ぼくか？」彼はエリザベスのそばに足を運び、顎の下に手をかけた。彼の肌は氷のように、すでに息絶えた人のように冷たい。その一方で、彼の目はエリザベスの顔を見まわしている。「市場の十字架近くに、ある女性が住んでいた。ここからそう遠くない。もし彼女がまだそこにいたら、エリザベスの傷の手当てをしてくれるだろう。だめだったら、できるだけ早くセント・アン聖堂に連れていってくれ。そうすれば彼女は大丈夫だ」

「それで、あなたはどうするの？」今度はエリザベスが尋ねた。

ピーターの唇は、かすかな笑みで曲線を描いた。「さようなら、かわいい毒舌家さん」彼は背を向け、広間から立ち去った。エリザベスの人生からも。

27

夏が訪れた。りんごの花はすでに散って明るい緑の葉が茂り、ライラックの甘い香りが辺りに満ちて、セント・アン聖堂は早咲きのばらと美女なでしこに囲まれている。エリザベスは待った。

ピーターが去っていった恐ろしい夜から、何日たったのかわからない。あのとき、彼の修道服はウィリアム公の血で汚れていた。誰も彼の話をせず、エリザベスも尋ねない。ただ修道院で最善を尽くして命令に従い、生まれて初めておとなしく、従順に日々を過ごしている。

ウィリアム公のことはすぐに人々の頭から消えてしまった。イザベル王妃は悪い時期に転んで流産するようなことはなさそうだ。じきに本当の世継ぎが誕生し、イングランドは栄えるだろう。

エリザベスは回廊つきの広間を通り抜けた。柔和で口数も少ない今の彼女は、ピーターの〝かわいい毒舌家〟の亡霊のようだった。

最近はぼんやりと過ごしている。頭は空っぽで、心は麻痺して何も感じない。誓いを立て、ベールその他の修道女の必需品を受け取るべき時だというのはわかっている。けれど、それだけのことなのに難しい。庭で時を過ごすことが多く、豊かな土壌から小さな芽が出てくると大事に育てている。庭園の管理をまかされているマリー・フェリックス修道女が仕事を与えてくれたのだ。彼女は悲嘆にくれるエリザベスに何も尋ねず、余計なお節介もしない。

おめでたはイザベラ王妃だけではなかった。ジョアンナとエイドリアンは修道院を去る前に結婚し、その一カ月後に彼女はもう妊娠した。喜びにきらきらしているジョアンナの姿が想像できる。でも、想像だけで十分だ。エリザベス自身は修道院という安全な聖域を去る気になれない。ここで毎日祈りを捧げ、課せられた義務を果たすだけだ。子供が生まれる見込みはない。できないだろうと思ってはいたが、月のものを見たときはなぜか泣きそうになった。だが、彼女は泣くような人間ではない。

日は長くなり、気温は高くなったが、エリザベスは相変わらず太陽の下で庭仕事をしていた。短い髪に縁取られた白い顔が、日に焼けるのも気にせずに。髪は少しずつのびているが、赤い色はばっさり切ったときと変わらない。これがもとどおりの長さになったとき、つまらないことを考えるのはやめて心を決めよう。

六月前半は雨が降り、小さな植物は水浸しになった。久しぶりに太陽が顔を出した日、朝の祈りを終えたエリザベスは考えた。庭はまだぬれていて仕事ができそうもない。何をしたらいいだろう？

自分の部屋で椅子に座り、閉ざした窓の外をぼんやり眺めているとき、アリソン修道女がドアを叩いた。

「まるで幽霊みたいですよ、エリザベス」彼女は言った。「悲しむのはもういいかげんにしたらどうです？」

「悲しんでなどいません」エリザベスは答えた。「もしかして、誰か死んだのでは……そんなことはないでしょうね？」不意に恐怖が胸を満たした。ピーターが自暴自棄に陥って命を絶ったのではないだろうか？　彼は、自分には終わりのない地獄の苦しみがふさわしいと信じていたから。

「誰も死にはしませんよ。死んだとすれば、あなたの元気な魂だけだわ」

「わたしはいつも元気がよすぎると言われていました。そろそろおとなしくなったほうがいいでしょう」

「財産を相続したいとでも思っているのですか？」

「わたしは何も望んでいません」

アリソン修道女は首を振った。「どうもあなたのことが気になるわ。もうとっくに心が決まっていいはずなのに。修道女になりなさい、と何か熱いものに呼ばれている感じがしませんか？　それとも、自分の進むべき道はほかにあるような気がするのですか？」

「わたしに選択の余地はありません」

「人はいつでも自分の道を選べるのです。選べるとしたら、どちらを選びますか？　修道院、それとも俗世？」

「俗世は暴力や苦しみに満ちています」エリザベスは言った。

「そうね。でも、喜びや愛に満ちてもいます」

「わたしにはそうではありません」

アリソン修道女は軽く舌打ちした。「あなたがとても若いということを忘れていました。傷は癒えるし、物事は変わるものなのですよ」

エリザベスは無意識に喉の傷跡に手を触れた。ウィリアム公が短剣で傷つけたところだ。もう、手で触っても傷跡はわからないが、その代わりに心に傷ができたような気がする。

「修道女になって、規則に従う生活をします」エリザベスは小さな声で言った。

「本当に？　それがあなたの正直な望みなら、わたしたちは喜んで迎えます。でも、もう少しだけ考えてみたら？　雨がやんで日が照りだしたから、果樹園を歩いていらっしゃい。邪魔する人がいないところに行けば、ゆっくり考えられるでしょう？」

「わたしは部屋の中にいるほうが――」

「果樹園を歩いたほうがいいわ」アリソン修道女はきっぱり言った。「従順に生きるつもりなら、今からそれを実行しなくては。歩けば気分がよくなりますよ」

エリザベスはそれ以上逆らえなかった。「おっしゃるとおりにします、アリソン修道女様」

小柄な修道女はエリザベスの額に十字を切った。エリザベスにとっては思いがけないことだった。「歩いて気持ちを落ちつけていらっしゃい。またあとで」

蒸し暑くなりそうだったので、エリザベスはいつもかぶっている薄いベールを脱いだ。薬草園のきちんと整備された小道を歩くときは、たいていベールをかぶっている。悪魔の髪を隠したいからだが、今日は湿った風に髪をなびかせたい気分だった。

豊かな果樹園に続く坂をのぼるあいだ、誰にも会わなかった。正午の祈りの時間なので、みな礼拝に出ているのだろう。こんな時間に散歩をすすめるとはアリソン修道女らしくない。いつもの彼女は几帳面(きちょうめん)で、礼拝に出なさいとうるさく言う。それなのに、今日は外へ行くようすすめたのだ。

坂の上ではりんごと梨(なし)の木が枝を広げていて、明るい太陽のもとで甘い香りを放っていた。ようやく実を結びだしたところで、小さな青いりんごがたくさん目に映る。このりんごが熟れて落ちるころには、苦しみを克服できるのではないだろうか？

そうだ。りんごの木の下に座って将来のことを考えよう。地面はまだ雨にぬれていて、質素な服は水を吸う。そうしたら風邪をひいて死ぬかもしれない。ピーターはきっとかわいそうだと思ってくれる。

なんてばかなことを考えているのかしら。エリザベスは笑おうとしたが、顔がこわばっていて笑えない。こんな暑い日に風邪をひくわけがないわね。わたしは丈夫ですもの。それに、彼もわたしのことは忘れてしまったに違いない。

ところが、その彼が坂の上に立ち、エリザベスを待っている。

エリザベスは立ちどまった。心臓が大きな音をたてている。彼が身につけているのは革とウールで、粗末な修道服でもなければ虚栄に満ちた王子の衣装でもない。彼はじっと立ってエリザベスを見つめている。だが、顔は冷静で何を考えているのか読み取れない。

エリザベスは再び歩きだした。心臓がどきどきしていても彼にはわからないわ。彼女は自分に言い聞かせた。彼は何か用事があってここへ来たのよ。

「きみは本当に幽霊みたいだ。アリソン修道女の言うとおりだよ。ちゃんと食事をしているのかい？」

「アリソン修道女様とお話ししたの？」

「彼女にここへ来るよう言われて来たんだろう？」ピーターは言った。近くで見ると、彼が変わったことがよくわかった。目の下のくまは薄くなり、完全になくなったとは言えないが目立たなくなっている。

「そうよ。果樹園へ行ってらっしゃいと言われたの。その理由はわからないけれど」

「そろそろきみは選ばなければいけない」

「何を選ぶの？」

「修道院か、新しい人生か」

エリザベスはしばらく何も言わずに彼を見つめていた。「その必要はないわ」彼女は静かに言った。「子供はできなかったの」

「子供ができたとは思っていない」

「それなら、どうしてここへ来たの？」

「きみに選んでもらいたいからだ。修道院を選んでもいいし、ぼくと一緒に来てもいい。きみが殺されそうになったあの場所へ。そうして新しい人生を築くんだ」

「なぜ？」

「きみには借りがあるからだ」

なんて失礼な返事なの？「わたしは修道院を選ぶわ」エリザベスは冷ややかに言って背を向けた。

「言うことはそれだけかい？」

「ええ、そうよ」彼女は背を向けたまま肩越しに言った。なぜ、よりにもよって今涙が出てくるのだろう？　何カ月も泣かなかったのに、死んだように何も感じなかったのに、どうして今急にあらゆるものが息を吹き返したのだろう。

ピーターがいるからだ。エリザベスは歩き続けた。うつむいているので、涙が服にこぼれ落ちる。彼にも、自分自身にも、自分の弱さにも腹が立つ。振り返ると、彼はいなくなっていた。

　エリザベスは道の真ん中に座り、死人も飛び起きそうな大声で泣きだした。聞いている人などいない。聞いていたってかまうものか。ピーターを愛している。救いようもなく、逃れようもなく愛している。彼を追い返してしまうとは、なんてばかなのだろう！　彼が差しだしてくれたものを受け取るべきだった。たとえ彼が愛してくれなくても。たぶん、わたしの愛はふたりぶんの愛に匹敵するくらい深くて強い。

　あまり大声で泣いていたので、エリザベスは馬の足音に気づかなかった。ふと見ると、目の前に馬がいてピーターが乗っている。彼は馬上からエリザベスの涙に汚れた情けない顔を見ているだけで、降りようとはしなかった。

「手を貸してごらん、エリザベス」

　彼女は泣くのをやめ、立ちあがって手をのばした。ピーターはその手を取って馬上に引きあげ、自分の前に座らせた。「ぼくは赤い髪の魔女と結婚しようと思っていたんだ。泣き虫な少女ではなく」彼の声は低くてかすれている。

　エリザベスは深呼吸した。だが、呼吸が乱れている。言いたいことはまだ残っていた。

「こんな嘘つきの詐欺師と、わたしが結婚すると思うの？　そばにいてほしいときにわたしを捨てて、考えていることといえば……」

ピーターがほほ笑むと、エリザベスは口をつぐんだ。「ぼくを受け入れたほうがいいと思うよ。これほどきみを愛している男がどこにいる？　さんざん悪人呼ばわりされても喜んでいるほど、きみを愛している男が？」

「それはあなたがただ悪人呼ばわりを面白がって……あなた、わたしを愛しているの？」

「きみがぼくを愛しているのと同じくらい。だけど、きみはそれを認めようとしないだろうな。ぼくにかみついている限りは」

「わたしと結婚なんてしたら、一生がみがみ言われるわよ」

「わかってるよ」

エリザベスはいとしい男性の顔を両手で包み、キスをした。ピーターの唇に触れると、天にものぼる気持ちになる。彼女は目を閉じ、幸せそうにため息をついた。「今はがみがみ言わないわ」

「一日か二日後だろう。一年か二年後には言うかもしれないけど」

「きみを愛しているよ、かわいい毒舌家さん。ぼくには、きみを奥さんにする資格がないけれど」

「そのとおりよ。でも、価値ある旦那様になるように、生涯かけて努力すればいいわ」

暑い夏の空に、彼の笑い声が響き渡った。

訳者あとがき

『清らかな背徳』は中世イングランドを舞台に、天真爛漫なヒロインの恋と冒険を描いた作品である。物語の中では何年の話なのか明確にされていないが、実在の人物の名前が出てくるのでいつごろの話か見当がつく。それはどのような時代だったのだろうか。

ウィリアム公の父と伯父

本文中、エリザベスがウィリアム公（実はピーター修道士）に向かって〝殿下のお祖父様は聖トマス・ベケットを殺害させ……〟と言う場面がある。カンタベリー大司教トマス・ベケットを暗殺したと言われているのはヘンリー二世。したがって、ウィリアム公の祖父はヘンリー二世ということになる。ヘンリー二世には嫡出子が四人いたが、王位についたのは次男のリチャード一世と末子のジョンだった。やはり本文中に、ピーターがウィリアム公の今は亡き伯父に同行し、聖地で残虐行為におよんだという記述があるので、この伯父がリチャード一世と推察される。リチャード一世は十字軍遠征に情熱を注ぎ、ほとんどイングランドにいなかった。その戦いぶりは〝獅子心王〟の名にふさわしい勇猛なものだったという。

そして、その弟であるジョンがウィリアム公の父、すなわち物語中の国王なのである。

ジョン欠地王

ヘンリー二世が幼年のジョンに大陸の領土を与えなかったことから、彼はジョン・ラックランド、すなわち欠地王の異名を持つこととなった。ジョンは兄のリチャード一世が一一九九年に戦死してすぐに戴冠式を挙げた。当時フランス王だったフィリップ二世は暗愚なジョンをイングランド王に擁立して大陸におけるイングランドの権力を奪おうと考えていた。そしてジョン王が当時フランスに所有していた領土を没収すべくノルマンディーへの進軍を開始した。ジョン王は反撃したが戦闘は不利に展開し、北西フランスにあった領土をほとんど失ってしまった。

一二一五年には、イングランドの封建諸侯がジョン王に迫り、王権の制限と諸侯の権利を承認させた。このときの文書がマグナ・カルタであり、一七世紀にはこれがイギリス立憲制の支柱となる。しかし、マグナ・カルタは調印後まもなく廃止され、貴族たちは怒って反乱を起こした。この内乱に乗じてフランス王フィリップ二世はロンドンとウィンチェスターを占拠し、ジョン王はますます威信を失った。『清らかな背徳』に描かれているのは、彼が王位を継承したときから一二一六年に遠征先で病死するまでのある時点の出来事である。

ジョン王の父ヘンリー二世とトマス・ベケット暗殺

トマス・ベケットはヘンリー二世の寵愛（ちょうあい）を受けてカンタベリー大司教にまでなった聖職者だが、やがて王権強化の政策に反対して国王と対立するようになった。彼は〝カンタベリー大司教は神と王のふたりの主人に仕えることはできない〟と言ったと伝えられる。一一六四年にヘンリー二世がクラレンドン法を制定して国家と教会の関係を規定すると、ふたりの対立は激しくなり、ベケットはフランスに亡命した。そして一一七〇年、フランス王ルイ七世の仲介でヘンリー二世と和解し帰国したが、まもなく四人の騎士によって殺害された。殺害を指示したのはヘンリー二世だと言われている。その後ヘンリー二世は直接手を下した騎士たちを罰し、教皇に使者を送って自分はベケット殺害に関与していないと伝えた。教皇はベケットを聖人に列し、ヘンリー二世もベケットのために立派な霊廟（れいびょう）を作った。本文中でエリザベスが〝聖トマス・ベケット〟と呼んでいるのはそのためである。しかし、それから三世紀を経て、離婚問題で教皇と対立したヘンリー八世は宗教改革の手始めにベケットの霊廟を破壊した。そしてそれ以降、彼を〝聖トマス・ベケット〟と呼ぶことは禁じられた。

こうして少し歴史をたどるだけで、ドラマチックな話、怖い話にたくさん出合う。ヒストリカル・ロマンスの面白さを十分味わうには、ヨーロッパの歴史に詳しくなるのがいいだろう。ちなみに本作に描かれている時代は日本では鎌倉(かまくら)時代にあたり、ジョン王が即位した年に源頼朝が世を去っている。

二〇〇五年八月　小林町子

＊本書は、2005年12月にMIRA文庫より刊行された
『清らかな背徳』の新装版です。

清らかな背徳

2023年1月15日発行　第1刷

著　者　アン・スチュアート
訳　者　小林町子
発行人　鈴木幸辰
発行所　株式会社ハーパーコリンズ・ジャパン
東京都千代田区大手町1-5-1
03-6269-2883（営業）
0570-008091（読者サービス係）
印刷・製本　中央精版印刷株式会社

ISBN978-4-596-75986-3

mirabooks

灰かぶりの令嬢
カーラ・ケリー
佐野 晶 訳

潰れかけの宿屋を営む祖母と暮らすエレノアは、ひもじさに耐えていた。髪も切って売り払ったとき、厳めしい顔つきの艦長オリヴァーが宿泊にやってきて…。

籠のなかの天使
カーラ・ケリー
佐野 晶 訳

父に捨てられ、老貴族に売られ、短い結婚生活の末に未亡人となったローラ。幸せと縁遠かったローラの人生は、港町に住む軍医との出会いで変わっていき…。

遥かな地の約束
カーラ・ケリー
佐野 晶 訳

貴族の非嫡出子という生まれと地味な風貌で、自分に自信が持てないポリー。偶然出会った年上のエリート将校が、眼鏡の奥に可憐な素顔を見出して…。

英国貴族と結婚しない方法
ジェニファー・マクイストン
琴葉かいら 訳

結婚ぎらいの子爵令嬢に伯母が遺したのは、海辺の屋敷の鍵と〝独身淑女の生き方指南〟。しかし、謎めいた侯爵が、完璧な独身計画の邪魔をしてきて…。

放蕩貴族にときめかない方法
ジェニファー・マクイストン
琴葉かいら 訳

26歳にして初めてロンドンにやってきた伯爵令嬢メアリー。地味に生きてきたはずなのに、プレイボーイの次期子爵と一大スキャンダルに巻き込まれ…。

子爵と忘れな草の恋人
ローラ・リー・ガーク
清水由貴子 訳

6年前、子爵との身分違いの恋から身を引いたローラ。運命のいたずらにより再会した彼は、かつての愛情など欠片もない瞳に、冷たい憎しみを浮かべ…。